MANUELA INUSA

Mandelglück

Autorin

Manuela Inusa wurde 1981 in Hamburg geboren und wollte schon als Kind Autorin werden. Kurz vor ihrem dreißigsten Geburtstag sagte die gelernte Fremdsprachenkorrespondentin sich: »Jetzt oder nie!« Nach einigen Erfolgen im Selfpublishing erscheinen ihre aktuellen Romane bei Blanvalet und verzaubern ihre Leser. Die Autorin lebt mit ihrem Ehemann und ihren beiden Kindern in einem idyllischen Haus auf dem Land. In ihrer Freizeit liest sie am liebsten Thriller und reist gerne, vorzugsweise nach England und in die USA. Sie hat eine Vorliebe für englische Popmusik, Crime-Serien, Duftkerzen und Tee.

Von Manuela Inusa bereits erschienen:

Jane Austen bleibt zum Frühstück
Auch donnerstags geschehen Wunder

Die Valerie Lane

1 Der kleine Teeladen zum Glück
2 Die Chocolaterie der Träume
3 Der zauberhafte Trödelladen
4 Das wunderbare Wollparadies
5 Der fabelhafte Geschenkeladen
6 Die kleine Straße der großen Herzen

Die Kalifornischen Träume

1 Wintervanille
2 Orangenträume

MANUELA INUSA

Mandel-glück

ROMAN

blanvalet

Sollte diese Publikation Links auf Webseiten Dritter enthalten, so übernehmen wir für deren Inhalte keine Haftung, da wir uns diese nicht zu eigen machen, sondern lediglich auf deren Stand zum Zeitpunkt der Erstveröffentlichung verweisen.

MIX
Papier aus verantwortungsvollen Quellen
FSC® C014496
FSC www.fsc.org

Verlagsgruppe Random House FSC® N001967

1. Auflage

Neumarkter Str. 28, 81673 München
Redaktion: Daniela Bühl
Umschlaggestaltung: © Johannes Wiebel | punchdesign,
unter Verwendung von Motiven von Shutterstock.com
(donatas1205; DiamondGT; Charcompix; umat34;
Dwight Smith; Roman Khomlyak; Danae Abreu;
Armas Vladimir; Lamax; mahirart; glenda)
JF · Herstellung: sam
Satz: KompetenzCenter, Mönchengladbach
Druck und Bindung: GGP Media GmbH, Pößneck
Printed in Germany
ISBN 978-3-7341-0789-4

www.blanvalet.de

Dieses Buch möchte ich
all den Albas da draußen widmen.

Prolog

Davis, Kalifornien, Sommer 2004

»Ich kann kaum glauben, dass es bald so weit ist«, sagte Sophie. »Endlich.«

»Was meinst du?«, fragte Lydia und sah zum Horizont. Die Sonne ging gerade unter, und die vielen Bäume auf der Mandelplantage waren nichts als Silhouetten, Gebilde mit wuchernden Armen, die vor dem roten Hintergrund wie schwarz wirkten.

»Die Frage kannst du nicht ernst meinen.« Ihre beste Freundin sah sie von der Seite an. Sie saßen zusammen auf einem der Baumstämme, die hier und da platziert waren und den Pflückern der Farm einen Ort zum Ausruhen bieten sollten, wenn sie in der Sommerhitze eine kleine Pause einlegten. »Na, ich spreche natürlich davon, dass wir bald die Highschool hinter uns haben und uns die ganze Welt offensteht. Nur noch ein Jahr, dann haben wir's geschafft.«

»Oh«, machte Lydia, die hier in Davis zu Hause war. Im Gegensatz zu Sophie, die stets nur ihre Sommer hier verbrachte, und zwar bei ihrer Grandma Hattie, der Besitzerin dieser Mandelplantage. Als Sophie noch jünger war, brachten ihre Eltern, die sich beide keinen Urlaub nehmen konnten, das kleine Mädchen stets in der ersten Ferienwoche her und ließen es den ganzen Sommer über bei Hattie. Nicht nur diese freute sich, Zeit mit ihrer Enkelin verbringen zu dürfen, auch Lydia war jeden Juni voller Vorfreude, ihre liebste Freundin wiederzusehen, mit der sie die folgenden drei Monate spielen durfte.

Mit den Jahren ließen sie das Versteckspielen, das Kostümieren und die kindischen Streiche hinter sich und rauchten zusammen erste Zigaretten, erzählten sich von Jungen, die sie mochten, und unterhielten sich über die Dinge, die ihnen im Leben wichtig waren. Und auch wenn Sophie die Sommer irgendwann eigentlich allein zu Hause in Sacramento hätte verbringen können, kam sie doch weiterhin nach Davis, zu Hattie, zu Lydia und zu den Mandeln, die ein Teil ihres Lebens geworden waren.

Sophie hielt ihr nun die Papiertüte mit den Mandelplätzchen hin, die Hattie ihnen mitgegeben hatte, und sie griff hinein. Herzhaft biss sie ab und schloss die Augen. Keine Kekse der Welt konnten mit Hatties Mandelplätzchen mithalten.

»Bist du denn nicht froh, hier wegzukommen?«, fragte Sophie sie.

»Nein. Und ehrlich gesagt bin ich erstaunt, wie wenig du mich zu kennen scheinst.« Sie sah ihrer besten Freundin ins Gesicht. »Weißt du denn nicht, dass ich diesen Ort liebe? Ich würde niemals aus Davis weggehen wollen.«

»Ehrlich nicht? Aber Davis ist ein Kaff! Willst du nicht irgendwohin, wo es ... größer ist?«

Lydia schüttelte den Kopf. Dann lachte sie. »Davis ist ein Kaff? Wir haben über sechzigtausend Einwohner! Und Sacramento hat eine halbe Million! Wo willst du denn hin, wo es noch größer ist? Nach L. A. etwa?«

Jetzt schüttelte ihre Freundin den Kopf. »Nein, ich glaube, ich will weg aus Kalifornien. Mal was Neues sehen. Vielleicht mache ich mich auf an die Ostküste. New York muss ein Traum sein. Ich werde mich auf jeden Fall an allen Colleges bewerben, an der Columbia, der Brown, in Harvard und Yale. Wo willst du eigentlich aufs College gehen?«

Lydia schwieg.

»Sag bloß, du willst hier aufs College? Können sich deine Eltern kein Elite-College leisten? Vielleicht könntest du ein Stipendium beantragen, du bist doch so gut in Lacrosse«, schlug Sophie vor.

»Ich werde mich gar nicht fürs College bewerben«, erwiderte sie, bevor Sophie immer weiterreden konnte.

Jetzt starrte ihre Freundin sie an. »Warum denn das? Bist du verrückt?«

Sie atmete tief durch und nahm all ihren Mut zusammen. »Ich bin schwanger«, offenbarte sie und war irgendwie erleichtert, dass es jetzt raus war. Außer ihren Eltern und natürlich Brandon wusste es noch niemand.

»Oh nein, Lydia. Wie konnte denn das passieren?«, fragte Sophie ganz schockiert. »Du Arme, vielleicht gibt es eine Lösung. Vielleicht könntest du es ...«

»Aufgeben? Niemals! Ehrlich gesagt freue ich mich sogar darauf, eine eigene kleine Familie zu gründen. Ich freue mich darauf, eine Mommy zu sein.« Sie lächelte vor sich hin.

»Du bist siebzehn!«, entgegnete Sophie verständnislos.

»Das musst du mir nicht sagen, das weiß ich selbst«, blaffte sie ihre Freundin wütender an als beabsichtigt. »Wenn du dich nicht mit mir freuen kannst, dann kann ich auch gehen.« Sie stand auf.

»Nein, bleib!«, bat Sophie sie und griff nach ihrer Hand. »Setz dich doch bitte wieder, und wir reden über etwas anderes, ja?«

Lydia ließ sich von Sophies Blick besänftigen, der Bedauern ausdrückte. Sie nahm wieder auf dem Baumstamm Platz und sah der Sonne dabei zu, wie sie nun gänzlich verschwand. Keine von ihnen sagte ein Wort. Beide waren in Gedanken ganz woanders als hier auf der Farm. Und während die Dunkelheit sie umhüllte, zog Sophie sie schließlich an sich und sagte: »Wenn du dich freust, dann freue ich mich mit dir.«

Lydia lächelte und war froh, dass ihre Freundin in der Schwärze der Nacht ihre Tränen nicht sah. Denn obwohl sie sich freute, hatte sie auch Angst vor dem, was kommen würde. Schwanger mit siebzehn – so hatte sie sich ihr Leben nicht vorgestellt. Sie hoffte nur, dass das Schicksal es gut mit ihr meinen würde und sie die richtige Entscheidung getroffen hatte.

Sie legte den Kopf an Sophies Schulter. »Wenn du dann aufs College irgendwo an der Ostküste gehst, wirst du die Sommer trotzdem noch auf der Mandelfarm verbringen?«, fragte sie.

»Natürlich. Nichts und niemand könnte mich davon abhalten. Ich werde für den Rest meines Lebens jeden Sommer herkommen, das verspreche ich.«

Zufrieden lächelte Lydia und erschrak, als ein Kojote in der Ferne heulte.

»Hab keine Angst«, sagte Sophie ihr, jedoch war sie sich nicht sicher, ob ihre Freundin den Kojoten oder das Leben meinte.

Kapitel 1

Sophie

»Das Pralineneis mit der Vanillesahne hört sich traumhaft an«, sagte Sophie, während sie die Tageskarte überflog.

Lola lächelte zufrieden. »Und es wird auch so schmecken, das garantiere ich dir.«

»Da habe ich gar keine Zweifel. Denn ich glaube, ich habe noch niemals eine deiner Kreationen probiert, die nicht absolut köstlich geschmeckt hätte«, lobte sie Lola, da sie wusste, dass diese manchmal einfach ein wenig Lob brauchte. Und es war nicht gelogen! Außer den Austern, die Lola ab und an zubereitete, oder dem Wels in Aspik, den sie nun wirklich nicht kosten mochte, waren die Speisen, die Lola sich ausdachte, mit viel Liebe kochte und geschmackvoll anrichtete, jedes Mal aufs Neue eine Freude für Augen und Gaumen.

»Danke für das Kompliment«, erwiderte die Chefköchin, die keinesfalls so aussah, als würde sie den ganzen Tag in der Küche stehen, hier und dort etwas probieren und sich gerne auch mal selbst eine Portion genehmigen. Lola war mit ihren vierundvierzig Jahren und nach drei Schwangerschaften rank und schlank und in Sophies Augen einfach nur zu beneiden. Sie selbst dagegen hatte schon zwei Pfund mehr drauf, wenn sie einen Cupcake einfach nur ansah. Und sie hatte noch nicht einmal eine Geburt hinter sich! Geschweige denn den passenden Mann, der für die Gründung einer Familie infrage kommen würde. Nein, Sophie hatte nicht vor, zum jetzigen Zeitpunkt ihres Lebens eine feste Beziehung einzugehen, viel zu sehr war sie damit beschäftigt, sich eine Karriere aufzubauen. Und tatsächlich hatte sie es als Restaurantleiterin geschafft, das Three Seasons in den letzten fünf Jahren zu einem der angesagtesten Restaurants von ganz Boston zu etablieren. Während in ihrer Anfangszeit dort noch Burger und Pommes serviert worden waren, bekam man heute Köstlichkeiten wie Rigatoni im Hummersud, Shiitake-Risotto mit Calamaritürmchen oder Jakobsmuscheln in einer Proseccosauce auf Glasnudelnestern. Die Leute standen Schlange, um einen Tisch im Three Seasons zu ergattern, und es gab keinen einzigen Tag, an dem sie nicht restlos ausgebucht waren, denn seitdem der Kritiker Lesley Hofman ihr Restaurant als »das Nobelste, was Boston heute zu bieten hat« bezeichnet hatte, konnten sie sich wirklich nicht mehr retten vor Reservierungen.

»Ich sage nur die Wahrheit«, entgegnete Sophie nun. »Du bist eine Meisterin in der Küche, und ich bin froh, dass du dich bisher noch nicht hast abwerben lassen von all den Schmocks, die das versucht haben.«

»Schmocks?«, fragte Lola lachend.

»Das ist nur wieder so ein Wort, das meine Grandma Hattie gerne benutzt.«

»Ah, ich verstehe.« Es war ja nicht das erste Mal, dass Sophie ihre Großmutter zitierte, die sie in ihrer Jugend so geprägt hatte. »Wie auch immer, ich werde mich nicht abwerben lassen. Da brauchst du gar keine Sorge zu haben.

Ich glaube nämlich nicht, dass ich mich irgendwo anders so austoben könnte wie hier.«

»Da könntest du recht haben.« Sophie musste grinsen, als sie an die süßen Chilischoten mit Marzipanfüllung dachte, die Lola erst am vorigen Abend auf die Karte gesetzt hatte. Doch das außergewöhnliche Dessert hatte den Gästen wirklich geschmeckt, und Lola hatte einige Komplimente dafür eingeheimst. »Also, die heutige Tageskarte sieht mal wieder super aus. Und mir ist jetzt nach einem schön kühlen Frappuccino bei der Hitze. Ich glaube, ich husch mal kurz rüber zu Starbucks. Soll ich dir was mitbringen?«

»Gerne. Ich nehme einen von diesen Erdbeer-Frappuccinos mit extra Sahnehaube, bitte.«

»Alles klar. Dann bis gleich.« Sie sah kurz auf die Uhr, es war Viertel vor elf. »Und sollte Tony in der Zwischenzeit mit den Miesmuscheln hier sein, nimm du sie bitte entgegen, ja?«

»Aber natürlich.«

Ja, sie wusste, dass der Laden auch mal eine halbe Stunde ohne sie auskam. Aber sie hatte dennoch stets ein schlechtes Gewissen, wenn sie ihn in fremde Hände gab. In den letzten fünf Jahren hatte sie deshalb kein einziges Mal Urlaub gemacht, hatte sieben Tage die Woche gearbeitet und kannte das Wort Freizeit überhaupt nicht mehr. Tja, und nach Hause war sie auch seit über fünf Jahren nicht geflogen. Zuletzt war sie zu Weihnachten 2013 bei ihren Eltern in Sacramento gewesen, und dass sie Grandma Hattie auf ihrer Mandelfarm in Davis besucht hatte, war noch länger her. Und zwar mehr als acht Jahre, da hatte Hattie ihren achtzigsten Geburtstag gefeiert. Es gab Tage, da vermisste Sophie ihre Familie ganz fürchterlich, und es gab Nächte, da träumte sie von Kalifornien, von der Ruhe und der Einsamkeit der Farm und von dem Duft frisch gerösteter Mandeln. Doch wenn sie am nächsten Morgen aufwachte, hatte sie nur noch ihre Lieferungen, die aktuellen Hummerpreise und die Tageskarte im Sinn, außerdem die prominenten Gäste, die sich für den Tag im Three Seasons angemeldet hatten, und dann war Kalifornien schon wieder vergessen und ganz weit weg.

Sie trat vor die Tür und wurde direkt umgehauen von der Hitze, die Boston seit zwei Wochen überfiel. Es war zwar öfter mal warm im Spätsommer, doch dieses Jahr schien es ihr besonders unerträglich. Ja, in Kalifornien hatte sie auch heiße Monate erlebt, aber die Hitze in der Großstadt war doch eine andere als die auf dem Land, wo man den ganzen Tag faulenzen und selbstgemachte Limonade trinken konnte und wo der nächste See zum Hineinspringen gleich um die Ecke war.

Was soll's?, dachte sie sich, da sie es eh nicht ändern konnte, und marschierte die Straße entlang.

Das Three Seasons lag in Beacon Hill, und es gab auch einige Starbucks-Filialen in der Nähe, dennoch entschied Sophie sich, einen kleinen Spaziergang zu machen, denn sie wusste, dass sie bis weit nach Mitternacht nicht mehr aus dem Restaurant rauskommen würde. Heute Abend würde der Bürgermeister ihr Gast sein, und das würde sie auf keinen Fall versäumen.

Und so ging sie ein paar Straßen entlang, vorbei am Massachusetts State House mit der goldenen Kuppel und durch den Boston Common, den ältesten Park der Stadt. Hier lief sie auf ihren High Heels wie immer auf der roten Linie entlang, die sich ungefähr vier Kilometer durch Bostons Old Town zog und den vielen Touristen den Weg entlang der historischen Sehenswürdigkeiten wies. Sie wusste selbst nicht warum, aber es war eine Angewohnheit geworden, dass sie diesem Freedom Trail, wie die rote Linie sich nannte, folgte und nicht davon abwich, egal, was auch kommen mochte. Und so blieb sie jetzt auch stehen und ließ eine asiatische Reisegruppe vorbei, bevor sie ihren Weg fortsetzte.

Sie schlenderte am Granary Burying Ground vorbei, wo berühmte Persönlichkeiten und Helden der Stadt wie Paul Revere, John Hancock oder Samuel Adams ihre Gräber hatten. Dann überquerte sie die Straße und passierte die Old City Hall, vor der der gute Benjamin Franklin in Form einer Statue positioniert war und bei dem sie irgendwie immer den Drang verspürte, ihm zuzuwinken. Heute tat sie es tatsächlich und grinste in sich hinein. Und als sie wenige Schritte später den Starbucks betrat, war sie erleichtert und dankbar, dass die kühle Luft der Klimaanlage ihr entgegenblies. Sie trug ein khakifarbenes Kostüm, dessen Rock zwar relativ kurz war, in dem sie aber trotz allem fürchterlich schwitzte, und für einen Moment wünschte sie sich, sie wäre lediglich in einem Coffeeshop beschäftigt, und es wäre egal, was sie zur Arbeit trug, Hauptsache, es war mehr als ein Bikini. Dann überlegte sie, ob es eventuell sogar irgendeinen Job gab, den man im Bikini ausüben konnte.

Bademeisterin im Freibad vielleicht?

Eisverkäuferin am Strand?

Rettungsschwimmerin wie Pamela Anderson in *Baywatch*?

Bikini-Model?

»Ma'am? Was möchten Sie bestellen?«

Sie sah auf. Hatte der junge Mann mit ihr gesprochen? War sie etwa schon an der Reihe? Und warum zum Teufel hatte er sie Ma'am genannt? Sie hasste es, so genannt zu werden, da kam sie sich immer doppelt so alt vor, wie sie war.

»Ich bin erst zweiunddreißig, Sie können sich das Ma'am für ältere Damen aufheben«, hätte sie am liebsten erwidert, doch alles, was sie sagte, war: »Einen geeisten Soja-Latte und einen Erdbeer-Frappuccino mit extra Sahnehaube, bitte. Beides in der größten Größe.«

»Wie ist Ihr Name, bitte?«

Sie war froh, dass der junge Kerl mit seiner hippen blondierten Frisur diesmal das Ma'am wegließ, und antwortete, nur um extra jung zu wirken: »Miley.«

Sie bezahlte, und der Typ schrieb *Miley* auf die beiden Becher und sagte: »Danke, Ma'am. Warten Sie bitte an der Getränkeausgabe auf Ihre Bestellung.«

Grrr!!!

Sie musste zugeben, Blondie hatte ihr ein wenig die Stimmung vermiest, und während sie zur Ausgabe voranschritt, überlegte sie, ob sie sich auch so eine fesche Frisur zulegen sollte. Seit Jahren drehte sie sich nämlich das lange blonde Haar jeden Morgen zu einem Dutt oder einer Schlaufe und fixierte die losen Enden mit ein paar Haarnadeln. Ein wenig altbacken könnte das auf so junge Leute natürlich wirken, dazu das strenge Kostüm …

»Miley? Miley?«, hörte sie und rüttelte sich wach. Ach, das war ja sie!

Sie lächelte die junge Frau mit dem Bullenpiercing an der Nase an und sagte: »Hier! Das bin ich!«

Die Frau sah sie nur stirnrunzelnd an, als würde sie sie genau durchschauen, und reichte ihr die Plastikbecher rüber.

Sophie nahm ihre Getränke an sich, steckte zwei Strohhalme hinein und sog begierig an ihrem. Das tat gut. Als sie einen freien Stuhl entdeckte, überlegte sie, ob sie die Zeit haben würde, sich kurz hinzusetzen, oder ob Lolas Frappuccino geschmolzen sein würde, bis er sie erreichte. Da es hier drinnen aber schön kühl war und da bei der Hitze draußen wahrscheinlich sowieso nicht viel mehr als eine geschmolzene Masse übrig sein würde, beschloss sie, sich kurz auszuruhen. Als sie dann auch noch eine liegen gelassene Zeitung entdeckte, besserte sich ihre Laune sofort, denn sie fand ein Sudoku, das noch nicht ausgefüllt war.

Sophie liebte Sudokus. Auch hatte sie ein Faible für alle Arten von Rätseln; Kreuzworträtsel waren ihr die liebsten. Quizshows konnte sie auch einiges abgewinnen, und Schnellraterunden bereiteten ihr stets ein aufregendes Gefühl, als würde sie selbst vor der Kamera stehen und so viele Fragen wie möglich in einer Minute beantworten müssen. Ihre beste Freundin Hyazinth hatte ihr schon oft vorgeschlagen, sich doch selbst mal bei einer dieser Fernsehquizsendungen zu bewerben – aber wie sollte sie die Zeit dazu finden?

Als sie an Hyazinth dachte, die morgen Geburtstag hatte, wurde ihr warm ums Herz. Seit damals in Davis hatte sie keine so gute Freundin mehr gehabt, und sie fühlte sich jeden Tag gesegnet, dass Hyazinth und sie sich vor sieben Jahren beim Yoga kennengelernt hatten. Das Yoga hatte sie längst aufgegeben, doch ihre Freundschaft hatte Bestand. Hyazinth war sowieso der einzige Mensch hier in Boston, den Sophie als Familie betrachten würde und dem sie voll und ganz vertraute. Dem sie ihr Herz ausschüttete in schwachen Momenten und dem sie von Jack erzählt hatte.

Jack …

Nein, um Himmels willen, an Jack wollte sie jetzt wirklich nicht denken.

Sie war mit dem Sudoku fertig, trank den letzten Schluck ihres geeisten Lattes und warf den Becher in den Mülleimer. Sie verließ den Coffee Shop und eilte die Straße entlang, und plötzlich knallte es.

Sie knallte! Und zwar knallte sie mit einem Mann zusammen, der im nächsten Moment den gesamten Inhalt von

Lolas Getränkebecher auf den Schuhen hatte. Und der war rosa!

»Oh mein Gott, es tut mir so leid«, sagte sie, hob den heruntergefallenen Becher auf und wagte es, dem Mann ins Gesicht zu sehen. Sie war überrascht, nicht nur, weil er sehr gutaussehend war, heiß war wohl die bessere Beschreibung, sondern auch, weil er sie breit anlächelte.

»Das passiert uns doch allen mal«, sagte er jetzt mit warmer und ein wenig heiserer Stimme, und ein Kribbeln machte sich in ihr breit. Denn bei näherem Betrachten stellte sie fest, dass er beinahe so aussah wie der sexy Kerl aus der Tiefkühlwaffelwerbung.

Sie musste ebenfalls lächeln. »Ach ja? Ihnen ist das auch schon passiert? Wem haben Sie eine dickliche rosa Flüssigkeit über die Schuhe geschüttet?«

Er lachte. »Bisher noch keinem. Bei mir war die Flüssigkeit immer lila.«

Sie konnte nicht anders, als auch zu lachen. »Sie sind witzig«, stellte sie fest und entledigte sich endlich des leeren Bechers. »Und mir tut es ehrlich schrecklich leid. Sagen Sie mir, wie ich es wiedergutmachen kann.«

Jetzt sah er sie so intensiv an, dass das Kribbeln zu einem Beben ausartete, das sie tatsächlich ihre Standhaftigkeit verlieren lassen könnte.

»Gehen Sie mit mir essen«, sagte Mr. Tiefkühlwaffel.

»Sie kennen mich doch überhaupt nicht«, meinte sie.

»Na, deshalb möchte ich ja mit Ihnen essen gehen. Um Sie besser kennenzulernen. Und um zu sehen, ob das Ihre gewohnte Begrüßung ist, Menschen einen Erdbeershake über die Füße zu schütten.«

Wieder musste sie lachen. »Ich muss leider arbeiten«, sagte sie.

»Immer?«

Sie nickte. »Irgendwie ja.«

»Oh, Sie sind also ein Workaholic, hm?«

»Wie er im Buche steht«, sagte sie mit strahlenden Augen.

Er lachte aus dem Bauch heraus. »Und Sie sind da auch noch stolz drauf?«

»Und ob. Die Arbeit ist mein Leben, und ich liebe, was ich tue.«

»Darüber müssen Sie mir mehr erzählen. Bei unserem Date.« Er lächelte sie jetzt so charmant an, dass sie wirklich langsam weich wurde. »Wie heißen Sie?«, fragte er.

»Sophie.«

»Gut, Sophie. Mein Name ist Harrison, und ich würde mich wirklich freuen, wenn Sie mich heute Abend in ein Restaurant Ihrer Wahl begleiten würden.«

Sie sah diesen sympathischen, blonden und wirklich gutaussehenden Mann an, der ihr einen Abend anbot, den sie irgendwie auch gerne annehmen würde, da ihr letztes Date schon viel zu lange her war. Aber heute Abend kam doch der Bürgermeister und …

»Na, kommen Sie, Sie müssen doch bei aller Arbeit auch mal was essen, oder?«

Ihre Mundwinkel verzogen sich zu einem Schmunzeln. Er würde ja doch nicht lockerlassen, oder? Aber ein bisschen wollte sie ihn noch zappeln lassen, nur um sicherzugehen, dass er es auch wirklich wert war, die Arbeit für ihn beiseitezustellen.

»Ich bin Restaurantleiterin, ich kann jederzeit essen«, sagte sie augenzwinkernd.

»Oje. Sie haben wirklich gute Argumente. Gibt es denn nichts, womit ich Sie überzeugen könnte?«

»Hmmm …« Sie überlegte und spielte dabei mit ihrem

Perlenarmband, wie immer, wenn sie nervös wurde. Und dieser Typ mit seinen tiefblauen Augen machte sie tatsächlich nervös, aber nur, weil sie sich vorzustellen begann, wo der Abend enden könnte, sollte sie seine Einladung annehmen. »Ich wollte schon immer mal im Substitute essen«, ließ sie ihn wissen. Das war das neue Szenelokal in der Fayette Street, einer ihrer größten Konkurrenten, den sie unbedingt ein wenig ausspionieren wollte. So könnte sie sogar zwei Fliegen mit einer Klappe schlagen.

»Ihnen ist schon klar, dass die Warteliste da ewig lang ist, oder? Wahrscheinlich zieht sie sich bis nach New York hin.«

»Lassen Sie sich was einfallen«, meinte sie, holte einen Stift heraus und griff nach seinem Arm, der in einem hochgekrempelten weißen Hemdsärmel steckte. Sie schrieb ihre Handynummer direkt auf seine braungebrannte Haut und sagte dem erstaunten Harrison: »Wenn Sie eine Reservierung haben, melden Sie sich gerne bei mir.«

Mit diesen Worten machte sie kehrt und ging noch einmal zurück zu Starbucks, um Lola einen neuen Frappuccino zu holen. Und obwohl sie sich nicht noch einmal umblickte, war sie sich sicher, dass der heiße Harrison noch immer dastand und ihr verdutzt nachblickte. Sie grinste in sich hinein und stellte sich erneut in die Schlange, und sollte der Typ an der Kasse sie wieder Ma'am nennen, würde es ihr überhaupt nichts ausmachen. Denn sie hatte es noch immer drauf und fühlte sich so jung und begehrt wie lange nicht mehr.

Eine Viertelstunde später war sie zurück im Three Seasons und reichte Lola, die gerade Karotten zu Spaghetti verarbeitete, ihr Getränk.

»Rate, was mir gerade passiert ist«, sagte sie.

»Hmmm … deinem Grinsen nach zu urteilen bist du gerade mindestens auf Brad Pitt gestoßen.«

»Knapp daneben. Er heißt Harrison, und ich habe ihm deinen Frappuccino über die Schuhe gekippt«, erzählte sie grinsend.

Lola machte große Augen und starrte auf den Becher in ihrer Hand.

»Nicht den! Ich habe dir natürlich einen neuen besorgt.«

»Oje, der Arme. Jetzt hat er ganz rosa Schuhe.«

»Ja, und ich auch«, erwiderte Sophie, die erst im Nachhinein entdeckt hatte, dass sie auch einige Spritzer abbekommen hatte. Zum Glück hatte sie aber immer Ersatzsachen dabei, und während sie jetzt nach hinten eilte, sich der schmutzigen High Heels entledigte, sich die Füße mit einem feuchten Tuch abwischte und in neue Pumps schlüpfte, rief sie Lola zu: »Er hat mich um ein Date gebeten.«

»Was? Du ruinierst ihm seine Schuhe, und er bittet dich im Gegenzug um ein Date? Das möchte ich auch mal erleben.«

»Du bist doch glücklich mit Marvin verheiratet, schon vergessen?« Sie zwinkerte ihrer Freundin zu.

»Natürlich nicht. Das klingt aber irgendwie so, als könnte es aus einem Film kommen, aus einer dieser romantischen Komödien.«

»Ja, oder?«

»Du hast hoffentlich zugesagt?«

»Das habe ich tatsächlich, zumindest so halbwegs.«

»Halbwegs?«, fragte Lola mit gekräuselter Nase und sog an ihrem Strohhalm.

»Ich habe ihm gesagt, wenn er uns für heute Abend einen Tisch im Substitute besorgen kann, gehe ich mit ihm aus.«

»Das ist so gut wie unmöglich, und das weißt du.«

»Ja, das weiß ich. Und doch bin ich gespannt, wie sehr er sich ins Zeug legen wird. Er wirkte nämlich auf mich wie jemand, der nicht so schnell aufgibt.«

»Na, da bin ich aber auch gespannt.« Lola in ihrer dunkelblauen Kochjacke und mit den neuerdings fransig kurzen dunklen Haaren sah sie nun mit ernsterem Blick an. »Du solltest dir wirklich mal einen freien Abend gönnen. Ich hoffe also für dich, dass er es schafft.«

»Wenn ich ehrlich bin, hoffe ich das auch.« Sie grinste breit.

»Oho! Du hast gleich noch was ganz anderes im Kopf, du kleines verruchtes Luder.« Lola lachte.

»Na, es ist immerhin schon einige Monate her seit meinem letzten Date.«

»Da hast du auch wieder recht. Hm, ich glaube ja, dass das Schicksal dir heute auf die Sprünge helfen wollte. Der Erdbeer-Frappuccino ist dir bestimmt nicht ohne Grund aus der Hand gefallen«, sagte Lola und machte sich wieder daran, Karotten in die Spiralmaschine zu stecken.

»Schicksal? Na, wenn du meinst.«

Sie zuckte mit den Schultern und begab sich ins Büro, um ein paar Bestellungen für die nächsten Tage aufzugeben. Und dabei dachte sie über das Schicksal nach. Ja, vielleicht gab es so etwas wie Schicksal. Vielleicht hatte es sie genau an diesen Ort geführt, an dem sie heute glücklich war. Doch in Sachen Liebe hatte das Schicksal es nur einmal gut mit ihr gemeint, und das war viele Jahre her.

Sie konnte plötzlich nicht anders, als ihr Portemonnaie aus der Handtasche zu nehmen und nach einem bestimmten Foto zu suchen, das sich noch immer darin befand. Sie hatte es nie über sich bringen können, es herauszunehmen. Das Foto zeigte sie zusammen mit ihrer Jugendliebe Jack. Jack, der ihr vor vierzehn Jahren gezeigt hatte, was es bedeutete, so viel für jemanden zu empfinden, dass es wehtat.

Sie starrte eine ganze Weile auf das zerknitterte Bild und steckte es dann zurück zu den anderen. Zu dem Foto, auf dem sie zusammen mit Lydia abgebildet war, in ihrem fünfzehnten Sommer, im Bikini am See, fröhlich und ausgelassen. Und zu dem, das sie gemeinsam mit ihrer Grandma Hattie auf der Plantage zeigte. Inmitten von Bäumen, die in wunderschönem Weiß und Rosa blühten. Die Mandelblüte, in die Hatties Geburtstag fiel, den Sophie in früheren Jahren kein einziges Mal versäumt hatte.

Hattie. In diesem Moment fehlte sie ihr so sehr, dass sie Tränen aufsteigen spürte. Doch dann klingelte das Telefon, und sie war ganz froh, sich auf andere Dinge konzentrieren zu können. Während sie ranging, nahm sie sich jedoch ganz fest vor, Hattie in den nächsten Tagen endlich einmal anzurufen. So, wie sie es sich immer vornahm. Und sie hoffte, dass sie es dieses Mal nicht wieder vergessen würde.

Kapitel 2

Lydia

»Mom, Max hat sich einfach den letzten Pancake geschnappt, obwohl er schon drei hatte!«, rief der achtjährige Randy laut durch die Küche.

Lydia, die dabei war, die Wäsche im Trockner nach dem Baseballtrikot ihrer Tochter zu durchsuchen, seufzte. Es war doch jeden Morgen das Gleiche.

Da war es ja! Sie hatte in dem Klamottenhaufen einen hellblauen Zipfel entdeckt und zog daran. Dann eilte sie den Flur entlang und warf Gracie ihr Trikot zu. Ihre Älteste, schwer beschäftigt damit, mal wieder am Smartphone mit ihren Freundinnen zu chatten, fing es, ohne aufzublicken.

»Mom! Max isst alle Pancakes«, wiederholte Randy, und Max, zwei Jahre älter als er, rollte mit den Augen.

»Ich bin viel größer als du, ich brauche mehr Kohlenhydrate.«

»Was sind Kohlenfydrate?«, fragte Randy.

Gracie lachte, und auch Lydia musste schmunzeln.

»Das ist das, was dein Bruder sich einbildet zu benötigen, weil er der nächste Sumoringer werden will«, meinte sie und zwinkerte ihrem Jüngsten zu.

»Was ist ein Sumoringer?«

»Oh, du bist so unwissend«, sagte Max und erhob sich vom Stuhl, um sein Lunchpaket in den Rucksack zu stecken. Seine rotblonden Haare hatte er sich zur Seite gegelt, und er duftete nach dem Aftershave seines Dads. Man konnte fast denken, er wolle irgendein Mädchen beeindrucken, und das lag tatsächlich im Bereich des Möglichen, denn Max hatte schon immer viel älter gewirkt, als er wirklich war. Manchmal konnte man mit ihm erwachsenere Gespräche führen als mit jedem anderen Familienmitglied, und Lydia war froh, diesen schlauen kleinen Jungen in ihrem Leben zu haben.

»Das ist total zerknittert«, stellte Gracie jetzt fest und sah stirnrunzelnd von ihrem Handy auf.

»Zum Bügeln habe ich leider keine Zeit mehr. Wir müssen los. Hopp, hopp«, scheuchte sie die Kids von ihren Stühlen hoch.

»Ich hab aber noch Hunger«, jammerte Randy und blieb mit verschränkten Armen sitzen.

Lydia sah ihn an. »Wie viele Pancakes hattest du?«

»Nur zwei.«

Sie atmete einmal tief durch. Ihre Kinder wurden größer, sie würde künftig einfach mehr Pancakes machen müssen, oder wonach auch immer die Kids zum Frühstück verlangten.

Sie sah sich schnell in der Küche um, langte dann nach der Schachtel Nutter Butter und reichte sie ihrem Jüngsten. Randys Augen strahlten, als er sie entgegennahm. Sofort sprang er vom Stuhl und rieb seinem Bruder die Erdnussbutterkekse unter die Nase. »Guck, was ich zum Frühstück essen darf.«

»Das ist unfair!«, beschwerte sich nun Max.

Und Lydia konnte es kaum erwarten, dass sie sie alle an

der Schule abgeliefert hatte und endlich ein paar ruhige Stunden verbringen durfte. Sie liebte ihre Kinder über alles, aber manchmal erschien ihr ihr Haus wie ein Schlachtfeld. Und manchmal war sie wirklich kurz vorm Durchdrehen. Warum hatte niemand ihr gesagt, dass Kinder, je älter sie wurden, umso anstrengender wurden? Doch darüber durfte sie jetzt nicht länger nachdenken, denn sie durften nicht wieder zu spät kommen.

»Wer holt mich heute vom Training ab?«, fragte Gracie zehn Minuten später beim Aussteigen vor der Highschool.

»Das macht Rex«, erinnerte sie ihre Tochter, der sie dasselbe schon gestern Abend vorm Schlafengehen gesagt hatte. »Ich muss Randy heute zum Schwimmkurs fahren. Und Max hat Bandprobe.«

»Können Rex und ich dann was von Carl's Jr. mitbringen?«, bat sie.

Gracie wollte schon wieder Burger? Sie hatten bereits vor zwei Tagen welche zum Dinner gehabt.

»Eigentlich wollte ich heute eine leckere Gemüsepfanne machen. Mit Reis«, sagte sie.

»Ich will auch Burger!«, rief Randy.

»Überleg mal, Mom, dann müsstest du nicht kochen«, kam es von Max, der sie breit angrinste.

»Und du hättest kaum Geschirr zum Abwaschen«, meinte Gracie, die genau wusste, wie sehr es Lydia auf die Nerven ging, dass die Geschirrspülmaschine ständig kaputt und diesmal wahrscheinlich auch nicht mehr zu retten war.

Lydia konnte wieder mal nur den Kopf schütteln. Ihre drei Sprösslinge waren echt gut darin, Überzeugungsarbeit zu leisten.

»Na, von mir aus. Ich sag eurem Dad Bescheid.«

»Danke, Mom!« Gracie sprang aus dem Wagen und lief zu ihren wartenden Freundinnen, die sie freudig begrüßten. Küsschen hier und Küsschen da. Lydia hatte seit Ewigkeiten keinen Kuss mehr von Gracie bekommen.

»So, jetzt müssen wir uns aber sputen, damit ich euch beide noch rechtzeitig zum Unterricht bekomme.«

»Das sagst du jeden Morgen, Mom«, meinte Max.

Ja, da hatte er ganz recht. Jeden Morgen waren sie spät dran, was aber ganz bestimmt nicht an ihr lag. Sie stellte sich den Wecker stets auf fünf Uhr und hoffte jeden Tag aufs Neue, dass sie es einmal ohne Eile schaffen würden, doch sie wurde immer wieder eines Besseren belehrt.

Sie fuhr um die Kurve, zurück auf die Hauptstraße, und bog zweihundert Meter weiter links ab, um die Jungs an der Grundschule abzusetzen.

»Steht bitte bereit, wenn ich um halb drei wieder hier bin, okay?«

Beide Jungs nickten, und doch wusste sie, dass sie nachher wieder nach mindestens einem von ihnen würde suchen müssen.

Max und Randy stiegen aus, und Randy kam noch einmal ans Fenster. Sie ließ die Scheibe herunter.

»Ich hab dich lieb, Mommy«, sagte er, und ihr wurde warm ums Herz. Wie sehr sie das gerade gebraucht hatte.

»Ich hab dich auch lieb, mein Schatz. Ich wünsch dir einen schönen Tag.«

Randy lächelte, und seine Zahnlücke kam zum Vorschein. Winkend lief er seinem Bruder hinterher.

Lydia sah ihnen nach, bis sie im Gebäude waren, und atmete aus. Für einen Moment schloss sie die Augen und fuhr dann weiter zur Arbeit. Dabei machte sie kurz halt beim Bäcker, wo ihre beste Freundin Miranda sie sogleich begrüßte. Sie war die Inhaberin des kleinen Ladens, der neben frisch gebackenem Brot und Brötchen auch den köstlichsten Kuchen der Stadt anbot.

»Guten Morgen«, erwiderte sie. »Wie geht es dir?«

Miranda zeigte ihr ein breites Lächeln. »Mir geht es bestens. Ich freu mich schon auf das Almond Festival.«

»Das ist doch erst in anderthalb Wochen«, sagte Lydia und dachte an all die Festivitäten, die mit dem Almond Festival, dem Fest zur Mandelernte, das in jedem September stattfand, zusammenhingen.

»Ja, schon, aber ich habe bereits jetzt ein Date für den Tanzabend.«

»Ach, ehrlich? Mit wem?«

»Mit Müller Eddie.«

»Müller Eddie? Ist der nicht steinalt?« Sie versuchte, sich den Betreiber der Mühle in Gedanken aufzurufen, der Miranda von jeher mit den verschiedensten Sorten Bio-Mehl belieferte.

»Oh Gott, doch nicht Ed senior! Ich spreche von seinem Sohn, Ed junior. Eddie, du kennst ihn. Wir sind zusammen mit ihm zur Highschool gegangen.«

Highschoolzeiten. Die waren gut vierzehn Jahre her, da konnte sie sich doch nicht an jeden Mitschüler erinnern.

»Sieht er denn gut aus?«

»Darauf kommt es mir nicht an«, erwiderte Miranda und steckte sich eine blonde Haarsträhne hinters Ohr, die sich aus ihrer Hochsteckfrisur gelöst hatte.

Das brachte sie zum Lachen. »Also ist er hässlich?«

»Das auch nicht. Er ist Durchschnitt, würde ich sagen. Groß und gut gebaut. Er hat aber eine schiefe Nase und braune Haare.«

»Und du stehst auf rothaarige Männer.«

»Ich glaube, ich könnte damit leben, am Ende doch einen Brünetten abzubekommen, wenn sonst alles stimmt. Es kann ja nicht jeder das Glück haben, mit Prinz Harry verheiratet zu sein. Oder mit Mister Davis«, sagte sie schmunzelnd.

Ja, damit zog ihre Freundin sie gerne auf. Rex hatte vor einigen Jahren wirklich an der Mister-Davis-Wahl teilgenommen, weil er eine Wette mit ein paar Kumpels verloren hatte, und war auch noch zum Gewinner gekürt worden – mit Schärpe und allem Drum und Dran.

»Ja, ja, fang nur wieder davon an. Ich glaube, ich kaufe mein Brot und verschwinde schnell wieder.«

Miranda lachte, wobei ihre Pausbacken noch ein wenig rundlicher aussahen. Jetzt betrat auch noch mehr Kundschaft den Laden, und Lydia wusste, dass ihnen sowieso keine Zeit mehr für private Gespräche blieb. Die würden sie auf ihr wöchentliches Dinner am Mittwoch verschieben müssen.

»Na gut, was darf ich dir denn heute einpacken?«, fragte Miranda also.

»Ein Roggen- und ein Weizenbrot, bitte. Und fünf von den Sesambagels. Und dann darfst du mir gerne noch welche von diesen superlecker aussehenden Schokocookies mitgeben.« Sie deutete auf die runden, mit Schokolade beladenen Kekse in der Vitrine. »Ach ja, und Hattie hat mich gebeten, ihr eins von den Sauerteigbroten mitzubringen.«

»Wie geht es Hattie? Siehst du sie heute?«

»In den letzten Tagen ging es ihr gesundheitlich nicht so gut, deshalb hab ich versprochen, am Nachmittag bei ihr vorbeizuschauen und ein paar Lebensmittel zu bringen.«

»Oh, was hat die Arme denn?«

»Sicher nur eine kleine Erkältung«, versuchte Lydia sich selbst einzureden, da sie gar nicht an etwas Schwerwiegenderes denken mochte. Hattie, Mandelfarmerin und gute

Freundin, war immerhin schon achtundachtzig und schwächelte seit Monaten immer mal wieder.

»Dann wünsch ihr bitte gute Besserung von mir und bring ihr doch ein Stück Käsekuchen mit, ich weiß, dass sie den gerne isst.«

»Das ist nett, das mache ich.« Sie steckte ihre Ware ein, bezahlte und verabschiedete sich von Miranda mit den Worten: »Wir sehen uns Mittwoch?«

»Aber natürlich. Was wollen wir essen gehen?«

»Alles, außer Burger«, rief sie beim Verlassen des Ladens über ihre Schulter und setzte sich in ihr Auto. Und dann öffnete sie die Tüte mit den Schokocookies, sog den köstlichen Duft ein und brach sich ein Stück ab. Das hatte sie sich wirklich verdient. Es war erst zwanzig nach acht am Morgen, doch sie fühlte sich, als hätte sie schon den halben Tag hinter sich. Sie steckte sich ihre kleine Belohnung in den Mund und schloss abermals die Augen.

Ja, das war wirklich gut. Solche Momente sollte sie sich viel häufiger gönnen. Momente, die einfach nur ihr gehörten. Manchmal vergaß sie ganz, wie sehr das auch eine Mutter und Ehefrau ab und an brauchte. Sie liebte ihre Familie, konnte sich überhaupt nicht vorstellen, ohne sie zu sein, von Zeit zu Zeit jedoch versuchte sie sich auszumalen, wie ihr Leben aussehen würde, wenn sie damals nicht schwanger geworden wäre. Wenn sie wie Sophie aus Kalifornien weggegangen wäre und irgendwo ein ganz aufregendes Leben führen würde. Von Sophie hatte sie schon so lange nichts mehr gehört. Zuletzt hatte sie sie auf der Feier zu Hatties achtzigstem Geburtstag gesehen, da hatte sie ihr erzählt, dass sie Supervisorin in einem hippen Restaurant in Boston war, in dem ständig irgendwelche Promis zu Gast waren. Central irgendwas, den Namen hatte sie vergessen.

Kapitel 4

Lydia

»Wie war das Sandwich?«, fragte Jack und lächelte sie an.

»Du hast mir extra Gurken draufgemacht, danke dir.« Lydia lächelte zurück.

»Ich weiß doch, dass du verrückt nach Gurken bist.«

»Nach eingelegten schon, Salatgurken dagegen konnte ich noch nie so richtig leiden.«

»Eine Frau, die nicht zu durchschauen ist«, lachte er und sammelte ihr Geschirr ein.

Sie saß am Tresen des Diners mit dem originellen Namen Davis Diner und wischte sich den Mund mit der Serviette ab. Die zerknüllte sie sodann und warf sie gekonnt auf den Teller in Jacks Hand.

»Du hättest Basketballprofi werden sollen«, meinte er.

»Ich hätte vieles werden sollen.«

»Ja, das hätten wir wohl alle.« Jack klang nachdenklich, und sie konnte sich gut vorstellen, woran er dachte. An nicht genutzte Chancen, die er in der Vergangenheit gehabt hatte. In einem anderen Leben.

»Ich mach mich dann mal auf. Hab noch einiges zu tun heute.«

»Wie geht es der Familie?«, fragte er.

»Sie essen, schlafen und schimpfen, dass sie so früh ins Bett müssen.«

»Rex etwa auch?« Jack grinste, und sie musste lachen.

»Nein, der darf aufbleiben, solange er will.«

»Na, dann bin ich beruhigt. Richte bitte allen meine Grüße aus.«

»Das werde ich, danke.« Ihm konnte sie dasselbe nicht sagen, da Jack nämlich ganz allein lebte, nachdem Ashley und er sich hatten scheiden lassen und sie aus Davis weggezogen war. Zurück nach Bakersfield, wo sie gewohnt hatte, als Jack und sie sich bei einer kulinarischen Messe in Sacramento kennengelernt hatten. Eine Zeit lang hatten sie zusammen ein kleines italienisches Restaurant im Stadtzentrum geführt, das sie nach der Scheidung aber geschlossen hatten. Dann hatten sie das gemeinsame Haus verkauft, allen Erlös aufgeteilt und waren als Freunde auseinandergegangen. Im selben Jahr hatte Jack den Diner seiner Eltern übernommen, als diese sich zur Ruhe setzten, und er war in die kleine Wohnung darüber gezogen. Und so hatten alle ihre Bestimmung gefunden. Das sagte Jack zumindest gerne.

Ob dies wirklich Jacks Bestimmung war, bezweifelte Lydia aber. Für ihn hatte sie sich immer etwas ganz anderes gewünscht.

»Ich fahre auch noch bei Hattie vorbei, ihr ging es die letzten Tage nicht so gut«, ließ sie Jack wissen, und ihr fiel auf, dass sie beide das gleiche Outfit anhatten: Blue Jeans und ein kariertes Hemd.

»Oje, was hat sie denn?«, fragte Jack besorgt. Natürlich kannte er die alte Dame, er hatte damals viel Zeit auf der Mandelfarm verbracht und sich mehr als einmal die Zukunft von Hattie voraussagen lassen. Lydia wunderte es bis heute, wie falsch Hattie damals gelegen hatte, während sie doch sonst meistens richtig lag.

Doch Hattie hatte Jack und Sophie eine blendende gemeinsame Zukunft prophezeit, und was aus den beiden geworden war, konnte man ja sehen.

»Sie schwächelt ein bisschen. Aber das wird schon wieder. Du darfst nicht vergessen, dass sie bereits achtundachtzig ist.«

»Äußerlich vielleicht. Vom Verstand her ist sie aber höchstens halb so alt.«

»Ja, das stimmt.« Sie musste lächeln, als sie an Hattie dachte, die so gerne die Musik in ihrer Küche laut aufdrehte, während sie mit ihren Mandeln backte, und fröhlich dazu mitsang. Am liebsten zu Elvis Presley. Lydia musste auflachen, als sie an neulich Nachmittag dachte, als sie spontan vorbeigekommen war und sie schon von Weitem Hattie gehört hatte, wie sie *Heartbreak Hotel* schmetterte.

»Was ist so lustig?«, wollte Jack wissen.

»Ach, ich habe nur gerade daran gedacht, wie Hattie zu Elvis mitsingt.«

»Sie hat *Always On My Mind* voll drauf«, stimmte er zu, und nun mussten sie beide lachen. »Ja, Hattie ist schon eine Nummer für sich.«

»Sie ist großartig«, meinte Lydia.

»Ich hoffe, es geht ihr bald besser. Grüß sie bitte lieb von mir und richte ihr aus, dass sie sich melden soll, wenn ich irgendwie helfen kann.«

»Das werde ich machen, danke.«

»Und nimm noch ein paar Blaubeermuffins für sie mit, die mag sie so gern.« Schnell schnappte sich Jack drei der Küchlein aus der Glasvitrine, steckte sie in eine Papiertüte und reichte sie Lydia.

»Jetzt muss ich aber wirklich los, sonst schaffe ich es nicht, meine Jungs rechtzeitig abzuholen und zu ihren Nachmittagsaktivitäten zu fahren.«

Jack winkte ihr nach, und sie beeilte sich.

Die Fahrt zur Farm dauerte zwar nur knapp fünfzehn Minuten, doch aus dem Zentrum von Davis raus und in die ländlichere Gegend zu fahren war wie immer eine Offenbarung. Hier draußen schien das Leben stillzustehen. Eine Plantage reihte sich an die andere. Mandeln, Walnüsse, Aprikosen, Pfirsiche, so weit das Auge reichte. Und diese Düfte … Fast alle Früchte waren erntereif, und die verschiedenen Gerüche vermischten sich zu einer Art Wirbel, der durch die Luft wehte und Lydia direkt in die Nase stieg. Sie sog ihn tief ein und beschloss, an einem der Stände haltzumachen. Es war mal wieder Zeit für einen Pfirsichkuchen. Wann sie die finden sollte, wusste sie zwar noch nicht, aber die Kinder würden sich sicher freuen.

Als sie an Hatties Mandelbäumen vorbeifuhr, sah sie, wie die Maschinen im Einsatz waren. Heute benutzte man sogenannte Shaker und Sweeper, beides mechanische Geräte, die die vielen Baumreihen entlangfuhren und die Arbeit erledigten, die vor ein paar Jahrzehnten noch von Menschenhand verrichtet worden war. Sie erinnerte sich gut an die Zeiten, in denen ihre Eltern auf Mandelplantagen gearbeitet hatten. Damals wurden die Früchte in ihrer aufgeplatzten Hülse noch mit einem Stock vom Baum geschüttelt und von Netzen aufgefangen. Nach der Trockenzeit von sechs bis acht Tagen wurden sie dann eingesammelt. Heute fuhren die großen knallgelben Schüttler, die Shaker, von Baum zu Baum, machten für ein paar Sekunden halt, nahmen den Stamm in ihre Zangen und rüttelten daran, bis alle Mandeln herabgefallen waren. Nachdem die Früchte dann am Boden gelegen hatten, um zu trocknen, fuhr die Fegemaschine, der Sweeper, herum und sammelte die Mandeln ein, samt ihren vertrockneten Außenschalen und all dem Dreck, der sich dazugemischt hatte.

Was sich bis heute nicht verändert hatte, war die Arbeit, die dann folgte. Die Mandeln mussten gereinigt, von ihrer Schale befreit und sortiert werden. Lydia wusste, dass die großen Fabriken auch dafür Maschinen hatten, doch auf einer kleinen unabhängigen Farm wie Hatties kamen hierbei noch immer die Menschen zum Einsatz. Die Erntehelfer, die in diesen drei oder vier Monaten vom frühen Morgen bis zum späten Abend schufteten, um ihre Familien das ganze Jahr ernähren zu können. Lydia hatte großen Respekt vor dieser Arbeit, sie erinnerte sich gut an die Rückenschmerzen, die ihre Mutter gequält hatten, und wenn sie sah, wie hart die fleißigen Mexikaner und Mexikanerinnen hier auf der Farm arbeiteten, empfand sie wahres Mitleid.

Hattie beschäftigte ausschließlich Mexikaner, da heutzutage kein Einheimischer diese Art von Arbeit mehr machen wollte. Doch Hattie zahlte wenigstens gut, das wusste sie, und sie gab jedem eine Chance, sogar wenn er nicht ganz legal im Land war. Etwas anderes blieb ihr auch gar nicht übrig, denn wer sollte sonst die vielen Mandeln ernten, die an den 20.000 Bäumen wuchsen, die sich auf den 80 Hektar Land befanden?

Als Lydia die Einfahrt hinauffuhr und vor dem dreistöckigen Haupthaus parkte, sah sie den Vorarbeiter Emilio, der gerade auf einem der Baumstämme Pause machte, auf denen sie früher so oft mit Sophie gesessen hatte. Er winkte ihr zu, und sie musste zugeben, dass ihr normalerweise innerlich ein wenig heiß geworden wäre. Emilio war nämlich ein gutaussehender Kerl, sie kannte niemanden sonst wie ihn, eine

Mischung aus Antonio Banderas und Danny Pino aus *Law & Order*, wegen dem sie sich die Crime-Serie überhaupt nur so gerne ansah, was Rex ja nicht unbedingt erfahren musste. An diesem Tag jedoch wurde ihr nicht heiß. Stattdessen kamen ihr wieder Hatties Worte in den Sinn, und ihr lief ein kleiner Schauer über den Rücken.

Schnell ging sie auf das weiß und hellblau gestrichene Haus mit den rötlichen Dachziegeln zu und klingelte. Da ihr auch nach gut einer Minute noch niemand öffnete, stieß sie die Tür auf, die nie verschlossen war, und trat ein.

»Hattie? Ich bin es, Lydia. Ich hatte doch versprochen vorbeizukommen, und ich habe leckeren Käsekuchen dabei. Und Blaubeermuffins.«

Sie ging in die Küche, die jedoch leer war. Dann versuchte sie es im Wohnzimmer, in dem sie Hattie aber auch nicht anfand. Als sie in das kleine Arbeitszimmer blickte, das sich im unteren Stockwerk zwischen Küche und Bad befand, ließ sie einen Schrei los.

Hattie lag auf dem Boden neben dem schweren dunklen Schreibtisch und sah ganz leblos aus.

War sie gestürzt?

Lydia musste sofort einen Krankenwagen rufen! Vielleicht hatte die Arme sich den Kopf angeschlagen.

Sie ging auf die Knie und sagte: »Hattie? Bist du verletzt?«

Doch dann bemerkte sie, dass Hatties Augen ganz merkwürdig aussahen, und sie legte den Kopf auf die Brust der alten Frau.

Und dann flossen auch schon die Tränen, denn Hatties Herz schlug nicht mehr. Sie war so starr und kalt und sicher schon eine ganze Weile nicht mehr am Leben.

Warum zum Teufel hatte das niemand mitbekommen? Es konnte doch nicht sein, dass bei all den vielen Menschen, die sich auf der Plantage befanden, niemand bemerkt hatte, dass im Haus eine tote Frau lag!

Lydia hob ihren Kopf und sah in Hatties Gesicht, das von dauergewelltem, weißem Haar umrahmt war. Behutsam legte sie eine Hand an ihre Wange. »Oh Hattie. Das hast du wirklich nicht verdient.«

Nein, das hatte Hattie nicht. Stattdessen hätte sie es verdient, im Kreis ihrer Lieben Abschied zu nehmen, die alle zusammengekommen waren, um Lebewohl zu sagen. Doch keiner von ihnen würde sie je wiedersehen, zumindest nicht so, wie sie sie kannten. Unwillkürlich musste Lydia an Sophie denken, die irgendwo in Boston war und keine Ahnung hatte, dass ihre Grandma gestorben war. Kurz überlegte sie, ob sie sie anrufen sollte, doch sie hatten seit Jahren keinen Kontakt mehr. Solch eine Nachricht sollte lieber jemand überbringen, der einem wichtig war. Sie beschloss also, zuerst einmal den Notruf zu wählen und gleich danach Hatties Tochter Luanne anzurufen, deren Nummer sie in ihrem Handy gespeichert hatte. Und als sie diese schwere Aufgabe hinter sich hatte, lehnte sie sich mit dem Rücken gegen den Tisch und blieb bei Hattie, bis der Krankenwagen kam. Weil sie sie nicht allein lassen wollte, obwohl es kaum zu ertragen war, neben der Hülle dieses wundervollen Menschen zu sitzen, der nun nicht mehr da war. Hattie hatte an das Übersinnliche geglaubt, aus tiefstem Herzen sogar, und in diesem Moment wollte Lydia das auch. Sie wollte daran glauben, dass Hattie in den Himmel aufgestiegen und nun wieder bei ihrem Walter war, den sie die letzten fünfundzwanzig Jahre so vermisst hatte. Und vielleicht schaute sie ja ab und zu noch auf ihrer Mandelfarm vorbei, um sicherzugehen, dass alles so lief, wie sie es sich gewünscht hätte.

Lydia musste trotz der Tränen lächeln. Denn irgendwie

hatte sie das Gefühl, als wäre Hattie gar nicht wirklich fort. Und dann hörte sie die Sirene und erhob sich, um die Leute einzulassen, die ja doch nichts mehr für ihre liebe alte Freundin tun konnten.

Als sie spät am Abend nach Hause kam, war sie fix und fertig. Sie hatte gewartet, bis der Krankenwagen da gewesen war und die Sanitäter den »Tod durch Herzinfarkt« festgestellt hatten. Dann, bis Luanne und Monty eintrafen, denen sie immer wieder haargenau erzählen musste, was geschehen war. Danach, bis der Bestatter kam und die arme Hattie mitnahm.

Lydia konnte kaum noch aufrecht stehen und hätte sich am liebsten verabschiedet, doch Luanne nahm sie immer wieder in die Arme und drückte sie so fest, als wäre sie die Tochter, die die Frau jetzt am dringendsten gebraucht hätte.

»Hast du Sophie schon Bescheid gesagt?«, fragte Lydia nach der vierten Umarmung.

Luanne schüttelte den Kopf. »Ich habe es noch nicht über mich gebracht. Sie hat heute ein Date und hat so von dem jungen Mann geschwärmt. Ich wünsch mir doch so, dass sie endlich den Mann fürs Leben findet. Was, wenn dieser es nun ist und ich ihr den Abend ruiniere?«

Lydia konnte Sophies Mutter nur anstarren. Sie kannte die Frau seit über zwanzig Jahren, doch so etwas Unsinniges hatte sie sie noch nie sagen hören.

»Luanne! Sie muss es erfahren!«, sagte sie ihr ausdrücklich. Denn sie wusste mit ziemlicher Sicherheit, dass Sophie das so wollte. Auch wenn sie sich die letzten Jahre nicht mehr viel um ihre Familie gekümmert hatte, würde es sie sicherlich doch ziemlich mitnehmen, dass Hattie von ihnen gegangen war.

Monty trat nun an seine Frau heran, die gerade ihre Mutter verloren hatte. Er zog sie an sich und sagte: »Lydia hat recht. Wir müssen sie endlich anrufen.«

Luanne brach wieder in Tränen aus und schnäuzte sich die Nase in das Stofftaschentuch, das ihr Mann ihr reichte. Sie nickte und holte ihr Handy heraus. Leider ging nur die Mailbox ran, und sie sprach Sophie drauf, dass sie sich bitte dringend melden sollte.

»Wir werden über Nacht hierbleiben«, sagte Monty. »Vielleicht können wir ja morgen noch mal zusammenkommen, nachdem Lu und ich beim Bestatter waren?«

Lydia nickte dankbar. Der Mann sah anscheinend, wie erschöpft sie war. Es war ein wirklich harter Tag gewesen.

»Ja, klar. Ich fahre dann jetzt nach Hause. Ich hoffe, ihr könnt ein wenig zur Ruhe kommen.«

»Dasselbe gilt für dich. Danke für alles, Lydia.«

Luanne schloss sich den Worten ihres Mannes an. »Ja, Lydia. Danke, dass du uns gleich angerufen hast. Und danke dafür, dass du dich so gut um meine Mom gekümmert hast. Dass du ihr so eine gute Freundin warst.«

Erneut wurden ihre Augen feucht. Doch bevor sie wieder in Tränen ausbrechen konnte, umarmte sie die beiden noch rasch und sagte: »Das ist mir nicht schwergefallen, sie war ein wunderbarer Mensch.«

Sie stieg in ihren Wagen und schaffte es irgendwie nach Hause. Max und Randy waren schon im Bett und schliefen fest. Gracie kam auf sie zu und schenkte ihr eine seltene Umarmung. Und Rex brachte ihr eine Tasse dampfenden Tee und einen Teller mit einem aufgewärmten Burger.

»Danke, aber ich habe überhaupt keinen Hunger.«

»Du musst doch etwas essen. Damit du bei Kräften bleibst.«

Sie schüttelte den Kopf. »Der Tee reicht mir schon, danke.« Sie nahm ihn mit zur Couch im Wohnzimmer, setzte sich und ließ sich von Rex mit ihrer Lieblingswolldecke zudecken. »Du bist ein Schatz«, sagte sie. »Danke auch, dass du heute Nachmittag alles so gut mit den Kindern organisiert hast.«

»Kein Problem«, sagte er und legte ihr eine Hand auf die Schulter, die sie ergriff.

Gracie stellte ihr ein paar der Mandelplätzchen hin, die Hattie erst letzte Woche gebacken hatte. Dann schien sie selbst zu bemerken, dass das vielleicht keine so gute Idee gewesen war, weil es ihre Mutter nur noch trauriger machen würde. Unsicher sah sie sie an. »Ist es okay, wenn ich jetzt wieder Hausaufgaben machen gehe?«

»Ja, na klar, meine Süße. Geh ruhig.«

»Sind Luanne und Monty gut angekommen?«, fragte Rex, als Gracie in ihrem Zimmer verschwunden war. Er setzte sich zu ihr, und sie legte einen Teil der Decke über seine Beine.

»Ja. Es war wirklich schlimm mit anzusehen. Luanne hat so viel geweint.«

»Ja, natürlich. Sie hat heute ihre Mutter verloren.« Er sah sie an. »Und du eine gute Freundin. Wie geht es dir?«

Jetzt konnte sie die Tränen nicht mehr zurückhalten, also ließ sie sie einfach laufen. »Es war fürchterlich, sie so vorzufinden. Sie da am Boden liegen zu sehen.«

»Ja, das kann ich mir vorstellen. Und es tut mir unendlich leid, dass ausgerechnet du sie finden musstest.«

Sie schluchzte ein wenig und kuschelte sich an Rex, der einen Arm um sie legte, sie an sich zog und ihr Geborgenheit schenkte.

»Sie wird mir schrecklich fehlen«, sagte sie.

»Ja, ich weiß«, war alles, was Rex noch sagte, und dann schloss sie ihre Augen und wollte einfach nur, dass der Tag vorüber war. Morgen würde sicher nicht viel einfacher werden, doch dafür war sie dann wenigstens gewappnet.

»Ich liebe dich«, sagte sie noch zu Rex und war im nächsten Moment eingeschlummert. Sie träumte von alten Zeiten, von Sophie, mit der sie zusammen auf der Mandelfarm picknickte. Sie aßen Mandelplätzchen, lachten und erzählten sich, in wen sie zurzeit verliebt waren. Ein Jahr war lang, und so gab es in fast jedem Sommer neue Jungen, von denen sie schwärmten. Und am meisten hatte immer die hübsche blonde Sophie zu erzählen, der die Jungs nachliefen, als wäre sie die Sonne höchstpersönlich, und sie wären ihre Anbeter.

Kapitel 5

Sophie

Er hatte sich gemeldet. Um exakt 14:58 Uhr, nur drei Stunden nach ihrer wunderbaren Begegnung, hatte Harrison sie angerufen und verkündet, dass er einen Tisch im Substitute für halb neun reserviert habe. Sofort hatte sie lächeln müssen, und ihre Mundwinkel hatten sich noch immer nicht wieder nach unten gezogen, als der Bürgermeister um sieben Uhr das Three Seasons betrat.

Er sah sich neugierig in dem großen, offenen Raum um, in dem heute helllila Blumengestecke auf den Tischen mit den dunkellila Tischdecken standen. Sophie ging auf ihn zu.

»Guten Abend, Bürgermeister Chappelle. Willkommen im Three Seasons!«, begrüßte sie den gutaussehenden Afroamerikaner, der erst zwei Monate zuvor das Amt übernommen hatte, weil der amtierende Bürgermeister aus gesundheitlichen Gründen hatte abtreten müssen. Wayne Chappelle hatte seine Frau dabei und lächelte Sophie strahlend an.

»Guten Abend. Wir sind schon sehr gespannt auf Ihre ausgefallene Karte. Wir haben einiges gehört, und besonders meine Frau Kelly ist sehr risikofreudig, was neue Gerichte betrifft.«

»Dann sind Sie beide bei uns genau richtig«, erwiderte sie und geleitete das Paar an seinen Tisch. »Nancy wird Ihnen heute Abend jeden Wunsch von den Lippen ablesen«, sagte sie und übergab an ihre fleißigste Serviceangestellte.

»Und? Wie ist er so?«, fragte Lola, als Sophie kurz darauf in die Küche ging.

»Sehr nett. Genau so, wie man ihn aus dem Fernsehen kennt. Er sagt, er und seine Frau freuen sich schon auf die ausgefallenen Gerichte. Also streng dich an und gib dein Bestes, vielleicht ruft er dich dann zum Tisch und dankt dir für den besonderen Gaumenschmaus.« Das passierte nämlich sehr häufig, allerdings hatte Lola noch nie Lob von Bostons Bürgermeister höchstpersönlich bekommen.

»Hey!« Lola stemmte die Hände in die Hüften. »Ich gebe immer mein Bestes.«

»Das weiß ich doch, und so war das auch gar nicht gemeint. Ich wollte nur sagen: Hau ihn um!«

»Ich werde es versuchen. Und du hau deinen Harrison um.« Lola zwinkerte ihr schelmisch zu.

»*Mein* Harrison? Das ist er ganz bestimmt nicht. Nun ja, für heute Nacht vielleicht.« Sie zwinkerte zurück und blickte sich um, um sicherzugehen, dass niemand mithörte.

»Hast du was zum Verhüten dabei? Das solltest du auf keinen Fall dem Mann überlassen.«

»Es ist doch nicht mein erstes Date, Lola.« Selbstverständlich hatte sie Kondome dabei, sogar in mehreren Ausführungen, sie waren immer in ihrer Handtasche verstaut. Denn, wie gesagt, hatte sie zwar keine Lust auf eine feste Beziehung, doch hin und wieder sehnte auch sie sich nach ein wenig Zweisamkeit.

»Na, dann ist ja alles gut. Was ziehst du an? Schaffst du es noch nach Hause?«

»Das wird knapp. Ich will jetzt auch nicht gleich verschwinden, wo der Bürgermeister doch gerade erst eingetroffen ist.«

»Ach, den kannst du ruhig mir überlassen.« Lola sah sie ermutigend an. »Nun zieh schon los und hab ein bisschen Spaß!«

»Okay«, sagte sie, holte ihre Sachen aus dem Büro und pfiff sich vor dem Restaurant ein Taxi herbei.

Zu Hause schlüpfte sie in ihr sexy rotes Kleid, öffnete den Dutt, kämmte sich das Haar und ließ es sich über die Schultern fallen. Sie legte ein wenig roten Lipgloss und noch ein bisschen Mascara auf. Dann sah sie in den Spiegel und lächelte zufrieden. Sie war bereit. Der Abend konnte kommen.

Als sie eine halbe Stunde später vor dem Substitute aus dem Taxi stieg, wartete Harrison, jetzt in Anzug und Krawatte, schon auf sie. Er sah sie mit großen Augen an und kam dann strahlend auf sie zu. Er gab ihr – ganz der Gentleman – einen Handkuss, und in seinen Augen schimmerte es. Er schien sich wirklich zu freuen, sie zu sehen, und sie war gerade einfach nur froh, die Arbeit auch mal Arbeit sein gelassen und sich den Abend freigenommen zu haben. Bürgermeister hin oder her – hier vor ihr stand der Mann der Stunde. Ihrer Stunde. Vielleicht konnten es auch ein paar mehr werden.

»Du siehst fantastisch aus«, sagte Harrison und betrachtete sie in ihrem kleinen Roten bewundernd, was ihr ein warmes Gefühl in der Magengegend bescherte.

»Danke schön. Das Kompliment kann ich nur zurückgeben.«

»Ich hoffe, du hast Hunger?«

»Sehr sogar. Ich habe mittags extra nur eine Suppe gegessen.«

»Da hast du doch aber noch gar nicht gewusst, ob es mit der Reservierung klappen würde.« Er schmunzelte ein wenig.

»Ich habe es gehofft«, sagte sie und merkte, wie ihre Wangen leicht erröteten. »Nun musst du mir aber erzählen, wie du es angestellt hast, so kurzfristig einen Tisch zu bekommen.«

Der große charmante Mann an ihrer Seite schüttelte, weiterhin schmunzelnd, den Kopf. »Ein Gentleman verrät seine Geheimnisse nicht.«

»Nun komm schon, ich bin ehrlich gespannt.«

Er kniff kurz die Augen zusammen und blickte sie dann durch unglaublich lange Wimpern an. »Na gut. Ich habe der Empfangsdame am Telefon eine herzzerreißende Story erzählt von meiner einzig wahren Liebe, mit der ich nur noch diesen einen Abend habe, bevor sie zurück nach Australien geht.«

»Oooh! Sehr einfallsreich.« Sie musste innerlich lachen und fragte sich, wie viele Liebesschnulzen sich dieser überaus männliche Typ wohl schon im Kino angesehen hatte.

»Ja, das finde ich auch. Jetzt sollten wir aber reingehen, bevor sie unseren Tisch weitervergeben.«

»Unbedingt! Ich habe gehört, sie haben hier eine unglaubliche Mandelmousse zum Dessert. Die will ich unbedingt probieren.«

Er hielt ihr die Tür auf, und sie schlüpfte hindurch, nur um sich in einer dunkelblauen Umgebung wiederzufinden, in der wirklich alles farblich abgestimmt war. *Alles* war dunkelblau, um es auf den Punkt zu bringen. Wirklich alles! Wände, Tischdecken, Vasen, Blumen, Servietten, Gläser, die Kleidung der Angestellten. Kurz befürchtete sie, dass sie hier auch das Essen dunkelblau einfärben würden, doch dann erinnerte sie sich an die Instagram-Bilder, die Lola ihr gezeigt hatte, und die hatten zum Glück ganz normal ausgesehen.

»Sie haben reserviert?«, fragte die Empfangsdame, die Sophie auf den ersten Blick erkannte, trotz der Tarnkleidung. Es war Claudia, die vor einigen Jahren noch zusammen mit ihr im Central Joint gearbeitet hatte, dem Szene-Lokal, in dem sie ihre ersten Erfahrungen als Restaurantleiterin machen durfte.

»Ja, genau«, antwortete Harrison. »Für zwei Personen auf den Namen Albright.«

»Ah ja.« Claudia begutachtete ihn von oben bis unten und meinte dann: »Eine so traurig schöne Geschichte, die Sie mir da erzählt haben. Der letzte gemeinsame Abend zweier Liebender.«

»Exakt. Dies ist sie, meine Liebste«, sagte er und zog Sophie an sich.

»Australierin, richtig?«, fragte Claudia nach, und Sophie konnte sich kaum mehr das Lachen verkneifen.

»Ja, genau.« Er nickte und setzte eine Trauermiene auf.

Jetzt wanderte Claudia mit ihrem Blick von Harrison zu ihr und sagte: »Hey, Sophie. Wie läuft es so im Three Seasons? Ich hab neulich die Kritik von Lesley Hofman im Enquirer gelesen. Ihr macht uns wirklich Konkurrenz.«

Harrison sah verblüfft von Claudia zu ihr und wieder zurück.

»Ja, die Kritik war der Wahnsinn, seitdem rennen die Leute uns die Bude ein. Ich wusste ja gar nicht, dass du jetzt hier arbeitest«, erwiderte Sophie.

»Seit der Eröffnung im März.«

»Wir müssen unbedingt mal wieder zusammenkommen. Vielleicht treffen wir uns irgendwann zum Lunch?«

»Klar, ruf einfach durch. Benicio bringt euch zu eurem Platz.« Sie winkte einen jungen Latino herbei, schenkte Harrison einen abschätzigen Blick und wandte sich dann den nächsten Gästen zu.

Harrison kratzte sich verlegen am Hinterkopf und setzte sich ihr gegenüber. »Wie klein die Welt doch ist, was?«

Nun musste sie doch lachen. »Allerdings. Das muss dir aber überhaupt nicht peinlich sein. Du hast dich wirklich ins Zeug gelegt für ein Date mit mir, ich finde das ziemlich beeindruckend.«

»Ich hätte noch viel mehr dafür getan«, sagte er und reichte ihr die Karte.

Nach einem köstlichen Petersiliensüppchen zur Vorspeise und einer großartigen Gemüselasagne hielt Sophie sich den Bauch. Das Gute am Substitute war nämlich, dass die Portionen hier im Gegensatz zu den meisten anderen Nobelrestaurants von einer enormen Größe waren. So lecker die Lasagne auch gewesen war, hatte Sophie doch einen Rest stehen lassen, weil sie nämlich unbedingt ein Dessert bestellen wollte. Und zwar die Mandelmousse, die in den letzten Wochen in mehreren kulinarischen Zeitschriften erwähnt worden war. Bei Mandeln konnte sie noch heute nicht widerstehen.

»Ich bekomme absolut nichts mehr herunter«, sagte Harrison. »Bestell du dir aber gerne noch etwas.«

Sie bat Benicio, ihr eine Mandelmousse ohne Sahne zu bringen, und nahm noch einen Schluck von dem guten Champagner, den ihr Kavalier großzügigerweise bestellt hatte. Als der Nachtisch kam, konnte Sophie ihn sofort riechen: den Duft nach Mandeln, der sie augenblicklich in ihre Kindheit zurückversetzte. Sie ging mit dem Gesicht ganz nah an den Teller heran, auf dem neben ein paar Mangospalten und exakt drei Himbeeren zwei Hügelchen Mousse drapiert waren. Sie schloss die Augen und atmete tief ein.

»Sieht exquisit aus«, unterbrach Harrison ihr Ritual. »Leider konnte ich Mandeln nie viel abgewinnen. Ich mag Nüsse einfach nicht.«

Diese Aussage verpasste ihrem romantischen Bild von Harrison einen gewaltigen Dämpfer. Sie setzte sich aufrecht.

»Mandeln sind streng genommen gar keine Nüsse«, informierte sie ihn nüchtern.

»Sind sie nicht?«

»Nein. Es sind Früchte. Steinfrüchte, um genauer zu sein, so wie Aprikosen oder Pfirsiche.«

»Hab ich nicht gewusst.«

»Offensichtlich.«

Sie nahm den Löffel mit dem langen Stiel in die Hand und tauchte ihn in die Mousse. Dann führte sie die Köstlichkeit an ihren Mund und genoss einfach nur. Es war himmlisch. Sie hätte sich hineinlegen können. Leider war das Dessert das Einzige, auf das sie an diesem Abend noch Appetit hatte. Sie konnte nicht genau sagen, warum, aber Harrisons Abneigung gegen Mandeln hatte ihn auf einen Schlag unsympathisch gemacht. In ihren Augen zumindest.

»Hab ich etwas Falsches gesagt?«, fragte er, da auch er die Eiseskälte zu bemerken schien, die plötzlich zwischen ihnen lag.

»Nein, nein«, sagte sie. »Ich denke nur, dass wir nicht unbedingt auf einer Wellenlänge sind.«

Er lachte. »Warum? Weil ich keine Mandeln mag?«

Oh, er hatte sie gut gelesen. Sie sah ihn an und nahm noch einen Löffel Mandelmousse, sagen tat sie aber nichts.

»Nun komm schon, man kann doch nicht alles mögen. Ich bin mir sicher, es gibt auch etwas, das du nicht magst.«

»Wels in Aspik«, entgegnete sie.

»Das hört sich echt widerlich an«, sagte Harrison und verzog dabei so das Gesicht, dass sie laut lachen musste.

Er hatte ja recht. Geschmäcker waren verschieden, und nicht jeder auf dieser weiten Welt konnte Mandeln mögen. Sie durfte das nicht persönlich nehmen, auch wenn es sich für sie immer ein bisschen wie eine Beleidigung anfühlte. Als würde jemand das, was ihre Grandma sich ein Leben lang aufgebaut hatte, nicht würdigen. Und als würden alle schönen Kindheitserinnerungen, die sie hatte, verhöhnt werden. Doch Harrison hatte keine Ahnung davon, dass sie ihre Sommer auf einer Mandelfarm verbracht hatte – woher sollte er das auch wissen?

Sie betrachtete ihn nun und beschloss, dass sie seine Worte nicht allzu ernst nehmen und dass sie ihm vergeben wollte. Denn er war noch immer heiß, und er war hier. Er saß ihr direkt gegenüber und hatte jetzt etwas in den Augen, das sie zu fragen schien: Wollen wir aufhören zu essen, zu reden und uns über dumme Dinge wie unterschiedliche Geschmäcker zu zanken, und lieber zu mir gehen und ein bisschen Spaß haben?

Sie legte den Löffel beiseite, warf die Serviette auf den Tisch und erhob sich. »Jetzt haben wir beide etwas gutzumachen«, sagte sie und ging in Richtung Ausgang.

Harrison verstand ihre Aufforderung, bezahlte, folgte ihr und brachte sie in sein elegantes Penthouse, in dem sie in den nächsten zwei Stunden dreimal Sex hatten. Als Sophie völlig ausgelaugt war, sagte sie Harrison, dass sie nach Hause fahren würde.

»Bleib doch ruhig über Nacht«, bot er an.

»Nein, schon okay. Ich hab noch ein bisschen was zu tun«, erwiderte sie.

Er sah auf seine Armbanduhr, die auf dem Nachttischchen lag. »Es ist nach Mitternacht.«

Mist! Das bedeutete, es war bereits nach neun in Kalifornien. Bis sie zu Hause war, war es wahrscheinlich schon zehn. So spät wollte sie Hattie nicht stören.

Schon wieder hatte sie es verpasst, sie anzurufen!

Sie rief sich ein Taxi, gab Harrison einen Kuss auf den Mund und bedankte sich für den schönen Abend. Er war ja wirklich schön gewesen. Das Essen war gut gewesen und der Sex mindestens genauso. Klar, Harrison war kein Boyfriend-Material, aber nach einer festen Beziehung suchte sie ja eh nicht.

»Wann sehen wir uns wieder?«, wollte er wissen.

»Ich melde mich«, antwortete sie und meinte es so. Wenn ihr mal wieder nach ein paar unverbindlichen, heißen Stunden wäre, würde sie ihn bestimmt anrufen.

»Komm gut nach Hause«, rief er ihr noch hinterher, doch sie war schon aus der Tür und im Fahrstuhl.

Sie schüttelte den Kopf. Wenn ihre Mutter von ihren One-Night-Stands wüsste ... Oder Hattie! Ausschimpfen würden sie sie! Ihre Eltern waren immerhin schon seit sechsunddreißig Jahren verheiratet, und Hattie hatte ihre große Liebe sogar vierundvierzig Jahre lang an ihrer Seite gehabt.

Und sie?

Sie versuchte, den Gedanken an die Liebe beiseitezuschieben, nur um nicht an *ihn* denken zu müssen.

Was er jetzt wohl tat? Ob er noch immer in Davis lebte? Eine Familie hatte? Kinder? Ob er all das mit einer anderen hatte, was er ihr hatte geben wollen, bevor sie ihm das Herz brach?

Sie stieg ins Taxi und nannte dem Fahrer ihre Adresse in Beacon Hill.

Was war nur los mit ihr?

Manchmal war es, als würde sie feststecken in der Vergangenheit. Sie sollte endlich in die Zukunft blicken. Vielleicht Harrison eine Chance geben. Er mochte keine Mandeln – na, und wenn schon! Ganz bestimmt hatte er viele andere Vorzüge. Womöglich konnte sie es herausfinden.

Zu Hause angekommen, warf sie ihre High Heels in die Ecke, setzte sich aufs Sofa und kuschelte sich in die Decke. Eigentlich war es ein Quilt, den Hattie aus ihrer alten Kinderkleidung genäht hatte – jedes Quadrat eine alte Hose, ein T-Shirt oder ein Kleidchen –, als ihre Finger noch nicht so von der Arthritis befallen gewesen waren. Sie hatte ihn Sophie in ihrem neunzehnten Sommer geschenkt, kurz bevor sie nach New Haven gegangen war, um in Yale zu studieren. Ihrem letzten Sommer auf der Mandelfarm.

Sie machte sich lang und griff nach der Keksdose, die auf dem unteren Brett des Couchtisches stand. Ein paar letzte Mandelplätzchen waren noch übrig. Hattie hatte ihr Anfang August ein Paket mit zwei Tüten Plätzchen, dem leckeren Mandelaufstrich und einem Kilo frischen Mandeln geschickt. Die ersten dieses Jahres. Sie schmeckten einfach herrlich und waren längst verputzt. Und Sophie hoffte, dass Hattie ganz bald neue schicken würde. Sie würde sie darum bitten, wenn sie morgen mit ihr sprach.

Morgen. Ganz sicher.

Ihr Handy, das noch immer auf stumm geschaltet war, leuchtete auf. Das Display zeigte 01:07 Uhr an, und dazu den Namen ihrer Mutter.

»Mom?«, ging sie ran, und ihr Herz pochte lauter. Ihre Mutter rief für gewöhnlich nicht so spät an. In Kalifornien war es zwar gerade mal zehn Uhr, aber irgendetwas war nicht in Ordnung, das spürte sie gleich.

»Sophie? Bist du noch wach?«

»Ja. Was ist passiert?«

»Bitte entschuldige die späte Störung. Ich hatte dir bereits draufge...«

»Mom! Was ist passiert?«, wiederholte sie.

Stille.

Dann: »Es geht um Hattie ... Sie ist von uns gegangen.«

Sophie spürte Tränen aufsteigen und im nächsten Moment ihre Wangen hinunterlaufen.

Hattie war tot. Und sie hatte sich nicht von ihr verabschieden können. Das letzte Mal, dass sie miteinander gesprochen hatten, war vier Wochen her, und Sophie hatte es wie immer kurzgehalten. Sie hatte sich für das Paket bedankt und Hattie von ihrem tollen Job vorgeschwärmt. Hattie ihrerseits hatte von den prallvoll behangenen Mandelbäumen erzählt. Es war nur um Banales gegangen, Sophie erinnerte sich nicht einmal, ob sie ihrer Grandma am Ende des Gesprächs gesagt hatte, dass sie sie lieb hatte. Und nun würde sie sie niemals wiedersehen, und diese zwei übrigen Kekse in der Dose waren die letzten, die sie ihr gebacken hatte.

Sie fühlte sich schrecklich. Konnte an nichts anderes denken als daran, wie dumm sie gewesen war, mit Harrison auszugehen, anstatt Hattie anzurufen. Den ganzen Nachmittag Bestellungen aufzugeben, statt Hattie anzurufen. Mit Lola über den Knackarsch des Gemüselieferanten zu tratschen, statt Hattie anzurufen. Sudokus zu machen, statt Hattie anzurufen. Und jetzt war es zu spät. Für immer zu spät.

»Bitte komm nach Hause«, hörte sie ihre Mutter sagen, und in diesem Moment wollte sie nichts mehr als das.

Kapitel 6

Alba

Stundenlang hatte sie auf das Farmhaus gestarrt. Nachdem durchgesickert war, dass der liebe Gott die gute alte Hattie zu sich geholt hatte, hatten alle Plantagenarbeiter angefangen zu reden. Sie hatten sich versammelt und mit neugierigen Blicken mit angesehen, wie erst der Krankenwagen, danach die Verwandten und später dann der Leichenbestatter vorgefahren waren. Niemand hatte mehr etwas für Hattie tun können. Es war aus und vorbei. Und was genau es für sie alle bedeutete, dass Hatties Lebenslicht erloschen war, konnte noch niemand mit Sicherheit sagen.

Juanita flehte die Mutter Gottes an, dass sie alle bleiben durften, Emilio schimpfte vor sich hin, Santiago, der von allen schon am längsten hier war, wechselte nervöse Blicke mit seiner Frau Consuela, und Nora und Olivia, die beiden Pflückerinnen, die mit neunzehn und zweiundzwanzig Jahren noch jünger waren als Alba, überlegten bereits laut, wo sie stattdessen für den Rest der Saison unterkommen könnten.

Alba aber konnte an nichts anderes denken als an Hattie, die sie so in ihr Herz geschlossen hatte, weil sie sie unglaublich an ihre *abuela* erinnert hatte, und an das letzte

Gespräch mit ihr. Daran, dass Hattie versprochen hatte, ihr zu helfen. Sie wolle nachdenken, wolle sich genau überlegen, was das Richtige war, bevor sie handelte, hatte sie ihr gesagt. Sie solle ihr bitte noch ein paar Tage Zeit geben.

Diese Tage hatte sie nun nicht mehr. Und für Alba und die anderen war keine Rettung mehr in Sicht.

Fast wünschte sie, sie wäre mit Hattie zusammen gestorben, denn sie mochte gar nicht daran denken, was jetzt folgen würde. Niemand würde all dem ein Ende machen. Da wäre der Tod noch die bessere Aussicht.

Sie seufzte schwer, als sie jetzt erst Lydia aus dem Haus kommen sah und kurz darauf Hatties Tochter Luanne, die ihren Mann dabeihatte und von ihm gestützt werden musste.

Sofort überkam sie ein schlechtes Gewissen, und sie schalt sich selbst, dass sie nur an sich gedacht hatte. Luanne hatte soeben ihre *mamá* verloren, was das schlimmste Gefühl der Welt sein musste. Alba selbst hatte ihre Mutter seit gut fünf Jahren nicht gesehen, seit sie neunzehn gewesen war und sie sie für immer verlassen hatte. Doch wenigstens wusste sie, dass ihre *mamá* noch am Leben war, und trotz der Entfernung würde sie immer etwas verbinden, das ihnen keiner nehmen konnte.

Das Band zwischen Luanne und ihrer Mutter war heute allerdings zerrissen worden, und Alba konnte ihren Schmerz regelrecht fühlen, als sie sie nun weinen sah.

Alba hatte schon viele Leichen erblickt. Früher in Mexiko. Ihren Cousin Estéban, der auf offener Straße vom Kartell erschossen worden war, oder ihre Tante Elsa, die sich zu Tode gesoffen hatte, nachdem ihr Mann sie für eine Frau verlassen hatte, die nur halb so alt war wie sie und schneller schwanger gewesen war, als Onkel Rolando seine Koffer packen konnte. Das hatte Elsa am meisten mitgenommen. Sie selbst hatte nämlich zwei Jahrzehnte lang versucht, ein Baby zu bekommen, doch ihr war dieses Glück leider nicht vergönnt gewesen. Acht Fehlgeburten hatte sie erlitten, und jede hatte ihr ein kleines bisschen mehr von ihrem Lebensgeist genommen. Ihr Glück fand sie dann allerdings doch noch, und zwar in einer trostspendenden Flasche Gin, die ihr ständiger Begleiter wurde, und eines Abends beschloss sie, dass sie drei davon auf ex trinken wollte. Sie wurde mit einer der Puppen im Arm gefunden, die sie für ihre noch ungeborenen Kinder gekauft hatte. Ein trauriges Ende für eine Frau, die doch einfach nur Mutter hatte sein wollen.

Alba hatte sich oft gefragt, wieso der Herr Jesus es zuließ, dass ihre *mamá* mit sechs Kindern gesegnet war und deren Schwester mit keinem einzigen. Sie hatte sich auch gefragt, warum er es zugelassen hatte, dass ihre Eltern sie einfach so gehen ließen, ja, mehr noch als das: dass sie sie quasi auf den Weg schickten. Mit ihm! Und sie hatte sich gefragt, warum Jesus und die heilige Maria es zuließen, dass sie dieses sinnlose Leben führen musste, ein Leben voller Schmerz und Hoffnungslosigkeit. Und warum sie ihr erst eine Retterin schickten, nur um sie ihr dann wieder zu nehmen, bevor sie etwas ausrichten konnte.

Hattie hätte vielleicht nicht die ganze Welt von ihren Sünden befreien können, aber sie hätte Albas Leben retten können, und das der anderen jungen Farmarbeiterinnen, in deren Augen sie jetzt nichts als Angst sah.

»Wir sollten nach Hause gehen«, hörte sie Juanita sagen, als Lydia in ihrem Wagen davonfuhr, sicherlich nach Hause zu ihrem liebevollen Ehemann und den drei Kindern, in ihr hübsches Heim, das voll von Harmonie war. Alba kannte Lydia kaum, hatte höchstens mal drei Worte mit ihr gewechselt, doch sie hatte sie mit ihrer Familie gesehen, mehr als einmal, auf der Farm und auch im Ort. Beim Einkaufen und auf Festen. Und sie musste zugeben, dass sie sie ganz schrecklich beneidete. Sie wusste, das durfte sie nicht, aber sie konnte nichts dagegen tun. Lydia Donahue lebte das Leben, das Alba sich wünschte und niemals bekommen würde.

»Ja, wir sollten machen, dass wir nach Hause kommen«, sagte Consuela in die Runde. »Damit wir alle noch ein wenig Schlaf finden. Morgen müssen wir schließlich wieder früh aufstehen und arbeiten.«

Bei diesen Worten sahen mehrere von ihnen Emilio an. Sie konnten ihn nicht fragen, doch hofften sie, er würde ihnen trotzdem eine Antwort geben.

Würden sie alle morgen noch Arbeit haben?

»Was ist, Emilio, sollen wir morgen wie immer um sechs Uhr antreten?«, traute nun aber Silvio, Santiagos Bruder, sich zu erkundigen.

Emilio, der seit Stunden die Hände in die Hüften gestemmt hatte, schnalzte mit der Zunge. Dann sagte er: »Ja, wie immer. Morgen sehen wir weiter.«

Sie alle verabschiedeten sich voneinander, und Alba sah Emilio zu seinem Häuschen gehen, das sich nicht weit vom Haupthaus befand. Er wohnte seit ungefähr acht Jahren dort, hatte Juanita ihr erzählt. Vor zehn Jahren war er aus Mexiko hergekommen, hatte eine Amerikanerin geheiratet und so eine Aufenthaltsgenehmigung sowie eine Arbeitserlaubnis bekommen. Allerdings hatte seine Frau sich bereits nach einem Jahr wieder scheiden lassen, weil er ständig fremdgegangen war, hatte sie gehört. Ja, das konnte Alba sich gut vorstellen, und sie fragte sich, wie diese arme Frau es überhaupt ein ganzes Jahr an seiner Seite ausgehalten hatte. Nun, nach seinem Rauswurf von zu Hause war er hier bei Hattie eingezogen und hatte die Aufgaben des Vorarbeiters übernommen. Er war neben Juanita der Einzige, der auch im Winter hierblieb, da dann zwar keine Mandeln geerntet werden konnten, jedoch trotzdem immer etwas zu tun war auf der Plantage. Juanita hingegen kam das ganze Jahr über zur Farm, um Hattie zur Hand zu gehen. Um Wäsche für sie zu waschen, Einkäufe zu erledigen und ihr Gesellschaft zu leisten an einsamen Wintertagen. Hattie war stets eine dankbare Arbeitgeberin gewesen, und als sie vor drei Jahren nach einer Haushaltshilfe gesucht hatte, weil sie in ihrem Alter einfach nicht mehr alles allein schaffte, hätte Alba die Stelle gern selbst angenommen. Doch Juanita hatte das Geld nötiger, und im Grunde war Alba sogar ganz froh, nicht noch mehr Zeit in Emilios Nähe verbringen zu müssen. Also nahm sie den Winter und den Frühling über jede andere Tätigkeit an, die sie bekommen konnte. Mal pflückte sie Navel-Orangen, die von November bis Februar reiften, mal wusch sie Wäsche für die älteren Frauen der Gegend, und in der Weihnachtszeit half sie Geschenke verpacken im Kaufhaus. Wenn es nach ihr gegangen wäre, hätte sie schon nach der ersten Saison auf der Mandelfarm aufgehört und sich gänzlich anderen Jobs gewidmet, doch Hershel wollte, dass sie jedes Jahr wieder dorthin zurückkehrte und für Hattie arbeitete. Und das aus zweierlei Gründen: Erstens war die Farm ganz in der Nähe, was hieß, sie konnte zu Fuß hinlaufen, und Hershel musste sie nicht fahren. Und zweitens verdiente sie dort gutes, regelmäßiges Geld, und auch wenn es nur acht Dollar die Stunde waren, kam so mit Hershels Veteranenrente doch genug zusammen, um alle monatlichen Rechnungen zu begleichen und sogar noch etwas beiseitezulegen für die Monate, in denen sie nicht auf der Farm beschäftigt war. Und all das bedeutete, dass Hershel selbst nicht arbeiten gehen musste, was ihm sehr gelegen kam. Wahrscheinlich sogar hatte er sich nur deswegen auf den Weg nach Mexiko gemacht und sich dort eine Frau gesucht, da war sie sich inzwischen ziemlich sicher.

Als sie jetzt die zwei Kilometer nach Hause lief, Olivia und Nora an ihrer Seite noch immer wild spekulierend, was mit der Farm werden würde, konnte sie in der Ferne einen Kojoten heulen hören. Das ließ sie gleich wieder an zu Hause denken, wo sie als Kind oft neben Marisol in dem alten hölzernen Bett gelegen und den Kojoten dabei zugehört hatte, wie sie miteinander zu kommunizieren schienen.

Es war bereits dunkel, als sie sich von ihren Freundinnen verabschiedete und ihnen eine gute Nacht wünschte. »*Buenas noches! Hasta mañana!*« Sie blieb in ihrer Einfahrt stehen und winkte ihnen nach, und dann ging sie zur Haustür und konnte sie einfach nicht aufschließen. Weil sie Angst davor hatte, wie Hershel reagieren würde. Nicht nur war sie viel später als sonst nach Hause gekommen, und er hatte sich sein Essen selbst machen müssen, was er hasste. Sie würde ihm auch irgendwie beibringen müssen, dass ihre Arbeitgeberin gestorben war. Das würde ihn aufregen, das war klar wie die Hühnerbrühe ihrer *mamá*, die sie ihr gemacht hatte, wenn sie eine Erkältung gehabt hatte. Jedes einzelne Mal hatte sie geholfen, und Alba wünschte sich so sehr, dass ihr auch jetzt jemand helfen würde. Doch sie stand ganz allein da, als sie nun endlich aufschloss und das Haus betrat.

»Wo warst du so lange?«, hörte sie ihn aus dem Wohnzimmer rufen. Er machte sich nicht die Mühe, aufzustehen und sie zu begrüßen. Nach ihr zu sehen und zu hören, was passiert war.

»Einen Moment, Hershel!«, rief sie ihm zu und zog sich im Flur die Schuhe aus, die ihr eine Nummer zu klein waren und die ihre Zehen so sehr einengten, dass sie Abdrücke hinterlassen hatten. Sie stellte die Schnürschuhe auf die dafür vorgesehene Matte und rieb sich das Kreuz. Dann ging sie ins Wohnzimmer und setzte sich auf einen der beiden Stühle, die an dem kleinen Esstisch standen. Sie stützte ihren Ellbogen ab und legte ihre Wange auf ihre Handfläche.

Hershel drehte sich jetzt zu ihr um, und sie betrachtete ihren Mann, der mehr als doppelt so alt war wie sie, ja, sogar älter als ihr Vater! Sein graues Haar stand ab, als hätte er heute vergessen, es zu kämmen, und sein braunes Hemd schmückte ein großer Senffleck. Er hatte sich nicht die Mühe gemacht, ihn abzuwischen.

»Wieso kommst du so spät, Alba?«, fragte er und sah sie ein wenig genervt an. Nicht wütend, denn richtig wütend wurde er nie. Das hätte ihm wahrscheinlich zu viel Mühe bereitet.

»Ich komme so spät, weil etwas Schreckliches passiert ist«, sagte sie und spürte, wie ihr Tränen in die Augen stiegen.

»Was ist passiert?« Hershel sah plötzlich besorgt aus.

Tja, wenn ihr Mann ihr ein Handy erlauben würde, hätte sie es ihm schon längst mitteilen können. Doch ein eigenes Telefon war nur eines der vielen Dinge, ohne die sie auskommen musste.

Sie sah ihm nun ins Gesicht, während ihre Wangen feucht wurden. Und sie erzählte ihm: »Hattie … der Herr hat sie heute zu sich geholt.«

Mit großen Augen starrte er sie an. »Sie ist tot?«

Alba nickte und wischte sich ein paar dunkle Haarsträhnen aus dem nassen Gesicht. »Sie hatte einen Herzinfarkt, haben sie gesagt.«

»Wer hat das gesagt?« Hershels Nase begann zu zucken, wie immer, wenn ihn etwas aufregte.

»Luanne, ihre Tochter. Sie kam gleich angereist.«

»Wird sie die Farm übernehmen?«, fragte ihr Mann hoffnungsvoll.

»Das weiß ich nicht. Uns wurde noch nichts weiter gesagt.«

»Ich hoffe es schwer«, meinte er.

Und Alba hoffte das Gegenteil. Wenn die Farm verkauft wurde, würde der neue Besitzer vielleicht seine eigenen Pflücker mitbringen und die alten nicht behalten können. Das wäre ein wahrer Segen. Natürlich sagte sie Hershel das nicht.

»Wir können es uns nicht leisten, dass du den Job verlierst.«

Natürlich nicht, dachte sie. Denn dann müsstest du auf dein tägliches Bier verzichten und auf deinen Braten. Auf dein Rumpsteak und auf deine Rippchen.

Hershel sah sie noch eine Weile an und wandte sich dann wieder dem Fernseher zu, wo eine alte Folge *Matlock* lief. Kurz darauf wurde Werbung eingeblendet, und eine Frau, die für ein Waschmittel warb, sagte mit einem strahlenden Lächeln: »Sind Sie verzweifelt? Keine Sorge, Carlson's Extra White entfernt auch die hartnäckigsten Flecken.«

Alba starrte die Frau an und stand dann auf, um sich in der Küche ein Glas Wasser zu holen. Hershel hatte das Geschirr des ganzen Tages stehen lassen. In der Plastikschale eines Mikrowellengerichts befanden sich noch ein wenig Kartoffelpüree und Rosenkohl. Sie nahm eine Gabel aus der Schublade und aß die kalten Reste. Dabei sah sie aus dem Fenster in die Dunkelheit und verfluchte ihr komplettes Leben. Ihre Mutter würde weinen, wenn sie sie sehen könnte, und ihr Vater würde vielleicht erkennen, welch riesengroßen Fehler er gemacht hatte, als er sie Hershel überließ – für zweitausend Dollar und eine Stange Zigaretten.

Kapitel 7

Sophie

Sie hatte kein Auge zugetan, hatte immer wieder an Hattie denken müssen und daran, dass sie sie so lange nicht besucht und sie viel zu selten angerufen hatte. Nie in ihrem Leben hatte sie sich so schrecklich gefühlt, so elend, so egoistisch und so verloren. Und die ganze Zeit fragte sie sich, warum sie es nur immer wieder aufgeschoben hatte. Warum sie sich nicht einfach mal ein paar Tage freigenommen hatte, um nach Kalifornien zu fliegen. Sie hatte doch wissen müssen, dass ihre Grandma nicht ewig lebte, oder? Immerhin war sie achtundachtzig gewesen! Acht Jahre war es her, dass sie sie das letzte Mal auf der Farm besucht hatte. Acht Jahre zu viel.

Und jetzt war es zu spät.

Sie musste an ihre Mom denken, die so unglaublich traurig gewesen war und die sie gebeten hatte, nach Hause zu kommen. Und eigentlich wollte sie das ja auch, wollte für ihre Mutter da sein und Hattie die letzte Ehre erweisen. Wenn sie sich nur nicht so mies bei dem Gedanken fühlen würde, jetzt dort zu erscheinen, jetzt, wo es doch überhaupt nicht mehr von Bedeutung war.

Sicher würde Lydia bei der Beerdigung sein, und vielleicht sogar Jack, und sie war ganz bestimmt nicht scharf darauf, einem von ihnen zu begegnen. Sie konnte sich gut vorstellen, was sie von ihr dachten. Was sie von ihr hielten. Wie sie sie verabscheuten.

Sie empfand ja dasselbe.

Sie war damals weggegangen, weil sie mehr gewollt hatte. Weil sie ein aufregenderes Leben gewollt hatte als das, von dem sie glaubte, es in Kalifornien führen zu können. Das schlechte Gewissen hatte sie dabei ganz weit beiseitegeschoben.

Ja, vielleicht war es selbstsüchtig gewesen, und ja, vielleicht hatte sie nur an sich gedacht. Aber das war doch ihr gutes Recht gewesen, oder? Das hatte sie zumindest damals geglaubt.

Sie alle hatten überhaupt nicht verstanden, wonach ihr Herz sich sehnte, und deshalb hatte sie die Dinge selbst in die Hand genommen. Hatte sich in ihr eigenes Leben aufgemacht, fernab von ihnen, und hatte es geliebt. Zumindest in den Momenten, in denen sie nicht allzu viel darüber nachgedacht hatte, wie sehr sie die Menschen, die *sie* liebten, damit verletzte.

Als junger Mensch, der gerade dabei war, sich selbst zu finden, traf man manchmal Entscheidungen, die nicht rückgängig zu machen waren. Man tat Dinge, die nicht wiedergutzumachen waren. Und manchmal war es einfach unmöglich, wieder zurückzukehren an den Ort und zu den Menschen, die man zurückgelassen hatte. Weil sie einen nicht nur an diese Fehler erinnerten, sondern weil dieses neue Leben, das man sich mühselig aufgebaut hatte, sonst überhaupt nicht mehr von Bedeutung wäre.

Und während die Jahre vergingen, lernte man mit diesen

Fehlern zu leben, die man begangen hatte. Man redete sich ein, dass das Leben, das man führte, genau das war, was man führen wollte. Dass einem nichts fehlte.

Auch wenn man es tief im Innern besser wusste.

Als sie es endlich doch noch schaffte einzuschlafen, träumte sie von Hattie. In ihrem Traum war Sophie ein kleines Mädchen, vielleicht acht Jahre alt, und stand mit ihr zusammen in der Küche. Sie backten Mandelplätzchen, und Hattie ließ sie von dem Teig naschen, der so süß und lecker war, dass sie am liebsten die ganze Schüssel leergefuttert hätte. Ihre Grandma öffnete die Ofentür, um zu sehen, ob die Plätzchen die gewünschte Knusprigkeit erreicht hatten, und der Duft, der dabei die Küche durchflutete, war nicht von dieser Welt.

Als Sophie am Morgen aufwachte, ging sie sich die letzten beiden Plätzchen holen und aß sie unter Tränen auf. Sie noch in der Dose zu wissen hätte zu sehr geschmerzt. Besser, man vernichtete alle Beweise, die darauf hindeuten könnten, dass sie eine schlechte Enkelin gewesen war.

Sie stöhnte und ging in die Küche, um sich eine Kopfschmerztablette zu holen. Die spülte sie mit einem Glas Orangensaft hinunter und erschrak dann, als ihr Blick auf die Uhr fiel. Es war bereits zwanzig nach acht! Sonst war sie immer um Punkt acht im Restaurant, oft auch früher. Lola hatte zwar ebenfalls einen Schlüssel, doch Sophie hatte heute Vormittag einige Bestellungen anzunehmen. Und am Mittag wollte sie sich mit Hyazinth treffen, die heute Geburtstag hatte, wie ihr wieder einfiel. Das Treffen konnte sie nicht absagen, da sie ihrer Freundin versprochen hatte, sie in ihr Lieblingsrestaurant einzuladen. Also würde sie sich jetzt aufraffen, unter die Dusche springen und machen, dass sie so schnell wie möglich ins Three Seasons kam. Eine

Alternative gab es nicht. Obwohl sich die Vorstellung, den ganzen Tag auf der Couch zu verbringen und in ihr Kissen zu weinen, gar nicht mal so schlecht anhörte. Doch so war Sophie nicht. Sie war eine Powerfrau, und sie würde ihrem gewohnten Alltag nachgehen, während sie überlegte, was zu tun war und ob sie wirklich nach Kalifornien fliegen sollte. Oder ob es reichte, einen Blumenkranz für die Beerdigung zu schicken.

»Du siehst wirklich, wirklich schlimm aus«, sagte Lola, als Sophie die Küche betrat. »Habt ihr die Nacht durchgemacht, oder wie?« Sie grinste frech, während sie den Nudelteig flachrollte.

»Danke für das Kompliment«, sagte sie und schenkte sich einen Kaffee ein. Den hatte sie jetzt bitter nötig.

»Nein, erzähl schon, ich bin ja so gespannt. Wie war er, dein Prince Charming? Wie war es im Substitute? Und ist er danach mit zu dir gekommen?«

Sie seufzte, weil sie wusste, dass Lola ja doch keine Ruhe geben würde, bis sie ihr alles haargenau berichtet hatte.

»Es war ein toller Abend, Harrison war genauso charmant wie bei unserer ersten Begegnung, das Essen im Substitute war fantastisch, er ist nicht mit zu mir gekommen, sondern ich mit zu ihm«, erzählte sie ihr die Schnellversion.

»Das Essen war fantastisch, ja? Besser als meins?« Lolas Augen nahmen dieses komische Funkeln an, und sie wusste, sie durfte jetzt nichts Falsches sagen.

»Es kam nicht im Entferntesten an deine Kochkünste heran.«

»Na, dann bin ich beruhigt.« Lola lächelte breit. »Du bist also mit zu ihm gegangen, ja? Bist du über Nacht geblieben?«

»Nein. Es war schon spät, und ich bin dann irgendwann nach Hause gefahren, weil ich doch die Lieferungen annehmen wollte. Waren der Obst- und Gemüselieferant und Jimmy von Edison's Bakery schon hier?« Edison's Bakery backte die besten Sauerteigbrote der Stadt, die sie als Appetizer zu jedem Gericht reichten, mit vier verschiedenen Dips.

»Ja, sie waren beide hier. Im Gegensatz zu dir.« Lola stach aus dem Nudelteig einige Kreise aus. Heute standen Trüffelravioli auf der Karte, Sophies Leibspeise.

»Ja, sorry, ich hab verschlafen, weil ich die halbe Nacht kein Auge zugetan habe. Sind die Drachenfrüchte mit dabei gewesen? Die brauchst du doch für dein heutiges Dessert, oder?«

»Ja, die waren dabei. Uuuh, du hast die halbe Nacht kein Auge zugetan? Jetzt will ich aber doch Details hören.«

Nun überkam es Sophie doch wieder, sie stützte beide Arme auf dem Tresen ab und legte ihren Kopf hinein.

»Ist alles okay?«, fragte Lola gleich.

Als sie den Blick wieder hob, sah sie, dass ihre Freundin sie besorgt anguckte. Sie schüttelte den Kopf. »Nein, gar nichts ist okay. Als ich letzte Nacht nach Hause kam, hat meine Mom angerufen. Meine Grandma ist gestorben.«

»Hattie? Oh nein, das tut mir so leid.« Sofort war Lola an ihrer Seite und legte ihr eine mehlbestäubte Hand auf den Rücken, um sie beruhigend zu streicheln. »Ich kannte sie ja nicht persönlich, aber sie schien eine wirklich liebe Person gewesen zu sein, deinen Geschichten nach zu urteilen.«

Viel hatte sie Lola nicht erzählt, nur Geschichten vom Plätzchenbacken und von warmen Sommerabenden, die sie mit Hattie auf der Farm verbracht hatte. Schöne Erinnerungen, die sie gerne teilte.

»Ja, das war sie.« Sophie strich sich eine Haarsträhne

hinters Ohr und biss sich auf die Lippe, um nicht wieder loszuweinen.

»Wirst du nach Kalifornien fliegen? Wir kommen bestimmt ein paar Tage ohne dich klar.«

Sie schüttelte den Kopf. »Ich denke, eher nicht. Obwohl mich meine Mom darum gebeten hat.«

»Dann solltest du ihr diesen Wunsch erfüllen, Sophie. Für deine Mutter ist es gerade bestimmt nicht leicht.«

»Ja, ich weiß. Ich werde darüber nachdenken, okay? Jetzt geh ich erst mal ins Büro und sehe, was heute alles zu tun ist.«

Sie nahm noch wahr, wie Lola ihr stirnrunzelnd nachsah. Nicht vorstellbar für sie als absoluten Familienmenschen, dass Sophie nicht nach Hause fuhr. Doch Sophie sah die Dinge anders. Sie war eben nicht der Mensch, der groß Emotionen zeigte. Und es graute ihr davor, an Hatties Grab zu stehen und Abschied zu nehmen. Viel lieber würde sie sich noch einmal mit Harrison treffen und dann vielleicht sogar sein Angebot annehmen, über Nacht zu bleiben. Denn so stark sie auch sein wollte, fühlte sie sich gerade doch ganz schön zerbrechlich und könnte eine Schulter zum Anlehnen gut gebrauchen. Ja, später würde sie ihn anrufen und fragen, ob er am Abend schon was vorhatte. Und falls nicht, würde sie ihn ins Three Seasons einladen und ihm dieses Mal ein Dessert bieten, das ganz sicher auch er mochte.

Sophie ging wieder an der Benjamin-Franklin-Statue vorbei, nahm den alten Herrn heute aber gar nicht richtig wahr. Mit ihren Gedanken war sie nämlich ganz woanders, und zwar in Kalifornien.

Ihre Mom hatte am Vormittag angerufen und ihr mitgeteilt, dass sie und ihr Dad heute beim Bestattungsinstitut gewesen waren und dass die Beerdigung schon am kommenden Freitag stattfinden würde, da die Todesursache eindeutig war. Hattie war an Herzversagen gestorben, sie war achtundachtzig Jahre alt gewesen und durfte jetzt in Frieden ruhen. Freitag war schon in drei Tagen, und Sophie war hin- und hergerissen, ob sie hinfliegen sollte oder nicht. Ihre Mutter hatte sie wieder gebeten zu kommen. Hattie hätte es so gewollt. Und auch die Familie brauche sie.

Die Familie, ha!

Als ob sie noch so viel Familie hätte! Die bestand doch nur noch aus ihren Eltern und aus Onkel Lincoln, dem Bruder ihrer Mutter, der dreimal verheiratet gewesen war, jedoch aus keiner der Ehen ein Kind hervorgebracht hatte, was bedeutete, dass Sophie weder Cousins noch Cousinen hatte. Geschwister hatte sie auch keine, und sonst war da niemand mehr. Sie mochte sich gar nicht vorstellen, wie wenig Leute an Hatties Grab stehen würden, ein trauriger Anblick würde das sein.

Sie ging an dem Stand mit den Brezeln vorbei und an dem mit den gebrannten Erdnüssen. Sie hatte schon immer gefunden, dass gebrannte Mandeln viel besser schmeckten und sich gefragt, warum sie die nicht anboten. Sie passierte das Old State House, von dessen Balkon im Jahr 1776 die Unabhängigkeitserklärung verlesen worden war. Und dann hatte sie den Quincy Market erreicht, auf dem buntes Treiben herrschte, wo Straßenkünstler ihre Kunststücke aufführten und die Touristen staunten, sich die Bäuche vollschlugen und viel Geld ausgaben. Denn hier reihte sich ein Laden an den anderen, Stände mit T-Shirts, Schmuck und Souvenirs luden zum Shoppen ein, und der Weihnachtsladen, der das ganze Jahr über Weihnachtsdeko verkaufte, zog auch im September schon Kunden an, die etwas Außergewöhnliches suchten wie zum Beispiel eine glänzende grüne Gurke als Baumbehang.

Wenn Sophie an Gurken dachte, besonders an die eingelegten, kam ihr gleich Lydia in den Sinn. Sie hatte schon immer eine Vorliebe für die sauren Dinger gehabt, in dem Sommer allerdings, in dem sie schwanger gewesen war, hatte sie saure Gurken gegessen, als wären sie ihr Lebenselixier. Als Sophie im Jahr darauf zum letzten Mal ihren Sommer in Kalifornien verbrachte, aß Lydia keine Gurken mehr, und auch alles andere hatte sich verändert. Ihre Freundin hatte keine Zeit mehr, um mit ihr abzuhängen, auf der Farm zu picknicken, im See schwimmen zu gehen oder die halbe Nacht lang über Jungs zu quatschen. Denn sie hatte jetzt ein Baby, und sie hatte Brandon, der ihr mehr Sorgen machte, als dass er ihr half. Lydia wohnte weiterhin bei ihren Eltern und schien völlig fertig mit den Nerven zu sein. Ihre Kleidung war mit Babybrei und Spucke bekleckert, und sie sah so aus, als wenn sie einen ganzen Monat nicht geschlafen hätte. Oder geduscht. Mit ihr war absolut nichts anzufangen, und so reiste Sophie schon früher ab und bereitete sich aufs College vor. Bald würde auch sie ein ganz neues Leben beginnen, ihres jedoch würde weit aufregender sein als das ihrer langjährigen Freundin, die sie kaum wiedererkannte.

Nach diesem Sommer brach der Kontakt gänzlich ab. Sie sah Lydia erst auf der Party zu Hatties achtzigstem Geburtstag wieder, und sie kam ihr vor wie eine Fremde. Sie unterhielten sich für zehn Minuten, und sie war froh, als ihre Mutter sie in die Küche rief, um ihr beim Öffnen der Sektflaschen zu helfen.

Sie fragte sich, ob Lydia wohl glücklich war. Ob das Leben als Hausfrau und Mutter sie erfüllte. Würde Sophie nach Kalifornien fliegen, könnte sie es herausfinden. Aber wollte sie das?

»Huhu!«, hörte sie eine schrille Stimme rufen. Sie blickte sich um und sah eine winkende Hyazinth vor dem Wagamama stehen, dem asiatischen Restaurant, wo sie sich meistens trafen, wenn sie miteinander essen gingen. Sie hatten aber auch die besten Ramennudelsuppen, die Boston zu bieten hatte, fand Sophie. Sie winkte zurück und ging auf ihre beste Freundin zu, die einen langen weißen Rock trug und dazu ein gelbes T-Shirt mit einer Ananas darauf.

»Alles Gute zum Geburtstag!«, sagte sie und nahm Hyazinth in die Arme. »Hier, ich hab was für dich.«

Sie reichte ihr die große Geschenktüte mit Lama-Motiv, von der sie sich sicher gewesen war, dass sie ihrer Freundin gefallen würde. Und sie hatte richtig gelegen, denn Hyazinth lächelte fröhlich und rief: »Ein Lama! Das ist ja süß! Wusstest du, dass Lamastuten die Hengste anspucken, um ihnen zu signalisieren, dass sie nicht mehr begattet werden wollen?«

Sie musste lachen. »Nein, das wusste ich nicht.«

»Da fällt mir ein: Wie war denn dein Date gestern? Hast du Grund, den Typen anzuspucken, oder willst du ihn wiedersehen?«

»Immer langsam. Lass uns doch erst einmal ins Restaurant setzen, dann kannst du mich ausquetschen.«

»Okay. Wollen wir bei dem schönen Wetter aber nicht lieber draußen sitzen?«

»Klar, von mir aus.«

Hyazinth ging voran, und Sophie folgte ihr, tief durchatmend und sich immer in Erinnerung rufend, dass heute der Ehrentag ihrer Freundin war.

Der Kellner brachte sie zu einem leeren Tisch, sie bestellten frischen Orangensaft und Ramensuppe mit Tofu, grünem Spargel, Algen und Bambus.

»Du hättest wegen mir nichts Veganes bestellen müssen«, meinte Hyazinth.

»Die Suppe ist echt lecker, ich hatte sie doch neulich schon mal. Und nun erzähl, hast du einen schönen Geburtstag? Was hast du alles geschenkt bekommen?«

»Oh. Auf der Arbeit haben alle zusammengelegt für einen Gutschein für einen veganen Kochkurs.«

»Das ist ja toll.« Sie wusste, dass Hyazinth, die nun bereits seit drei Jahren Veganerin war, immer wieder gerne neue Sachen ausprobierte. Da kam ihr so ein Kochkurs bestimmt gerade recht.

»Ja, finde ich auch. Sehr viel mehr hab ich noch nicht bekommen. Mein Vater hat mir den Herbstmantel schicken lassen, den ich mir im Internet ausgesucht habe, und meine Nachbarin hat mir eine Teemischung an die Tür gehängt. Und von dir hab ich …« Sie warf einen Blick in die Tüte und holte ihr Geschenk heraus. »… eine neue Yogamatte bekommen. Und ein paar meiner Lieblingsproteinriegel. Sehr schön, ich danke dir.«

»Freust du dich auch wirklich? Ich weiß nie, was ich dir schenken soll.«

»Das ist perfekt, ehrlich. Du kennst mich gut und weißt, was ich gerade brauche.«

»Du hast mir ja auch erzählt, dass deine jetzige Yogamatte schon fast auseinanderfällt.«

Hyazinth lachte. »Ja, stimmt. Das könnte ich ein paarmal erwähnt haben. So, und nun möchte ich alles über dein Date hören. Spann mich nicht länger auf die Folter.«

»Was willst du wissen?«

»Na, ob ihr Sex hattet, zuallererst einmal.«

»Hatten wir.«

»Und? War er gut?«

»Er war sogar sehr gut.«

»Das freut mich für dich. Du hattest es sowas von nötig. Und? Wann trefft ihr euch wieder? Ihr trefft euch doch wieder?«

»Ich denke schon.«

»Na, wunderbar. Und jetzt die alles entscheidende Frage: Hat er Ähnlichkeit mit Jack?«

Sophie schloss für einen Moment die Augen. Für diese Frage hätte sie gewappnet sein müssen. War sie aber nicht, da sie weiß Gott anderes im Kopf gehabt hatte.

»Nein. Nicht im Geringsten.«

»Na, da bin ich beruhigt.« Hyazinth sagte ihr nämlich, seit sie ihr zum ersten Mal von Jack erzählt hatte, dass es nicht gesund war, sich immer wieder Männer auszusuchen, die Jack glichen – optisch und vom Charakter her. Doch bei Harrison brauchte sie da keine Sorge zu haben. Denn der war groß und hatte blondes Haar, während Jack nur ebenso groß war wie sie, nämlich 1,75 Meter, und braunes Haar hatte.

»Ja …« Sie sah in die Ferne. Beobachtete eine Mutter dabei, wie sie für ihren Sohn im Grundschulalter ein T-Shirt der Harvard-Universität aussuchte. Der Arme, sein Schicksal war also schon besiegelt. »Weißt du, vielleicht werde ich Jack bald wiedersehen«, sagte sie geistesabwesend.

Hyazinth sah überrascht auf, während sie an ihrem Strohhalm sog. »Du fliegst nach Hause?«

»Meine Mom hat mich darum gebeten. Meine Grandma ist nämlich gestern gestorben.«

»Oh, wie traurig. War das die Grandma mit der Mandelplantage?«

Sophie nickte. Sie war die einzige, die sie noch gehabt hatte, allerdings konnte Hyazinth das nicht wissen, da sie in ihrer Gegenwart nie viel von ihrer Familie sprach. Hyazinth war einfach nicht so der Familienmensch. Ihre Gespräche behandelten eher Themen wie Männer, Sex, Ernährung, Karriere oder Emanzipation.

»Das tut mir ehrlich leid. Willst du zur Beerdigung?«

Sophie sah ihre Freundin an, und plötzlich wurde ihr etwas klar. Sie würde niemals nach Hause zurückfinden, wenn sie sich nicht endlich auf den Weg machte.

»Ich war mir bis eben nicht sicher, aber ich denke, ich muss. Hattie hat mir immer viel bedeutet, und ich habe das Gefühl, als sollte ich mal wieder zurück in die alte Heimat.«

»Das solltest du auf jeden Fall. Ich war nicht bei der Beerdigung meiner Grandma dabei und habe es immer bereut.«

»Darf ich fragen, was dich davon abgehalten hat hinzugehen?«

»Ach, das war in meiner Zeit als Drogensüchtige. Damals war mir so ziemlich alles egal.« Hyazinth machte eine wegwerfende Handbewegung.

»Deine Zeit als ...« Stirnrunzelnd sah Sophie ihre Freundin an. Anscheinend gab es auch Dinge, die sie ihr nicht erzählt hatte.

»Das ist lange her. Dann bin ich eines Tages zum Glück aufgewacht und habe zu mir selbst gefunden. Habe angefangen, mich gesund zu ernähren und Yoga zu machen. Ich war wie ein neuer Mensch.«

»Das hört sich schön an. Dass du zu dir selbst gefunden hast, meine ich.« Sie wünschte, sie würde das auch. Denn manchmal fühlte sie sich ganz schön verloren, auch wenn sie dieser Wahrheit nicht allzu gerne ins Gesicht blickte.

Vielleicht waren ein paar Tage Kalifornien ja alles, was sie brauchte.

»Ja, das finde ich auch«, meinte Hyazinth. »Ich glaube, unser Essen kommt.«

Der asiatische Kellner stellte zwei Schüsseln dampfender Suppe vor ihnen ab und fragte, ob alles in Ordnung sei. Dabei strahlte er Hyazinth breit an und versuchte, mit ihr zu flirten. Leider hatte der Arme keinen blassen Schimmer, dass Hyazinth ausschließlich auf heißblütige Latinos stand. Er bemühte sich also ganz umsonst.

»Fahr auf jeden Fall«, riet Hyazinth ihr erneut, als die freundliche Bedienung weg war.

Sophie nahm ein Stück grünen Spargel mit dem Löffel auf und führte ihn sich an den Mund. Der ältere Afroamerikaner, der vor dem Restaurant seinen Lautsprecher aufgebaut hatte, blies jetzt ins Saxophon und spielte *I Just Called to Say I Love You,* und sofort hatte sie einen Knoten im Hals. Genau das hätte sie tun sollen: Hattie anrufen und ihr sagen, dass sie sie liebte. Jeden Tag.

Sie nickte also entschlossen und sagte: »Ja, ich werde nach Hause fliegen. Wenn ich schon nicht mehr tun kann als das.« Und wenn es ihr selbst überhaupt nichts bringen würde, so bräuchte sie wenigstens einmal kein schlechtes Gewissen zu haben. Weil sie nämlich richtig gehandelt hätte.

Sie nahm noch ein Stück Spargel und erinnerte sich daran, dass Hattie den immer besonders gern gegessen hatte.

Oh, Hattie, dachte sie, warum bist du von mir gegangen, ohne dich zu verabschieden?

Kapitel 8

Lydia

Davis, Kalifornien, August 2005

Sie wiegte ihr Baby im Arm, vor und zurück, vor und zurück, und es wollte doch nicht aufhören zu weinen. Seit Wochen hatte sie keinen richtigen Schlaf mehr bekommen, und letzte Nacht hatte die kleine Grace ihr gerade einmal zwei Stunden gegönnt, bevor sie wieder schreiend aufgewacht war. Sie hatte Koliken und weinte ununterbrochen. Lydia wusste, dass ihre Mutter ihr geholfen hätte, doch sie musste morgens früh raus, um zur Arbeit zu fahren. Es war Mandelernte, und sie hatte schon um sechs Uhr auf der Plantage zu sein, um die ersten reifen Früchte von den Bäumen zu schütteln. In letzter Zeit war ihre Mutter sehr besorgt, weil sich viele Farmer diese mechanischen Schüttelmaschinen angeschafft hatten und auch Mr. Anderson, der Betreiber der Mandelfarm, auf der sie seit beinahe einem Jahrzehnt arbeitete, darüber nachdachte, sich eine zu kaufen. Das würde sicher bedeuten, dass er mindestens die Hälfte seiner Pflücker entließ, und Babette Dixon hatte natürlich Angst, dass sie eine der Ersten sein würde, da sie mit achtundvierzig Jahren nicht mehr die Jüngste war. Lydia konnte froh sein, dass sie mit dem Baby weiterhin in ihrem Elternhaus wohnen durfte. Wo hätte sie sonst hingesollt?

Brandon war auch keine Hilfe, ganz im Gegenteil. Wie Lydia wohnte er noch bei seinen Eltern, und wenn er sie besuchen kam, war er nur am Nörgeln darüber, dass das Baby so schrie. »Das Baby«, so nannte er seine Tochter, Lydia hatte ihn nicht ein einziges Mal ihren Namen sagen hören.

»Sie heißt Grace«, sagte sie ihm nun zum wahrscheinlich tausendsten Mal, als sie zusammen in der Küche standen und Kaffee tranken, während Lydia Grace wiegte.

Endlich beruhigte die Kleine sich ein wenig, und Lydia glaubte schon, sie würde endlich einschlummern, als Brandon sagte: »Es war ein Fehler. Ein riesengroßer Fehler.«

Sofort verkrampfte sie sich, spürte eine unglaubliche Wut in sich aufsteigen, und Grace musste sie ebenfalls spüren, denn sofort begann sie wieder zu schreien.

»Was war ein Fehler, hä?«, fragte sie gekränkt.

»Sag mal, meintest du nicht, sie heißen Dreimonatskoliken? Sollten die nicht längst vorbei sein?«, fragte Brandon und lenkte so vom Thema ab.

»Grace hat sie eben länger als drei Monate«, schnauzte sie ihn an. »Was hast du eben damit gemeint, dass es ein Fehler war? Etwa, dass wir unsere Tochter bekommen haben? Hätte ich abtreiben sollen?« Fassungslos starrte sie ihn an, und dabei bemerkte sie, dass er eine neue Frisur hatte. Sein dunkelbraunes Haar war jetzt kürzer und zur Seite gescheitelt. Lydia war heute noch nicht einmal dazu gekommen, sich zu kämmen.

Brandon wandte den Blick ab. Er trat nervös von einem Bein auf das andere, griff dann nach der Cheerios-Packung und nahm sich eine Handvoll der Frühstückskringel heraus.

»Ich hab ein Angebot bekommen«, ließ er sie schließlich wissen.

»Was für ein Angebot?«, fragte sie.

»Mein Cousin Eddie, der in San Francisco wohnt, arbeitet jetzt in einem coolen neuen Restaurant. Es ist gerade erst eröffnet worden. Sie sind auf Fischgerichte und Meeresfrüchte spezialisiert. Das Crab Trap befindet sich direkt in Fisherman's Wharf, der Touristengegend überhaupt. Eddie sagt, sie machen am Tag mehr Umsatz, als er zählen kann.«

Eddie. Lydia hatte ihn kennengelernt und ihn gleich bei ihrer ersten Begegnung für dumm befunden. Er war ein Vollidiot, der gefühlt jede Woche eine neue berufliche Karriere im Sinn hatte, wenn man beim Krabbenservieren denn überhaupt von einer Karriere sprechen konnte.

»Könntest du auf den Punkt kommen, bitte?«, bat sie, während sie weiterhin das Baby hin- und herschaukelte. Ihr Rücken tat so weh, dass sie kaum noch aufrecht stehen konnte.

»Eddie meint, sie suchen noch Personal, und hat dabei gleich an mich gedacht.«

Ungläubig schüttelte sie den Kopf. »Du willst nach San Francisco, um Krabben zu servieren?«

»Sie verkaufen nicht nur Krabben. Und ich will sie auch nicht servieren. Sie brauchen noch Leute in der Küche. Du weißt, ich denke schon länger darüber nach, Koch zu werden.«

Das war ihr ja ganz neu. Koch? Das hatte er zuvor nie erwähnt. Oder vielleicht hatte er das sogar, und sie war nur zu müde gewesen, um es aufzunehmen.

»Du willst dort als Koch arbeiten?«

»So einfach kann man kein Koch werden, Lydia. Ich würde natürlich als Küchenhelfer anfangen und mich hocharbeiten«, sagte er, als verstünde sie nichts von der Welt.

»Und was ist mit uns?«, fragte sie lauter als beabsichtigt. »Was wird aus uns, wenn du nach San Francisco gehst?«

»Uns?«, fragte er und sah sie verständnislos an. »Welches uns? Meinst du dich und das Baby, oder dich und mich?«

»Ich meine uns alle, unsere kleine Familie«, entgegnete sie sauer. Als Brandon darauf jedoch keine Worte fand, schrie sie ihn an: »Und das Baby heißt Grace, verdammt noch mal!«

»Mann, Lydia, du bist lauter als das Baby«, erwiderte er, und sie war kurz vorm Durchdrehen.

Sollte es das jetzt etwa gewesen sein? War ihr Traum vom Glück schon ausgeträumt? Sie hatte wirklich geglaubt, dass sie, wenn sie beide erst mal etwas älter waren und Brandon Geld verdiente, zusammenziehen und eine richtige Familie sein würden. Da war sie wohl mächtig naiv gewesen.

»Ich hätte nie gedacht, dass du uns im Stich lassen würdest«, sagte sie verbittert, setzte sich, zog das T-Shirt hoch und legte Grace an die Brust.

Ein wenig angewidert starrte Brandon auf das trinkende Baby. »Was hast du denn gedacht? Dass wir bis in alle Zeiten zusammenbleiben würden?«

»Ja, ehrlich gesagt habe ich das.«

»Ach, komm schon, Lydia, seien wir ehrlich. Wärst du nicht schwanger geworden, wären wir doch schon längst nicht mehr zusammen, oder?«

Sie spürte Tränen aufsteigen und fauchte Brandon an: »Dann geh doch! Verschwinde, los! Geh nach San Francisco und werde glücklich in deinem Krabbenrestaurant!«

»Sie verkaufen viel mehr als nur …«

»Ist mir scheißegal! Hau ab und komm nie wieder! Und ich hoffe, du weißt, dass es dann endgültig ist. Komm bloß nicht wieder bei uns angeschissen, wenn es in San Francisco nicht klappt.«

Brandon sah sie noch einmal an, nickte dann und kam auf sie zu. Er strich der kleinen Grace sanft über das Köpfchen und sagte: »Lebt wohl.« Dann ging er aus ihrem Haus und aus ihrem Leben, und Lydia konnte endlich ihre Tränen zulassen.

Sie kuschelte sich an Grace, roch an ihrem weichen dunklen Haar, das sie von Brandon geerbt hatte, und küsste die Stelle, die er eben noch gestreichelt hatte.

»Was sollen wir jetzt nur tun, Gracie? Nun sind wir ganz allein«, sagte sie und weinte in Grace' niedlichen rosa Strampler. In diesem Moment fühlte sie sich leerer und verlassener als je zuvor, und sie konnte sich nicht vorstellen, dass es jemals besser werden sollte.

In den nächsten Tagen suhlte Lydia sich im Selbstmitleid. Sie hörte ununterbrochen Songs wie *We Belong Together* von Mariah Carey oder *Incomplete* von den Backstreet Boys, die es eher schlimmer statt besser machten. Der einzige Lichtblick, den sie noch hatte, war, dass Sophie gerade in Davis war. Sie verbrachte ihren Sommer wie jedes Jahr bei ihrer Grandma Hattie, auch wenn in diesem Jahr alles anders war. Wegen Grace hatte Lydia leider nicht sehr viel Zeit mit ihrer Freundin verbringen können. Und die wenigen Stunden, die sie zusammen gehabt hatten, waren merkwürdig gewesen. Ein bisschen hatte es sich angefühlt, als wären sie Fremde. Sophie hatte es überhaupt nicht interessiert, wenn sie ihr von Grace erzählt hatte, und dabei waren sie doch beste Freundinnen! Interessierte man sich da nicht für *alles*, was sich im Leben der anderen abspielte? Anscheinend nicht. Und nachdem sie Grace zwei- oder dreimal mit zur Farm genommen und Sophie sich ganz komisch und abweisend und beinahe genervt verhalten hatte, hatte sie es sein lassen und sie überhaupt nicht mehr besucht. Sophie war noch einmal bei ihr vorbeigekommen, aber da war sie so müde gewesen, dass sie während ihrer Unterhaltung fast eingeschlafen wäre, und Sophie war schnell wieder verschwunden.

Jetzt aber brauchte Lydia sie mehr denn je. Wozu waren beste Freundinnen denn da, wenn nicht für solche Situationen? Brandon hatte sie gerade verlassen, hatte Grace und sie sitzengelassen, sie brauchte ganz dringend jemanden, bei dem sie sich ausweinen konnte.

Also wartete sie, bis ihre Mom am Abend von der Arbeit kam, und bat sie, Grace für ein paar Stunden zu übernehmen. Vielleicht könnten Sophie und sie einen richtig schönen Abend verleben, bei Sonnenuntergang auf den Baumstämmen sitzen und reden und dabei Mandelplätzchen essen, so wie früher.

Sie hoffte also, dass Sophie gerade nicht mit Jack unterwegs war, und fuhr los. Als sie jedoch auf der Mandelfarm ankam und bei Hattie klingelte, sagte diese ihr, dass Sophie bereits vor einer Woche abgereist wäre. Sie hätte noch so viel für ihren Umzug nach New Haven vorzubereiten.

Für einen Moment fragte Lydia sich, ob ihre Freundin wohl verfrüht zurück nach Sacramento gefahren war, weil sie sich allein auf der Farm gelangweilt hatte. Weil es nicht gewesen war wie in den Jahren zuvor. Weil sie nicht für sie da gewesen war.

»Nun schau doch nicht so traurig drein«, sagte Hattie ihr. »Sie kommt doch im nächsten Sommer wieder. Dann ist deine kleine Grace schon ein wenig älter, und ihr werdet bestimmt mehr Zeit füreinander finden.«

Plötzlich fühlte sie sich ganz elend, weil alle sie verlassen hatten, und sie musste weinen. »Es ist nicht nur wegen Sophie«, sagte sie. »Brandon hat mich verlassen. Uns. Er hat uns verlassen.«

»Oje, du armes Kind. Möchtest du vielleicht hereinkommen

und einen Tee mit mir trinken? Du könntest mir erzählen, was dir auf der Seele liegt.« Lydia zögerte noch, doch als Hattie hinzufügte: »Ich habe heute Mandelplätzchen gebacken«, nickte sie und trat ein. Und die nächsten zwei Stunden erzählte sie der älteren Dame alles, was sie bedrückte. Hattie hörte zu, nickte ab und an und lächelte, schüttelte verständnislos den Kopf und sagte hier und da ein wohlmeinendes Wort. Am Ende, als alles gesagt war, fühlte Lydia sich schon viel besser. Die Probleme waren zwar noch immer da, doch sie sich von der Seele gesprochen zu haben, wie Hattie es ausdrückte, hatte wirklich gutgetan. Und dann gab Hattie ihr noch etwas mit auf den Weg: Sie prophezeite ihr, dass sie ihr Glück finden würde. Vielleicht nicht mit Brandon, aber doch mit einem Mann, der sie von Herzen liebte. Sie würde die kleine Familie haben, nach der sie sich so sehnte, sie müsse nur ein bisschen Geduld zeigen, das Schicksal würde sie nicht im Stich lassen.

Als Lydia an diesem Abend zurück nach Hause fuhr, hatte sie sogar schon wieder ein Lächeln auf den Lippen. Sie war froh, Hattie zu haben, die nicht zuließ, dass sie sich oder ihre Tochter aufgab. Die ihr Zuversicht geschenkt hatte, selbst wenn im Moment alles noch ganz hoffnungslos aussah. An diesem gemeinsamen Abend war eine wahre Freundschaft entstanden, Hattie und sie verband jetzt etwas Wunderbares, und gemeinsam sehnten sie den nächsten Sommer herbei, an dem Sophie endlich wiederkommen sollte.

Doch Sophie kam nicht zurück nach Davis. Weder im nächsten Sommer noch in einem Sommer darauf. Sie schien sie alle vergessen zu haben, sogar Jack, was Lydia ehrlich nicht nachvollziehen konnte, da Jack so viel besser, verantwortungsbewusster und vor allem romantischer war als Brandon.

Bei Lydia meldete Sophie sich erst noch sporadisch, in Form von Postkarten, die sie ihr aus Städten an der Ostküste schickte, und irgendwann dann gar nicht mehr. Was ihr erneut das Herz brach und was noch viel schwerer zu verkraften war, als dass Brandon fortgegangen war.

Kapitel 9

Alba

Der Farmbetrieb lief weiter, als wäre nichts geschehen. Die Shaker rüttelten an den Bäumen und warfen alle Mandeln ab, die Sweeper sammelten sie ein. Die Pflücker kümmerten sich um die verbliebenen Mandeln am Baum und am Boden und stellten sicher, dass keine übersehen wurde. Die Sortierer befreiten sie vom Schmutz und von ihren trockenen, faserigen Hülsen und sortierten sie nach dem Knacken in der Walze nach verschiedenen Kriterien. Als Alba am frühen Morgen eingetroffen war, hatte Emilio sie gleich zum Sortieren in die Halle geschickt, da zwei der Arbeiterinnen dort an diesem Tag ausfielen. Alba fragte sich, ob sie sich wohl bereits nach etwas Neuem umsahen, weil sie damit rechneten, sowieso jeden Moment entlassen zu werden. Diese Gedanken schien jeder von ihnen zu haben, sogar Santiago, der zusammen mit seiner Frau Consuela und seinem Bruder Silvio seit über zwanzig Jahren auf der Farm arbeitete, sah man seine Besorgnis an, als er die Kisten voller Mandeln zum Schälen in die Walze schüttete.

Alba hätte Emilio gerne gefragt, ob er schon etwas wusste. Ob ihm schon mitgeteilt wurde, wie es weiterging mit der

Mandelfarm, doch sie sprach nur mit ihm, wenn es absolut notwendig war. Die meiste Zeit versuchte sie sich unsichtbar zu machen und hoffte, er würde sie in Ruhe lassen.

Heute ließ er sie in Ruhe, was aber nicht unbedingt bedeutete, dass das etwas Gutes war.

Emilio schien ziemlich fertig mit den Nerven zu sein, denn er schrie die ganze Zeit herum, und dann schubste er die arme Olivia in Richtung des kleinen Büros und sagte, er müsse mit ihr sprechen. Was das bedeutete, wussten sie alle.

Olivia tat ihr schrecklich leid, und sie musste die ganze Zeit an sie denken, während sie von den Mandeln, die auf dem Fließband auf sie zukamen, die herauspickte, die keine Eins-a-Ware waren. Dazu gehörten zerbrochene oder jene, bei denen die hauchdünne Haut abgekratzt war. Denn die Kunden wollten nur ganze, heile, mit orangebrauner Samenschale ummantelte Kerne haben, alles andere ging an die Fabrik von Lydias Mann, der sie weiterverarbeitete. Alba wusste, dass viele Farmer ihre Mandeln einfach ernteten und dann an die Großunternehmen lieferten, die sich um alles Weitere kümmerten. Hattie aber hatte schon immer selbst ein Auge auf alles haben wollen und hatte auch nie mit einem Mandelkonzern zusammengearbeitet. Sie hatte ihren eigenen Vertrieb. Ihre Ware wurde direkt an die Großkunden verschickt, und sogar die Abfälle wurden weiterverwendet. Die Hartschalen wurden als Tierfutter an die Milchindustrie verkauft, und die trockenen Hülsen wurden zu Streu verarbeitet und dienten Bauern als Betten für ihre Tiere. All das wusste Alba, weil sie nicht dumm war. Sie hörte hier was und da was und war schon immer gut darin gewesen, sich Dinge zusammenzureimen. Aus ihr hätte wirklich etwas werden können, wenn Señora Prado nicht gestorben wäre und sie hätte studieren können. Oder wenn man sie einfach nur hätte weiterarbeiten und Geld zusammensparen lassen in Mexiko, um sich selbst eine weiterführende Schule zu finanzieren. Wenn man sie ihre Pläne hätte umsetzen lassen, statt sie an den erstbesten dahergelaufenen Mann zu verkaufen, der ihr ein besseres Leben versprach.

Tijuana, Mexiko, April 2014

»Alba, *mi corazón,* heute werden wir Besuch zum Abendessen haben, und ich möchte dich bitten, dich ein wenig hübsch zu machen«, sagte ihre Mutter ihr, als Alba von der Arbeit kam. Sie arbeitete in einer der kleinen Fabriken, in denen Souvenirs für die Touristen hergestellt wurden. Die Sonnen, Geckos und Totenköpfe aus Keramik, die auf den Märkten verkauft wurden, durfte sie bunt anmalen. Wie jeden Tag brannte ihr noch immer die Farbe in der Nase und in den Augen, als sie ihre *mamá* nun stirnrunzelnd ansah. Sie würden Besuch zum Abendessen haben? Das kam nur ganz selten mal vor, da ihre Mutter sich für das alte Haus und die winzige Küche schämte und auch oft gar nicht das Geld da war, um aufwendig zu kochen.

Doch ihre Mutter nickte nun, und in ihren Augen sah sie etwas Eigenartiges, das sie nicht richtig deuten konnte.

»Ja. Dein *papá* hat jemanden eingeladen.«

»Oh. Wen denn?«

»Einen Amerikaner«, war alles, was ihre Mutter ihr antwortete.

Ein Amerikaner? Wie wunderbar, dachte Alba noch. Da könnte sie einiges Neues von Amerika erfahren. Sie unterhielt sich nämlich unglaublich gern mit Amerikanern, auch wenn ihr Vater das gar nicht so toll fand. Wahrscheinlich würde sie in seiner Gegenwart auch nicht wirklich viel mit dem Mann reden können, doch allein mit ihm an einem Tisch zu sitzen wäre schon, als würde sie die Freiheit riechen können.

Sie machte sich besonders hübsch zurecht, zog ihr bestes Kleid an und bürstete sich das Haar einhundert Mal, so, wie Marisol es ihr immer gebürstet hatte, als sie noch zu Hause gewohnt hatte. Jetzt lebte ihre Schwester in einem alten Auto auf einem von Tijuanas Schrottplätzen, zusammen mit ihrem Mann Enzo und ihrem entzückenden kleinen Sohn Angel. Sie war mit siebzehn schwanger geworden und mit achtzehn ausgezogen. Gerade vor einer Woche erst hatte sie ihr anvertraut, dass sie wieder schwanger war, und Alba hatte ihr ein wenig Geld gegeben, um sich Vitamine kaufen zu können.

Das Leben in Mexiko war hart, aber wenn sie erst einmal in Amerika war, würde sie genügend verdienen, um Marisol Geld zu schicken. Dann könnte diese vielleicht sogar in eine richtige Wohnung ziehen und ihre Kinder gut aufziehen, an einem sauberen und sicheren Ort, ohne Schmutz und ohne Kummer.

Dass Alba allerdings schon so bald die Gelegenheit bekommen sollte, nach Amerika zu gehen, damit hatte sie nicht gerechnet. Und plötzlich fand sie den Gedanken gar nicht mehr so wundervoll. Denn als der Besuch am Abend kam, ein Mann Mitte fünfzig aus Kalifornien, der graues Haar und ein humpelndes Bein hatte und eher reserviert war, hörte sie die Männer – ihr Vater in gebrochenem Englisch – hinter vorgehaltener Hand tuscheln. Und dabei sahen sie sie immer wieder an. Ihre Mutter sah besorgt und nervös aus, und sie deckte hektisch den Tisch ab und machte den Abwasch. Als Alba aufstehen wollte, um ihr zu helfen, bat ihr Vater sie, sitzen zu bleiben. Er habe etwas mit ihr zu besprechen. Er schickte ihre kleine Schwester Isabel ins andere Zimmer und begann zu reden.

Dieser Mann aus Amerika, Hershel McBright, ein guter Mann, ein Kriegsveteran, sei auf der Suche nach einer Frau und habe Gefallen an ihr gefunden. Er würde sie gerne mit nach Kalifornien nehmen.

Sprachlos starrte Alba ihren Vater an. Nicht nur fand sie die Vorstellung absurd, einfach so mit einem fremden Mann mitzugehen. Auch war er wirklich alt und sie doch erst neunzehn!

»Aber *papá*«, sagte sie verwirrt und entsetzt. Doch ihr Vater bat Hershel, den er bei einer seiner Touristentouren kennengelernt hatte, eine rauchen zu gehen, und erklärte ihr die Lage.

»Er ist ein netter Mann«, sagte er ihr erneut. »Er hat mir versprochen, gut zu dir zu sein. Dich nicht zu schlagen. Für dich zu sorgen. Du wolltest doch immer nach Amerika.«

»Aber doch nicht auf diese Weise! Ich wollte mich allein durchschlagen, *papá*!« Und sie wollte ihre Freiheit genießen, was sie sicher nicht konnte als Ehefrau dieses Mannes, den sie nicht kannte. Was, wenn er sie wie eine Sklavin hielt? Und an Sex mit ihm wollte sie gar nicht denken.

»So läuft das Leben aber nicht, Alba. Dies ist vielleicht die einzige Chance, die sich dir bietet, auf legale Weise nach Amerika zu kommen. Ihr könntet gleich morgen heiraten. Pater Álvaro würde euch bestimmt trauen, wenn wir ihm weismachen, dass auch Hershel katholisch ist.«

»Ist er es denn nicht?« Ihr Missmut wurde immer größer.

»Er sagt, er sei nicht gläubiger Methodist oder etwas in der Art. Aber das ist nicht von Bedeutung, Alba. Sieh es als großartige Möglichkeit.«

»Das will ich aber nicht, *papá*. Ich will nicht mit ihm mitgehen.«

Ihr Vater sah sie grübelnd an. Und ihre Mutter, die jetzt auch mit am Tisch saß, wischte sich die Tränen ab.

»Alba«, sagte ihr Vater dann, halb verzweifelt, halb entschlossen. »Er hat mir zweitausend Dollar geboten.«

Zweitausend Dollar. Ihr war bewusst, wie viel Geld das war. Damit könnten ihre Eltern alle offenen Rechnungen begleichen und sich sogar eine neue Ziege anschaffen, nachdem die alte im letzten Monat tot umgefallen war. Sie wusste, wie sehr ihre Mutter frische Ziegenmilch liebte.

Nun begann auch Alba zu weinen. Sie legte ihr Gesicht in die Hände und wusste, sie hatte verloren.

»Bitte zwing sie nicht zu gehen, Manuel«, flehte ihre Mutter ihren Vater an.

»Sei still, *esposa!* Willst du, dass sie so endet wie Marisol? Auf dem Schrottplatz? Wünschst du dir das für unsere Schlauste? Für deine Lieblingstochter?« Auch er war den Tränen nahe.

»Nein, das wünsche ich mir nicht für sie. Aber woher sollen wir denn wissen, dass sie auch wirklich ihr Glück findet in Kalifornien? An der Seite dieses Mannes, den du aus dem Freudenhaus kennst!«

»Er sagt, er ist einsam. Wenn er erst mal Alba an seiner Seite hat, wird er keine Freudenhäuser mehr brauchen.«

Ihre Mutter schüttelte den Kopf und weinte noch ein bisschen. Dann gab sie sich geschlagen. Sie legte ihre Hand auf Albas und sagte: »Der liebe Gott wird dich beschützen.«

Und jetzt wusste Alba, es gab keinen Ausweg. Sie musste dem Angebot zustimmen. Wenigstens ihre Eltern wären gerettet. Und vielleicht könnte sie ja trotz Ehe viel arbeiten und Marisol und auch ihren Eltern Geld schicken, dann würde das Ganze wenigstens etwas Gutes mit sich bringen.

Also nickte sie zögerlich und sagte ihren Eltern: »Na gut,

ich werde mit ihm gehen. Aber ich möchte euch schreiben, und ich möchte ganz viele Briefe von euch bekommen, in denen ihr mir erzählt, was es Neues bei euch gibt. Und ich möchte euch besuchen kommen, mindestens einmal im Jahr. Das musst du ihm sagen, *papá*.«

»Das werde ich.« Er legte eine Hand auf ihre Schulter und tätschelte sie unbeholfen. »Es wird dir gut gehen, dafür werde ich schon sorgen.«

Sie hoffte sehr, dass er das auch wirklich konnte. Dass er diesem Hershel, der schon in naher Zukunft ihr Ehemann sein sollte, klarmachen konnte, dass er sie gut zu behandeln hatte.

Noch am selben Abend packte sie ihre Sachen. Am folgenden Tag fand die Hochzeit statt, bei der ihre Mutter und ihre Schwestern weinten, als würden sie sie niemals wiedersehen. Und noch am selben Nachmittag fuhren sie los, auf in ein neues Leben. In eines, von dem Alba nicht die geringste Vorstellung hatte.

»Glaubt ihr, die Tochter wird die Farm übernehmen?«, fragte Nora beim Lunch.

Juanita schüttelte den Kopf. »Ich kann es mir nicht vorstellen. Die sieht nicht so aus, als würde sie auf dem Land glücklich werden. Sie ist ein Stadtmensch.« Sie verteilte die Tamales, die sie von zu Hause mitgebracht und in der alten Mikrowelle in der Ecke der Arbeitshalle aufgewärmt hatte. Alba freute sich, denn Tamales waren ihr Lieblingsessen, und Juanita bekam sie fast so gut hin wie ihre *mamá*.

Sie zog an der Schnur und öffnete die Maisblätter. Zum Vorschein kam der Maisteig mit dem Hühnerfleisch und der *mole* aus Paprika, Chilis, Karotten und Mais. Es schmeckte einfach köstlich, auch wenn Alba die ganze Zeit zu Olivia hinübersehen musste, die sich still zu ihnen gesellt hatte und keinen Appetit zu verspüren schien. Kein Wunder. Sie war gerade aus der Hölle zurückgekommen.

Nora brachte ihr ein Kissen, setzte sich zu ihr und wirkte nachdenklich.

»Worüber denkst du nach?«, fragte Alba sie.

»Darüber, dass ich am liebsten ein Messer nehmen und es ihm in seinen *pito* rammen würde«, antwortete Nora mit leiser, aber wütender Stimme.

»Pssst! Da kommt er!«, warnte Juanita ihre jüngere Freundin.

Sie alle wurden still. Emilio kam, nahm sich ungefragt zwei Tamales und setzte sich auf die Holzbank vor seiner Hütte – sein Lieblingsplatz neben den Baumstämmen, die in den Pausen aber immer von den alteingesessenen Arbeitern besetzt wurden, die teilweise schon seit mehreren Jahrzehnten auf der Farm beschäftigt waren. Die Frauen hielten großen Abstand von Emilios Hütte und hatten es sich angewöhnt, auf einigen alten Kisten neben der Halle zu sitzen, wo sie ihre Ruhe hatten.

»Jemand muss ihn aufhalten«, sagte Nora hasserfüllt, während sie Olivias Rücken streichelte.

»Hattie hätte es können«, sagte Alba.

»Hattie ist tot«, meinte Juanita, reichte ihr eine weitere Tamale und deutete dabei mit dem Kopf zu Olivia.

Alba ging vor ihr in die Hocke und hielt ihr das Essen hin. »Willst du nicht doch ein bisschen versuchen? Sie sind wirklich gut, schmecken fast wie die meiner *mamá*.«

Olivia nickte und schenkte ihr sogar ein kleines Lächeln. »Danke.« Sie aß ein bisschen und sagte dann: »Ich vermisse Mexiko.«

»Wir alle vermissen Mexiko«, erwiderte Alba. Ja, das taten sie, und sie selbst vielleicht am allermeisten. Denn sie hatte seit mehr als fünf Jahren nichts von ihrer Familie gehört und wusste nicht einmal, ob ihre Mutter die Ziege bekommen hatte, die sie ihr ermöglichen wollte. Sie wusste nicht, ob Marisol noch immer in dem Auto auf dem Schrottplatz wohnte und ob Guillermo je wieder aufgetaucht war. Sie wusste auch nicht, ob sie jemals wieder die Tamales ihrer *mamá* essen oder sie je wieder in die Arme schließen würde. Alles, was sie wusste, war, dass Amerika nicht so war, wie sie es sich vorgestellt hatte. All die schönen Dinge, von denen sie jahrelang geträumt hatte, waren nicht in Erfüllung gegangen. Und sie bezweifelte, dass Amerika jemals etwas Gutes für sie hervorbringen würde.

Amerika, Amerika. Wieso hast du mich nur so enttäuscht?, dachte sie und griff nach einer weiteren Tamale.

Kapitel 10

Sophie

Sie hatte ihren Koffer hervorgeholt, alles eingepackt, was man für ein paar Tage Kalifornien und auch für eine Beerdigung brauchte, und hatte einen Flug gebucht. Als Hyazinth sie am Mittwochabend zum Flughafen brachte, fragte sie sie: »Hast du Harrison Bescheid gesagt, dass du fliegst?«

»Nein. Wieso auch? Ich werde doch nicht lange weg sein. Freitag ist die Beerdigung. Sonntagvormittag fliege ich zurück, und Sonntagabend habe ich ein Date mit ihm.«

»Oooh. Davon hattest du mir ja noch gar nichts erzählt.«

»Ja, nach diesen anstrengenden Tagen werde ich sicher ein wenig Ablenkung gebrauchen können.«

»Anstrengend inwiefern?«, wollte Hyazinth wissen.

»Na, meine Mutter wird da sein und mir sicher jede Menge Vorhaltungen machen. Und sehr wahrscheinlich werde ich auch auf alte Bekannte treffen.«

»Bei denen du dich jahrelang nicht gemeldet hast.«

»Ich war halt viel beschäftigt.«

»Und trotzdem nimmst du dir die Zeit, mich zu treffen.«

Sophie wusste nicht, ob das ein Vorwurf oder eine freudige Feststellung sein sollte.

»Mit dir ist auch alles einfacher«, sagte sie also schlicht.

Hyazinth sah sie eingehend an. »Vielleicht solltest du doch wieder mit Yoga anfangen. Das entspannt unheimlich, besonders in schwierigen Situationen«, riet ihre Freundin ihr, die heute ein langes braun-blaues Kleid mit indischem Muster anhatte.

»Nichts für ungut, aber Yoga und ich werden wohl niemals Freunde werden.«

»Na gut. Dann entspann dich halt beim Sex mit Harrison, wenn es dir hilft.« Sie zuckte die Achseln. »Oder …«

»Oder?«

»Du wirst dort auch auf Jack treffen, richtig?«

Sie warf Hyazinth einen bösen Blick zu.

»Sorry, ich meine ja nur. Vielleicht flammen ja alte Gefühle wieder auf.«

»Das wird ganz bestimmt nicht passieren, weil er sicher immer noch sauer auf mich ist wegen der Art und Weise, wie ich damals gegangen bin.« Sie hatte Hyazinth nie im Detail erzählt, was vor vierzehn Jahren vorgefallen war, und sie würde es auch jetzt nicht tun. »Ich werde versuchen, ihm so weit wie möglich aus dem Weg zu gehen.«

»Na, wenn du das sagst. Ich wünsche dir trotzdem, dass dir diese Reise etwas bringt. Und wenn es nur ein wenig Frieden ist. Deine Aura ist schwer mitgenommen.« Das war typisch Hyazinth, sie sah alles aus einem esoterischen Blickwinkel. Sie selbst hoffte nur, sie würde die drei Tage irgendwie überstehen und von ihrem schlechten Gewissen nicht erschlagen werden.

»Okay, Süße, wir sehen uns nächste Woche, ja? Drück mir die Daumen, dass alles glattläuft.«

»Die drücke ich dir. Mach's gut, Liebes.«

Sie umarmten und verabschiedeten sich, und Sophie ging

zu ihrem Gate. Als sie durch die Personenkontrolle musste und gefragt wurde, ob sie einen Laptop oder ein Tablet dabeihatte, schüttelte sie den Kopf, überrascht über sich selbst, dass sie gar nicht daran gedacht hatte, ihr Notebook einzupacken. Sie verbrachte sonst keinen einzigen Tag, ohne es angeschaltet zu haben, da es immer irgendetwas zu bestellen, zu recherchieren oder zu organisieren gab. Doch bei all der Trauer hatte sie wohl vergessen, wer sie war, ein Workaholic nämlich, der vierundzwanzig Stunden am Tag ans Three Seasons dachte. Der sich in die Arbeit stürzte, weil es das Einzige war, was er gut machte.

Ach, es war nicht schlimm, dass sie den Laptop nicht dabeihatte, beschloss sie. Alles Wichtige konnte sie mit dem Smartphone klären, und die drei Tage würden hoffentlich eh vergehen wie im Flug, und im Nu würde sie zurück in Boston sein und ihr gewohntes Leben wieder aufnehmen.

Sobald sie im Flieger über ihrem Sudoku saß, begann sie zu grübeln. Was, wenn sie wirklich auf Jack stieß? Er war zwar – vermutlich wegen ihr – nicht auf der Feier zu Hatties achtzigstem Geburtstag aufgetaucht, doch bei der Beerdigung anwesend zu sein würde er sich sicher nicht nehmen lassen. Wie würde er wohl reagieren, wenn sie sich gegenüberstanden? Ob er noch immer wütend auf sie war?

Sie musste gestehen, dass es damals wirklich nicht ganz fair gewesen war, wie sie den Abgang gemacht hatte. Allen hatte sie gesagt, sie wäre früher abgereist, weil Lydia das Baby und keine Zeit für sie hatte, weil sie für Yale packen musste … Aber niemand außer Jack und ihr wusste, was wirklich geschehen war.

In dem Sommer davor, als sie beide siebzehn waren, hatten sie sich unsterblich ineinander verliebt und jede freie Minute zusammen verbracht. Sie hatten Doppeldates mit

Lydia und Brandon gehabt oder sich allein getroffen, waren ins Kino gegangen oder raus zum großen See gefahren, um zu schwimmen und sich stundenlang in dem kühlen Wasser zu küssen. Sie hatten viele romantische Abendstunden auf dem »Knutschhügel« außerhalb der Stadt verbracht, wo sie sich nähergekommen waren und sich verbunden und geborgen gefühlt hatten. Jack war Sophies Erster gewesen, und andersherum genauso. An einem wunderschönen Abend Mitte August, an dem der Himmel rot wie Feuer war, hatten sie ihre Unschuld verloren, und zwar inmitten der Mandelhaine auf einer alten Decke, die Jack hinten in seinem Wagen gehabt hatte. Es war der perfekte Moment gewesen, und Sophie hatte es beinahe das Herz gebrochen, Jack verlassen und nach Sacramento zurückkehren zu müssen.

Glücklicherweise war Sacramento aber nicht sehr weit entfernt. Und so kam Jack sie besuchen, wann immer es ihm möglich war. Auch Sophie kam zur Farm, so oft sie konnte. Als sie in dem Jahr zusammen mit ihren Eltern Hattie an Weihnachten besuchte, blieb sie bis nach Silvester, und zum neuen Jahr versprachen Jack und sie sich die ewige Liebe.

Als Sophie im Frühjahr zu Hatties Geburtstag nach Davis kam, tat sie dies allerdings mit einem schweren Herzen, denn sie hatte sich an mehreren Colleges beworben, und keines davon war in der Nähe. Sie hatte schon länger darüber nachgedacht, an die Ostküste zu gehen, doch wegen Jack all ihre Pläne erst mal wieder über Bord geworfen. Als der Schulabschluss nun aber näher rückte, überkamen sie wieder ihre Träume und der Wunsch nach mehr, und dieser war einfach stärker als der, in Jacks Nähe zu sein.

Sie wurde in Yale angenommen, war aber zu feige, Jack davon zu erzählen. Dieser malte sich derweil eine gemeinsame Zukunft aus und bewarb sich am College von Sacramento, weil er annahm, sie wolle ebenfalls dort hingehen. Sie berichtigte ihn nicht. Als sie in diesem Sommer in Davis eintraf, erzählte Jack ihr freudig und mächtig stolz, dass er angenommen worden war und sogar schon einen Job in Sacramento ergattert hatte. Bald würden sie zusammen sein, wann immer sie wollten.

Vielleicht wäre alles nur halb so schlimm gewesen, wenn Sophie jetzt endlich mit der Wahrheit herausgerückt wäre, doch Jack wirkte so glücklich, dass sie ihn einfach nicht verletzen wollte und weiterhin schwieg. Sie verbrachten viel Zeit miteinander, die sie wirklich genoss, vor allem jetzt, da Lydia anderes zu tun hatte. Doch im Hinterkopf hatte sie immer ihre Collegepläne, und ihr schlechtes Gewissen wuchs täglich ein bisschen mehr, bis sie es nicht mehr aushielt und abreiste. Ohne sich von Jack zu verabschieden. Ohne auch nur ein Wort zu erklären.

Jack erfuhr von Hattie, dass sie nach Yale gehen würde, und er verstand die Welt nicht mehr. Hattie rief sie an und schimpfte mit ihr, fragte, wie sie dem armen Jungen nur so wehtun konnte. Sophie konnte die Enttäuschung in Hatties Stimme hören. Und von da an hatte sie keine Ambitionen mehr, weiterhin nach Davis zu kommen, geschweige denn, ihre Sommer dort zu verbringen.

Sie kam nur noch sporadisch nach Kalifornien, an runden Geburtstagen und manchmal an Weihnachten, und dann auch nur für zwei oder drei Tage. Und seitdem sie die Restaurantleitung im Three Seasons übernommen hatte, war sie gar nicht mehr gekommen.

Wie oft hatte ihre Mutter sich beklagt, dass sie sie nicht mehr besuchte. Wie oft ihr gesagt, dass sie ihnen allen fehlte. Und dann war ihre Mom einfach selbst in ein Flugzeug gestiegen und nach Boston geflogen.

Hattie allerdings hatte sich nie beklagt. Sie war niemand, der herumjammerte. Stattdessen hatte sie ihr weiterhin Plätzchen geschickt und sich über ihre Anrufe gefreut. Sie hatte sie nie gedrängt, nach Davis zu kommen, obwohl Sophie genau wusste, dass sie es sich gewünscht hätte. Und wegen ihrer Sturheit und weil sie so verdammt egoistisch und vor allem feige gewesen war, hatte sie ihre allerliebste Grandma nun vor ihrem Tode nicht noch einmal gesehen.

Sie wusste, dass das ewig an ihr nagen würde. Doch das war nicht das Einzige, und sie würde schon irgendwie damit klarkommen, wenn sie sich nur weiterhin genug in die Arbeit stürzte und alle Emotionen beiseiteschob. In den letzten Jahren war sie ein Meister darin geworden. Manchmal machte es ihr sogar selbst Angst, wie gut sie ihre Gefühle ausblenden konnte, und sie wusste, dass sie aufpassen musste, kein eiskalter, skrupelloser Scrooge zu werden.

Ihre Mutter holte sie am Flughafen in Sacramento ab. Sobald sie sie sah, begann Luanne auch schon in Tränen auszubrechen.

»Es ist so schrecklich«, sagte sie.

»Ja«, stimmte Sophie ihr zu. »Das ist es.«

Während der kurzen Heimfahrt erzählte ihre Mutter von nichts anderem als von der Beerdigung, und dann erwähnte sie ein Testament und dass sie gleich morgen früh einen Termin mit einem Nachlassverwalter hatten.

»Gleich morgen früh? Ich dachte, wir fahren erst am Freitag nach Davis?«

»Nein, nein, es gibt noch so viel zu tun. Es müssen viele Dinge geregelt und vorbereitet werden.«

»Na toll«, flüsterte sie.

»Wie bitte?«

»Gar nichts.«

»Sophie Kimberly Kendrick!«, sagte ihre Mutter in strengem Ton, wie sie es getan hatte, als Sophie noch ein Kind war. »Du willst dich jetzt nicht wirklich beklagen, weil ich meiner toten Mutter die letzte Ehre erweisen möchte, oder?«

»Nein, natürlich nicht. Tut mir leid.«

»Deiner Grandma, die du die letzten acht Jahre ignoriert hast«, fuhr sie fort.

»Fünf. Ich hab sie seit fünf Jahren nicht gesehen.«

Ihre Mutter sah sie von der Seite an. »Und das macht es besser?«

»Ich hab sie hin und wieder angerufen«, sagte sie und wusste selbst, wie armselig das klang, und das Grummeln ihrer Mom bestätigte es. »Es tut mir leid, okay? Du brauchst mir kein schlechtes Gewissen zu machen, das mache ich mir nämlich schon selbst.« Wenn ihre Mom nur wüsste, wie sehr. Dass es sie beinahe auffraß, ihr die Luft zum Atmen nahm und machte, dass sie sich klein und zerbrechlich fühlte wie nie zuvor in ihrem Leben.

Ihre Mom nickte und konzentrierte sich auf die Straße. Sophie sah aus dem Fenster, während sie die gelbe Brücke über dem Sacramento River überquerten. Sie war nur froh, dass sie wenigstens daran gedacht hatte, dunkle Kleidung zu tragen, sonst hätte ihre Mutter, die von oben bis unten in Schwarz gehüllt war, noch etwas zu meckern gehabt.

Als sie wenig später zu Hause eintrafen, kam ihr Vater aus der Küche herbeigeeilt und schenkte ihr eine wunderbar warme und schmerznehmende Umarmung.

»Hallo, Cupcake, wie geht es dir?«

Sie musste lächeln. Im Grunde hasste sie es, dass ihr Dad sie immer noch so nannte. Er hatte es sich angewöhnt, als sie etwa fünf gewesen war und nichts anderes essen wollte als Cupcakes, und hatte es beibehalten, obwohl sie den zuckersüßen Küchlein mit der Sahnecremehaube heute nichts mehr abgewinnen konnte. Meistens verdrehte sie dann die Augen, doch in diesem Moment war es genau das, was sie brauchte. Es war Geborgenheit und Vertrautes, es war Heimkommen.

»Hallo, Dad. Wie geht es dir?«

Ihr Vater, dessen graues Haar seit ihrem letzten Besuch beinahe komplett weiß geworden war und der in seiner braunen Cordhose und dem karierten Poloshirt wie ein alter Mann auf sie wirkte, lächelte sie an. »Mir geht es gut, vielen Dank. Wie war der Flug?«

»Der war okay. Ich bin nur ein wenig erledigt und würde gerne bald schlafen gehen.«

»Aber natürlich. Vorher essen wir aber noch, ja? Ich habe nämlich gekocht.«

»Gerne. Es duftet köstlich. Was hast du denn gezaubert?«

»Tamales«, verkündete er stolz.

»Tamales?« Sie musste lachen, weil sie sich nicht daran erinnern konnte, dass ihr Dad jemals Mexikanisch gekocht hätte.

»Dein Vater hat in der letzten Zeit eine Vorliebe für lateinamerikanisches Essen entwickelt«, erzählte ihre Mom und rollte die Augen.

Wieder musste sie lachen. Dem Gesicht ihrer Mutter nach zu urteilen gab es kaum noch etwas anderes.

»Er hat sogar ein paar Kochkurse belegt«, sagte Luanne und streichelte ihrem Mann über die Wange. »Ich muss ja gestehen, dass das meiste, was er zubereitet, ganz vorzüglich ist.«

»Danke für das Kompliment«, erwiderte Monty stolz.

Sophie runzelte die Stirn. »Wann hast du denn Zeit für

Kochkurse? Verbringst du etwa nicht mehr den ganzen Tag in eurem Reisebüro?«

Verwirrt sah ihr Dad sie an. Ihre Mutter schüttelte den Kopf, als hätte sie nichts anderes erwartet.

»Ich bin doch schon vor acht Monaten in Rente gegangen, Sophie! Das habe ich dir bei einem unserer Telefonate erzählt. Ich bin immerhin schon neunundsechzig! Ich kann ja nicht ewig arbeiten!«

Oh. Ehrlich? Das hatte er ihr erzählt? Sie wüsste nicht, wann. Wahrscheinlich hatte sie wieder tausend andere Dinge nebenbei gemacht und kaum hingehört, als sie damals telefoniert hatten.

»Und ich habe dir schon bei meinem letzten Besuch in Boston erzählt, dass dein Vater seine Freizeit genießt, angeln geht und das Kochen für sich entdeckt hat«, setzte ihre Mutter einen oben drauf.

Verdammt! Das hatte sie ihr erzählt? Ja, an irgendwas mit Angeln konnte sie sich tatsächlich erinnern, alles andere war verschwommen.

»Na, das hört sich doch alles klasse an«, meinte sie, weil sie sich ihre Schuld nicht eingestehen wollte, und ging in die Küche. Im Kühlschrank fand sie zum Glück eine offene Flasche Rotwein, schenkte sich ein Glas ein, trank es auf ex aus und füllte sich noch einmal nach. Mit dem Weinglas in der Hand ging sie zum Backofen und sah dem Maisbrot dabei zu, wie es goldgelb wurde.

Ihr Vater betrat nun ebenfalls die Küche, stellte sich an den Arbeitstresen und füllte Salsa in kleine Schälchen.

»Wenn du jetzt so viel freie Zeit hast, kannst du doch auch mal nach Boston kommen und mich besuchen«, sagte sie.

Monty schüttelte den Kopf. »Meine Höhenangst«, erinnerte er sie, und sie wusste wieder, warum er nicht flog. Ein wenig ironisch war es schon, dass der Inhaber eines Reisebüros selbst in kein Flugzeug stieg.

»Ach ja, stimmt.«

Er drehte sich zu ihr und lächelte sie traurig an. »Schön, dass du hier bist, Cupcake.«

Sie wusste nicht, warum ihr in diesem Moment die Tränen kamen, aber sie ließ sie zu und ließ endlich auch den Schmerz zu, den sie nicht zu sich hatte durchdringen lassen.

»Ich bin auch froh, hier zu sein. Es tut mir leid, Dad, dass ich so wenig an eurem Leben teilhabe.«

»Ach, das ist schon okay. Als erfolgreiche Geschäftsführerin ist es nicht immer leicht, die Balance zu finden. Ich kenne das. Die Hauptsache ist, dass es dir gut geht.« Er sah ihr nun direkt in die Augen. »Geht es dir gut?«

Sie wusste nicht, was sie darauf antworten sollte. Denn eigentlich hatte sie ja immer gedacht, dass ihr Leben ganz wunderbar sei. Sie war, wie ihr Dad schon sagte, erfolgreich in ihrem Job, wohnte in einem wirklich hübschen Apartment und hatte Freunde, auf die sie sich verlassen konnte. Eigentlich war das doch alles, was man brauchte, oder?

Doch warum fühlte sie sich dann plötzlich so elend? So, als wäre überhaupt nichts mehr in Ordnung?

»Ich weiß es nicht«, antwortete sie ihrem Dad also.

Er holte das Maisbrot aus dem Ofen, schnitt es in Stücke und legte diese in einen Brotkorb. »Na, dann hoffe ich, dass du es während deiner Zeit hier herausfindest.«

Ja, das hoffte sie auch. Sogar sehr.

»Na, komm. Das Essen ist fertig. Magst du die Tamales mit rübernehmen?«

Sie nickte und nahm den großen Teller mit den wunderbar duftenden Maistaschen mit ins Esszimmer, wo ihre Mutter bereits am Tisch saß und sich ihr Handy ans Ohr hielt. Als Sophie den Raum betrat, wirkte Luanne irgendwie ertappt, sprach nur noch ein paar letzte Worte ins Telefon und legte dann auf.

»Das sieht grandios aus, Monty«, sagte ihre Mom zu ihrem Dad, als der mit dem restlichen Essen herbeikam.

»Ich hoffe, es schmeckt auch so. Guten Appetit!«

Sophie sah von einem Elternteil zum anderen und war einfach nur froh, zu Hause zu sein.

Kapitel 11

Sophie

Am nächsten Morgen wurde sie schon früh von ihrer Mutter geweckt, die sie an den Termin mit dem Nachlassverwalter erinnerte.

Keine Stunde später saßen die beiden Frauen im Wagen auf dem Weg nach Davis, und die altbekannte Landschaft versetzte Sophie sofort in ihre Kindheit zurück.

»Warum ist Dad nicht mitgekommen?«, fragte sie, während sie an den ersten Mandelplantagen entlangfuhren.

»Der ist heute zum Schachspielen verabredet.«

»Wow, er genießt sein Rentnerdasein aber wirklich, oder?« Sie traute sich gar nicht zu fragen, ob ihre Mutter etwa auch schon in Rente gegangen war. Höchstwahrscheinlich hatte sie ihr darüber ebenfalls alle Einzelheiten erzählt, und sie hatte entweder wieder mal nicht richtig zugehört oder es bei all dem Stress schon wieder vergessen.

Zum Glück gab ihre Mom ihr von sich aus die Antwort. »Wenn ich ehrlich bin, freue ich mich schon auf mein eigenes Rentnerdasein. Ein paar Jahre habe ich aber noch vor mir, das Reisebüro würde ohne mich den Bach runtergehen. Allein schon jetzt eine gute Vertretung zu finden ist nicht leicht. Ich denke, wir werden es dann wohl zum Verkauf anbieten müssen.«

»Ich hätte nie gedacht, dass ihr irgendwann einmal nicht mehr an euren Schreibtischen sitzen und den Leuten wunderbare Reisen zusammenstellen würdet«, sagte sie. Andererseits fand sie es ziemlich erstaunlich, dass ihre Eltern das Reisebüro überhaupt so lange halten konnten. Die meisten Leute buchten doch heute alles online, in Boston zum Beispiel kannte sie kein einziges richtiges Reisebüro mehr.

»Ja, ich kann mir auch vorstellen, dass es erst mal ziemlich komisch sein wird. Aber man gewöhnt sich dran, man sieht es ja an deinem Vater.«

»Ja. Man gewöhnt sich wahrscheinlich an alles, oder?«, sagte sie ein wenig geistesabwesend. Denn je mehr sie sich Davis näherten, desto melancholischer wurde sie. Sie konnte die Elvis-Musik hören, sich selbst in Hatties Küche stehen sehen und den Duft von frisch gebackenen Mandelplätzchen riechen. Sie konnte spüren, wie ihr der Schweiß den Rücken hinunterlief, und sie konnte Hattie lächeln sehen.

Nie zuvor war sie so traurig gewesen. Sie wusste gar nicht, wie sie damit umgehen sollte.

Ihre Mutter, die sonst eine richtige Plappertasche war, sprach fast eine Viertelstunde kein Wort, wahrscheinlich weil sie wusste, dass sie diesen Moment für sich brauchte.

Irgendwann konnte sie die Stille aber nicht mehr aushalten und fragte: »Was sollen wir eigentlich beim Nachlassverwalter? Oder besser gesagt, warum wolltest du, dass ich da unbedingt mit hinkomme? Brauchst du meine Unterstützung?« Sie konnte sich nämlich nicht vorstellen, dass sie selbst geladen war. Nach allem, was sie getan oder besser gesagt nicht getan hatte, würde sie bestimmt nichts erben. Und das wollte sie auch gar nicht. Sie hätte sich schrecklich gefühlt, auch nur ein Schmuckstück anzunehmen, nachdem sie Hattie so enttäuscht hatte.

Und deswegen gab ihr das, was ihre Mutter ihr jetzt sagte, einen gewaltigen Stich ins Herz.

»Eigentlich geht es sogar hauptsächlich um dich, Sophie. Deine Grandma hat dir anscheinend einiges vermacht.«

Einiges? Was sollte das bedeuten? Geld etwa? Mandeln? Die Farm? Der Gedanke war absurd, und sie musste beinahe lachen, weil das alles so lächerlich war.

»Was hat sie mir denn vermacht?«, traute sie sich zu fragen.

»Das wird Mr. Rigsby dir sicher genauer erklären können.«

Erklären? Was gab es denn bei Erbschaften groß zu erklären? Man hinterließ jemandem eine Brosche, seine Memoiren oder zehntausend Dollar, oder eben nicht. Und wenn dem so war, dann waren da doch keine Bedingungen dran gebunden, richtig? Na, sie war gespannt, was dieses Treffen mit Mr. Rigsby bringen würde.

Und im Zweifelsfall konnte sie das Erbe immer noch ausschlagen, oder? Das konnte man doch, da war sie sich ziemlich sicher.

Sie hatten die gut zwanzig Meilen hinter sich gebracht und passierten nun das Stadtschild von Davis, der Fahrradstadt, der Universitätsstadt, der ökologisch ausgerichteten Stadt mit dem Hochrad als Stadtsymbol. Palmen schmückten das Zentrum, und Sophie sah mehr Leute auf Fahrrädern als je zuvor. Ihre Mom parkte direkt vor Mr. Rigsbys Büro, das sich neben einem Geschäft für Fußbodenbeläge befand. Seitlich der Tür war ein Schild angebracht, auf dem *Andy Rigsby, Notar und Nachlassverwalter* stand. Sie traten ein und wurden gleich von einer fröhlich aussehenden Sekretärin begrüßt, die ihren Schreibtisch im Empfangsbereich hatte.

»Oh, guten Tag. Sie müssen die Familie Kendrick sein. Ich werde gleich nach Mr. Rigsby rufen«, sagte sie ihnen, nachdem sie genickt hatten.

Innerhalb von einer Minute stand Mr. Rigsby in der Tür seines Büros und bat sie herein. Sie nahmen Platz, erneut ganz in Schwarz gekleidet wie zwei Einbrecher.

»Guten Tag, Mrs. Kendrick. Ms. Kendrick. Zuerst einmal möchte ich Ihnen mein Beileid aussprechen.«

»Danke sehr«, sagte Luanne, Sophie nickte nur und lächelte leicht.

»Ich kannte Hattie seit Jahren persönlich«, fuhr Mr. Rigsby fort. »Ich habe mich um einige ihrer bürokratischen Dinge gekümmert sowie ihr Testament aufgesetzt. Eine so freundliche alte Dame. Zu schade, dass sie nun nicht mehr unter uns weilt.«

Ihre Mutter lächelte traurig, und Sophie konnte den Mann einfach nur anstarren. Denn wenn sie ehrlich war, hatte sie einen sechzigjährigen Notar in Anzug und Krawatte erwartet. Andy Rigsby allerdings war kaum älter als sie selbst und trug zwar eine Anzughose, dazu aber lediglich ein Hemd, dessen Ärmel er lässig hochgekrempelt hatte. Er hatte blonde Locken und ein wirklich nettes Lächeln, das bestimmt die Herzen einiger Frauen zum Schmelzen brachte.

»Mr. Rigsby, Sie sagten mir am Telefon, dass Sie etwas Wichtiges mit uns zu besprechen hätten«, meinte ihre Mutter nun.

»Ja, genau. Also, wie gesagt, habe ich Hatties Testament aufgesetzt. Vor fünf Jahren schon, doch sie hat erst vor wenigen Monaten eine Zusatzklausel eintragen lassen.«

»Oh«, sagte Luanne und rutschte unruhig auf ihrem Stuhl herum.

»Was besagt diese Zusatzklausel, Mr. Rigsby?«, fragte Sophie, weil sie spürte, dass es ihrer Mutter alles zu viel wurde.

»Sie besagt, Ms. Kendrick«, erwiderte er, sah ihr nun direkt ins Gesicht und zeigte ihr ein strahlendes Lächeln, »dass Sie die alleinige Erbin der Mandelplantage sind. Mitsamt allen dazugehörigen Konten, des Haupthauses, des Pick-up Trucks und allen Gerätschaften.«

Was???

Hatte sie richtig gehört? Sie musste lachen, weil es ihr so surreal erschien.

»Sie müssen sich irren«, sagte sie. »Ich bin mir ziemlich sicher, dass meine Grandma mir die Farm nicht vermacht hat.«

»Oh doch, hier haben wir es schwarz auf weiß«, sagte er, blätterte in dem Testament herum, das sicher aus zwanzig Seiten bestand. Er hielt ihnen einen der Zettel hin und reichte dann ihrer Mutter das gesamte Testament. Diese nahm es entgegen und schüttelte verblüfft den Kopf.

»Sophie hat die Farm geerbt? Das ist ja einfach unglaublich.«

»Tut mir ehrlich leid, Mom«, sagte sie sofort. »Das muss ein Missverständnis sein. Natürlich können du und Dad sie haben.«

Andy Rigsby schüttelte vehement den Kopf. »Nein, so einfach ist das nicht. Hier kann niemand die Farm einfach so haben.«

»Aber Sie haben doch gerade gesagt …« Sie sah von dem Notar zu ihrer Mutter, die konzentriert in Hatties letztem Willen las.

»Ich habe gesagt, Sie hätten die Mandelfarm geerbt. Allerdings gibt es ein paar Bedingungen. Oder besser gesagt eine Bedingung.«

»Und die wäre?«

»Sie müssten zuerst drei Monate auf der Farm verbringen. Sie führen, so wie Hattie es über fünfzig Jahre lang getan hat.«

Sie musste wirklich aufpassen, dass sie nicht wieder loslachte. Das hier war nämlich alles überhaupt nicht lustig. Ganz im Gegenteil. Es war total verrückt, und sie glaubte, jeden Moment aus einem dieser völlig irren Träume aufzuwachen, nach denen man nur den Kopf schütteln und denken konnte, dass so etwas in der Wirklichkeit doch niemals passieren würde.

Doch Mr. Rigsby sah sie noch immer an und schien es ganz ernst zu meinen.

»Hattie wollte, dass ich drei Monate auf der Farm verbringe? Das kann doch nur ein schlechter Scherz sein. Ich lebe in Boston, übe dort einen Beruf aus, der mir wirklich viel bedeutet. Das wusste Hattie. Sie hätte niemals von mir verlangt …« Nervös spielte sie an ihrem Perlenarmband herum, das Hattie ihr zu ihrem vierzehnten Geburtstag geschenkt hatte. Es war schon mehrmals gerissen, und sie hatte es zur Reparatur geben müssen, doch es war ihr das liebste Schmuckstück überhaupt.

»Doch, er hat recht. Hier steht es«, sagte ihre Mutter nun und reichte ihr das Testament.

»Aber … ich kann doch nicht …« Sie wusste überhaupt nicht, was sie sagen sollte.

»Vielleicht hat es etwas damit zu tun, was Hattie mir in letzter Zeit des Öfteren gesagt hat«, überlegte ihre Mom. »Sie meinte, sie spürt, dass du in Boston nicht glücklich bist.

Dass du dich selbst verloren hast. Vielleicht glaubte sie, dass du hier in der alten Heimat wieder zu dir selbst finden würdest. Du weißt, deine Grandma war immer schon ein wenig hellfühlend.«

Ja, das wusste sie. Hellfühlend, hellsehend und was nicht noch alles. Zumindest hatte Hattie sich selbst dafür gehalten. Und sie hatte ja nicht ganz unrecht gehabt, dennoch schüttelte Sophie jetzt stirnrunzelnd den Kopf.

»Das geht doch nicht, Mom«, sagte sie.

»Ich weiß. Mr. Rigsby, was geschieht mit der Farm, sollte meine Tochter ihr Erbe nicht antreten?«

»Dann …« Er nahm Luanne das Testament ab und blätterte erneut darin herum. »In diesem Fall würde die Plantage versteigert werden und der Gewinn an eine wohltätige Organisation gehen. Hier haben wir's: an die Holy Cats Association.«

»Die Holy was? Etwa an Katzen?«, fragte Sophie.

»Ja. Die Organisation kümmert sich um streunende, kranke, alte und blinde Katzen. Sie geben ihnen ein neues Zuhause. Hattie hat monatlich gespendet.«

Das konnte doch nicht Hatties Ernst sein! Nichts gegen Katzen, die hatten natürlich auch ein Recht auf ein schönes Dasein, aber sollte sie die Farm nicht übernehmen, würde alles an die Katzen gehen? Das hatte Hattie ja schön eingefädelt. Sie hatte genau gewusst, dass Sophie das nicht so einfach zulassen würde. Niemand hätte das!

»Und was ist mit meiner Mutter?«, fragte sie, weil sie nicht fassen konnte, dass Hattie sie mehr bedacht hatte als ihre eigene Tochter. Weit mehr.

»Luanne Kendrick erhält alle vorhandenen Weinflaschen sowie sämtlichen Schmuck außer einem Stück, das für eine andere Erbin vorgesehen ist. Außerdem erhalten Sie zusammen mit Ihrem Ehemann Montgomery Kendrick einhunderttausend Dollar und einige Wertpapiere. Hatties Sohn Lincoln Richson, der alte Trunkenbold, wie sie ihn hier nennt …«, Mr. Rigsby lachte, »… erhält ebenfalls einhunderttausend Dollar sowie den alten Chevrolet, allerdings nur unter der Bedingung, dass er sich nicht betrunken ans Steuer setzt. Wenn ich fragen darf: Wann kann ich mit Ihrem Bruder rechnen? Wird er morgen zur Beerdigung kommen?«

»Ja, das wird er. Er sollte heute Abend in Davis eintreffen.«

»Sehr schön. Dann finde ich hoffentlich morgen die Gelegenheit, unter vier Augen mit ihm zu sprechen.«

»Ja. Mr. Rigsby, bis wann hat Sophie Zeit, sich zu entscheiden?«

Das hatte sie auch gerade fragen wollen und war gespannt auf die Antwort.

»Sie hat nach der Beerdigung drei Tage Zeit, sich zu entscheiden, ob sie das Angebot annehmen möchte. Und dann müsste sie unverzüglich auf die Mandelfarm ziehen, ins Haupthaus, wo sie sich künftig persönlich um alle Geschäfte kümmern müsste. Dafür würden ihr alle offenen Konten zur Verfügung stehen.« Er sah nun wieder zu ihr und sprach sie direkt an. »Selbstverständlich würde ich alle relevanten Dinge mit Ihnen durchgehen, und Ihnen würde der Vorarbeiter der Farm, Emilio Huarez, zur Seite gestellt werden. Sie würden nicht ganz allein mit allem dastehen, keine Sorge.«

»Das muss ich erst mal verkraften«, sagte sie. »Drüber nachdenken.«

»Selbstverständlich. Schlafen Sie eine Nacht drüber. Oder auch vier. Spätestens am Montag bräuchte ich Ihre Entscheidung.«

Sie nickte. Zwar war sie sich jetzt schon sicher, was sie dem Mann antworten würde, aber sie war gerade so verwirrt, dass sie sich wenigstens die Zeit nehmen wollte, das alles sacken zu lassen.

»Wäre es das dann?«, fragte ihre Mutter.

Andy Rigsby nickte. »Ja, fürs Erste. Wir bleiben natürlich in Kontakt.«

Luanne nickte ebenfalls, und Sophie konnte, als sie aufstehen wollte, ihre Beine nicht mehr fühlen. Sie schüttelte Mr. Rigsby die Hand und glaubte wegzusacken, weshalb sie etwas suchte, an dem sie sich abstützen konnte. Da leider nur Mr. Rigsby in der Nähe war, umklammerte sie seinen Arm. Er hielt sie und fragte besorgt: »Ist alles in Ordnung, Ms. Kendrick?« Er half ihr zurück auf den Stuhl, rief nach seiner Sekretärin und bat sie, ihr ein Glas Wasser zu holen.

»Das war jetzt echt viel auf einmal«, sagte Sophie und trank ein paar Schlucke. »Ich glaube, ich brauche einfach nur frische Luft.«

»Eine gute Idee«, sagte ihre Mutter, die plötzlich ein wenig gekränkt klang. Dabei hatte Sophie doch überhaupt nichts getan! Sie hatte bestimmt nicht darum gebeten, als Alleinerbin der Farm ins Testament eingetragen zu werden. Nun, neben den Katzen natürlich, die im Fall der Fälle alles erhalten sollten.

Das war doch komplett verrückt!

Da musste sie wirklich erst mal drüber schlafen. Und vielleicht sollte sie sich doch erst noch kneifen, um sicherzugehen, dass das hier real war.

»Wir sollten eine Kleinigkeit essen gehen«, sagte ihre Mutter, als sie wieder draußen waren. »Sicherlich geht es dir danach gleich besser.«

Sophie stimmte ihr zu und schlug den Diner vor, den sie

von hier aus sehen konnten. Er lag an der Ecke zur 3rd Street, und sie hatte einen Großteil ihrer Kindheit dort verbracht. Wie oft hatte sie zusammen mit Lydia in einer der Nischen gesessen und Schoko-Milchshakes getrunken?

»Ich denke nicht, dass das so eine gute Idee wäre«, sagte ihre Mutter jedoch gleich und stieg ins Auto.

Kurz war Sophie verwirrt, dann jedoch erinnerte sie sich wieder daran, dass der Diner Jacks Eltern gehörte. Ihre Mom hatte recht, denen wollte sie nicht unbedingt begegnen.

Sie setzte sich auf den Beifahrersitz und ließ sich von ihrer Mutter zu einem Asiaten fahren, den es hier vor vierzehn Jahren noch nicht gegeben hatte, so viel sie wusste. Er bot ein riesiges Mittagsbuffet an, und bei all den Gerüchen überkam sie plötzlich ein unglaublicher Appetit, und sie belud ihren Teller mit Bratnudeln, Sushi und frittierten Shrimps, als gäbe es kein Morgen und auch keine Waage.

»Du haust aber rein«, sagte ihre Mutter lachend, die sich nur ein wenig Reis und Gemüse genommen hatte.

»Ja, ich brauche das gerade einfach.«

»Kann ich mir vorstellen. Das war ja auch eine Bombennachricht.«

»Mom.« Sie sah ihr ins Gesicht. »Ich hab das alles nicht gewollt. Wir finden bestimmt eine Lösung, wie doch am Ende du die Farm bekommst.«

»Ich muss gestehen, ich war schon ein wenig enttäuscht, dass meine Mutter mich in dieser Hinsicht nicht bedacht hat. Allerdings verstehe ich, was sie damit bezwecken wollte, und wenn ihr Plan aufgeht, habe ich wirklich keinen Grund mehr zu klagen.«

»Wenn ihr Plan aufgeht? Was meinst du damit?« Sie konnte gerade nicht mehr klar denken.

»Na, sie wollte dich zurück nach Kalifornien holen. Und

falls du dich tatsächlich darauf einlässt und ich dich wieder in meiner Nähe haben dürfte, wäre ich der glücklichste Mensch der Welt. Das wäre mir noch viel wichtiger, als eine Farm zu erben.« Sie sah sie liebevoll an. »Hattie hat gewusst, wie sehr du mir fehlst.«

»Ach, Mom …«

Sie wechselten einen innigen Blick, dann nahm Sophie mit den Stäbchen ein Maki-Röllchen auf, tunkte es in Sojasauce und steckte es sich in den Mund.

»Echt unglaublich. Ich hätte nicht gedacht, jemals Sushi zu essen hier in Davis.«

»Ja. Davis hat sich stark verändert, seit du deine Sommer hier verbracht hast. Der große See zum Beispiel ist zugeschüttet worden, um dort eine Shopping Mall zu errichten. Sie hat im letzten Jahr eröffnet.«

»Den See gibt es nicht mehr?« Sie war schockiert. »Was ist mit dem kleinen? Ist der noch da?«

»Aber natürlich. Er befindet sich auf Hatties Grundstück. Auf deinem Grundstück, wenn du es denn willst. Überleg mal, du hättest einen eigenen See, ganz für dich allein.« Ihre Mutter lächelte sie herausfordernd an.

»Total irre«, war alles, was sie sagen konnte. Sie aß ihren Teller leer und konnte es auf einmal kaum erwarten, zur Farm zu kommen.

Als sie die Auffahrt hochfuhren und vor dem Haupthaus parkten, hatte Sophie einen dicken Kloß im Hals. Es sah noch ganz genauso aus wie früher. Vor dem Haus blühten gelbe und rosafarbene Rosen, sogar die Schaukel im Garten hing an derselben Stelle. Sie fragte sich, ob irgendwer sie in den letzten vierzehn Jahren benutzt hatte. Etwa dreißig Meter weit entfernt entdeckte sie sogar die Baumstämme, auf denen sie immer mit Lydia gesessen hatte. Jetzt saß dort ein Mann, ein Latino mit schwarzem Haar. Als er sie aus dem Auto steigen sah, kam er auf sie zu. Ihr fielen sofort seine markanten Gesichtszüge auf.

»Guten Tag, Mrs. Kendrick«, sagte er und schüttelte ihrer Mutter die Hand.

»Guten Tag, Emilio. Wie läuft es denn auf der Farm, nun, da …« Sie sprach nicht weiter.

»Alles läuft wie immer. Ich gebe mein Bestes, die Farm so weiterzuführen, wie Hattie es gewollt hätte«, antwortete er mit einem zugegebenermaßen ziemlich heißen Akzent.

Sophie begutachtete ihn. Wer war dieser Mann? Der Vorarbeiter, den Mr. Rigsby erwähnt hatte? In jedem Fall war er wirklich ansehnlich in seinem eng sitzenden Shirt, unter dem sich seine Muskeln abzeichneten.

Ihre Mutter hatte recht gehabt. Davis hatte sich ganz schön verändert. Früher waren hier nicht so viele gutaussehende Typen herumgelaufen. Sie war erst seit wenigen Stunden wieder da und war schon auf den freundlichen Andy mit dem unwahrscheinlich charmanten Lächeln und auf den sexy Emilio mit dem stählernen Körper getroffen. War es verrückt, dass sie sich vorstellte, wie er wohl ohne Shirt aussehen mochte?

»Kennen Sie schon meine Tochter Sophie?«, hörte sie ihre Mutter fragen. »Sie lebt in Boston. Sophie, darf ich dir den Vorarbeiter der Farm vorstellen? Emilio Huarez.«

Hm, er war also wirklich derjenige, von dem der Nachlassverwalter gesprochen hatte. Und er hatte auch gesagt, dass Emilio ihr unter die Arme greifen würde, falls sie sich entschied, die Farm zu übernehmen.

Na, wenn das kein Anreiz war …

»Hi«, sagte sie und schüttelte ebenfalls seine Hand.

»Es freut mich, Sie kennenzulernen. Hattie hat viel von Ihnen erzählt.«

»Hat sie das?« Sofort machte sich wieder ihr schlechtes Gewissen bemerkbar.

»Ja.« Er lächelte sie an.

»Ich würde jetzt gerne ins Haus gehen«, sagte sie und schritt zu den Verandastufen.

»Meine Mittagspause ist auch vorbei«, hörte sie Emilio sagen. »Bestimmt sieht man sich noch mal.«

Ja. Bestimmt. Sie drehte sich noch einmal um, um ihm zuzulächeln. Dann nahm sie all ihre Kraft zusammen und betrat das Haus, das genau wie früher nach gerösteten Mandeln roch.

Alles sah aus wie immer. Das Wohnzimmer hatte eine neue Wandfarbe bekommen. Früher war es braun gewesen, heute war es in einem hellen Mattblau gestrichen. Es sah wirklich hübsch aus, fand Sophie. Und sie sah sich um. Sah die Bilder an der Wand, die überwiegend sie zeigten. Sie zusammen mit ihrer Grandma. Sie mit ihren Eltern. Sie mit Lydia. Sie am See in ihrem kleinen Erdbeer-Bikini. Sie auf dem Almond Festival.

»Hat das diesjährige Mandelfest schon stattgefunden?«, fragte sie ihre Mom und hoffte, dass es überhaupt noch stattfand und nicht auch abgeschafft worden war.

»Da bin ich überfragt. Kann man das nicht googeln? Oder frag doch mal Emilio, der wird das sicher wissen.«

Sie nickte und ging weiter. Die Küche war besonders schlimm, denn hier duftete es noch immer nach Hatties allseits beliebten Mandelplätzchen. Sie entdeckte eine Dose auf dem Tisch, öffnete sie und nahm sich einen der Kekse. Als sie abbiss, kamen ihr die Tränen.

»Warum hat sie mir nur die Farm vermacht?«, fragte sie

ihre Mutter, ging zum Fenster und sah hinaus. Endlose Reihen von Mandelbäumen erstreckten sich, soweit das Auge reichte. »Ich bin der letzte Mensch, der sie bekommen sollte.«

Ihre Mom trat zu ihr und legte ihr eine Hand auf den Rücken. »Oh, Sophie. Weißt du denn nicht, wie sehr deine Grandma dich geliebt hat?«

»Ich hab das alles gar nicht verdient.« Sie schluchzte ein wenig und wischte sich die Tränen weg.

»Das hat Hattie anscheinend anders gesehen.« Ihre Mom nahm sich ebenfalls ein Plätzchen und reichte ihr ein weiteres. »Hör mal, Sophie. Es tut mir leid wegen gestern. Ich wollte dir kein schlechtes Gewissen machen. Hatties Tod hat mich ziemlich mitgenommen, und ich bin wohl nicht ganz ich selbst.«

»Du hattest ja recht, Mom. Ich war die letzten Jahre eine wirklich schlechte Enkelin.«

»Das würde ich gar nicht mal sagen. Du hast vielleicht ein bisschen viel an dich selbst gedacht und nicht so viel an andere, aber du hast dir eine Karriere aufgebaut. Wir sind alle sehr stolz auf dich, und Hattie war es auch. Sie hat es verstanden. Und sie hat dir doch weiterhin Pakete geschickt, oder?«

Sie nickte. »Ja. Mit Plätzchen und Mandeln. Und dem leckeren Mandelaufstrich. Ein paarmal waren auch gebrannte Mandeln dabei.«

»Siehst du? Sie hat es dir nicht nachgetragen. Sie war der Meinung, dass du einfach ein wenig vom Weg abgekommen bist und nur wieder in die richtige Bahn gestupst werden müsstest.«

»Hat sie das gesagt?«

»Mehr als einmal. Sie war sich immer sicher, dass du eines Tages nach Kalifornien zurückkehren würdest.«

Sie konnte nur lächelnd den Kopf schütteln. Hattie und ihre Übersinnlichkeit.

»Wir sollten vielleicht nicht die ganzen Plätzchen aufessen. Es könnten die letzten sein«, meinte sie dann.

»Das glaube ich kaum. Ich bin mir sogar ziemlich sicher, dass die ganze Tiefkühltruhe voll ist mit Mandelplätzchen.«

Sie sahen nach und mussten lachen, als es wirklich so war.

»Der Mandelaufstrich, den du erwähnt hast, kommt übrigens aus der Mandelfabrik im Ort. Der Fabrik, die Lydias Mann Rex gehört. Die Sunny Almond Company.«

»Ach, ehrlich?«

»Oh ja. Hattie hat immer direkt an sie geliefert, und sie haben die Mandeln weiterverarbeitet. Es wird sich jetzt vieles ändern, da Hattie nicht mehr da ist. Das Leben vieler Menschen hängt von der Farm ab«, machte sie ihr deutlich.

Na, wunderbar. Und diese Leben lagen jetzt in ihren Händen?

Sie seufzte schwer. »Können wir ein bisschen über die Farm spazieren?«, bat sie.

»Aber natürlich.« Ihre Mutter lächelte sie an und hielt ihr ein Taschentuch hin. »Vorher solltest du dir aber noch die verlaufene Wimperntusche wegwischen.«

Sie ging ins Bad und erschrak, als sie in den Spiegel blickte. Sie sah nämlich aus, als hätte sie nächtelang durchgefeiert. Ihr Gesicht war blass und verschmiert, und ihre Augen waren gerötet. Sie versuchte, sich so gut es ging wiederherzurichten, befreite sich von aller Schminke, cremte sich mit einer Mandelcreme ein, die sie im Schrank fand, und ging hinaus auf die Veranda, wo ihre Mutter bereits wartete. Sie hielt ihr den Arm hin, in den Sophie sich einhakte, und zusammen gingen sie zu den Mandeln, die bald ihr gehörten, wenn sie es denn wollte.

Kapitel 12

Lydia

Freitag, der Dreizehnte. Als Lydia sich für die Beerdigung fertig machte, fragte sie sich, ob das wohl ein schlechtes Zeichen war. Sie grübelte sehr viel nach seit Hatties Tod. Überlegte, was wohl aus der Farm werden würde. Immerhin bezog Rex einen Großteil seiner Mandeln für die Sunny Almond Company von dort. Wenn die Farm nun verkauft werden würde, müssten sie einen oder mehrere neue Lieferanten finden, und wahrscheinlich würde dies mit einem erheblichen Preisaufschwung verbunden sein. Doch ehrlich gesagt konnte sie sich nicht vorstellen, dass Luanne, die die Farm sicher geerbt hatte, diese weiterführen wollte. Sie hatte ihr Leben in Sacramento, das Reisebüro. Natürlich könnte es auch sein, dass ihr Bruder Lincoln die Farm geerbt hatte. Was wusste sie schon, wen Hattie sich als ihren Nachfolger vorgestellt hatte?

Was sie allerdings wusste, war, dass Sophie in Davis war und an der Beerdigung teilnehmen würde. Luanne hatte sie gleich Mittwochabend noch angerufen und berichtet, dass Sophie eingetroffen war. Lydia hatte keine Ahnung, ob ihre ehemalige beste Freundin wusste, dass sie noch immer in

Kontakt mit deren Mutter stand. Aber warum hätte sie ihn abbrechen sollen, wenn sie sich so gut verstanden? Wenn sie sich auf Hatties Geburtstagsfeiern sahen, an denen sie weiterhin stets teilgenommen hatte. Nur weil Sophie allem den Rücken gekehrt hatte, musste sie das ja nicht ebenfalls tun. Ihr bedeuteten Familie und Freunde nämlich etwas, und sie wollte für sie da sein.

Im Ort hatte Lydia dann auch gleich von mehreren Seiten gehört, dass Sophie gesehen worden war. Im Chinarestaurant und auch an der Tankstelle zusammen mit Luanne. Sie sollen sogar schon beim Nachlassverwalter gewesen sein, das hatte Billy ihr erzählt, der bei Jack in der Küche arbeitete. Er hatte die beiden aus Andy Rigsbys Büro herauskommen sehen. Die Dinge wurden anscheinend früher geklärt, als sie gedacht hatte, und bald würden sie alle hoffentlich Konkreteres wissen.

Sie sah nun nach den Kindern, ob sie auch klarkamen mit ihren Sonntagsanzügen. Max war bereits fertig angezogen, doch Randy kämpfte mit den Knöpfen an seinem Hemd.

»Muss ich wirklich noch diese blöde Krawatte ummachen?«, fragte er.

»Ja, das musst du, mein Schatz. Wir wollen der lieben Hattie die letzte Ehre erweisen.«

»Können wir das nicht auch in Jeans und T-Shirt?«, fragte er, und Max, der auf seinem Bett saß und in *Harry Potter* las, machte ein abschätziges Geräusch.

»Ach, komm schon, Randy, diskutier jetzt nicht mit mir.« Sie ging vor ihm in die Hocke und sagte: »Mommy ist heute sehr traurig, verstehst du das? Weil sie Hattie sehr gern hatte.«

»Warum sprichst du von dir in der dritten Person?«, fragte Max, der kleine Schlaumeier.

Sie warf ihm einen bösen Blick zu. »Damit dein Bruder es besser versteht. Also, könntet ihr beide mir den Gefallen tun und euch heute einfach mal benehmen und auf mich hören? Ich habe nicht die Nerven für irgendwelche Dramen.«

In dem Moment hörten sie einen Schrei, und Lydia lief in Richtung Gracies Zimmer. »Was ist passiert?«

»Meine Schuhe sind mir zu klein!«

»Wie kann denn das sein? Du wirst bald fünfzehn, man sollte denken, dass deine Füße nicht mehr wachsen.«

»Sind sie aber anscheinend. Und was soll ich jetzt machen?«

Lydia betrachtete ihre Tochter, die in der schwarzen Hose und der schwarzen kurzärmeligen Bluse so erwachsen aussah. Hier war es sogar mal zu etwas gut, dass sie so gerne Schwarz trug und eine große Auswahl an Kleidung, die für eine Beerdigung geeignet war, in ihrem Schrank hängen hatte.

»Zieh einfach andere Schuhe an«, riet sie ihr.

»Ich hab sonst keine schwarzen, außer Chucks und Doc Martens.«

»Verdammt! Dann geh doch mal in meinem Schuhschrank nachgucken. Vielleicht findest du da etwas Passendes.«

»Ich würde lieber sterben, als deine Schuhe zu tragen«, entgegnete Gracie abwertend. Sie sah sie trotzig an und verschränkte ihre Arme vor der Brust.

»Gracie! Bitte! Ich habe es gerade schon deinen Brüdern gesagt. Heute wird ein schwerer Tag. Können wir uns bitte alle zivilisiert verhalten?«

»Von mir aus.« Sie zuckte mit den Achseln. »Und was soll ich jetzt machen? Schuhtechnisch?«

»Wenn du nichts von mir anziehen willst, dann zieh halt deine Doc Martens an.«

»Zu einer Beerdigung?«

»Sie sind schwarz, oder?«

»Ja, schon, aber ... kann ich nicht kurz Hannah anrufen und sie fragen, ob sie mir welche leiht?«

»Du hast keine Zeit, vor der Beerdigung noch zu Hannah zu fahren. Sie findet bereits in einer Stunde statt.« Sie legte den Kopf in den Nacken und atmete tief durch. »Okay, frag Hannah. Wir können auf dem Weg bei ihr haltmachen. Warte mal, ist Hannah nicht in der Schule?«

»Ihr wurde der Blinddarm entfernt, und sie ist diese Woche zu Hause, das hab ich dir erzählt.«

Ah ja, richtig. Das hatte sie schon wieder vergessen.

»Okay. Ruf sie an. Und richte ihr meine Besserungswünsche aus.«

Sie eilte zurück zu den Jungen und hoffte, dass wenigstens bei ihnen noch alles passte. Als sie jedoch ins Kinderzimmer kam, fand sie allein Max an, noch immer lesend.

»Wo ist dein Bruder?«, fragte sie.

»Im Bad, glaub ich.«

Dort war er, ja. Und er war komplett nass, als wäre er gerade mitsamt seinen Klamotten unter der Dusche gewesen.

»Was zum Teufel machst du denn da, Randy?«, schrie sie entsetzt.

»Ich hab mich bekleckert und wollte es rauswaschen, bevor du es siehst und schimpfst«, sagte er mit weinerlicher Stimme.

»Raus aus den Sachen!«, rief sie fast schon hysterisch und half ihm erneut mit den Knöpfen. »Womit hast du dich denn bekleckert? Du hattest doch gar nichts zu essen in eurem Zimmer.«

»Ich hab in der Anzugjacke einen Schokoriegel entdeckt. Der war da noch von Halloween drin.«

Halloween? Das war fast ein Jahr her! Sie erinnerte sich. Der Anzug hatte früher Max gehört, und als Randy im letzten Jahr als James Bond gegangen war, hatte Max ihn ihm überlassen. Er war zwar noch ein wenig zu groß gewesen, aber Lydia hatte keine Zeit gehabt, extra einen neuen zu kaufen. Ob der Schokoriegel überhaupt noch gut gewesen war? Na, anscheinend hatte er Randy geschmeckt, wie man an den Flecken auf dem Hemd sehen konnte. Dummerweise hatte er nicht nur das Hemd ausgewaschen, sondern auch der Rest seiner Kleidung triefte vor Wasser, und so mussten sie erst einmal ein komplett neues Outfit zusammensuchen. Und dabei rannte ihnen die Zeit davon.

Glücklicherweise passten den Jungs ihre guten Schuhe noch. Lydia bat Max, sein Buch wegzulegen und mitzukommen. Sie nahm Randy an die Hand und rief nach Gracie, die allerdings verschollen war.

»Gracie? Wir müssen los!«, rief sie erneut und so laut sie konnte.

»Du musst ja nicht gleich schreien«, kam es zurück, und Gracie kam gemächlich herbeigeschlendert.

»Los, wir müssen uns beeilen, sonst kommen wir zu spät!«

»Müssen wir uns jemals nicht beeilen?«, fragte Max, als sei es alles Lydias Schuld. Dabei war sie doch die Erste, die fertig gewesen war. Aber für Selbstmitleid war jetzt keine Zeit. Sie sprangen ins Auto und fuhren los, hielten kurz bei Hannah, wo Lydia die Schuhe selbst rausholte, da sie wusste, dass Gracie sich erst noch mit langen Gesprächen aufhalten würde. Sie fuhren zur Kirche, wo Rex schon auf sie wartete. Er warf einen eindeutigen Blick auf die Uhr und hielt sie an, sich zu sputen. Miranda, die neben Müller Eddie saß, von dem Lydia jetzt endlich auch wieder wusste, wer er war, hatte ihnen eine halbe Reihe freigehalten. Sie nahmen Platz, während aus den Lautsprechern bereits *Amazing Grace* von Elvis Presley erklang, und dann stellte sich auch schon der Pastor an den Altar und begann, von Hattie zu sprechen. Die schönsten Lebensereignisse zu reflektieren. Von ihrer Liebe zu Walter zu erzählen und der Mandelfarm, die ihr größtes Glück gewesen war, bis zu ihrem letzten Tag. Und er erwähnte Luanne, Lincoln und Sophie, die sie alle in der ersten Reihe entdeckte.

Sophie sah aus wie immer. Sie war groß und schlank, trug ihr langes blondes Haar zu einem strengen Dutt gebunden und hatte sich in ein ziemlich eng aussehendes schwarzes Kleid gezwängt. Klar, wenn man solch eine Figur hatte, wollte man sie auch zeigen, aber das hier war eine Beerdigung! Da war es doch nicht wichtig, irgendwelche Männer zu beeindrucken, oder? Na, vielleicht wollte Sophie das ja auch gar nicht, vielleicht war das einfach ihre Art, durchs Leben zu gehen. Und vielleicht wollte sie auch nur Jack gefallen, obwohl das bedeuten würde, dass es ihr extrem an Sensibilität mangelte.

Jack. Er saß in der vierten Reihe auf der anderen Seite des Kirchenschiffs, neben seiner Schwester Maya und seinen Eltern. Er hatte den Diner heute Vormittag geschlossen gelassen, das hatte sie im Vorbeifahren an dem Schild in der Tür erkannt. Und er hätte Sophie wahrscheinlich noch im Kartoffelsack bezaubernd gefunden, seinen Blicken nach zu urteilen. Lydia sah, dass er sie Sophie ganz unauffällig zuwarf oder dass er es zumindest versuchte – ihr entging aber nichts. Weder, dass er Hatties Enkelin mehr Aufmerksamkeit widmete als Pastor Blacksmith, noch, dass diese sich ebenfalls hin und wieder suchend umblickte.

Die beiden … Aus ihnen hätte wirklich etwas Wundervolles werden können. Wenn Sophie doch damals nur gesehen hätte, wie sehr Jack sie liebte. Doch ihr waren andere Dinge wichtiger gewesen. Als sie weg war, war Jack verzweifelt, und Lydia war genauso verzweifelt, und zwar weil Brandon sich auf nach San Francisco gemacht hatte in ein Leben ohne sie und Gracie. Eins führte zum anderen, die beiden Verlassenen weinten sich beieinander aus, versuchten, sich gegenseitig Trost zu spenden, und landeten zusammen im Bett. Es geschah nur ein einziges Mal, und sie schworen sich, dass die Sache unter ihnen bleiben und kein zweites Mal passieren würde. Und seitdem hatten sie den einmaligen Ausrutscher niemals mehr angesprochen, als wäre er nie geschehen.

Lydia fragte sich, was Sophie wohl von ihr halten würde, wenn sie wüsste, dass sie keine zwei Wochen, nachdem sie fortgegangen war, mit ihrem Freund geschlafen hatte. Oder Exfreund. Oder was er in ihren Augen auch immer war. Denn Schluss gemacht hatte sie ja nie, und sich bei Jack gemeldet auch nie wieder.

Wie herzlos konnte ein Mensch sein?

Wie hatte sie Sophie all die Jahre als ihre beste Freundin bezeichnen können, ohne sie wirklich zu kennen?

Sie erinnerte sich an Hatties achtzigsten Geburtstag zurück. Damals hatte Sophie ihr von ihrem großartigen Leben in Boston erzählt und sie nach ihrem gefragt. Hatte sie doch tatsächlich gefragt, ob sie noch immer mit Brandon zusammen sei. Als sie ihr erzählte, dass der sie im selben Monat sitzengelassen hatte wie sie, damals in jenem Sommer, hatte sie kurz betroffen gewirkt, für ungefähr zwei Sekunden, dann aber das Thema gewechselt und sich nach ihren Eltern erkundigt. Lydia hatte ihr gesagt, dass es ihnen gut gehe, und sie hatte ihr gerade von ihren Kindern erzählen wollen, als Sophie von Luanne in die Küche gerufen wurde. Sie konnte es nicht mit Sicherheit sagen, aber sie glaubte zu erkennen, dass ihre ehemalige beste Freundin genauso erleichtert war wie sie, gehen zu können. An diesem Tag hatten sie nicht mehr zueinandergefunden, und Lydia war froh gewesen. Denn Sophie war wie eine Fremde, und diesmal war sie nicht traurig, als sie wieder abreiste.

Seitdem hatte sie sich eines gefragt. Und zwar hatte es sie verwundert, dass Sophie überhaupt nichts von der Trennung von Brandon gewusst hatte. Hatte Hattie ihr denn nichts davon erzählt? Hatte sie angenommen, dass sie beide noch in Kontakt stünden und sie ihr selbst schon alles anvertraut hatte? Oder hatte Hattie selbst so wenig Kontakt zu ihrer Enkelin, dass sie bei den seltenen Gesprächen über wichtigere Dinge redeten? Ein bisschen merkwürdig fand sie es schon, da Davis nun wirklich ein Ort war, wo sich die Dinge herumsprachen. Schneller, als man blinzeln konnte. Manchmal sogar, bevor man selbst wusste, wie einem geschah.

»Und so werden wir sie für immer in Erinnerung behalten, inmitten ihrer Mandelbäume, den Duft von Mandelblüten in der Luft. Hattie, die unser aller Leben zum Guten verändert hat«, schloss Pastor Blacksmith seine Rede.

Lydia senkte den Kopf und betete für Hatties Seele. Und dann legte sie Gracie, die still weinte, einen Arm um die Schultern und zog sie an sich. Der Pastor hatte ganz recht, Hattie hatte die Menschen wirklich verändert, ihnen geholfen, sie gerettet. Zumindest war das bei ihr gleich mehrmals der Fall gewesen. Und sie wusste, dass viele Frauen der Umgebung zu ihr gekommen waren, wenn sie verzweifelt gewesen waren. Dann hatte die gute Hattie ihnen mit einem Rat, einer Vorhersage oder schlicht mit ein paar weisen Worten den Weg gewiesen.

Ein letztes Elvis-Lied erklang: *Peace in the Valley.*

Die Leute standen auf, einige gingen nach vorne zu dem Sarg, der glücklicherweise geschlossen war. Lydia fand offene Särge immer ganz schrecklich und war froh, ihren Kindern den Anblick nicht zumuten zu müssen. Trotz allem war sie froh, sie mitgenommen zu haben. Dann verpassten sie halt mal einen Tag Schule – na, und? Das hier war weitaus bedeutender. Für ihr gesamtes zukünftiges Leben. Lydia fand es nämlich außerordentlich wichtig, dass sie nicht nur den lebenden Menschen, sondern auch den Toten Respekt erwiesen. Sie sollten nicht glauben, dass mit dem Tod alles vorbei war. Menschen, die im Leben Gutes getan hatten, sollten in Erinnerung bleiben. Das war es doch, wonach sich alle sehnten, oder?

Rex nahm ihre Hand und begleitete sie nach vorne, wo sie vor dem Sarg stehen blieb und Hattie im Stillen eine gute Reise und ein schönes Wiedersehen mit ihrem Walter wünschte. Auch versicherte sie Hattie noch einmal, dass sie sich an ihr Versprechen halten und sich um Sophie kümmern würde.

Und als sie kurze Zeit später den Sargträgern zum Grab folgten, sah sie erneut in Richtung Sophie und ließ einen Seufzer aus. Ja, sie würde ihr Versprechen halten, obwohl es ganz sicher eine Herausforderung sein würde.

»Alles in Ordnung?«, flüsterte Rex ihr zu und drückte ihre Hand.

»Ja. Alles okay«, antwortete sie.

Das war es doch, oder? Mehr als ihr Bestes geben konnte sie nicht.

Kapitel 13

Alba

Freitag, der Dreizehnte. Alba war fürs Einsammeln der zurückgelassenen Mandeln eingeteilt. Während Nora, Agata und Ana die hängen gebliebenen Mandeln mit einem langen Stock von den Bäumen herunterschlugen, sammelten Alba und Olivia diese ein. Sie würden sie in der Nähe der Arbeitshalle auf Matten zum Trocknen auslegen.

»Sag mal, glaubst du, er könnte sie umgebracht haben?«, flüsterte Olivia ihr zu.

Alba drehte sich zu Pablo und Orlando um, die mit großen Besen hinter ihnen her fegten und allen Unrat einsammelten, damit der Boden unter den Bäumen und die Wege dazwischen für die nächste Saison freigeräumt waren. Zum Glück waren die Männer aber in ein Gespräch vertieft.

Mit großen Augen sah sie Olivia an. Sie musste nicht nachfragen, von wem ihre Kollegin sprach. »*Dios mío!* Er ist ein Dreckskerl, aber doch kein Mörder«, flüsterte sie zurück.

»Wer weiß? Ich glaube, er ist zu allem fähig. Du hast doch gesagt, du warst bei ihr und hast ihr davon erzählt, was er uns antut. Vielleicht wollte sie ihn feuern, und er hat es verhindert.«

Alba wurde schwindlig. An so etwas wollte sie gar nicht denken. Sie trank ein paar Schlucke Wasser, streckte sich und ging wieder in die Hocke.

»Hör auf zu fantasieren, Olivia«, sagte sie, mehr, um sich selbst zu beruhigen, und griff nach ein paar Mandeln. »Es war ein Herzinfarkt, und das ist alles.«

Als sie eine halbe Stunde später Mittagspause hatten und wie immer vor der Halle saßen und ihren Lunch einnahmen, sah Alba zum Haupthaus hinüber, wo gerade die Trauergäste eintrafen. Wie gerne wäre sie bei der Bestattung dabei gewesen oder wenigstens bei der Andacht im Haus. Stattdessen ließ Emilio sie alle schuften wie an jedem anderen Tag. Hattie hätte das ganz bestimmt nicht gewollt, aber was sollten sie schon dagegen tun?

»Ich finde, wenn wir schon nicht dabei sein können, sollten wir wenigstens eine Schweigeminute für Hattie einlegen«, sagte sie.

»Eine schöne Idee«, stimmte Juanita ihr zu, die gerade aus der Halle kam und frische Apfelspalten für alle dabeihatte. Ihre älteste Tochter Anya arbeitete in diesem Jahr zum ersten Mal auch auf einer Farm und hatte Äpfel mit nach Hause gebracht.

Sie alle legten die Hände aneinander, während Juanita ein Gebet sprach. Dann schwiegen sie volle sechzig Sekunden lang, bevor sie sich ihrem Essen widmeten. Alba biss in ihren mitgebrachten Burrito.

»Ich glaube, ich werde es im nächsten Jahr auch auf einer Apfelplantage versuchen, falls die Mandelfarm dann nicht mehr ist«, meinte Agata, die Ende zwanzig und seit acht Jahren auf der Mandelfarm beschäftigt war, Sommer für Sommer.

»Ich habe gehört, auf der Pfirsichplantage hinter der

Tankstelle suchen sie auch immer fleißige Helfer. Und sie scheren sich nicht um Papiere«, steuerte Nora bei.

»Das hört sich gut an«, meinte Ana.

Einer der jungen Männer, Pablo, der bei ihnen stand, nickte. »Meine Schwester hat dort ein paar Jahre gearbeitet. Nora hat recht, sie verlangen keine Arbeitserlaubnis.«

Alba musste gestehen, dass sie sich ständig Sorgen um ihre Kollegen machte, da die Hälfte von ihnen illegal auf der Farm arbeitete. Was, wenn irgendwann einmal eine Razzia stattfinden sollte? Alle außer Emilio, den Alteingesessenen, Juanita, Josefina, Orlando und ihr selbst würden mitgenommen und wahrscheinlich in ihre alte Heimat zurückgeschickt werden. Sie konnte von Glück sagen, dass sie selbst alle nötigen Papiere besaß, dank der Heirat mit Hershel. Obwohl sie sich manchmal nichts sehnlicher wünschte, als dass sie einfach zurückgeschickt würde. Sie wusste nämlich nicht, wie sie es für den Rest ihres Lebens hier aushalten sollte.

Kalifornien, April 2014

Für einen kurzen Moment hatte Alba, die an der Seite ihres neuen Ehemannes in seinem alten Ford Fiesta saß, ein Gefühl von Freiheit verspürt, als sie über die Grenze ins Land der unbegrenzten Möglichkeiten gefahren waren.

Es war so einfach gewesen. Der Grenzbeamte hatte sie um ihre Ausweise gebeten, Alba gemustert und Hershel gefragt, wer sie war. Der hatte ihm gesagt, dass sie seine erst kürzlich angetraute Ehefrau sei, weshalb sein Nachname noch nicht in ihrem Pass stehe. Er hatte dem Mann aber die Heiratsurkunde gezeigt, ihm ein paar Geldscheine zugesteckt, und sie konnten die Grenze passieren.

Wenn Alba an den armen Guillermo und an all die anderen dachte, die die größten Strapazen auf sich genommen hatten, nur um es wieder nicht nach Amerika zu schaffen oder es zu schaffen und gleich hinter der Grenze erwischt und zurückgeschleppt zu werden, empfand sie pures Mitleid. Dennoch war sie irgendwie auch erleichtert, es selbst geschafft zu haben. Endlich in Amerika zu sein. Dem Land ihrer Träume.

Sie hatte die Luft durchs offene Fenster eingeatmet und die Augen geschlossen, und sie hatte zu Maria, Mutter Gottes, gebetet, und zwar dafür, dass sie am Ende doch ihr Glück finden würde in Amerika. Auch wenn jetzt alles anders gekommen war, als sie es sich vorgestellt hatte.

Im Kofferraum hatte sie ihren Koffer mit all ihren Habseligkeiten, und auf dem Rücksitz stand die Truhe, die ihre *mamá* ihr mitgegeben hatte. Darin befanden sich Tischdecken, Kleider und Stoffe. Dinge, die entweder schon seit vielen Jahren im Familienbesitz waren oder die ihre Mutter für sie gesammelt hatte. Ihre Aussteuer.

Sie fragte sich, was ihre Mutter wohl empfunden hatte, als sie ihr und diesem alten Mann mit seinem kaputten Bein im Standesamt dabei zugesehen hatte, wie sie sich vermählten. Sicher hatte es ihr im Herzen wehgetan, fast so sehr, wie es Alba selbst wehgetan hatte. Am Morgen vor der Hochzeit hatte sie ernsthaft darüber nachgedacht, wegzulaufen oder sich gar das Leben zu nehmen. Doch am Ende hatte sie trotz allem dagestanden und diesem Amerikaner, den sie nicht kannte, die ewige Treue geschworen. Vor den Augen aller, doch zumindest nicht vor Gott. Denn Pater Álvaro hatte sich geweigert, sie in der Kirche zu trauen, da Hershel nicht nachweisen konnte, dass er katholisch war, und wahrscheinlich auch, weil er schrecklich gefunden hatte, was Manuel mit seiner Tochter vorhatte. Am Ende war ihnen nur das Standesamt von Tijuana geblieben, und auch hier hatte es einiger Geldscheine bedurft, um gleich drangenommen zu werden.

Es gab keinen Ausweg mehr. Sie war gefangen in einem neuen Leben, das sie nicht führen wollte.

Als sie dann aber durch das wunderschöne Kalifornien fuhren, schöpfte Alba sogar ein wenig Hoffnung. Sie begann daran zu glauben, dass in Davis, wie die Stadt hieß, in die Hershel sie bringen wollte, doch etwas Gutes auf sie wartete.

Wie froh war sie, dass sie sich die letzten Jahre so angestrengt hatte, Englisch zu lernen. Wenigstens konnte sie sich mit ihrem Ehemann unterhalten und verstand, was er von ihr wollte.

Als sie jedoch Davis und sein Haus, ihr zukünftiges Zuhause, erreichten, war die Enttäuschung groß. Nachdem Alba ihr ganzes Leben in einer Baracke gehaust hatte, hatte sie sich erhofft, dass ihr neues Heim schöner sein würde. Groß und sauber mit hübschen Möbeln, Gardinen und einem Garten vor dem Haus. Doch dies hier war alles andere als das. Hershels Haus am Stadtrand von Davis war sehr klein, hatte nur drei Zimmer und war verschmutzt ohne Ende. Die Möbel waren zerschlissen, und einen Garten gab es auch nicht. Der Mann, der sich als reicher Amerikaner ausgegeben und ihr ein besseres Leben versprochen hatte, war nichts als ein Schwindler. Ein Taugenichts. Ein Niemand. Ihr war nach Weinen zumute, als ihr humpelnder Ehemann sie durchs Haus führte. Und an diesem Abend, als er sie bat, sich mit ihm zusammenzusetzen, sollte sie noch einiges mehr verkraften müssen.

Als Erstes erzählte Hershel ihr, dass er wegen seiner Kriegsverletzung nicht arbeiten könne und dass deshalb sie das ganze Geld heranschaffen müsse. Dann sagte er ihr, dass er bitte jeden Tag zwei warme Mahlzeiten auf den Tisch bekommen und immer ein sauberes Haus vorfinden wolle. Er sagte ihr, dass er nicht wolle, dass sie Kontakt zu ihrer Familie pflegte, weil sie sonst nur Heimweh bekommen würde. Und zu guter Letzt erklärte er ihr, dass er zeugungsunfähig sei und sie leider keine Kinder haben könnten.

Alba saß am Tisch mit ihrem Mann, hörte ihm zu und weinte stille Tränen. Als er ihr abschließend sagte, dass sie sich dennoch sicher gut verstehen würden, nickte sie und bat, jetzt schlafen gehen zu können, da sie sehr erschöpft sei. Mit Hershels Erlaubnis ging sie in ihr neues Schlafzimmer, legte sich ins Bett und weinte stundenlang. Bis sie etwas hörte und dann spürte, wie Hershel sich neben sie legte und sie umarmte. Sie erfüllte die Pflichten einer Ehefrau, und weinte weiter, auch als Hershel längst schlief. Weinte bis zum Morgengrauen und hoffte, dass am nächsten Tag alles schon viel besser aussehen würde.

Doch nichts wurde besser.

Im Laufe der nächsten Monate lernte Alba, mit ihrem Unglück zu leben. Sie richtete ihr neues Heim Schritt für Schritt hübsch ein, putzte alles sauber, schneiderte aus den Stoffen ihrer Mutter neue Gardinen und legte sogar einen kleinen Garten an, in dem sie Gemüse anbaute. Und sie lernte Hershel trotz allem schätzen. Auch wenn er nicht der Ehemann war, den sie sich gewünscht hatte, war er doch kein schlechter Kerl. Er schlug sie nicht und ließ ihr ihren Freiraum. Sie durfte allein einkaufen gehen und sich Zeit lassen, durfte Stadtfeste besuchen und sich mit Freundinnen treffen – solange sie arbeiten ging und für genügend Essen auf dem Tisch sorgte. Und deshalb kochte sie abends so viel, dass es noch fürs Mittagessen reichte, das sie für den nächsten Tag in den Kühlschrank stellte und das Hershel nur in der Mikrowelle aufwärmen musste. Tagsüber ging Alba also verschiedenen Tätigkeiten nach und sah sich am Abend zusammen mit ihrem Mann ihre geliebten amerikanischen Serien an, und eigentlich war das Leben in Kalifornien gar nicht mal so übel, bis sie im Jahr darauf auf der Mandelfarm anfing.

Hershel hatte ihr den Job besorgt. Er kannte Emilio vom Pokern im Shooter's und hatte ihn um einen Job für seine Frau gebeten. Einen festen, jährlich wiederkehrenden Job, der gutes Geld einbrachte. Emilio hatte sie gleich am nächsten Tag sehen wollen und sie eingestellt. Und damit hatte das große Unglück angefangen.

Nachdem Emilio sie das erste Mal zu sich ins Büro bestellt hatte, war sie weinend nach Hause gelaufen und hatte Hershel davon erzählen wollen. Der hatte sich allerdings geweigert zuzuhören. Zwei weitere Male versuchte sie es, stieß jedoch auf Granit. Hershel sagte ihr, aller Anfang sei schwer, sie solle bitte tapfer sein und in dem Job ihr Bestes geben, um ihn nicht zu verlieren. Und damit hatte es sich. Sie wusste nicht, ob Hershel auch nur die leiseste Vorstellung davon hatte, was Emilio ihr antat, doch anscheinend wollte er es gar nicht wissen, um so tun zu können, als wäre alles in bester Ordnung. Um sie nicht mit einem schlechten Gewissen jeden Morgen loszuschicken. Und das tat sie weiterhin, jeden Morgen von Anfang August bis Ende Oktober zur Mandelfarm gehen, die auch die Hölle hätte sein können. Und sie stand die Tage durch und war dankbar für jeden, an dem Emilio sie in Ruhe ließ.

»Alba? Kommst du bitte mal mit? Ich muss mit dir sprechen«, hörte sie es jetzt und schloss die Augen.

Maria, Mutter Gottes, bitte bewahre mich vor dieser Schande, flehte sie innerlich. Nicht an diesem Tag, am Tag von Hatties Beerdigung. Welch schreckliche Sünde wäre das.

Doch Emilio stand noch immer da und sah sie auffordernd an.

Sie erhob sich und nahm die Blicke der anderen wahr. Die jüngeren Frauen sahen sie mitleidig an, weil die meisten von ihnen genau wussten, was jetzt kommen sollte, da sie bereits dasselbe durchgemacht hatten. Die älteren Frauen warfen ihr bedauernde Blicke zu, weil sie ihr nicht helfen konnten. In den Augen der männlichen Arbeiter erkannte sie Wut, und sie wusste, dass der eine oder andere Emilio gerne zusammengeschlagen und ihm eine Lektion erteilt hätte. Doch dann wären sie sofort entlassen worden, wenn nicht Schlimmeres. Jeder hatte Angst vor *el diablo,* dem Teufel, der in Gestalt von Emilio über die Mandelfarm herrschte.

Alba folgte Emilio, der sie heute nicht in sein Büro brachte, sondern in seine Hütte, wo er, sobald sie eintrat, zum Bett deutete. Voller Scham und Abscheu tat sie, was er von ihr verlangte, und konnte dabei nur an Hattie denken.

Wenn sie ihr schon nicht hatte helfen können, hätte sie sie dann nicht wenigstens mit sich nehmen können?

Kapitel 14

Sophie

Freitag, der Dreizehnte. Eigentlich hatte Sophie diesen Tag niemals als Unglückstag gesehen. Sie war kein abergläubischer Mensch, wäre sie dies gewesen, würde sie bei all dem Salz, das sie in ihrem Leben bereits verstreut hatte, glauben, bis ans Ende ihrer Tage und noch tausend Jahre danach vom Pech verfolgt zu werden. Doch heute … heute konnte es wirklich stimmen, dass dieser Tag etwas Böses mit sich brachte.

Die trauernden Gesichter waren kaum zu ertragen. Und die vielen Menschen, die auf sie zukamen und sie alle zu kennen schienen, die ihr sagten, wie sehr sie Hattie geliebt und geschätzt hatten und wie leid ihnen ihr Verlust tat, waren noch um einiges schlimmer. Auch wenn sie froh war, dass nun doch unzählige Trauergäste gekommen waren, um sich von ihrer Grandma zu verabschieden, wurde es ihr alles zu viel. Irgendwann rettete sie sich in Hatties Schlafzimmer, in dem sie die letzte Nacht hätte verbringen sollen. Ihre Mutter hatte ihr das Zimmer überlassen und selbst das Gästezimmer genommen, doch Hatties Anwesenheit war noch immer so präsent, dass sie es nicht hatte über sich bringen können. Und so hatte sie auf dem Sofa im Wohnzimmer geschlafen, wo sie im Dunkeln das Bild ihrer Großeltern an der Wand wusste, das zu ihrer silbernen Hochzeit geschossen worden war. Irgendwann stand sie auf, schaltete das Licht an und hängte das Bild ab, was natürlich ein Fragezeichen auf der Stirn ihrer Mutter mit sich brachte, die es am Morgen auf dem Boden stehen sah. Verkehrt herum an den Schrank gelehnt, die Gesichter abgewandt.

»Du kannst dich nicht ewig vor deinen Gefühlen verstecken«, hatte ihre Mom gesagt und war Kaffee machen gegangen.

Irgendwie hatte Sophie die Beerdigung hinter sich gebracht. Es waren viele Tränen geflossen, bei ihr selbst und bei allen anderen. Sie glaubte tatsächlich, dass kein Auge trocken geblieben war. Auf der Kirchenbank hatte sie neben ihrer Mutter und Onkel Lincoln gesessen, der einen weinroten Samtanzug trug und noch nichts von seinem Glück wusste, den Oldtimer geerbt zu haben. Sie nahm die Hand ihrer Mutter, die bitterlich weinte, und hoffte, dass dieser Tag bald vorüber war.

Nach der Beisetzung fuhren allerdings noch alle mit zur Farm. Jeder hatte etwas zu essen dabei, und es wurde eine Art Party gefeiert, was Sophie einfach nur unangebracht fand. Ja, Hattie war stets ein fröhlicher Mensch gewesen, aber sie hätte es respektvoller gefunden, wenn es heute einfach einen ruhigen Abschied gegeben hätte.

Sie hörte es klopfen.

»Ja?«, rief sie.

Die Tür wurde geöffnet, und Lydia steckte ihren Kopf ins Zimmer. »Ich habe dich hochgehen sehen. Darf ich hereinkommen, oder störe ich?«

»Komm ruhig rein«, sagte sie ihrer ehemals besten Freundin, die so ganz anders aussah als früher. Rotblondes Haar hatte sie noch immer, alles andere war verändert. Wie ihre Figur, die auseinandergegangen war, oder ihr Kleidungsstil, der schlichter kaum hätte sein können. Auch war sie so gut wie nicht geschminkt, was natürlich wegen der Beerdigung sein konnte. Weil Lydia vielleicht nicht gewollt hatte, dass die Tränen ihr Make-up verwischten. Und Lydia hatte viel geweint, das hatte sie gesehen. Sie fragte sich, wie gut sie Hattie gekannt hatte. Ja, sie hatte ihre Sommer mit ihr zusammen auf der Farm verbracht, aber war sie auch danach noch mit Hattie in Kontakt geblieben? Nachdem sie fort war? Sie erinnerte sich daran, dass Lydia auch auf der Party zu Hatties achtzigstem Geburtstag gewesen war, aber was genau hieß das schon hier in Davis, wo jeder mit jedem bekannt war?

Diese Frage sollte sogleich beantwortet werden.

»Wie schön, dass du es einrichten konntest herzukommen«, sagte Lydia, und sie glaubte, dass ein wenig Sarkasmus mitschwang, war sich aber nicht sicher.

»Ja. Ich wollte ihr unbedingt die letzte Ehre erweisen.« Sie strich den Quilt auf dem Bett glatt.

»Darüber hätte sie sich sicher gefreut. Im Grunde wusste sie aber schon, dass du nach Hause kommst.«

Nach Hause. Es hörte sich merkwürdig an, das aus Lydias Mund zu hören.

»Ah ja?«, sagte sie also nur.

»Ja. Sie hat es mir kurz vor ihrem Tod gesagt.« Lydia erzählte das so, als wäre es etwas ganz Normales, über Übersinnliches zu sprechen. Sie sah sie an und lächelte leicht. »Du hast dich kein bisschen verändert, Sophie. Wie geht es dir so?«

»Mir geht es ganz fantastisch. Mal abgesehen von …«

Lydia nickte. »Hattie hat viel von dir gesprochen. All die Jahre. Du hast ihr sehr gefehlt.«

Oh Mann, warum holte sie nicht gleich noch einen Schlaghammer hervor und haute ihr den über den Schädel?

»Ihr hattet also Kontakt? All die Jahre?«, fragte sie nach.

»Wir waren sehr gut befreundet. Hattie hat mir des Öfteren geholfen, wenn ich nicht mehr weiterwusste. Und ich habe versucht, sie ein wenig zu unterstützen, als sie am Ende nicht mehr so konnte, wie sie wollte.«

»Danke«, sagte sie ihr und meinte es aufrichtig. Denn sie wusste, dass das eigentlich ihre Aufgabe gewesen wäre.

»Hattie hat mich um etwas gebeten«, erzählte Lydia jetzt. »Sie hat gewollt, dass ich mich deiner annehme, mich um dich kümmere, wenn du zurückkommst.«

»Das ist nicht nötig. Ich reise Sonntagfrüh schon wieder ab.«

»Ach so, okay. Na, falls du mich brauchst, bin ich da. Meine Nummer ist unten im Telefon gespeichert, und ich wohne nicht weit.«

»Danke, das ist nett von dir. Darf ich fragen, wie es dir geht? Und Grace?«

»Uns geht es wunderbar. Neben Gracie habe ich noch zwei weitere Kinder. Zwei Jungen, Randy und Max, sie sind acht und zehn Jahre alt.«

»Oh, wow! Du gehst also ganz im Hausfrauendasein auf, was?« Sie biss sich auf die Lippe, als sie merkte, wie dumm das geklungen hatte. »Bitte entschuldige, so war es nicht gemeint.«

»Schon gut. Ich bin keine Hausfrau. Ich arbeite in der Mandelfabrik meines Mannes am Empfang. Und in der übrigen Zeit gehe ich in meiner Rolle als Mutter und Ehefrau voll auf, ja. Es ist ein gutes Leben.«

»Das würde ich nie anzweifeln. Und ich wollte es auch nicht abwerten. Oje, jetzt sehen wir uns endlich wieder, und ich bin gleich unten durch bei dir, was?«

Verständnisvoll sah Lydia sie an. »Nein, um Gottes willen. Du machst gerade eine schwere Zeit durch. Ich kann das nachvollziehen, dass man da manchmal nicht ganz man selbst ist.«

Sie nickte. Ja, ganz sie selbst war sie zurzeit wirklich nicht.

»Vielleicht magst du mich ja mal besuchen und meine Familie kennenlernen«, lud Lydia sie ein.

»Wie gesagt, ich bin nur bis Sonntag …«

Lydia nickte schmunzelnd, als wüsste sie, dass das nicht der Wahrheit entsprach. Wusste sie von Hatties Erbe?

»Meine Grandma hat mir die Farm vermacht, allerdings unter der Bedingung, dass ich drei ganze Monate in Davis verbringe. Das kann ich aber auf keinen Fall machen«, stellte sie nur für den Fall klar.

»Oh. Das hab ich nicht gewusst. Ich hätte es mir jedoch denken können, da Hattie sich so sicher war, dass du herkommst und dein Glück hier findest.«

»Das hat sie gesagt? Hat sie das vorhergesehen?«

Lydia zuckte die Schultern. »Ich nehme es an. Du weißt, sie war schon immer hellsehend.«

»Sie hat auch gesagt, dass ich mit Jack alt werden würde«, erinnerte sie sich.

»Dafür ist es nie zu spät.«

Sie dachte an Jack, der auch in der Kirche und danach auf dem Friedhof gewesen war, der jedoch nicht mit zur Farm gekommen war. Sie hatte ihn in seinem Auto in die andere Richtung fahren sehen. Und sie hatte auch gesehen, dass er sie mehr als nur einmal angestarrt hatte. So, als wäre sie eine Fata Morgana. Er hatte sich im Gegensatz zu Lydia kaum verändert. Sein braunes Haar war jetzt ein wenig länger, und er hatte an Muskeln zugelegt, wenn sie es richtig erkannt hatte, aber seine Gesichtszüge waren dieselben. Und sein stechender Blick ebenfalls.

»Doch, das ist es«, sagte sie nun. »Er wird mir nicht verzeihen, und ich habe es auch gar nicht verdient.«

»Das ist viele Jahre her, Sophie. Manchmal muss man den Dingen eine zweite Chance geben. So, wie ich der Liebe eine gegeben habe.«

»Du bist richtig glücklich, oder?«

Lydia nickte und strahlte dabei.

»Das freut mich für dich. Ehrlich.«

»Danke. Denk über mein Angebot nach, ja?«

Sie nickte und sah Lydia dabei zu, wie sie das Zimmer verließ. Und dann war sie wieder allein.

»Bist du sicher, dass wir dich allein lassen können?«, fragte ihre Mutter gegen sechs Uhr am Abend, als alle anderen sich verabschiedet hatten. Zuletzt war Onkel Lincoln, der aus Geldmangel seinen alten Wagen hatte verkaufen müssen und der deshalb mit der Bahn angereist war, in seinem neuen Chevrolet davongedüst. Ihre Eltern wollten zurück nach Sacramento fahren, doch ihre Mom schien hin und her zu überlegen, ob das so eine gute Idee war.

»Ich bin mir sicher, Mom. Ich komme schon klar.«

»Ich könnte auch noch eine Nacht bleiben, oder zwei, und am Sonntag mit dir zurückfahren.«

»Fahr ruhig mit Dad. Und Sonntag kommt ihr wie verabredet zum Flughafen, dann können wir uns noch mal ausgiebig verabschieden. Ich nehme mir einfach ein Taxi oder fahre mit Uber.«

»Falls du dann überhaupt noch zurückfliegen willst«, sagte ihr Vater.

»Dad! Das werde ich ganz sicher noch wollen. Ich habe nämlich ein Date am Sonntag, auf das ich mich schon sehr freue.«

»Hier gibt es auch ganz nette Männer, habe ich gehört.« Er sah sie verschmitzt an.

»Ja, das mag sein. Aber mein Apartment ist in Boston. Und meine Arbeit auch. Das Three Seasons wäre aufgeschmissen ohne mich.«

»Die Mandelfarm auch, nicht wahr?«

»Jetzt lass sie doch!«, schimpfte ihre Mutter mit ihrem Vater. »Versuch sie nicht zu überreden. Diese Entscheidung muss sie ganz allein treffen.«

»Ich sag ja nur, dass das Leben hier wahrscheinlich auch nicht ganz so schlecht wäre. Ich zumindest würde mich freuen, meine Kleine wieder mehr um mich zu haben.«

Sophie seufzte schwer. Ja, das wusste sie. Und sie vermisste die beiden ja auch. Und dennoch führte sie jetzt ein komplett anderes Leben, und das war sie nicht bereit so einfach aufzugeben.

»Kommt gut heim, ja?«, sagte sie, ohne weiter auf das Thema einzugehen.

»Und du lass dir noch mal alles durch den Kopf gehen, ja?«, bat ihr Dad.

»Ja, okay, das kann ich machen. Bis bald. Ich hab euch lieb.«

Sie sah ihren Eltern nach, wie sie davonfuhren, und legte dann ihre Arme um sich selbst. Sie fröstelte, obwohl es noch über zwanzig Grad waren. Vielleicht brauchte sie einfach eine gute Tasse Tee und ein bisschen Ruhe, und dann würde es ihr schon besser gehen. Da war sie sich gewiss. Hattie war sich aber anscheinend auch etwas gewiss gewesen, nämlich dass sie an genau diesem Abend einen grünen Tee trinken würde.

Als sie die Teedose aufmachte, hielt sie erstaunt die Luft an. Denn darin steckte ein zusammengefalteter hellblauer Zettel, und auf dem stand:

Es ist nie zu spät für einen Neuanfang. Gib dir selbst eine zweite Chance.

Sophie starrte auf das Geschriebene, das die Handschrift ihrer Grandma trug, und im ersten Moment kam sie sich vor, als hätte sie einen dieser Glückskekse beim Asiaten geöffnet und gelesen, was auf dem kleinen Zettelchen stand. Es hätte genauso gut »Etwas Großes wartet auf dich« oder »Du wirst wahres Glück finden« darauf stehen können. Und doch spürte sie, dass mehr dahintersteckte. Dass Hattie diese Nachricht nur für sie hinterlassen hatte. Weil sie so dringend Hilfe bei dieser schweren Entscheidung brauchte.

Zuerst hatte sie es alles für Irrsinn gehalten. Doch je mehr Zeit sie auf der Farm verbrachte, je mehr sie Hatties Anwesenheit in allem spürte, desto klarer wurde ihr, dass sie nicht so einfach wieder abreisen konnte.

Sie hatte es nicht einsehen wollen, doch sie war hin- und hergerissen, und Hatties Angebot schwirrte ihr ununterbrochen im Kopf herum. Und dabei ging es nicht darum, dass die Katzen alles bekommen würden, sollte sie es ausschlagen. Es war viel mehr. Dies war der Ort ihrer Kindheit, der Ort, auf den sie sich früher das ganze Jahr über gefreut hatte. Der Ort, an dem sie Freundschaft und erste Liebe erfahren hatte. Und auch wenn sie es die letzten Jahre geleugnet hatte, war sie doch auch mit diesem Ort verwurzelt, mit der

Mandelfarm, mit Davis, mit der Heimat ihrer Grandma, die sie so sehr vermisste, dass es wehtat.

Sie steckte den gefalteten Zettel in die Hosentasche, machte sich endlich einen Tee und setzte sich in die stille Küche. Hattie hatte nie einen Fernseher besessen. Zeitverschwendung hatte sie es genannt und lieber ein Buch gelesen oder ihren Rosen beim Wachsen zugesehen. Doch Sophie wurde fast wahnsinnig ohne jegliche Ablenkung. Sie stand spontan vom Stuhl auf und beschloss, irgendetwas zu unternehmen. Den ganzen Tag lang hatte sie keinen Appetit verspürt und von den vielen Speisen, die die Leute mitgebracht hatten, kaum etwas gekostet. Und deshalb überkam sie jetzt ein unglaubliches Hungergefühl, das sie unbedingt stillen musste. Natürlich hätte sie sich an den Unmengen von Resten bedienen können, die im Kühlschrank standen, doch sie wollte raus, ihren Kopf frei kriegen, und so schnappte sie sich ihre Handtasche und verließ das Haus.

Sie war sich nicht sicher, ob sie abschließen sollte, da Hattie immer behauptet hatte, das wäre hier nicht nötig, es würde gewiss niemand unbefugt ins Haus kommen. Doch sie wollte auf Nummer sicher gehen und steckte den Schlüssel ins Schloss. Sie setzte sich in Hatties alten Pick-up und fuhr in Richtung Stadtzentrum. Dabei musste sie an Lydia denken, der Mr. Rigsby heute Nachmittag ihr Erbstück überreicht hatte. Es hatte sich dabei um eine Kette mit einem Mandelblütenanhänger gehandelt, den ihr Grandpa extra für ihre Grandma hatte anfertigen lassen. Lydia hatte geweint, als sie sie entgegennahm und mit ihren Fingern umschloss. Und da hatte Sophie es gewusst: Lydia musste Hattie wirklich etwas bedeutet haben, wenn sie ihr so etwas emotional Wertvolles hinterließ. Sie konnte sich zwar nicht mehr sehr gut an Grandpa Walter erinnern, der gestorben war, als sie sieben Jahre alt gewesen war, doch Hattie hatte ihr viele Geschichten erzählt, eine davon war die, wie Walter ihr auf dem Riesenrad auf dem jährlichen Rummel einen Heiratsantrag gemacht hatte. Eine andere war die, wie er ihr zum vierzigsten Hochzeitstag diesen Anhänger geschenkt hatte.

Und wieder hatte sie ein schlechtes Gewissen und fühlte sich ganz furchtbar. Weil Lydia geblieben war und sie nur an sich selbst gedacht hatte.

Sie fuhr an der Mandelplantage entlang und passierte danach eine Walnussplantage und eine mit Bäumen, die wohl irgendwelche Steinfrüchte trugen wie Pfirsiche oder Aprikosen. Es war bereits nach sieben und dämmerte schon. Sie konnte ein paar Farmarbeiter am Straßenrand entlanglaufen sehen, die nach einem harten Arbeitstag sicher auf dem Heimweg waren, wo ihre Familien auf sie warteten. Wo sie vielleicht einen fröhlichen gemeinsamen Abend verleben würden, mit gutem Essen, Musik und netten Gesprächen. Und selbst wenn nicht, würden sie wenigstens nicht allein sein. So wie sie.

Sie wunderte sich über sich selbst. Es hatte ihr nie etwas ausgemacht, abends in eine leere Wohnung zu kommen. Vor ein paar Jahren hatte sie sich eine Katze angeschafft, doch die war ihr davongelaufen, war einfach über den Balkon getürmt und hatte das Weite gesucht. Kein Wunder. Sie hatte ja auch kaum Zeit für sie gehabt. Sie hatte Zeit für überhaupt nichts gehabt, nicht einmal, um darüber nachzudenken, ob ihr etwas fehlte.

Wie hatte Hattie es genannt? Sie war vom Weg abgekommen. Das hatte ihre Mutter doch gesagt, oder?

Sie fuhr nun die 3rd Street entlang, und diesmal machte sie keinen großen Bogen um den Diner. Denn sie musste in die Vergangenheit zurück, selbst wenn es schmerzte. Wie sollte sie neu anfangen, ohne vorher mit einigen wichtigen Dingen abzuschließen? Ob sie nun blieb oder nicht, es war an der Zeit, sich den Fehlern ihrer Vergangenheit zu stellen.

Sie parkte vor dem Davis Diner und betrat den Laden, in dem es noch dieselben Sitzecken mit den roten Bänken und den Tischen mit rot-weiß karierten Plastiktischdecken gab wie vor vierzehn Jahren. Es war nicht sehr voll, und sie sah sich nach einem Fensterplatz um.

Sie hatte damit gerechnet, eventuell einen von Jacks Elternteilen zu sehen, war jedoch mehr als erstaunt, Jack höchstpersönlich hinter dem Tresen zu entdecken.

Er blickte auf und erstarrte, als er sie sah. Jedoch nur für eine Millisekunde, dann verzog sich sein Mund zu einem Lächeln, und er sagte: »Hallo, Sophie. Ich hab mich schon gefragt, wann du mal vorbeischauen würdest.«

»Hallo, Jack«, war alles, was sie erwidern konnte. Sie beschloss, sich auf einen der – ebenfalls rot gepolsterten – Barhocker am Tresen zu setzen, so konnte sie gleich mit Jack sprechen. Auch wenn es ihr davor graute. Seit vierzehn Jahren graute.

»Mein Beileid«, sagte er.

Ihre Augen wurden schon wieder feucht. »Danke.«

»Ich wollte vorhin schon auf dich zukommen, wusste aber nicht … musste zurück in meinen Laden.«

»Dein Laden? Du führst den Diner jetzt?«

»Ja, seit ein paar Jahren. Seit meine Eltern beschlossen haben, dass sie den Rest ihres Lebens genießen wollen. Sie sind jetzt ständig auf Reisen und haben den Diner mir überschrieben.«

»Das freut mich für dich«, sagte sie, auch wenn sie sich nicht sicher war, ob das etwas Gutes war. Hatte Jack damals nicht davon gesprochen, Agrarwirtschaft studieren zu wollen? Falls er das wirklich getan hatte, sollte er doch eine bessere Tätigkeit anstreben, als Burger und Pommes zu verkaufen, oder?

Er lächelte sie wieder an. »Du siehst aus wie früher.«

Sie lächelte zurück. »Du auch.«

»Nicht wirklich, aber … danke. Kann ich dir etwas bringen?«

»Habt ihr noch diese unglaublich leckeren Cheese Fries?« Pommes überladen mit Käsesauce und Jalapeños, das war schon damals ihr Lieblingsessen gewesen. Sie überlegte, wann sie es das letzte Mal gegessen hatte, ob sie es überhaupt je wieder irgendwo bestellt hatte, nachdem sie aus Davis weg war. Gerade jedoch konnte sie sich nichts Besseres vorstellen.

»Aber sicher. Ich bringe dir eine große Portion.«

»Dazu ein Bier, bitte.« Sie könnte nach diesem langen schweren Tag wirklich ein wenig Alkohol vertragen.

»Wir haben leider keine Lizenz, sorry. Alles, was ich dir anbieten kann, ist ein Root Beer.«

»Auch gut.«

Jack füllte ihr ein Glas an der Zapfsäule ein und stellte es ihr hin. Während sie auf ihr Essen wartete, sah er sie an, sagte jedoch kein Wort mehr. Irgendwann konnte sie es nicht mehr aushalten und fragte: »Wie geht es dir so, Jack? Ich hoffe, du führst ein gutes Leben?«

»Es hätte besser sein können«, sagte er mit einem leicht vorwurfsvollen Ton in der Stimme.

»Es tut mir ehrlich leid, was damals vorgefallen ist.« Sie sah auf ihr Glas, an dem Wassertropfen herabperlten. »Wir waren Kinder, Jack.«

»Wir waren mehr als das«, entgegnete er.

»Ja. Vielleicht.« Sie nahm einen Schluck. »Mehr als Sorry sagen kann ich aber nicht tun.«

»Ja, ich weiß.«

Er nahm den Teller Cheese Fries, der gerade von der Küche durchgereicht wurde, und stellte ihn vor sie hin.

Sie aß ein paar Pommes, doch sie schmeckten nicht wie früher. Nichts war wie früher, und es konnte auch nie mehr so werden. Weil man die Zeit einfach nicht zurückdrehen konnte.

Sie stand auf und sagte: »Es war ein anstrengender Tag. Ich werde jetzt gehen.«

»Soll ich dir dein Essen einpacken?«, fragte Jack.

»Nein, danke.« Sie legte ihm einen Zehn-Dollar-Schein hin und ging zur Tür.

»Sophie!«, rief Jack ihr nach.

Sie blieb stehen, ohne sich jedoch umzudrehen.

»Vielleicht sieht man sich ja mal wieder. Ich würde mich freuen.«

Da konnte sie nur lächeln. Sie drehte sich um und nickte. »Das wäre schön.«

Dann verließ sie den Diner und fuhr zurück zur Farm, wo sie über einiges nachdenken musste. Und es würde bestimmt eine sehr lange Nacht werden.

Kapitel 15

Lydia

Als sie heute aufwachte, fühlte sie sich wie gerädert. Erschrocken stellte sie fest, dass es bereits Viertel vor neun war. So lange hatte sie seit Ewigkeiten nicht geschlafen, und sie fragte sich, ob das Haus wohl bereits ein Schlachtfeld war. Als sie jedoch in die Küche kam, durfte sie feststellen, dass alle brav am Tisch saßen und frühstückten.

»Oh, guten Morgen«, sagte Rex, als er sie sah, und erhob sich von seinem Stuhl. »Was darf ich dir bringen? Wir haben Rühreier, Bacon, French Toast und Waffeln.«

Sie musste lachen. »Das hast du alles gemacht? Wieso denn so viel?«

»Ist das eine ernst gemeinte Frage?« Stirnrunzelnd sah ihr Mann sie an.

Nein, die Antwort kannte sie nämlich bereits. Er hatte die Kinder gefragt, was sie zum Frühstück wollten, und jedes hatte etwas anderes verlangt. Warum fragte er auch?

»Dann nehme ich von allem etwas, bitte«, sagte sie, da sich ihr Magen wie ein riesengroßes Loch anfühlte. Gestern hatte sie den ganzen Tag so gut wie nichts gegessen, sie hatte einfach nichts herunterbekommen.

Sie setzte sich jetzt und betrachtete ihre Kinder. Sofort fielen ihr Gracies schwarze Fingernägel auf.

»Oh. Ein neuer Stil?«, fragte sie sie, nicht allzu begeistert. Ihre süße Kleine verwandelte sich in letzter Zeit mehr und mehr in einen Grufti.

»Yep.«

Rex stellte ihr den Teller hin, und sie langte gierig zu. Er hatte schon immer das beste Frühstück gemacht, da konnte nicht einmal Jack mithalten. Vielleicht schmeckte es ihr aber auch nur so gut, weil so viel Liebe drinsteckte.

»Gehen wir heute Schuhe kaufen?«, fragte Gracie.

»Oh. Eigentlich hatte ich nicht vor, heute in die Mall zu fahren.«

»Okay. Wenn ich aber bei der nächsten Beerdigung wieder keine passenden Schuhe habe, ist es nicht meine Schuld.« Gracie verschränkte wieder mal die Arme vor der Brust.

Lydia seufzte. Der Morgen hatte so gut angefangen.

»Wir wollen ja nicht hoffen, dass die so bald stattfindet«, meinte Rex.

»All meine Unterhosen sind zu eng«, informierte Randy sie.

»Und ich brauch neue Drumsticks«, erzählte Max.

»Na gut, dann machen wir heute also einen Ausflug in die Mall.«

»War ja klar. Wenn die Jungs etwas brauchen, springst du sofort.«

»Gracie, bitte!«, sagte sie und hoffte, dass das nicht wieder in einen Streit ausartete. Sie war es so leid.

»Na, stimmt doch.«

Sie ging gar nicht weiter darauf ein, sondern machte sich über den Speck her. Dann fiel ihr Blick auf Gracies Teller, auf dem sich lediglich eine halbe Scheibe French Toast befand. Wahrscheinlich hatte sie ihren Bacon schon aufgegessen, oder ihr war heute einfach nicht danach, was sie stark wundern würde, da Gracie ihn sonst liebte.

»Rex? Was hast du heute vor? Kommst du mit zum Shoppen?«, fragte sie, woraufhin ihr Mann das Gesicht verzog. »Du bekommst auch ein paar neue Hemden«, versuchte sie ihn zu locken.

»Nimm es mir nicht übel, aber ich würde nachher gerne noch in der Fabrik vorbeischauen und mich nachmittags mit Cole treffen.« Cole war sein Cousin, mit dem er am Wochenende gerne Zeit verbrachte. Sie gingen dann ins Kino und sahen sich Männerfilme an oder spielten Billard oder Darts.

»Na gut. Dann fahren wir ohne dich. Das wird ein Spaß.« Sie grinste Randy schief an, der zu kichern begann.

»Können wir im Food Court Tacos essen gehen?«, bat Max.

»Ohne mich, ich esse kein Fleisch mehr«, sagte Gracie.

»Seit wann denn das?«, fragte Lydia überrascht. »Vor ein paar Tagen hast du mich noch angefleht, ob es Burger zum Dinner geben kann.«

»Keine Ahnung. Ich hab mich halt dazu entschlossen. Amber ist auch Vegetarierin. Und Kate auch. Alle coolen Leute verzichten auf Fleisch, wusstest du das noch nicht?«

Mit einem Satz hatte ihre Tochter ihr gleich mehrfach zugesetzt. Zuerst einmal warf sie ihr vor, dass sie keine Ahnung hatte und uncool war. Zweitens sagte sie ihr wie nebenbei, dass sie jetzt Vegetarierin war. Und drittens erzählte sie ihr, dass Kate es ebenfalls war.

Kate. Grrr! War ja klar, dass Gracie alles cool fand, was diese Schlange tat. Wie eine Python hatte sie sich in ihr Leben geschlichen und umgarnte Gracie seit ihrer ersten Begegnung.

»Außerdem hab ich mir neulich einen Veggieburger bestellt«, fuhr Gracie fort. »Und die Male davor auch. Natürlich hast du das überhaupt nicht mitbekommen.«

»Das finde ich gut«, meinte Rex und dachte wohl, er käme Lydia damit zur Hilfe. Leider war das Gegenteil der Fall. »Vielleicht sollten wir sogar alle eine fleischfreie Woche einlegen. Oder einen fleischfreien Monat! Das würde uns allen sicher nicht schaden.« Er strahlte in die Gegend, und Gracie strahlte mit.

Lydia konnte Rex nur ungläubig angucken, und sie versuchte ehrlich, seiner Begeisterung keinen Abbruch zu tun. Doch sie konnte einfach nicht. »Macht ihr, was ihr wollt. Ich werde weiterhin meinen Bacon essen.« Sie griff nach dem letzten Stück auf ihrem Teller, doch alle sahen sie so entsetzt an, dass sie es schuldbewusst wieder hinlegte.

»Das war einmal ein süßes kleines Schweinchen, Mom!«, setzte Gracie noch einen drauf.

»Ehrlich?«, fragte Randy schockiert.

»Na, was dachtest du denn? Dass Bacon an Bäumen wächst, du Dummerchen?«

»Ich will keine süßen kleinen Schweinchen mehr essen, Mommy.«

»Okay, okay, dann essen wir halt alle mehr Gemüse.« Das war das, was sie seit Jahren versuchte, doch alle hatten immer nur ungesundes Fast Food auf ihren Tellern haben wollen.

»Gut«, sagte Gracie.

»Gut«, stimmte Randy ihr zu.

Max sah von seinem *Harry Potter* auf, den er sogar beim Frühstück mit dabeihatte, und schüttelte schmunzelnd den Kopf, als würde der alte Mann sich über die »jungen Leute« amüsieren.

Sie fuhren in die Mall. Sie fanden neue schwarze Schuhe für Gracie, und wo sie schon mal so schön dabei waren, auch gleich noch zwei schwarze Hosen, einen schwarzen Pulli und ein paar schwarze Shirts. Randy bekam neue Unterhosen, einen neuen Minions-Pyjama und eine Jacke für die kühleren Tage, die schon bald im Anmarsch waren. Max bekam seine Drumsticks und war zufrieden mit sich und der Welt. Warum können nicht alle Kinder so pflegeleicht sein wie er?, fragte Lydia sich.

Sie gingen vegetarische Tacos essen, danach ein Eis, und zum Schluss fuhren sie noch beim Supermarkt vorbei, wo Gracie sich ein paar vegetarische Zutaten aussuchte. Sie sagte, sie wolle heute Abend für alle kochen, was Lydia freute, da ihre Tochter das noch nie angeboten hatte.

»Kate hat mir ein echt leckeres vegetarisches Chili beigebracht, als ich bei ihnen war«, sagte sie und suchte Kidneybohnen und Mais in der Dose, Sojagranulat, Gemüsebrühe, Tomaten und einige Gewürze zusammen, mit denen Lydia noch nie zuvor gekocht hatte.

Kate. Wenn sie diesen Namen heute noch einmal hörte!

Es war kein Geheimnis: Sie mochte Brandons neue Freundin nicht. Er hatte nach ihrer Trennung viele Partnerinnen gehabt, meist nur für ein paar Tage oder Wochen, doch mit dieser hier schien es etwas Ernstes, etwas Längerfristiges zu sein. Und es störte sie extrem, dass Gracie diese Kate so viel cooler fand als sie. Sie war quasi zu ihrem neuen Vorbild geworden. Wo waren all die Mileys und Taylors hin, deren Poster sie noch vor Kurzem an der Wand hängen hatte? Jetzt hörte Lydia nur noch Kate hier und Kate da. Und sie konnte sie sich gut vorstellen, hatte sie sogar kurz persönlich kennengelernt, als Brandon Gracie mit ihr zusammen Ende Juli nach Hause gefahren hatte. Kate war eine dieser völlig perfekten, wunderschönen, makellosen, immer freundlichen Frauen, die niemals ihre Stimme erhoben, niemanden verurteilten, ganz viel für die Umwelt und gegen die Armut in der Welt taten und die wahrscheinlich vollkommen mit sich im Einklang waren.

Lydia verstand auch nicht genau, warum sie ein Problem mit ihr hatte. War es immer noch dieses Gefühl von damals? Dass sie Brandon nicht genug gewesen war und er sich keine Zukunft mit ihr hatte vorstellen können? Oder war es tatsächlich wegen Gracie und weil sie Verlustängste hatte? Bei Brandons früheren Freundinnen hatte sie nie Angst haben müssen, dass er sie eventuell eines Tages heiraten und dass sie Gracies neue Stiefmutter werden könnten. Bei Kate sah die Sache anders aus.

»Können wir noch Popcorn kaufen?«, fragte Max.

»Na klar«, erwiderte sie.

»Und Chips?«, bat Gracie. »Die guten?«

»Aber natürlich«, antwortete sie, weil sie auch mal die Coole sein wollte.

»Cool«, sagte Gracie und schenkte ihr ein Lächeln, das sie richtig glücklich stimmte.

»Mommy, darf ich auch was haben?« Randy sah sie jetzt so zuckersüß an, dass sie lachen musste.

»Was möchtest du denn haben?«

»Sour Patch Kids.«

»Na, dann nimm dir eine Packung.«

Ihr kleiner Sohn griff fröhlich nach einer Schachtel der sauren Gummifiguren. Und dabei fiel Lydias Blick auf die Atomic-FireBall-Tütchen direkt daneben, und sie musste lächeln, weil sie sie sofort an ihre Kindheit erinnerten. Sie hatte diese süßlich-scharfen Kugeln mit Zimtgeschmack früher immer mit Sophie gelutscht, manchmal hatten sie sogar einen Wettbewerb daraus gemacht, wer am meisten davon schaffte. Am Ende hatten sie oft nicht mal mehr ihre Zunge im Mund gespürt. Sie legte eine Tüte in den Einkaufswagen und fuhr diesen zur Kasse.

Als sie wieder im Auto saßen, sah sie zur Seite und fragte Gracie, die lässig auf dem Beifahrersitz lümmelte: »Würdest du mir einen Gefallen tun?«

Gracie stöhnte. »Was denn?«

Sie sah auf die Uhr, es war halb drei. »Könntest du dich heute Nachmittag um die Jungs kümmern? Nur für ein paar Stunden.«

»Und wenn ich nun schon was anderes vorhabe?«

»Du wolltest doch kochen, oder nicht?«

»Ich wollte mich aber auch noch mit Amber treffen.«

»Das kannst du nach dem Abendessen tun«, schlug sie vor.

»Das würde aber spät werden.«

»Und wenn ich dir erlaube, heute mal bis um elf weg zu bleiben, haben wir dann einen Deal?«

Gracie lächelte sie an. »Deal!«

»Sehr schön. Sag mir noch, ob ich dich abends abholen soll oder ob Ambers Mom dich nach Hause bringt.«

»Okay.« Gracie starrte auf ihre Nägel, und Lydia sah auf die Fahrbahn. Innerlich platzte sie aber fast vor Freude, denn sie hatte vor, zur Farm zu fahren. Sie wollte zu ihrer besten Freundin und zusammen mit ihr Atomic FireBalls lutschen – ganz so wie früher. Für einen Augenblick wollte sie all das vergessen, was vorgefallen war und was sie entzweit hatte, und nur wieder fünfzehn sein. Frei und voller wunderbarer Möglichkeiten.

Kapitel 16

Sophie

Sie saß auf der Veranda und sah hinaus zu den Tausenden von Mandelbäumen. Das alles konnte ihr gehören, wenn sie es nur wollte. Doch diese Entscheidung musste sie bis morgen treffen, und wie sollte man das denn tun? Wie konnte man über etwas, das seine eigene Zukunft und die vieler anderer betraf, so Hals über Kopf entscheiden, ohne zu wissen, was es alles mit sich bringen würde?

Könnte sie hier glücklich werden?

Seit sie gestern Abend Jack gesehen hatte, hatte sich etwas in ihr gelöst. Es war, als wenn diese große schwere Last, die seit vierzehn Jahren auf ihren Schultern gelegen hatte, ein wenig leichter geworden wäre, ja, als wenn ein bedeutender Teil von ihr abgefallen wäre. Jack hatte zwar noch immer ein wenig verletzt gewirkt, doch er hatte sich ihr gegenüber wirklich anständig verhalten. Überhaupt nicht nachtragend. Sogar richtig freundlich. Es waren ihre eigenen Schuldgefühle gewesen, die diese Spannung zwischen ihnen verursacht hatten. Jack jedoch war ein Schatz gewesen, wie früher schon.

Sie dachte zurück an den gemeinsamen Sommer mit ihm.

Der Sommer, in dem sie beide siebzehn waren und ihre erste große Liebe erlebten. Sie dachte an die vielen Gespräche zurück, an die Geheimnisse, die sie miteinander teilten. An die Berührungen und an ihr erstes Mal, das so wundervoll gewesen war wie kein anderes Mal danach. Mit irgendeinem Mann!

Sophie war in den Jahren darauf kein Unschuldslamm gewesen, sie konnte all die Männer gar nicht mehr zählen, mit denen sie One-Night-Stands oder auch mal eine lockere Beziehung gehabt hatte. Doch keiner von ihnen hatte je an Jack heranreichen können. Keiner war so liebevoll, so wunderbar, so ehrlich und so absolut zauberhaft gewesen. Vielleicht hatte sie sich deshalb nie wieder auf die Liebe eingelassen.

Weil eben keiner von ihnen Jack gewesen war.

Sie konnte die Nächte gar nicht zählen, in denen sie wach gelegen und an Jack gedacht hatte. Wie sehr sie bereut hatte, ihn damals verlassen zu haben. Jemanden wie Jack würde sie nie wieder finden, das wusste sie, solch einem Menschen begegnete man nur einmal im Leben. Und solch eine Zuneigung erfuhr man wahrscheinlich auch nur einmal. Sie hatte Mist gebaut, hatte sich selbst ihr größtes Glück verbaut, und es hatte Jahre gebraucht, bis sie selbst darüber hinweggekommen war. Bis sie sich nicht mehr dafür hasste, und bis sie weitermachen konnte, ohne ständig nur Jack im Kopf zu haben.

Ihn jetzt aber wiederzusehen … war wie ein Flashback. Als wären alle Gefühle plötzlich wieder da.

Als wären sie nie weg gewesen.

Sie hörte ein Hupen und sah auf. Ein roter SUV kam die Auffahrt hochgefahren, am Steuer entdeckte sie Lydia.

Sie musste lächeln, freute sich richtig, dass sie sie besuchen kam. Vielleicht würden mit ihr ja einige Dinge klarer werden.

Sie stand von der Hollywoodschaukel auf und ging die fünf flachen Stufen hinunter, um ihre Besucherin, die heute ein hübsches grünes Kleid und dazu weiße Turnschuhe trug, zu begrüßen.

»Lydia. Was für eine Überraschung.« Sie umarmte sie leicht und es fühlte sich ganz natürlich an. Sie fragte sich, warum sie all die Jahre solche Angst gehabt hatte, zurück nach Davis zu kommen. Es waren alle so nett, wie hatte sie etwas anderes erwarten können?

»Hallo. Ich dachte, vielleicht möchtest du ein bisschen Gesellschaft haben.« Sie lächelte sie an. »Eigentlich bin ich darauf gekommen, dich besuchen zu fahren, als ich heute die hier im Supermarkt gesehen habe.« Grinsend holte sie etwas aus ihrer Handtasche. Eine rote Tüte, auf der Atomic FireBalls stand.

Sie musste lachen. »Die gibt es noch?«

»Das war mir auch nicht bewusst, bis ich sie heute ganz zufällig entdeckt habe.«

»Das ist ja unglaublich.« Sie nahm ihr die Bonbons ab und betrachtete sie. »Was meinst du: Schlägst du mich noch immer?«

Früher hatte Lydia jedes Mal gewonnen, wenn sie die scharfen Dinger um die Wette gelutscht hatten. Sie selbst hatte stets schon nach vier oder fünf FireBalls schlappgemacht, doch Lydia hatte sich immer noch eine Kugel in den Mund gesteckt.

Jetzt lachte Lydia. »Ich habe keine Ahnung. Wollen wir es ausprobieren?«

»Klar!« Sie öffnete die Tüte und holte zwei der einzeln abgepackten FireBalls heraus. Einen gab sie Lydia, den anderen wickelte sie aus und steckte ihn sich in den Mund. Zuerst war es süß und schmeckte nach Zimt. Lecker, dachte sie, ganz wie früher. Nostalgie überkam sie, und sie schloss für einen Moment die Augen. Dann jedoch wurde es scharf, und immer schärfer. So scharf, dass sie es nicht aushielt und die Kugel in das Einwickelpapier spuckte.

Lydia spuckte ihre ebenfalls aus. »Gott sei Dank hast du deinen als Erstes ausgespuckt. Gewonnen!«, rief sie und machte einen kleinen Freudentanz.

Es war wirklich fast wie früher. Warum hatte sie Lydia nur aus ihrem Leben gestrichen? Sie waren doch so gute Freundinnen gewesen.

»Ja, du hast gewonnen. Und ich gönne dir den Sieg«, sagte sie. »Was wollen wir jetzt machen? Hast du eine Idee?«

»Wie wäre es, wenn wir die Plantage ein wenig erkunden würden?«, schlug Lydia vor.

Ja, das hatte Sophie schon längst machen wollen, sich aber allein nicht getraut. Sie hatte einfach Angst vor der Entscheidung. Doch zusammen mit Lydia war es eine gute Idee, da war sie nicht ganz allein mit ihren Gedanken.

»Gerne.« Sie hielt ihrer Wiederfreundin einen Arm hin, und die hakte sich ein. Zusammen marschierten sie los.

Zuerst kamen sie an den Baumstämmen entlang, auf denen sie früher immer gesessen hatten. Dann an der Scheune, in der sich die großen gelben Maschinen befanden, wie sie feststellte, als sie einen Blick hineinwarf. Danach erreichten sie die Arbeitshalle und die beiden kleineren Lagerhallen, wo sie auf Emilio stießen. Sophie fragte ihn, ob sie sich den kleinen offenen Wagen, der einem Golfcart glich, ausleihen könnten, und er gestattete es ihr lächelnd. Sie setzten sich hinein, und Sophie versuchte, das Ding zu lenken. Und dann waren da nur noch Mandeln. Bäume über Bäume, eng aneinandergereiht, mit grau-brauner Borke, aufrechten Ästen und glänzenden dunkelgrünen Blättern. Die ersten Reihen waren schon leergepflückt, dahinter kamen einige Reihen, in denen Mandeln am Boden lagen, um zu trocknen. Und dahinter befanden sich noch jede Menge Haine mit vollbehangenen Mandelbäumen. Bis Ende Oktober war noch Erntezeit, wusste sie, und dann würden hier nur noch kahle Bäume stehen, bis zum Frühjahr, in dem sie wieder von Neuem erblühen und dann hellgrüne filzige Früchte tragen würden, die mit der Zeit braun und trocken und faserig wurden.

Sie hielt an, stieg aus dem Wagen und pflückte eine der Mandeln, befreite sie von der bereits gesplitteten trockenen Hülle und betrachtete die Steinfrucht in ihrer hellbraunen Schale. Hattie hatte sie auch ohne Nussknacker oder Maschinen öffnen können, Sophie hatte es aber nie gelernt, also hielt sie die Mandel einfach weiter in ihrer Hand und umfasste sie wie einen wertvollen Schatz.

»Erzähl mir, wie du dich fühlst«, sagte Lydia. »Es ist keine leichte Entscheidung.«

»Nein, das ist es wirklich nicht.« Sie sah zum Horizont, wo der blaue Himmel wie gemalt aussah. Die Sonne stand jetzt schon ein bisschen tiefer, bald würde es Abend werden. Die Zeit rannte ihr davon. »Was ist das?«, fragte sie, weil sie etwas entdeckt hatte. Sie deutete auf ein riesiges metallenes Ding, das in den Boden gerammt war.

»Das ist ein Brunnen. Als die Wasserpreise vor ein paar Jahren so hoch wurden, haben viele Farmer angefangen, nach Wasser auf ihrem eigenen Land zu bohren. Hattie hatte Glück und hat eine Quelle gefunden.«

»Sie hatte ihr eigenes Wasser?«, fragte sie erstaunt und betrachtete die dunklen Schläuche, die sich entlang der

Haine am Boden befanden und durch die das Wasser zu den Bäumen gelangte. Von dem Brunnen hatte sie nichts gewusst. Das senkte die Haltungskosten der Farm sicher ungemein. Dazu kam, dass das Klima hier im Norden Kaliforniens weit besser war als im Süden und man nicht so häufig bewässern musste. Einmal die Woche zur Reife- und Erntezeit, das wusste sie noch von früher. Finanziell wäre es also durchaus möglich, die Plantage zu halten.

»Du denkst darüber nach zu bleiben, oder?«, fragte Lydia, die sie sofort durchschaut hatte.

Und jetzt erst wurde ihr so richtig bewusst, dass sie das tatsächlich tat. Sie überlegte, ob sie bleiben sollte. Für Hattie, um alles wiedergutzumachen. Und für sich selbst, um in die richtige Bahn zu finden, wie ihre Grandma es ausgedrückt hatte. Sie wusste nur eines: Diese innere Ruhe, die sie hier verspürte, wenn sie einfach nur zwischen den Bäumen stand und die kalifornische Luft einatmete, hatte sie seit Jahren nicht gespürt – und es war einfach nur wundervoll.

»Ja, schon«, offenbarte sie Lydia. »Ich ziehe es in Betracht. Allerdings müsste ich dafür eine ganze Menge aufgeben.«

»Zum Beispiel?«

»Ich bin ziemlich erfolgreich in meinem Job«, erzählte sie.

»In diesem hippen Restaurant, in dem du arbeitest? Du hattest mir bei Hatties großer Geburtstagsfeier davon erzählt.«

Kurz musste sie zurückrechnen. »Nein, nein. Das war ein anderer Job. Heute arbeite ich in einem der nobelsten Restaurants von Boston. Dem Three Seasons. Ich bin da seit fünf Jahren Restaurantleiterin, und eigentlich hatte ich vor, irgendwann mein eigenes Restaurant zu eröffnen.«

»So wie Jack«, sagte Lydia.

»Nein, das kann man wirklich nicht mit einem Diner vergleichen. Ich spreche hier von einem Luxusrestaurant.«

»Hm, es war vielleicht kein Luxusrestaurant, aber Jack hatte seine eigene Pizzeria, und sie war die beste weit und breit, das kannst du mir glauben.«

»Jack hatte eine Pizzeria?« Sie sah Lydia überrascht an.

»Ja. Vor ein paar Jahren. Zusammen mit seiner Frau. Als sie sich scheiden lassen haben, haben sie auch das Restaurant aufgegeben.«

»Ich kann's nicht glauben. Jack war verheiratet?«

Lydia nickte. »Mit einer Frau namens Ashley. Er hat sie in Sacramento kennengelernt.«

»Jack ist trotz allem nach Sacramento gegangen?« Aus irgendeinem Grund hatte sie immer angenommen, dass er nur wegen ihr hatte dorthin gehen wollen und dass er seine Pläne über Bord geworfen hatte, als es mit ihnen aus und vorbei war. Immerhin gab es in Davis auch ein sehr gutes College.

»Vielleicht solltest du dich mal selbst mit ihm unterhalten«, meinte Lydia.

»Ja, vielleicht. Ich war gestern Abend im Diner, weißt du?«

»Tatsächlich? Wie war es, ihn wiederzusehen?«

»Merkwürdig zuerst. Aber er hat es mir leicht gemacht, ihn gleich wieder in mein Herz zu schließen.«

»Ich hoffe, du brichst ihm seins nicht wieder«, sagte Lydia, und Sophie glaubte schon, sie würde sich entschuldigen und es zurücknehmen, doch sie tat nichts dergleichen. Wahrscheinlich, weil sie ihre Worte genau so meinte.

»Ich werde mein Bestes tun, damit das nicht noch einmal passiert«, versprach sie ihr, war sich aber gleichzeitig nicht sicher, wie das funktionieren sollte. Würde sie nämlich bleiben, könnte sich durchaus wieder etwas zwischen ihnen entwickeln, wenn Jack es denn auch wollte. Und wie sollte sie irgendwem garantieren, dass dabei nicht wieder jemand verletzt wurde?

Sie war halt nicht gut darin, jemanden zu lieben. War es nie gewesen.

Allein deshalb wäre es vielleicht doch die bessere Entscheidung, wie geplant am Sonntagmorgen zurückzureisen und ihr gewohntes Leben weiterzuleben. Kalifornien, die Farm und alles, was damit zusammenhing, konnten jede Menge Probleme aufwerfen, und sie wusste nicht, ob sie dem gewachsen war.

Lydia bat nun darum, sich langsam auf den Rückweg zu machen, da ihre Tochter heute zu Abend kochte. Gemächlich fuhren sie in ihrem Cart zurück in Richtung Haupthaus.

»Erzähl mir von deiner Tochter«, bat Sophie.

»Oh, Gracie ist wunderbar. Sie ist lieb und gut in der Schule. Sie spielt Baseball. Leider ist sie aber auch ein Teenager, und da ist es nicht immer leicht. Ich meine, seit Neuestem kleidet sie sich wie ein Grufti und ernährt sich vegetarisch.«

»Oh, sei froh, dass sie keine Veganerin ist. Meine beste Freundin ist eine, und es ist eine echte Herausforderung, ihr etwas zu schenken oder mit ihr essen zu gehen.«

»Na, dann sollte ich mich wohl glücklich schätzen.« Lydia ließ ein komisches Lachen aus, und Sophie fragte sich, ob es sie wohl verletzt hatte, dass sie eine andere Frau als ihre beste Freundin bezeichnet hatte.

Sie schwiegen und fuhren weiter.

»Falls du dich entschließt zu bleiben, gilt mein Angebot. Komm uns gerne besuchen. Dann kannst du alle kennenlernen, und ich koche dir was Leckeres.«

»Falls ich bleibe, komme ich gerne auf das Angebot zurück«, erwiderte sie.

Vor ihnen arbeiteten ein paar Frauen. Sie sammelten die Mandeln vom Boden auf, die die Maschine zurückgelassen hatte, wie es aussah. Sophie nahm deutlich ihre Blicke wahr, die pure Sorge ausstrahlten. Ob sie sich davor fürchteten, ihre Beschäftigung zu verlieren? Eine zierliche junge Frau mit einem orangefarbenen Kopftuch, das sie sich sicher wegen der heißen Sonne um ihr schwarzes Haar gebunden hatte, blickte ihr direkt ins Gesicht, als wolle sie ohne Worte darum bitten, sie nicht zu entlassen.

Es zerriss Sophie das Herz, dass sie für das Leben all dieser Erntehelfer verantwortlich war. Erst jetzt wurde ihr so richtig bewusst, dass von dem Angebot die Existenzen vieler Menschen abhingen. Dieser Menschen. Dieser Latinos, die wahrscheinlich keine andere Arbeit finden würden, zumindest nicht mehr in dieser Saison.

Wie sollte sie das Angebot da noch ausschlagen?

Sie parkte den Plantagenwagen vor der Halle, wo sie ihn herhatte, und stieg aus.

»Ms. Kendrick«, hörte sie eine tiefe Stimme rufen und drehte sich um. Emilio, der Vorarbeiter, kam zu ihnen und lächelte sie freundlich an. »Wie war der Ausflug?«, fragte er.

»Sehr gut, danke. Wie läuft die Arbeit heute?«, fragte sie, weil ihr nichts Besseres einfiel.

»Gut, wie immer. Ich habe sehr fleißige Arbeiter und Arbeiterinnen«, sagte er mit seinem unwiderstehlichen Akzent.

»Das freut mich«, erwiderte sie. »Dass Sie alles so gut managen, meine ich.« Sie schenkte ihm ihrerseits ein strahlendes Lächeln.

»Wenn ich etwas fragen darf«, sagte er. »Wissen Sie

schon, was jetzt aus der Plantage wird? Werden wir bald einen neuen Boss bekommen?«

»Das entscheidet sich in den nächsten Tagen. Ich informiere Sie sofort, wenn etwas feststeht, ja?«

Emilio nickte und blickte sie mit seinen dunklen Augen an, als würde er sie ausziehen wollen. Ihr wurde heiß und kalt zugleich.

Aus den Augenwinkeln nahm sie wahr, wie Lydia auf die Uhr sah, und verabschiedete sich. »Ich schaue morgen noch mal vorbei. Arbeiten Sie morgen auch?«

»Wir arbeiten während der Erntezeit an sieben Tagen in der Woche«, informierte er sie.

»Fleißig, fleißig. Dann bis morgen.«

Morgen.

Warum hatte sie das gesagt?

Ihr Flug ging um acht Uhr in der Früh, sie würde also schon sehr zeitig aufbrechen müssen und Emilio und die Farmarbeiter überhaupt nicht mehr sehen. Falls sie denn zurückflog. Irgendwie schien ihr das Schicksal – oder war es vielleicht sogar Hattie höchstpersönlich? – so viele kleine Dinge zuzuwerfen, die das Bleiben immer attraktiver machten.

»Sag mal«, meinte sie zu Lydia, als sie zu deren Wagen gingen. »Bilde ich es mir nur ein, oder sieht Emilio aus wie der Typ aus *Law & Order*?«

Lydia lachte. »David Pino? Ja, das denke ich auch jedes Mal, wenn ich ihn sehe.« Jetzt wurde Lydias Blick allerdings ernster. »Wenn ich dir aber einen Rat geben darf: Du solltest die Finger von Emilio lassen.«

»Ach ja? Und warum? Ist er etwa verheiratet?«

»Das nicht, aber er ist kein guter Mensch. Ich habe gehört, dass … dass er nicht der ist, für den man ihn auf den ersten Blick hält.«

Oh. Wie meinte Lydia das? War er etwa nicht der charmante Kerl, der er zu sein schien? Hatte er irgendetwas angestellt? Nun, allzu schlimm konnte es ja nicht gewesen sein, sonst würde er schon längst nicht mehr auf der Farm arbeiten. Als Vorarbeiter. In einer Machtposition.

Irgendwie machte sie der Gedanke ganz scharf. Und irgendwie gefiel ihr sogar die Vorstellung, dass er ein Bad Boy war. Vielleicht war das ja alles, was sie gerade brauchte.

Wieso sollte sie sich wieder auf einen sensiblen Kerl wie Jack einlassen, wenn sie doch heißen Sex mit diesem unglaublich gutaussehenden Latino haben konnte, dessen Boss sie bald sein könnte? Sie könnte ihm ganz neue Aufgaben geben, und die würde er hoffentlich zu ihrer vollsten Zufriedenheit erfüllen.

Sie schmunzelte, auch weil sie an Hyazinth denken musste. Die würde vor Neid umfallen. Und sie sah, wie Lydia den Kopf schüttelte.

»Ich meine es ernst«, sagte sie.

Ja, ich auch, erwiderte Sophie innerlich und stellte sich schon vor, was sie mit Emilio alles anstellen könnte. Und plötzlich reizte es sie doch hierzubleiben. Sollte Emilio doch ein Bad Boy sein, wenn er wollte. Sie hatte ganz bestimmt nichts dagegen.

Kapitel 17

Alba

Davis, Kalifornien, Oktober 2017

»Hast du noch Familie in Mexiko?«, fragte Hattie sie. Sie hatte sie zu sich auf die Veranda gewinkt, und sie tranken zusammen einen Tee, den die alte Dame frisch aufgebrüht hatte.

»Si, *Señora*«, antwortete sie. »Ja. Ich habe dort meine Eltern, meine Brüder, meine kleine Schwester Isabel und meine ältere Schwester Marisol, ihren Mann und ihre beiden Kinder.« Sie seufzte schwer, da sie das zweite Kind noch nicht einmal hatte sehen dürfen. »Meine Tanten, Onkel, Cousins und Cousinen. Sie alle sind in Tijuana«, erzählte sie.

»Ich hoffe, du hast regen Kontakt zu ihnen?«

Sie schüttelte den Kopf. Sie mochte der alten Dame nicht sagen, dass Hershel ihr den Kontakt zu ihnen verboten hatte. Angeblich, damit sie kein Heimweh bekam. Doch der wahre Grund war wohl eher der, dass sie ihren Eltern erzählen könnte, wie es wirklich in Amerika war. Dass Hershel die beiden an der Nase herumgeführt hatte. Vielleicht hatte er Angst, ihr Vater könnte sich aufmachen und sie zurückholen, wenn er wüsste, in welch einem mickrigen Haus sie lebte und wie hart sie tagtäglich schuften musste. Und dass sie dank Hershel niemals Mutter sein würde, was fast das Schlimmste für ihren Vater sein dürfte.

Natürlich hatte Alba sich nicht an das Kontaktverbot gehalten. Sie hatte zwar großen Respekt vor ihrem Ehemann, dennoch konnte sie ihre Eltern einfach nicht im Ungewissen lassen, ebenso wie Marisol. Sie alle sollten wenigstens wissen, dass sie am Leben und gesund war. Sie hatte über die Jahre ein paar Briefe geschrieben, in denen sie ihnen kurz und knapp berichtet hatte, dass Kalifornien sehr schön war und dass sie einen eigenen Gemüsegarten, eine gute Arbeit und viele Freunde hatte. Mehr mussten sie nicht wissen. Alba wollte nur, dass sie sich keine Sorgen machten. Diese Briefe hatte sie Juanita gegeben und sie gebeten, sie für sie abzuschicken, da einer von Hershels Freunden im Postamt von Davis tätig war und sie befürchtete, ihr Mann könnte davon erfahren, wenn sie die Briefe selbst aufgab.

»Ich habe Briefe geschickt«, erzählte sie Hattie nun. »Nur leider habe ich nie Antwort erhalten.«

»Wie kann denn das sein? Haben sie denn deine korrekte Adresse?«

Da sie nicht sicher war, ob Hershel ihrem Vater auch wirklich die richtige Adresse aufgeschrieben hatte, hatte sie sie jedem Brief wieder beigefügt. Doch Antwort erhalten hatte sie nie. Sie wusste nicht, ob ihre Familie umgezogen war oder ob sie ihre Briefe nie erhalten hatten. Sie versuchte es bei ihrer Tante, doch auch da kam keine Antwort. Und Marisol konnte sie zum Schrottplatz hin leider keine Post schicken.

»Ich habe sie extra immer noch mal ans Ende jedes Briefes geschrieben, aber es kam einfach nie Post zurück. Wahrscheinlich sind sie überhaupt nie bei ihnen angekommen. Es gibt in Mexiko viele Postboten, die die Briefe selbst öffnen, auf der Suche nach Geld oder anderen Wertsachen, und sie danach einfach wegwerfen.« Solche Geschichten hatte sie schon oft gehört. Den ersten beiden Briefen hatte sie sogar selbst ein wenig Geld beigefügt, nur ein paar Dollar, die sie beim Einkaufen hatte abzweigen können. Doch dann wurde Hershel strenger und strenger und wollte irgendwann jeden einzelnen Kassenzettel sehen, als ahnte er, dass sie Geld für sich behielt. Dann konnte sie überhaupt kein Geld mehr schicken, und weil sie nie Antwort bekam, gab sie das Schreiben irgendwann ganz auf.

»Das klingt ja fürchterlich. Und was ist mit dem Telefon? Kannst du sie nicht einfach anrufen?«

»Auch das habe ich versucht.« Ja, das hatte sie. Ihre Eltern hatten zwar keinen Festnetzanschluss, aber ein Prepaid-Handy. Es war schon alt und ständig kaputt, als sie noch bei ihnen wohnte. Sie rief ihre Mutter darauf an, als sie etwa zwei Wochen in Kalifornien war. Hershel war abends in die Kneipe gegangen und hatte sie allein gelassen. Sie sprach nur ganz kurz mit ihrer *mamá* und legte schnell wieder auf, weil sie Angst hatte, Hershel könnte es herausfinden. Das tat er dann auch, als die monatliche Rechnung kam, mit der Auflistung aller Anrufe. Er wurde furchtbar wütend, strafte sie mit tagelangem Schweigen und verbot ihr ausdrücklich, jemals wieder nach Mexiko zu telefonieren. Als sie es ein paar Monate später doch noch mal versuchte, und zwar von einer öffentlichen Telefonzelle aus, war die Nummer nicht mehr vergeben. Und das war alles, was sie Hattie jetzt erzählte, dass die Nummer nicht mehr vergeben war.

»Das tut mir so leid«, erwiderte sie. »Ich hoffe sehr für dich, dass du bald etwas von deiner Familie hörst.«

»Danke. Das hoffe ich auch.« Dreieinhalb Jahre waren viel zu lang.

»Weißt du eigentlich, dass ich eine Enkelin habe?«, meinte Hattie dann. »Sophie. Sie ist ein wenig älter als du und lebt in Boston.« Die Augen der alten Dame glänzten, als sie von dieser Sophie sprach.

»Nein, das wusste ich nicht.«

»Sie hat früher die Sommer hier bei mir verbracht, heute hat sie leider keine Zeit mehr, mich besuchen zu kommen.« Hattie sah unglaublich traurig aus.

»Ich hoffe, sie kommt Sie bald mal wieder besuchen. Familie ist das Wichtigste im Leben. Das Wertvollste, das man besitzen kann.«

»Ja, da hast du recht. Zum Glück habe ich aber noch meine Kinder in der Nähe. Sie sind mir das Liebste auf der Welt, seit mein Walter gestorben ist. Was ist mit deinem Mann? Ist er gut zu dir?«, fragte Hattie, die sie ein paarmal zusammen mit Hershel gesehen hatte.

»Er ist ein anständiger Mann. Sorgt für mich.«

»Und doch musst *du* arbeiten gehen. Hart arbeiten.«

»Er ist Kriegsveteran. Hat eine Verletzung, die ihn daran hindert, selbst einer Arbeit nachzugehen.«

Hattie nickte, sah sie an und lächelte. »Dein Englisch ist ausgezeichnet. Wo hast du es gelernt?«

»Ich habe es mir selbst beigebracht.«

»Dafür hast du meinen vollen Respekt verdient. Und noch für etwas anderes. Juanita hat mir erzählt, dass du ihr den Vortritt gelassen hast, als ich nach einer Haushaltshilfe gesucht habe.«

»Sie braucht den Job nötiger als ich. Sie hat drei Kinder.«

»Möchtest du denn auch einmal Kinder haben?«, wollte Hattie wissen.

»Ich habe es mir immer gewünscht. Aber Hershel kann leider keine Kinder zeugen.«

»Das ist sehr schade. Ich bin mir sicher, du wärst eine wundervolle Mutter.«

Albas Augen wurden feucht. »Danke sehr«, sagte sie. Dann sah sie Emilio, der sie hinüber zur Halle winkte. Sie erhob sich. »Ich muss zurück an die Arbeit. Vielen Dank für den Tee. Sie sind eine wirklich gute Arbeitgeberin, Mrs. Richson. Gott segne Sie.«

»Oh. Ich bedanke mich für das Kompliment. Nenn mich doch Hattie, ja?«

Sie nickte und eilte zurück zu den anderen.

Emilio sah sie zornig an. »Was soll das? Wer hat dir erlaubt, dich da hinzusetzen und eine Pause zu machen?«

»Ich war nur kurz pinkeln, und da hat sie mich zu sich gerufen. Ich wollte sie nicht vor den Kopf stoßen«, sagte sie auf Spanisch.

»Wo warst du pinkeln?«, fragte er misstrauisch.

»Hinter der Scheune. Die Toilette in der Halle ist wieder einmal verstopft.«

»Hinter der Scheune? Und da hat sie dich gesehen?« Emilio runzelte die Stirn.

»Ja, auf dem Rückweg.« Sie nickte und hoffte, dass ihre Lüge nicht aufflog. Eigentlich war sie nämlich gar nicht pinkeln gewesen, sondern hatte sich ein Glas frisch gepressten Orangensaft von Juanita geholt, die heute Nachmittag im Haus arbeitete und ihr eins versprochen hatte. Emilio mochte es aber gar nicht, wenn seine Arbeiter sich dem Haus näherten. Aus gutem Grund. Es könnte ja mal jemand Hattie gegenüber erwähnen, was er ihnen antat. Und vielleicht sollte sogar endlich mal jemand den Mut aufbringen, dies zu tun. Vielleicht würden sie einen neuen, besseren Vorarbeiter bekommen. Vielleicht würde er es aber auch leugnen, und der Verräter würde nicht nur seinen Job verlieren, sondern müsste in ständiger Angst leben, dass Emilio sich an ihm rächte. Wahrscheinlich würde sich niemals jemand trauen, und sie müssten sich bis in alle Zeiten Emilios Machtspielchen gefallen lassen.

»Geh wieder an die Arbeit!«, sagte Emilio, und sie wusste, dass er ihr einen Stupser gegeben hätte, wenn Hattie nicht noch immer auf der Veranda gesessen und hergesehen hätte. »Und komm nach Feierabend im Büro vorbei«, flüsterte er ihr nach, und sie verfluchte sich selbst dafür, so ein hoffnungsloser Feigling zu sein.

»Glaubt ihr, sie ist die neue Inhaberin der Farm?«, fragte Olivia in die Runde, nachdem die hübsche blonde Frau mit ihrer Begleitung weitergefahren war. Sie hatte eine enge schwarze Hose getragen, in der man bestimmt keine Mandeln vom Boden hätte aufsammeln können, dazu ein T-Shirt, auf dem GUCCI gestanden hatte. Es hatte alles sehr teuer ausgesehen, und die Frau schien sich auch für etwas Besseres zu halten. Hochnäsig war sie an ihnen vorbeigefahren und hatte sich ihnen weder vorgestellt, noch hatte sie sie überhaupt gegrüßt. Merkwürdig angesehen hatte sie Alba, so, als wäre sie ein Mensch, der ihr untergeben war. Und das war sie ja auch. Doch es zu zeigen zeugte nicht gerade von Güte. Hattie war niemals so gewesen.

»Weiß jemand, wer sie ist?«, fragte Josefina, eine große stämmige Frau um die dreißig aus Mexico City.

»Ich glaube, sie ist Hatties Enkelin«, sagte Alba. »Sie hat mir mal von ihr erzählt.«

»Ja, Alba hat recht. Das ist Sophie. Es hängen Bilder von ihr überall im Haus«, bestätigte Juanita, die vorbeigekommen war, um ihnen Wasser und ein paar Orangenviertel zu bringen.

»Ob sie die Farm weiterführt?«, fragte sich Nora.

»Ich hoffe es«, sagte Juanita. »Vielleicht können wir dann alle bleiben und unsere Jobs behalten.«

Alba hoffte genau das Gegenteil. Denn sie brauchten jemanden, dem sie sich anvertrauen konnten. Jemanden, der Emilio endlich aufhielt. Sie hatte noch immer schreckliche Schmerzen von gestern. Es brannte beim Pinkeln. Und sie hatte Hershel abwehren und Migräne vortäuschen müssen, als er sich letzte Nacht an sie herankuscheln wollte.

Sie wollte doch nur, dass das alles endlich aufhörte. Dass sie ihren Mann nicht mehr belügen musste. Dass sie morgens ohne Furcht zur Arbeit gehen konnte. Dass sie wieder ohne Albträume schlafen konnte. Dass ihre Seele sich nicht mehr so tot anfühlte.

Doch sie hatte gesehen, wie diese Sophie ihn angeblickt hatte. Emilio. Sie schien auf ihn zu stehen. Und die beiden hatten mächtig miteinander geflirtet. Am liebsten hätte sie geschrien: »Lassen Sie sich nicht auf diesen Mann ein! Er ist ein Vergewaltiger!« Doch natürlich war sie still geblieben. Hätte sie auch nur ein Wort gesagt, hätte sie Übles erwartet. Und da war es ihr allemal lieber, einfach weiterzumachen und zu beten, dass Emilio sich heute nicht wieder sie aussuchte. Und zu hoffen, dass Hatties Enkelin ganz bald wieder abreisen würde in dieses Boston, das irgendwo am anderen Ende von Amerika lag. Dem großen, weiten Amerika, das doch so viel für sie bereitgehalten hatte. Ob sie sich eines Tages ihre Träume erfüllen konnte? Ob sie eines Tages doch noch ihren Frieden finden sollte?

Als sie an diesem Abend nach Hause gingen, durften sie alle aufatmen. Emilio hatte keine von ihnen aufgehalten, vielleicht erhoffte er sich etwas bei Sophie aus Boston. Es war ihr egal, Hauptsache, sie und auch keine ihrer Freundinnen musste heute leiden. Juanita, Josefina und Agata hatten

Glück. Denn Juanita war, genau wie Consuela, Brunilda und Pepita, alt, Josefina dick, und die arme Agata war leider nicht sehr ansehnlich. Als Kind hatte sie von einem ihrer Brüder heißes Wasser ins Gesicht geschüttet bekommen und war für immer entstellt. Sie war trotzdem eine gute Seele, doch für Emilio war sie uninteressant. Blieben noch Olivia mit ihrem wunderschönen langen Haar, die zauberhafte neunzehnjährige Nora, die hübsche Ana mit den roten Lippen und sie, Alba. Und sie vier schienen bis in alle Ewigkeit verflucht zu sein.

»Ich wünsch euch einen schönen Abend!«, rief sie ihren Freundinnen nach, als sie zu ihrem Haus einbog.

»Heute wird tatsächlich ein schöner Abend sein«, rief Nora zurück.

Sie lächelte und schloss auf. An der Küchentür hing eine Notiz von Hershel, er würde den Abend in seiner Stammkneipe verbringen, Karten spielen und nicht vor elf zurückkommen.

Elf Uhr. Das war ja erst in dreieinhalb Stunden! Sie hatte den ganzen Abend für sich allein! Voller Freude ging sie in die Küche und machte sich zwei Quesadillas mit extra viel Käse, ein Gericht, das Hershel nicht mochte, das sie aber immer an zu Hause erinnerte. Dann bereitete sie noch ein einfaches Chili zu, das ihr Mann sich morgen aufwärmen konnte. Und während es vor sich hin köchelte, überlegte sie, wie sie den restlichen Abend verbringen könnte. Mit Fernsehen vielleicht? Mit Lesen? Sie könnte auch wieder mal einen Brief an ihre Mutter schreiben und hoffen, dass dieser bei ihr ankam.

Sie musste an das Gespräch denken, das sie einmal mit Hattie geführt hatte, beinahe zwei Jahre war das schon her und nagte immer noch an ihr. Immer wieder fragte sie sich, ob wohl wirklich die mexikanische Post schuld daran war, dass der Briefkontakt zu ihrer Familie gescheitert war.

Obwohl sie wusste, dass es nicht recht war, ging sie doch durchs Haus und machte sich auf die Suche. Wonach genau sie suchte, konnte sie gar nicht sagen. Es war eher so ein Gefühl. Doch nachdem sie alles abgesucht und überhaupt nichts gefunden hatte, musste sie sich eingestehen, dass ihr Bauchgefühl sie wohl getrogen hatte.

Das Chili war fertig, sie stellte es beiseite und ging mit einem Becher Kamillentee ins Wohnzimmer. Diesen Tee hatte sie durch Hattie kennen- und liebengelernt. Sie hatten ihn ein paarmal zusammen getrunken, und sie hatte Hershel gebeten, sich welchen aus dem Supermarkt mitbringen zu dürfen. Hershel schrieb nämlich die Einkaufsliste. Sie sagte ihm, was sie für die Gerichte, die sie kochen wollte, benötigte, er schrieb es auf einen Zettel und rechnete genau aus, wie viel Geld sie dafür benötigte. Dann ging sie los zum Supermarkt, manchmal gingen sie auch zusammen. Doch die Leute hatten sie schon mehrfach komisch angestarrt, und sie hatte gespürt, dass diese Blicke Hershel unangenehm waren. Statt auf seine hübsche junge Frau stolz zu sein, schien er sich zu schämen. Vielleicht dachte er, die Leute könnten ihm ansehen, dass er sie gekauft hatte. Wie sonst sollte er an eine wie sie kommen?

Seitdem schickte er sie meistens allein los.

Sie setzte sich in einen der beiden Fernsehsessel und sah zum Himmel. »Oh, Hattie, wenn du mir doch nur helfen könntest«, flüsterte sie. Dann schaltete sie den Fernsehapparat ein und auch das Licht, das sich daneben befand. Sie musste feststellen, dass die Glühbirne der Stehlampe kaputt war, und nahm sich vor, Hershel neue Glühbirnen auf die Liste schreiben zu lassen. Dann überlegte sie, ob sich vielleicht irgendwo im Haus noch welche befanden. Sie ging in der kleinen Kammer nachsehen, öffnete einige Schuhkartons, in denen sie Nägel, Schrauben, Gummibänder und Schnürsenkel fand. In einem bewahrte sie ihre Nähsachen auf: Nadeln, Garn und Knöpfe. Dann fielen ihr zwei Dosen auf, die sehr weit oben standen. Es waren alte metallene Keksdosen, die sie zuvor noch nie bemerkt hatte, weil sie so unscheinbar dastanden. Jetzt jedoch zog sie sich einen Stuhl heran und stieg hinauf. Holte eine der Dosen herunter, öffnete sie und atmete beinahe erleichtert auf, als sie darin nur alte Batterien entdeckte. Sie wollte jedoch unbedingt noch einen Blick in die andere werfen, um sicherzugehen, dass ihr Mann ihr nichts Wichtiges vorenthielt. Und als sie diese zweite Dose öffnete, blieb ihr fast das Herz stehen. Denn sie war voll mit Briefen. Briefe, die die Handschrift ihrer Mutter trugen und auch welche mit der Schrift ihrer Schwestern. Sie begann zu weinen, vor Wut und vor Schmerz und vor allem vor Glück. Sie nahm die Dose mit ins Wohnzimmer, setzte sich damit an den Tisch und fing an zu lesen.

Kapitel 18

Lydia

Sie saß wie auf heißen Kohlen auf ihrer Couch und stierte zur Tür. Die Jungs waren längst im Bett und schliefen, Gracie allerdings war noch immer nicht nach Hause gekommen, und Lydia machte sich mit jeder Minute, die verstrich, mehr Sorgen.

Und dabei war alles so wunderbar gelaufen. Als sie von der Mandelfarm zurückgekommen war, hatte das Haus ganz köstlich nach Chili gerochen, das ihre Tochter wirklich gut hinbekommen hatte. Rex hatte angerufen und gefragt, ob es okay wäre, wenn er noch mit Cole und seinen Freunden Billard spielen ginge. Sie hatte ihm gesagt, er solle sich ruhig den Abend freinehmen, sie werde ihm etwas von Gracies Chili in den Kühlschrank stellen, falls er noch Hunger hatte, wenn er später nach Hause kam.

Sie hatte das Geschirr in die Spülmaschine gestellt und gebetet, dass sie einmal richtig funktionieren würde. Leider hatte sie sie abermals im Stich gelassen, und sie hatte alles wieder ausräumen und per Hand abwaschen müssen. Doch das hatte sie als gar nicht so schlimm empfunden, da es allgemein ein wirklich schöner Tag gewesen war. Dann hatte sie Gracie verabschiedet, die in ihren neuen schwarzen Sachen zur Tür stürmte, als es klingelte.

»Und du wirst sicher von Ambers Mom zurückgebracht?«, fragte sie sicherheitshalber noch einmal nach.

Gracie blieb stehen und verdrehte die Augen. »Das hab ich doch gesagt. Wir gehen auf eine Party, die Jennifer aus unserem Jahrgang gibt. Ambers Mom holt uns dann ab und fährt mich nach Hause.«

»Gibt es auf dieser Party Alkohol?«, fragte sie misstrauisch.

»Natürlich nicht!« Gracie sah sie überzeugend an. »Kann ich jetzt los? Meine Freunde warten.«

»Ja, geh. Viel Spaß! Und sei um elf zurück!«

Die Tür fiel ins Schloss, und Gracie war weg.

»So, und was machen wir drei Hübschen jetzt?«, fragte sie die Jungs.

»Du bezeichnest dich selbst als hübsch?«, entgegnete Max und grinste sie an.

»Bin ich das etwa nicht?«

»Hübsch ist relativ«, sagte der Schlaumeier der Familie. »Wenn ich dich mit Josephine Skriver oder Taylor Marie Hill vergleiche, muss ich leider sagen, dass du nicht ganz mithalten kannst.«

Stirnrunzelnd sah sie ihren Zehnjährigen an. »Wer bitte sind Josephine Skriver und Taylor Marie Hill?«

»Das sind Victoria's-Secret-Models«, erklärte er, und sie konnte ihn nur sprachlos anstarren.

»Woher kennst du bitte Victoria's-Secret-Models?«, fragte sie verblüfft. Und wer waren nur Josephine und Taylor Marie? Sie kannte lediglich Heidi Klum und Gisele Bündchen, aber wahrscheinlich war sie da sowieso nicht mehr auf dem Laufenden.

»Internet«, war seine Antwort.

Sie sah Randy an, und der zuckte nur kichernd die Achseln.

»Kennst du die etwa auch?«

»Nein, ich weiß nicht, wer Victoria ist oder was für ein Geheimnis sie hat, und die anderen Frauen kenn ich auch nicht«, sagte ihr kleiner unschuldiger Engel.

Sie legte ihre Arme um ihn und knuddelte ihn. Oh, bitte bleib immer genau so, wie du jetzt bist. Werde nie erwachsen, dachte sie.

»Ich hab dich lieb, mein Kleiner«, sagte sie.

»Für mich bist du die hübscheste Frau auf der ganzen Welt, Mommy«, sagte Randy, und sie hätte dahinschmelzen können.

Max schüttelte belustigt den Kopf. »Können wir alle zusammen einen Film gucken?«, fragte er.

Sie entschieden sich für *Jumanji*, und Randy war bereits nach der Hälfte des Films auf dem Sofa, an sie gekuschelt, eingeschlafen.

Sie betrachtete Max, der auf dem Sessel saß, und sagte ihm: »Dich hab ich auch lieb, ich hoffe, du weißt das.«

»Das weiß ich, Mom. Hab dich auch lieb.«

»Willst du kuscheln kommen? Einen Arm hab ich noch frei.«

»Schon okay«, erwiderte er.

Oh nein, war Max jetzt etwa auch der Ansicht, er sei zu alt zum Kuscheln? Sie spürte, wie sich ein fetter Klumpen in ihrem Hals bildete.

»Na, oder doch«, änderte er seine Meinung gleich, stand auf und kam zu ihr. Sie hob ihren Arm, damit er sich an sie lehnen konnte, und umfasste ihn. Dabei hoffte sie, dass ihre beiden Kleinen ihr noch eine ganze Weile erhalten bleiben würden. Bei Gracie hatte sie nämlich gerade das schreckliche Gefühl, sie zu verlieren.

Irgendwann brachte sie die Jungs in ihre Betten, setzte sich mit einem Glas Wein zurück auf die Couch und wartete auf Gracie. Um Viertel nach elf begann sie, sich Sorgen zu machen. Sie rief Gracie auf ihrem Handy an, die ging jedoch nicht ran. Sie schrieb ihr eine Nachricht, aber auch die blieb unbeantwortet. Um halb zwölf rief sie Ambers Mutter Jill an und fragte, warum es so lange dauerte. Diese sagte ihr allerdings, dass sie sich bereits ebensolche Sorgen mache.

»Verdammt, ich bring sie um, wenn sie nach Hause kommt. Sie hat mir gesagt, dass Sie die Mädchen abholen würden«, sagte Jill aufgebracht.

»Was sollen wir jetzt tun?«, fragte Lydia, bereits ein wenig panisch. »Gracie geht nicht an ihr Handy.«

»Amber auch nicht. Kennen Sie die Adresse des Mädchens, bei dem die Party stattfindet?«, fragte die Frau am anderen Ende der Leitung, eine alleinerziehende Mutter, die zwei Jobs hatte, um ihre Kinder zu ernähren.

»Nein, leider nicht. Sie heißt Jennifer, den Nachnamen weiß ich aber nicht.«

»Verdammt!«, sagte Jill erneut. »Ich werde mal ein wenig herumtelefonieren. Ich melde mich, wenn ich etwas herausfinde.«

»Ich mache das Gleiche«, versprach Lydia und überlegte, wen sie anrufen könnte. Als Erstes fiel ihr Jack ein. Sie wählte seine Mobilnummer.

»Lydia? Ist alles in Ordnung? Es ist ziemlich spät.«

»Ja, ich weiß. Bitte entschuldige die Störung. Ich bin auf der Suche nach Gracie, sie hätte schon längst zu Hause sein sollen. Ist sie vielleicht im Diner?« Der machte erst gegen Mitternacht zu, das konnte doch sein, oder?

»Nein, tut mir leid, ich hab sie den ganzen Tag nicht gesehen.«

»Mist! Ich hatte es so gehofft.«

»Wo wollte sie denn heute Abend hin?«

»Auf eine Party.«

»Bestimmt hat sie die Zeit vergessen. Versuch es doch einfach mal direkt auf der Party.«

»Leider kenne ich die Adresse nicht. Die Mutter ihrer besten Freundin versucht sie gerade herauszufinden.«

»Ich drücke die Daumen, dass ihr die Mädchen bald findet. Mach dir keine allzu großen Sorgen. Denk an unsere eigene Jugend zurück. Wie oft sind wir zu spät nach Hause gekommen. Sicherlich spaziert sie gleich zur Tür herein.«

Ja, Jack hatte recht. Sicher machte sie sich umsonst so große Sorgen. Gracie ging es gut. Sie lebten ja nicht in der Großstadt, was sollte in Davis schon passieren?

»Danke, Jack. Ich habe übrigens gehört, dass dich jemand Bestimmtes im Diner besucht hat.«

»Ja, sie war gestern hier. Wo hast du das gehört?«

»Sie hat es mir selbst gesagt.«

»Oh. Ihr habt euch ebenfalls gesehen?«

»Ja, und das Verrückte war, es war fast so wie früher. Als wären keine vierzehn Jahre vergangen.«

»Ich weiß genau, was du meinst«, sagte Jack, lenkte dann aber wieder das Thema auf Gracie. »Melde dich bitte, wenn Gracie gesund zu Hause angekommen ist, ja?«

»Das werde ich. Mach's gut, Jack.«

Die Minuten verstrichen, und so langsam machten sich doch alle möglichen Szenarien in Lydias Kopf selbstständig. Okay, Davis war nicht L. A., aber auch hier konnten Autounfälle passieren. Vergewaltigungen. Entführungen. Sie atmete auf, als sie einen Schlüssel im Schloss hörte.

Sie sprang auf und lief zur Tür. Leider war es nur Rex, der sie verwirrt ansah.

»Was ist denn los? Du schaust aus, als hättest du einen Geist erblickt.«

»Ich hatte gehofft, es wäre Gracie. Sie ist noch immer nicht nach Hause gekommen.«

Er sah auf seine Armbanduhr. »Es ist zehn vor zwölf!«

»Ich weiß.«

»Sie muss um Punkt zehn zu Hause sein.«

»Ich hatte ihr erlaubt, heute mal bis elf wegzubleiben. Weil sie nachmittags auf die Jungs aufgepasst und abends so toll gekocht hat. Sie hat mir gesagt, Ambers Mom würde sie bringen, und mir versprochen, sie würde pünktlich zu Hause sein.«

»Ist sie aber nicht!«, sagte Rex, als wüsste sie es nicht. »Wie konntest du ihr erlauben, so lange wegzubleiben, ohne das mit mir zu besprechen?«

»Du warst ja Billard spielen.«

»Oh, tut mir leid, dass ich mir mal einen freien Abend gegönnt habe.«

»So war das doch nicht gemeint, Rex. Können wir bitte nicht streiten? Das macht die Situation auch nicht besser.«

»Du hast recht. Es tut mir leid. Hast du schon versucht, Jill McBright zu erreichen?«

»Ja, natürlich. Amber hat ihr anscheinend gesagt, dass *ich* die Mädchen abholen und nach Hause bringen würde.«

Rex schüttelte fassungslos den Kopf. »Ich erkenne unsere Tochter nicht wieder. Warum tut sie so was?«

»Weil sie ein Teenager ist?«

»Und was machen wir jetzt? Wo genau wollte sie hin?«

»Zur Party von irgendeiner Jennifer«, sagte sie ihm.

»Du kennst nicht mal den Nachnamen?«

Sie schüttelte den Kopf und hoffte, Rex würde ihr nicht noch mehr Vorwürfe machen. Sie wusste ja selbst, dass sie Mist gebaut hatte. Sie hätte Gracie nach dem Namen und der Adresse fragen sollen.

»Jennifer Hopkins vielleicht?«, fragte Rex aber stattdessen.

»Jennifer Hopkins? Wer ist das?«

»Ein Mädchen aus ihrem Jahrgang. Ich mache Geschäfte mit ihrem Vater. Er hat eine Eisdiele und ordert regelmäßig geröstete Mandeln bei uns.«

»Hast du seine Nummer dabei? Kannst du ihn anrufen?«

Rex suchte in seinem Smartphone nach der Nummer und hatte im Nu mit dem Mann gesprochen.

»Er sagt, er und seine Frau seien übers Wochenende verreist, und die Kinder wären allein zu Haus. Seine Älteste ist achtzehn und sollte eigentlich darauf achten, dass keine Partys veranstaltet werden.«

»Wo wohnt er?«

»Am anderen Ende der Stadt. Ich fahre gleich hin.«

In dem Moment rief Jill noch einmal an und erkundigte sich, ob Lydia schon etwas gehört habe. Sie erklärte ihr schnell, dass sie glaube zu wissen, wo die Mädchen seien, und dass ihr Mann sich sofort auf den Weg mache. Jill allerdings sagte, sie sei doch viel näher dran und werde das übernehmen. Fünfundzwanzig Minuten später parkten sie vor der Haustür, und Lydia ging raus, um Gracie in Empfang zu nehmen und sich bei Ambers Mutter zu bedanken.

Gracie sah ein wenig beschämt aus, als sie jetzt ins Haus trat, und sie wirkte so, als wenn sie etwas getrunken hätte. Rex war außer sich vor Wut, als er sie so sah.

»Was fällt dir ein, Grace? Wie kannst du deiner Mutter solche Sorgen bereiten?«

»Es tut mir leid«, sagte sie.

»Hast du etwa getrunken?«, fuhr Rex fort, und er wartete Gracies Antwort nicht einmal ab. »Das hätte ich nie von dir gedacht, ich bin maßlos enttäuscht«, ließ er sie wissen.

»Ich hab nur aus Versehen was getrunken. Ich wusste nicht, dass in der Bowle Alkohol war«, verteidigte sie sich.

»Und als du gemerkt hast, was du da trinkst, konntest du nicht einfach aufhören?«

Lydia sah von ihrem Mann zu ihrer Tochter, sie selbst kam bei diesem Streit überhaupt nicht zu Wort.

»Lass mich in Ruhe, du bist nicht mein Vater!«, schrie Gracie Rex jetzt an.

Das traf ihn mehr, als er wollte, das konnte Lydia ihm ansehen. Er wurde still, sah Gracie nur noch einmal an, schüttelte den Kopf und ging davon.

»War das wirklich nötig?«, fragte Lydia ihre Tochter.

»Na, stimmt doch.«

»Er hat aber recht, Gracie. So geht das nicht, und das wird Konsequenzen haben. Gib mir dein Handy.«

»Warum?«

»Weil es Teil deiner Strafe ist.«

»Wie unfair ist das denn?«

»Gib es mir bitte.« Sie hielt ihre Hand auf, damit Gracie es hineinlegen konnte. Die dachte aber gar nicht daran.

»Nein, ich geb es dir nicht. Ihr dürft es mir gar nicht wegnehmen, ich brauche es nämlich.«

»Wozu? Um die Uhrzeit daran abzulesen?«, fragte Lydia sarkastisch.

»Nein, für den Notfall. Und für die Schule, wir müssen voll oft was googeln.«

»Ist mir egal. Ich spreche gerne mit deinen Lehrern und erkläre ihnen die Sachlage.« Sie hielt Gracie noch immer die offene Hand entgegen.

»Du bist echt bescheuert«, sagte sie und haute ihr das Telefon mit voller Wucht auf die Handfläche.

»Danke, ebenso«, erwiderte Lydia. »Und jetzt geh schlafen. Wir reden morgen weiter.«

»Mit euch will ich gar nicht mehr reden. Und ich will auch nicht mehr bei euch wohnen. Ich will zu Dad ziehen, der wäre niemals so streng.«

»Gute Nacht, Gracie«, sagte sie und versuchte, die Tränen zurückzuhalten, die aufkamen. So etwas hatte ihre Tochter noch nie gesagt, und es schmerzte ungemein.

»Lass mich doch in Ruhe!«, rief Gracie, stampfte in ihr Zimmer und warf die Tür zu.

Und nun ließ Lydia die Tränen zu. Sie rannen ihr über die Wangen, und sie fragte sich, wie aus diesem wunderbaren Tag nur so ein Albtraum hatte werden können.

Kapitel 19

Sophie

Sie erwachte von Vogelgezwitscher. Ein Lächeln erschien auf ihrem Gesicht, und sie blieb noch ein bisschen in Hatties Bett liegen, in das sie letzte Nacht gestiegen war, nachdem sie zum dritten Mal in Folge auf dem Sofa geschlafen und von Hattie geträumt hatte. Es war, als wollte sie ihr etwas mitteilen, ihr aus dem Jenseits etwas zurufen, weil sie es ihr nicht mehr persönlich hatte sagen können.

Lange hatte sie dort auf dem Sofa gelegen, nachdem Lydia sich verabschiedet hatte. Ohne Fernseher und ohne beruflichen Stress hatte man viel Zeit zum Nachdenken, und so war sie im Kopf immer wieder alle Möglichkeiten durchgegangen. Irgendwann war sie eingeschlummert. Im Halbschlaf hatte sie ein Klopfen vernommen, doch sie war zu müde gewesen, um aufzustehen und nachzusehen, ob jemand an der Tür war.

Sie hatte von Hattie geträumt, von gemeinsamen Sommern, vom gemeinsamen Backen, von Elvis-Musik und vom Duft der Mandelblüten. Als sie gegen halb drei in der Nacht wach wurde, war sie von Melancholie befallen, stand auf und machte sich einen Kamillentee – Hatties Lieblingstee.

Da sie unbedingt mit jemandem reden musste, nahm sie Hyazinths Angebot an, sie jederzeit anrufen zu dürfen, wenn sie jemanden zum Reden brauchte. Und in Boston war es immerhin schon halb sechs.

»Entschuldige, dass ich dich so früh am Morgen wecke«, sagte sie. »Es ist kein Notfall oder so, sei unbesorgt. Ich werde nur gerade wahnsinnig, weil ich nicht weiß, was ich machen soll, und die Zeit läuft mir davon.«

»Mach dir keine Gedanken, ich war schon wach. Ich bin früh aufgestanden, weil ich bei Sonnenaufgang zum Yoga im Park sein will.«

Sophie schüttelte belustigt den Kopf über ihre Freundin. Sie war echt eine Nummer für sich.

»Dann erzähl doch mal: Was macht dich wahnsinnig?«

»Diese megawichtige Entscheidung natürlich, was sonst?«

»Süße, ich weiß überhaupt nicht, was du da noch groß überlegen musst. Schon als du mir am Donnerstag davon erzählt hast, war mir klar, was du zu tun hast. Es gibt nur eine richtige Entscheidung.«

»Und die wäre?«

Kurze Pause, dann: »Weißt du das wirklich nicht?«

»Ich soll bleiben?«, fragte sie vorsichtig.

»Du sollst überhaupt nichts. Geh in dich und finde heraus, was du wirklich willst. Ich für meinen Teil fände es großartig, auf einer Mandelplantage in Kalifornien zu leben. Eine ganze Farm für mich allein. Natur pur. Es gibt sogar einen Garten, oder?«

»Ja, einen ziemlich großen sogar. Mit jeder Menge Blumen.«

»Kann man da Gemüse anbauen?«

»Ich denke schon.«

»Hört sich perfekt an in meinen Ohren.«

»Dann komm her und zieh mit mir auf die Farm.«

»Du weißt, dass das nicht so einfach geht.«

»Ja, und genau das ist ja mein Problem, Hyazinth. So schön und idyllisch das alles klingt, kann ich doch auch nicht einfach mein ganzes Leben hinter mir lassen.«

»Du kannst schon, wenn du willst.«

Ach, das brachte sie alles nicht weiter. So weit war sie ja selbst schon gekommen. Sie konnte, wenn sie wollte.

Aber wollte sie denn?

»Ich würde dich so vermissen. Würdest du mich wenigstens besuchen kommen?«, fragte sie ihre beste Freundin.

»So oft es mir möglich wäre.«

Ja, so etwas hatte sie auch einmal versprochen, es aber nicht gehalten.

»Meinst du das auch ernst? Würdest du wirklich kommen?«

»Sophie, mach die Entscheidung nicht von mir abhängig. Du allein musst wissen, was das Richtige für dich ist. Mal davon abgesehen, schwöre ich dir aber beim großen Buddha, dass ich dich mindestens zweimal im Jahr besuchen kommen würde. Vielleicht auch öfter. Mich wirst du nicht so einfach los.«

Sie musste lächeln. »Danke, Hyazinth.«

»Immer gerne. Ich hoffe, ich konnte helfen. Jetzt muss ich leider los, die Sonne geht bald auf.«

»Viel Spaß beim Yoga.«

»Danke. Und dir guten Flug! Oder auch viel Spaß beim Mandelpflücken. Wie auch immer du dich entscheidest.«

Sie legte auf, und ihr Blick fiel im Licht der kleinen Lampe auf eine Porzellanfigur, die auf der Kommode neben einer Vase mit Blumen stand, die bereits ihre Köpfe hängen ließen. Diese Figur, ein hübsch bemaltes kleines Mädchen, hatte

Sophie ihrer Grandma vor ein paar Jahren zum Geburtstag geschenkt. Deren Ehrentag hatte sie nämlich nie vergessen und ihr fast immer ein neues Stück für ihre heißgeliebte Porzellansammlung geschickt, dick eingewickelt und gut verpackt, damit es auf der langen Reise nicht kaputtging.

Ihr fiel auf, dass Hattie diese Sammlung überhaupt niemandem vermacht hatte, zumindest hatte davon nichts im Testament gestanden. Hm, dann war sie wohl Bestandteil des Hauses, das ja an sie gehen sollte, falls sie ihr Erbe und die Herausforderung annehmen würde. Sie starrte die Figur mit den rosa Wangen an.

»Kannst *du* mir nicht sagen, was ich tun soll?«, fragte sie in die Stille. Und dann schossen ihr Erinnerungsfetzen durch den Kopf, und sie dachte an ihr letztes Treffen mit Hattie zurück.

Davis, Kalifornien, März 2011

»Ich freu mich so, dass du gekommen bist«, sagte Hattie und strahlte sie überglücklich an. Sie nahm ihre Hände in die ihren und hielt sie ganz fest.

»Du wirst achtzig! Natürlich lasse ich mir nicht nehmen, diesen großen Tag mit dir zu feiern«, sagte Sophie, und sie befürchtete schon, dass Hattie ihr jetzt Vorwürfe machen würde, weil sie an ihren letzten Geburtstagen nicht da gewesen war. Doch das tat sie nicht. Hattie warf niemals jemandem etwas vor. Von Verurteilungen hielt sie nichts. Sie wusste, dass die Menschen nicht perfekt waren.

»Lass uns einen Spaziergang machen«, sagte Hattie stattdessen und hakte sich bei ihr ein.

Zusammen gingen sie zu den Mandelhainen und schlenderten gemächlich an den vielen Bäumen entlang, die gerade in voller Blüte standen. Die fünfblättrigen Blüten waren hellrosa und dufteten einfach wunderbar, blumig und betörend. Und Sophie wurde bewusst, dass sie ganz vergessen hatte, dass der Mandelbaum, der Prunus dulcis, zur Familie der Rosengewächse gehörte, weshalb die Blüten große Ähnlichkeit mit Rosenblüten hatten.

»Wie geht es dir, Hattie? Wie läuft die Farm?«, erkundigte sie sich.

»Hier läuft alles wie immer. Ich kann mich wirklich nicht beklagen. Ich habe gerade einen neuen Vorarbeiter eingestellt. Er zieht schon nächsten Monat in das kleine Häuschen, das Otto bis vor Kurzem bewohnt hat.«

»Oh. Was ist denn mit Otto? Möchte er nicht mehr für dich arbeiten?« Sie rief sich den deutschen Mann ins Gedächtnis, der sich schon in ihrer Kindheit um die Plantage gekümmert hatte. Er hatte neue Setzlinge gepflanzt, sich um die Bewässerung gekümmert, die Erntehelfer eingestellt und dafür gesorgt, dass alles glattlief bei der Ernte und mit den Lieferungen.

»Otto ist fast siebzig«, erinnerte Hattie sie. »Er hat mehr Gebrechen als ich, und es war für ihn einfach an der Zeit, in den Ruhestand zu gehen.«

»Ja, den hat er sich wohl verdient.«

»Das hat er. Und ich hoffe einfach, dass der Neue seine Arbeit genauso gut macht.«

»Das wird er bestimmt. Solange *du* ihn eingestellt hast. Du hast doch eine gute Menschenkenntnis.«

»Meistens schon, ja.«

»Also ... morgen findet die große Party statt«, sagte Sophie dann. »Freust du dich schon?«

»Aber natürlich. All meine Freunde und Bekannten werden

kommen. Lydia wird auch mit dabei sein«, ließ Hattie sie mit einem Seitenblick wissen.

»Ehrlich? Und was ist mit …«

»Jack?« Hattie sah hinauf zur Krone eines etwa fünf Meter hohen Mandelbaumes. »Nein, ich denke eher nicht, dass er kommt.«

Darüber war Sophie mehr als erleichtert. Sie hatte eine Heidenangst davor, ihm zu begegnen. Noch immer quälten sie Schuldgefühle wegen damals, und sie hatte wirklich nicht das Bedürfnis, ihn wiederzusehen und sich von ihm Vorwürfe machen zu lassen. Sie konnte sich seinen Blick vorstellen: traurig und enttäuscht. Es reichte ihr, das in Hatties Augen zu sehen.

»Was wünschst du dir zum Geburtstag, Hattie?«, fragte sie. »Womit könnte ich dir eine Freude machen?« Sie war noch gar nicht dazu gekommen, ihrer Grandma ein Geschenk zu kaufen, und hatte vor, später in den Ort zu fahren und etwas zu besorgen. Vielleicht wieder eine Porzellanfigur.

Doch Hattie blieb jetzt stehen und sah sie direkt an. »Ach, Sophie, ich wünsche mir nur eines: dass du mich öfter besuchen kommst.«

Ein dicker Kloß in ihrem Hals hinderte sie daran, gleich zu antworten. Natürlich wünschte Hattie sich so etwas. Und wie sollte sie ihr diesen Wunsch ausschlagen? Immerhin wurde sie morgen achtzig!

Also sagte sie ihr: »Okay, dann versuche ich, zukünftig öfter zu kommen.«

»Du versuchst es?«

»Ich werde öfter kommen. Versprochen«, hängte sie noch dran, obwohl sie beide wussten, dass auf ihre Versprechen nicht allzu viel zu geben war.

Aber Hattie lächelte jetzt breit und sagte: »Ach, meine

kleine Sophie. Das ist für mich das allerschönste Geschenk.« Dann zog ihre Grandma sie zu sich herunter und küsste ihre Wange. Und Sophie nahm sich ganz fest vor, nur dieses eine Mal ihr Versprechen auch zu halten.

Als sie nach dem Gespräch mit Hyazinth wieder auf dem Sofa gelegen hatte, hatte sie kalte Füße gehabt und war an Hatties Schlafzimmerkommode gegangen, in der Hoffnung, in der Sockenschublade warme Kuschelsocken zu finden. Und da hatte sie ihn entdeckt. Ein weiterer hellblauer Zettel, auf dem in Hatties Handschrift stand:

Du brauchst nur auf dein Herz zu hören. Es weiß am besten, wonach du dich sehnst.

Sie hatte mit Tränen in den Augen lächeln müssen.

»Ach, Hattie«, hatte sie gesagt. »Ich danke dir.«

Und von da an war alles klar gewesen: Sie würde bleiben.

Sie hatte sich in Hatties Bett gelegt, sich mit dem Quilt zugedeckt, der noch immer nach ihr duftete, und war in einen tiefen, friedlichen Schlaf gefallen.

In Hatties Schlafzimmer befand sich keine Uhr. Hattie hatte immer gesagt, sie brauche keinen Wecker an ihrem Bett, da ihre innere Uhr schon klingeln würde, wenn es an der Zeit war, wach zu werden. Also musste Sophie jetzt am Morgen aus dem Bett aufstehen und nach unten gehen, wo sie ihr Handy hatte liegen lassen. Sie war erstaunt, beinahe erschrocken, dass es bereits kurz vor halb zehn war. Den Wecker hatte sie nicht gehört. Ihr Flieger war längst abgehoben.

Und jetzt sah sie auch all die vielen verpassten Anrufe ihrer Mutter. Sofort rief sie sie zurück.

»Mom? Es tut mir so leid.«

»Falls du dich dazu entschieden hast zu bleiben, muss dir absolut nichts leidtun. Hast du dich dazu entschieden?« Sie hörte, wie ihre Mutter die Luft anhielt.

»Ja. Ich bleibe.«

Sie hörte ihren jubelnden Vater im Hintergrund. »Richte ihr aus, dass wir überglücklich sind, Luanne«, rief er.

»Ich soll dir von deinem Vater ausrichten, dass wir überglücklich sind«, gab ihre Mom die Worte weiter.

Sie lachte. »Ich bin auch überglücklich. Ich melde mich später noch mal, ja? Bin gerade erst aufgewacht.«

»In vielerlei Hinsicht, hm?«

»Wahrscheinlich. Tut mir trotzdem leid, dass ihr umsonst zum Flughafen gefahren seid und euch sicher Sorgen gemacht habt, als ich da nicht aufgetaucht bin.«

»Haben wir nicht. Wir haben uns schon gedacht, dass du nicht kommen würdest, oder besser gesagt, wir haben es gehofft. Dein Dad wollte nicht einmal hinfahren, ich musste ihn überreden.«

»Na, ihr wart euch eurer Sache aber sicher.« Wieder musste sie lachen, sie war einfach in richtig guter Stimmung.

»Du hörst dich wirklich glücklich an, Sophie.«

»Das bin ich auch«, sagte sie und verabschiedete sich fürs Erste.

Abermals musste sie breit lächeln. Und sie konnte noch immer nicht fassen, wozu sie sich entschlossen hatte. Für ein Leben auf der Mandelfarm. Einfach unglaublich.

Hattie wäre stolz auf sie.

Da sie einen mächtigen Hunger verspürte, putzte sie sich schnell die Zähne, wusch sich das Gesicht und band sich einen hohen Pferdeschwanz. Dann schlüpfte sie in die einzige Jeans, die sie in ihrem Koffer fand, und in ein T-Shirt, wobei ihr bewusst wurde, dass sie kaum noch Sachen zum

Anziehen dabeihatte. All ihre Kleidung war in Boston, alles, was sie besaß, war in Boston. Sie würde alles irgendwie herschaffen müssen, ihre Wohnung kündigen müssen – oder sie doch erst noch behalten? Immerhin ging es hier erst mal nur um drei Monate, richtig? Dann würde sie die Farm überschrieben bekommen und konnte entscheiden, ob sie für immer bleiben oder doch in ihr altes Leben zurückwollte. Und was war mit ihrem Job? Sollte sie ihn kündigen? Versuchen, eine Vertretung zu finden, die ihren Posten so lange übernahm? Sie musste dringend mit dem Restaurantinhaber sprechen. Aber darum würde sie sich später kümmern. Mit leerem Magen ging das gar nicht gut. Also setzte sie sich ins Auto und fuhr ins Stadtzentrum. Warum sie sich nicht einfach selbst ein Frühstück machte, konnte sie gar nicht genau sagen. Vielleicht wollte sie Jack sehen und ihm sagen, dass sie bleiben würde. Als sie vor seinem Diner hielt, wunderte sie sich, dass der Parkplatz so leer war, und fragte sich, ob er sonntags überhaupt geöffnet hatte.

Die Tür war jedoch offen, Jack stand hinter dem Tresen und strahlte sie an.

»Du bist noch hier?«, fragte er.

»Ich werde eine Weile bleiben«, ließ sie ihn lächelnd wissen.

»Du nimmst die Herausforderung also an, ja?«

Sie sah ihm an, dass er genau Bescheid wusste, und fragte: »Woher weißt du davon?«

»Hilary Mackentosh, Andy Rigsbys Sekretärin, ist ein großes Plappermaul.«

»Ah, ich verstehe. Na, da du ja sowieso schon Näheres weißt … Ja, ich nehme die Herausforderung an und trete mein Erbe an. Ich muss drei ganze Monate auf der Farm verbringen, bevor sie mir überschrieben wird.«

»Drei Monate, hm? Das ist eine lange Zeit für einen Stadtmenschen wie dich.«

»Ja, und mir ist bewusst, dass es bestimmt nicht einfach wird. Aber ich tue es für Hattie, sie hat es sich so gewünscht.«

»Weil sie geglaubt hat, es sei das Beste für dich.«

Sie nickte, fragte aber nicht weiter nach, ob Hattie ihm das gesagt hatte oder er es nur vermutete.

»Wieso ist es eigentlich so leer hier?«, fragte sie und setzte sich an den Tresen.

»Sonntagvormittag. Die Leute sind entweder beim Gottesdienst oder beim Baseballspiel.« Er zuckte mit den Schultern.

»Oh. Na, dann könnt ihr mir ja was Leckeres zubereiten.«

»Was hättest du denn gerne?«

»Überrasch mich!« Sie lächelte ihn an, und er lächelte zurück.

»Okay.« Er ging hinüber zur Durchreiche und gab eine Bestellung auf. Nur wenig später hatte sie einen Teller mit einem Eiweißomelett und einem Frischkäse-Lachs-Bagel vor sich stehen. Dazu einen Kaffee und einen frisch gepressten Orangensaft.

»Damit hast du genau richtig gelegen«, sagte sie ihm und war froh, dass er ihr keine fettigen Bratkartoffeln, Würstchen oder Bacon vorgesetzt hatte.

»Ich kann Menschen ganz gut einschätzen«, sagte er.

Sie dachten wohl beide das Gleiche, nämlich, dass er das damals nicht ganz so gut hinbekommen hatte. Denn sicherlich hätte er nicht damit gerechnet, dass sie einfach ohne ein Wort verschwinden und nie wieder von sich hören lassen würde.

»Schmeckt es dir?«, fragte Jack und sah ihr dabei zu, wie sie ein Stück des Omelett mit der Gabel abtrennte und in den Mund schob.

Sie nickte. »Das ist unglaublich gut. Wer ist dein Koch?«

Er grinste. »Billy Tate.«

»Ach was? Billy Tate, dein Kumpel von früher? Der, der so verrückt nach Britney Spears war?«

»Der, der alle Songs auswendig kannte und sie auch immer lauthals mitgesungen hat.«

Sie musste lachen. »Das gibt es ja nicht. Hol ihn mal ans Fenster!«

Jack rief sogleich nach ihm, und Billy schaute durch die Durchreiche. Er hatte seit damals ein paar Kilo abgespeckt, sein braunes Haar trug er an den Seiten abrasiert und am Hinterkopf zusammengebunden.

»Hi, Billy, wie geht es dir?«, rief sie ihm zu.

»Hi, Sophie. Mir geht es blendend. Und dir?«

»Super, danke.«

»Wie schmeckt dir mein Omelett?«

»Das beste Omelett, das ich je gegessen habe«, sagte sie ganz ehrlich.

»Vielen Dank«, erwiderte Billy, lächelte ihr noch einmal zu und war wieder verschwunden.

»Billy Tate …«, sagte sie ungläubig und schüttelte den Kopf. »So sieht man sich wieder.«

»Ja, es ist lange her«, meinte Jack.

»Es waren gute Zeiten, oder?«, fragte sie, ein wenig unsicher. Sie hoffte so sehr, dass Jack nicht nur das abrupte Ende in Erinnerung behalten hatte.

»Es waren verdammt gute Zeiten. Iss auf, dann fahren wir wohin.«

Jetzt war sie neugierig. Jack wollte mit ihr wegfahren? »Wohin denn?«

»Das wirst du dann sehen.«

»Okay.« Sie schlang ihr Essen fast in sich hinein, weil sie

es kaum abwarten konnte. »Fertig!«, rief sie wie ein kleines Kind, das alles aufgefuttert hatte, weil es einen Nachtisch haben wollte.

»Gut. Dann los.« Jack kam um den Tresen herum und ging in Richtung Tür.

»Ich hab doch noch gar nicht bezahlt.«

»Geht aufs Haus.«

»Vielen Dank. Aber ... kannst du denn hier einfach verschwinden? Musst du dich nicht um deine Kundschaft kümmern?«

»Wie du siehst, ist kaum was los. Ich hab das mit Billy geklärt, er schafft das schon allein.«

»Okay, wenn du meinst.«

Sie folgte ihm, und ihr fiel wieder auf, wie viel länger sein Haar jetzt war als früher. Damals hatte er es raspelkurz getragen, jetzt fiel es ihm locker über die Ohren und in die Stirn. Er sah erwachsener aus, lässiger. Als wäre er bei sich angekommen.

»Muffin!«, hörte sie ihn plötzlich rufen und fragte sich, was das sollte. Doch keine zwei Sekunden später kam ein Hund herbeigelaufen, der zuvor in einer Ecke gesessen und den sie überhaupt nicht bemerkt hatte.

»Ist das deiner?«, fragte sie und kraulte den Hund mit dem flauschigen hellbraunen Fell hinter den Ohren.

»Ja, das ist meiner«, bestätigte Jack.

»Ist der süß. Was ist das denn für einer?«

»Ein Labradoodle.«

»Ehrlich?« Sie musste lachen. Sie hatte den lustigen Hundenamen schon öfter mal gehört, aber nie wirklich gewusst, wie ein Labradoodle eigentlich aussah. Jetzt war sie schlauer.

»Yep.«

Sie gingen zu Jacks Wagen, der vor dem Diner parkte, und stiegen ein.

»Sagst du mir nun endlich, wo wir hinfahren?«

»Das wirst du gleich sehen.« Er warf ihr einen belustigten Blick zu. »Bist du immer noch so ungeduldig wie früher?«

»Ja, leider. Eine schlimme Angewohnheit.« Genau wie ihr Kontrollzwang, aber den erwähnte sie jetzt besser nicht. »Und bist du immer noch so rechthaberisch?«, fragte sie ihrerseits mit einem Augenzwinkern.

Er zuckte mit den Schultern, was er wirklich oft zu tun schien. »Na ja, ich hab ja meistens auch recht.«

»Der gute alte Jack.«

Daraufhin sagte er gar nichts mehr, blickte nur auf die Straße und fuhr weiter.

Sophie atmete die Luft ein, die durch das offene Fenster strömte. Sie glaubte, geröstete Mandeln zu riechen, was tatsächlich von einer der vielen Mandelfarmen oder -fabriken der Gegend herrühren könnte. Immerhin wurden mehr als die Hälfte aller weltweit exportierten Mandeln hier in Kalifornien angebaut. Kein Wunder also, dass es überall so wunderbar duftete.

Sie sah Jack an. »Dein Hund heißt also Muffin, hm? Weißt du, dass mein Dad mich seit jeher Cupcake nennt?«

»Ich erinnere mich.«

»Und erzählst du mir auch, warum du deinen Hund so genannt hast?«

»Er ist mir zugelaufen, das war vor fünf Jahren. Ich habe versucht, seinen Besitzer ausfindig zu machen, leider ohne Erfolg. Oder vielleicht war es auch mein größtes Glück. Er hat ständig die Muffins im Diner angestiert und sich darüber hergemacht, wenn ich ihm mal einen gegeben habe.«

»Deshalb der Name, das erklärt alles.«

»Ja. Muffins sind nur nicht sehr gut für Hunde. Wegen des Zuckers und so. Glücklicherweise hab ich aber jemanden gefunden, der ihm extra Hundemuffins backt. Miranda, sie führt die kleine Bäckerei auf dem Russell Boulevard. Miranda ist einfach großartig.«

Irgendetwas passierte bei diesen Worten mit ihr. Sie spürte ein seltsames Gefühl in ihrem Innern. War es ein Anflug von Eifersucht?

»Oh. Diese Miranda und du – seid ihr … zusammen?«, erkundigte sie sich also.

Er lachte laut auf. »Du kennst Miranda nicht, oder?«

»Nein, ich hatte noch nicht die Ehre.«

»Okay, dann machen wir einen kleinen Abstecher.«

Er wendete den Wagen und fuhr eine Seitenstraße entlang, dann machte er eine Kurve nach rechts und hielt vor Miranda's Little Bakery.

»Na, komm. Kaufen wir ein paar Muffins«, forderte Jack sie auf, und sie stieg aus dem Wagen.

Sobald sie den Laden betraten, strömten ihr Unmengen von himmlischen Gerüchen entgegen. Da waren frischer Hefeteig und gebackener Apfel, Zimt und etwas, das wie gebrannte Mandeln duftete.

»Hi, Jack«, rief eine Frau mit Schürze ihnen zu. »Und Muffin, mein Kleiner. Wie geht es euch? Und wen habt ihr dabei?«

»Hi, Miranda. Uns geht's gut, und wir haben eine alte Freundin dabei, Sophie. Hatties Enkelin«, sagte er zur Erklärung.

»Oh, hallo, Sophie. Nett, dich endlich persönlich kennenzulernen. Man hört so einiges.«

»Ich freue mich ebenfalls.« Sie sah die mollige, höchstens einen Meter fünfundfünfzig große Frau an, die nur den blonden Pferdeschwanz mit ihr gemeinsam hatte. Irgendwie kam sie ihr bekannt vor, und sie fragte sich, ob sie sie vielleicht auf der Beerdigung gesehen hatte. Aber dort waren so viele Leute gewesen, sie hatte sich unmöglich alle Gesichter merken können. Sie räusperte sich. »Was hört man denn so, wenn ich fragen darf?«

»Dass du vielleicht die Farm übernimmst.«

»Es spricht sich also alles noch genauso schnell rum wie früher, hm?«

»Anscheinend.«

»Wir würden gerne ein paar Muffins mitnehmen für ein Picknick«, übernahm Jack nun. »Für Muffin hast du nicht zufällig auch welche da, oder?«

»Aber natürlich. Ich hab gerade gestern erst wieder welche gebacken. Hatte es irgendwie im Gefühl, dass ich euch bald sehen würde.«

»Du bist ein Schatz.«

Miranda packte ihnen zwei Tüten voll Muffins, eine für die Zweibeiner und eine für den Vierbeiner. Dabei beäugte sie Sophie von oben bis unten, das entging ihr nicht.

Sie bestand darauf zu bezahlen, da sie ja schon das Frühstück gratis bekommen hatte, und fragte sich, wo Jack wohl mit ihr picknicken wollte. Als sie wieder in den Wagen einstiegen, sagte er: »Behalte die Dinger lieber in der Hand. Wenn wir sie auf den Rücksitz legen, hat Muffin sie in null Komma nichts verputzt.«

»Kann ich mir denken.«

Jack fuhr wieder los, und sie betrachtete ihn. »Was wäre so absurd daran gewesen, mit Miranda zusammen zu sein?«, wollte sie dann aber doch wissen.

Er sah sie kurz an, sagte aber nichts.

»Etwa, weil sie nicht der Norm einer Idealfrau entspricht?

Ich hätte dich echt nicht so eingeschätzt, dass dir das wichtig ist. Ich meine, in der heutigen Zeit sollte es doch wirklich nicht mehr danach gehen. Innere Werte sind mindestens genauso von Bedeutung. Außerdem fand ich Miranda trotz ihrer Pfunde wirklich außerordentlich hübsch.« Sie wusste selbst nicht, warum sie Jack Miranda schmackhaft machte, im Grunde wollte sie doch gar nicht, dass er sie mochte – nicht auf diese Weise.

»Sophie, könntest du bitte mal deinen süßen Mund halten?«, bat er, und sie wurde still. »Ich könnte niemals etwas mit Miranda anfangen, weil sie einfach nicht mein Typ ist. Und das hat nichts damit zu tun, dass mir innere Werte nicht wichtig wären. Ich bin kein oberflächlicher Mensch. Ich war nur seit damals immer nur mit Frauen zusammen, die … die so waren wie du.«

Erstaunt sah sie ihn an. »Die so waren wie ich?«

»Du warst immer mein Ideal, und es ist leider wie ein Fluch, dass ich diesem immer weiter hinterhergejagt bin. Ich hätte mich mal auf was Neues einlassen sollen, stattdessen hatte keine Frau je eine Chance bei mir, die nicht groß und schlank und blond war. Und doch kam keine je an dich heran. Ich sag's ja, es ist ein Fluch, der wahrscheinlich bis in alle Ewigkeit auf mir lastet.« Seine Stimme verebbte, und sie wagte nicht, noch irgendetwas zu sagen. Sie hätte überhaupt keine Worte gefunden, war sprachlos, war überwältigt.

Sie fuhren weiter und immer weiter, jede Minute kam Sophie vor wie eine Stunde. Und sie hoffte einfach nur, dass sie bald da waren, denn die Spannung, die sich im Auto ausbreitete, war kaum noch zu ertragen.

Kapitel 20

Sophie

»Es tut mir leid«, sagte Jack irgendwann. »Ich hätte dir das nicht erzählen sollen. Das bringt dich in eine echt blöde Lage.«

»Schon okay«, erwiderte sie, obwohl nichts okay war.

»Du kannst ja nichts dafür, dass du so perfekt bist«, sagte er.

Sie lachte schräg. »Ich perfekt? Ganz bestimmt nicht. Da bin ich sehr weit von entfernt.«

»Das bezweifle ich.«

»Wäre ich perfekt, hätte ich dich damals nicht … Hätte ich Hattie öfter …« Sie konnte keinen ihrer Sätze zu Ende sprechen, weil sie schon in ihrem Kopf so fürchterlich klangen.

»Wir sind da«, sagte Jack plötzlich und parkte den Wagen. Und jetzt erkannte sie erst, wo sie waren.

Vor ihr befand sich ein Hügel, auf dem sie damals viel Zeit mit Jack verbracht hatte. Den »Knutschhügel« hatte man ihn auch genannt.

»Oh mein Gott, du hast mich ehrlich hierhergebracht?«, fragte sie verblüfft und stieg aus dem Auto. »Ich hoffe, du hast nicht vor, mit mir zu knutschen.«

Schmunzelnd sah sie ihn an. Das beklemmende Gefühl, das sie noch vor zwei Minuten verspürt hatte, war wie weggeblasen. Sie blickte sich um und nahm alles in sich auf. Den Hügel mit seinem Gras und seinen Bäumen, die vielen wilden Blumen überall. Die Picknicktische und die Bänke, auf denen sie so oft gesessen hatten.

»Ich würde nicht im Traum daran denken. Ich wollte dich nur an einen Ort bringen, der dir hoffentlich dabei hilft, dich wieder mit Kalifornien anzufreunden.«

Strahlend machte sie sich daran, den Wanderweg hinaufzusteigen, Jack und Muffin folgten ihr. »Es sind kaum Leute hier«, sagte sie erstaunt. Früher war es oft unglaublich voll gewesen, tagsüber mit Familien, nachts mit Liebespaaren, die unter dem Sternenhimmel miteinander schmusten.

»Wie gesagt, es ist Sonntagvormittag …«, erinnerte Jack sie.

»Ach ja, stimmt. Na, dann finden wir wenigstens einen freien Tisch. Du wolltest doch mit mir picknicken, oder nicht?«

»Das hatte ich vor, ja.« Er hielt die Provianttüten in der Hand, an seiner Seite sprang Muffin auf und ab und versuchte, ihm die Leckereien wegzuschnappen. »Nun sei doch nicht so ungeduldig!«, schimpfte Jack.

»Der Arme muss sich aber auch schon ganz schön lange gedulden. Nun gib ihm doch endlich einen.«

»Ah, du stellst dich auf seine Seite?«, fragte Jack gespielt empört. »Ja, ja, verbündet euch ruhig gegen mich.«

Lachend setzte sie sich an den ersten freien Tisch, von dem man eine wunderbare Aussicht auf die Plantagen der Umgebung hatte. Wein und Zitrusfrüchte, Walnüsse und Mandeln.

Mandeln. Ihr neuer Lebensinhalt, wie es schien.

»Ich kann kaum glauben, dass du dich wirklich entschieden hast zu bleiben«, sagte Jack, als hätte er ihre Gedanken gelesen. Er hielt seinem Hund nun endlich das lang ersehnte Leckerli hin, und der schnappte es sich schwanzwedelnd.

»Ich auch nicht, wenn ich ehrlich sein soll. Vor ein paar Tagen hätte ich im Traum nicht daran gedacht.«

»Was hat deine Meinung geändert?«

»Hattie«, antwortete sie und überlegte, ob sie ihm von den kleinen Nachrichten erzählen sollte, die ihre Grandma anscheinend im ganzen Haus für sie versteckt hatte und die sie immer dann fand, wenn sie so dringend nach einer Antwort suchte. Sie entschied sich aber dagegen und sagte nur: »Wie gesagt, bleibe ich, weil sie es sich gewünscht hätte. Und weil ich mich ihr hier ganz nah fühle. Ich habe sie so lange nicht gesehen.« Sie spürte plötzlich eine unendliche Traurigkeit in sich aufsteigen und war froh, nicht allein zu sein.

Jack sah sie an und schenkte ihr ein kleines mitfühlendes Lächeln.

»Du vermisst sie sehr, hm?«

»Ich vermisse sie ganz schrecklich.«

Er nickte. »Ich bin mir sicher, sie wäre überglücklich, dass du bleibst. Weißt du nicht mehr? Sie hat dir schon damals gesagt, dass die Mandelfarm dein Schicksal ist.«

Jack reichte ihr einen Brombeermuffin. Sie nahm ihn und biss hinein. Er war wirklich köstlich.

»Ja, Hattie hat eine ganze Menge gesagt. Auch, dass wir beide eine glänzende Zukunft miteinander haben würden.« Sie wagte es, ihn anzusehen, und erkannte, dass er nun auf einmal ganz traurig aussah.

»Ja, damit hat sie dann wohl falsch gelegen.«

Sie sagte darauf nichts mehr, ärgerte sich, dass sie überhaupt mit diesem Thema angefangen hatte.

»Jack, ich weiß, ich bin dir eine Entschuldigung schuldig.«

»Du hast dich bereits entschuldigt.«

»Ich weiß. Aber ich finde, ich sollte dir wenigstens noch mal erklären, warum ich damals gegangen bin. Ohne dich vorzuwarnen.«

»Das musst du nicht. Ich habe es schon verstanden.«

Sie legte den Muffin ab und sah Jack an, der jedoch in die Ferne blickte. Der Himmel war blau wie das Meer, fast konnte sie darin ein paar Delfine schwimmen sehen.

»Es lag nicht an dir, Jack.«

»Ich war aber auch nicht Grund genug für dich, um zu bleiben.«

»Es tut mir leid.«

Er sah sie jetzt an und schenkte ihr ein kleines Lächeln. »Das sagtest du bereits.«

»Und ich meine es so. Es muss dir furchtbar egoistisch vorgekommen sein. Ich wollte aber einfach … mehr. Das glaubte ich zumindest.«

»Warum hast du mir das nicht einfach gesagt? Bevor ich mein ganzes Leben auf eine gemeinsame Zukunft ausgerichtet habe?«

»Ich konnte einfach nicht. Ich wollte dich nicht verletzen.«

»Und am Ende hast du mich mehr verletzt, als du dir vorstellen kannst.«

Sie senkte ihren Kopf. Sich noch einmal zu entschuldigen wäre unsinnig und dumm.

»Ich habe Jahre gebraucht, um über dich hinwegzukommen«, sagte Jack ihr jetzt, und dann sagte er gar nichts mehr.

Sie schwiegen eine kleine Weile und starrten zum Horizont. Sophie begann als Erste, wieder zu sprechen.

»Darf ich dich etwas fragen? Bist du trotzdem nach Sacramento gegangen, um dort zu studieren?«

Jack nickte. »Ja. Es war alles vorbereitet. Allerdings bin ich nach dem College sofort wieder nach Davis gezogen. Ich habe es vermisst. Großstädte sind nichts für mich.«

»Und während dieser Zeit hast du deine Frau kennengelernt? In Sacramento?« Sie musste an das denken, was Lydia ihr erzählt hatte.

Überrascht sah er sie an. »Woher weißt du von Ashley?«

»Irgendwer hat sie erwähnt.«

»Ah. Nein, das mit Ashley war viel später. Ich habe vor einigen Jahren in Sacramento eine kulinarische Messe besucht, weil ich mit dem Gedanken spielte, ein eigenes Restaurant zu eröffnen. Dort habe ich sie kennengelernt. Wir haben dann gemeinsam eins eröffnet, hier in Davis.«

»Davon hab ich auch gehört. Es tut mir sehr leid, dass es nicht funktioniert hat.« Sie meinte damit beides, das Restaurant und die Ehe.

»Es hat nicht sollen sein.«

»Manches ist einfach nicht für einen bestimmt«, sagte sie.

»Warst du je verheiratet?«, erkundigte er sich.

Sie schüttelte den Kopf. »Nein.« Sie wollte ihm sagen, dass sie nach ihm nie wieder eine feste Beziehung eingegangen war, eben weil keiner so war wie er. Doch sie ließ es bleiben, wollte ihn nicht auch noch für ihr kaputtes Liebesleben verantwortlich machen.

»Weißt du, meine Ehe war von Anfang an zum Scheitern verurteilt«, ließ er sie jetzt aber wissen.

»Warum?«, wagte sie zu fragen.

Er lächelte sie traurig an. »Dreimal darfst du raten.«

»Willst du mir etwa die Schuld am Scheitern deiner Ehe geben, Jack?« Das war doch nicht fair! Sie hatte es extra nicht laut ausgesprochen, und so wurde es ihr gedankt.

Na, aber vielleicht hatte sie es sogar verdient.

»Sophie.« Er starrte auf seine Füße und schüttelte den Kopf, und fast glaubte sie schon, er würde gar nichts weiter sagen, doch dann meinte er: »Ich gebe dir nicht die Schuld daran. Aber es ist halt so, wenn man einmal die wahre Liebe erfahren durfte, will man sich einfach nicht mehr mit weniger zufriedengeben.«

Er blickte auf und sah ihr direkt in die Augen. Zum einen spürte sie eine unglaubliche Anziehungskraft, zum anderen jedoch auch seinen Schmerz. Er war noch immer da.

»Oh, Jack. Ich weiß nicht, was ich sagen soll. Glaubst du, du kannst mir jemals verzeihen?«

Er sah wieder zu irgendeinem Punkt am Horizont, dann stand er abrupt von der Bank auf und schüttelte erneut den Kopf. »Nein, ich glaube nicht, dass ich das kann«, sagte er. »Vielleicht war es ein Fehler, dich hierherzubringen, an unseren alten Lieblingsort. Wir sollten besser gehen.«

Ohne ein weiteres Wort ging er zurück zum Wagen, Muffin folgte ihm.

Verdutzt blieb Sophie noch einen Moment sitzen. Sie kämpfte gegen die Tränen an. War sich nicht sicher, was sie jetzt tun sollte. Jack hinterherlaufen? Ihm sagen, dass sie sich geändert hatte? Dass sie nicht mehr das dumme Ding von damals war und ihm ganz bestimmt nicht noch einmal so wehtun würde? Würde das irgendetwas bringen? Waren ihre Absichten überhaupt noch von Bedeutung? Er hatte einen Entschluss gefasst. Er wollte ihr nicht verzeihen, er konnte es nicht. Und das musste sie akzeptieren. Was blieb ihr anderes übrig?

Sie stand schließlich auch auf und ging Jack, der so weit vorausgegangen war, dass sie ihn kaum noch sah, hinterher.

Als sie das Auto erreichte, saß Jack bereits am Steuer. Sie setzte sich neben ihn, und er fuhr sie zurück und war dabei so still, dass es körperlich schmerzte. Sie hatte sich entschuldigt, ihn sogar um Verzeihung gebeten – mehr konnte sie nicht tun.

Als sie ins Stadtzentrum zurückkamen, sagte sie: »Ich möchte dir trotz allem danken, mich zum Hügel gebracht zu haben. Es ist dort immer noch atemberaubend schön.«

»Wie du«, glaubte sie ihn murmeln zu hören. »Ich wollte mich nicht so verhalten«, sagte er dann. »So dumm und kindisch. Ich weiß nicht … du bewirkst immer noch etwas in mir, das … das ich einfach nicht wieder an mich ranlassen will. Ich hoffe, das verstehst du.«

Sie nickte leicht. Ja, irgendwie tat sie das sogar. »Wir müssen keine Freunde sein, Jack. Ich denke aber nicht, dass wir es verhindern können, uns ab und zu über den Weg zu laufen.«

»Das will ich doch auch gar nicht, Sophie.«

»Nicht? Dann darf ich weiterhin in den Diner kommen, wenn ich etwas Gutes zu essen haben will?«

»Aber natürlich, jederzeit.« Er parkte seinen Wagen vorm Diner.

»Das freut mich.« Sie setzte ein Lächeln auf, stieg aus und ging zu ihrem eigenen Auto. Sie fuhr los, so schnell sie konnte, und ihre Mundwinkel zogen sich nach unten. Das hatte wirklich wehgetan. Karma, hätte Hyazinth jetzt gesagt. Alles, was du tust, kommt irgendwann zu dir zurück. Sie wusste, es stand ihr nicht zu, jetzt zu jammern oder gar zu weinen, doch sie fragte sich, ob sie in Anbetracht der Lage wirklich noch in Davis bleiben wollte. Merkwürdigerweise kam sie zu dem Schluss, dass sie es wollte und dass Jacks Abfuhr daran absolut nichts geändert hatte.

Und dann sah sie im Vorbeifahren das *Geöffnet*-Schild an der Tür von Andy Rigsbys Büro und fuhr spontan rechts ran.

Heute war das Empfangszimmer zwar leer, was wohl hieß, dass seine Sekretärin sonntags frei hatte, doch sie konnte Musik durch Mr. Rigsbys offene Bürotür hören. The Temptations, wenn sie sich nicht irrte. Sie klopfte an, und der junge Nachlassverwalter, der gerade über seinem Schreibtisch stand und irgendwelche Papiere ordnete, sah auf.

»Oh. Ms. Kendrick«, sagte er, und dann lächelte er bis über beide Ohren. »Bedeutet die Tatsache, dass Sie noch in Davis sind, das, was ich vermute?«

»Ich übernehme die Farm«, sagte sie kurz und knapp. »Das wollte ich Sie nur kurz wissen lassen. Und nennen Sie mich gern Sophie.«

Er kam auf sie zu. »Und Sie dürfen mich Andy nennen. Ihre Grandma wäre sehr glücklich, wenn sie wüsste, dass Sie bleiben.«

»Sie weiß es, seien Sie sich dessen gewiss«, sagte sie lächelnd.

»Oh, na gut, wenn Sie der Meinung sind.« Er schmunzelte ein wenig. »Haben Sie gerade Zeit? Dann können wir gleich die nötigen Papiere aufsetzen, und ich kann Ihnen erklären, was alles auf Sie zukommt.«

In diesem Moment klingelte ihr Handy. Es zeigte »Lola« an. Sie sagte Andy, dass sie da kurz rangehen müsse, dass er aber gerne alles Nötige vorbereiten könne, und ging ans Telefon.

»Bist du gut gelandet? Kommst du heute noch ins Restaurant?«, hörte sie Lola gestresst fragen.

»Hi, Lola. Ich muss dir was gestehen.« Sie begab sich ins Vorzimmer, um ungestört reden zu können.

»Du bist noch in Kalifornien?«

»Ja.«

»Mist! Sowas hatte ich schon befürchtet. Ich hoffe, du

bleibst nicht allzu lange, denn ohne dich geht hier alles drunter und drüber.«

»Ich muss dir noch etwas gestehen.« Sie hörte, wie Lola die Luft anhielt. »Ich komme vorerst gar nicht mehr zurück. Meine Grandma hat mir die Mandelfarm hinterlassen, und es gibt hier wirklich viel zu tun.«

»Was? Sophie, das ist echt toll, dass du die Farm geerbt hast, ich freue mich riesig für dich, ehrlich. Aber im Three Seasons gibt es ebenfalls viel zu tun, und das weißt du. Wie soll ich das denn ohne dich schaffen? Und was meinst du eigentlich damit, du kommst vorerst gar nicht zurück? Was heißt vorerst?« Lola klang, als wäre sie einer Panik nahe. Arme Lola, das hatte Sophie natürlich nicht gewollt.

»Ich meine damit, dass die Farm mir nur unter einer Bedingung überschrieben wird. Ich muss drei ganze Monate hier verbringen.«

»Oh Scheiße. Na, dann vergiss die Farm! Ich meine, seit wann bist du eine Farmerin? Du bist ein Großstadtmädchen, du könntest doch gar nicht ohne die Hektik und einen Starbucks an jeder Ecke.«

»Das dachte ich zuerst auch. Und ich wollte auch nicht bleiben, allerdings habe ich meine Meinung in den letzten Tagen geändert. Ich hatte vergessen, wie traumhaft Kalifornien ist. Die Farm. Einfach alles. Ich kann nicht so einfach wieder nach Hause fahren, ohne es wenigstens versucht zu haben.«

»Könnte es sein, dass da irgendein Typ dahintersteckt?«, erkundigte sich Lola.

»Nein. Ein kleines bisschen vielleicht. Aber hauptsächlich mache ich das, um Hattie nicht zu enttäuschen.«

Sie dachte, dass Lola jetzt so etwas erwidern würde wie »Hattie ist tot!« Doch stattdessen sagte sie: »Nun, du tust zum ersten Mal seit Langem etwas, ohne dabei nur an dich zu denken. Das ist wundervoll, da will ich dich bestimmt nicht aufhalten.«

Das versetzte ihr einen Stich ins Herz. Wie meinte Lola das? Ja, ihre Freundin war immer schockierend ehrlich, aber das! Das verletzte sie dann doch. War sie wirklich so ein selbstsüchtiger Mensch?

»Ich meinte es nicht böse, Sophie. Es war nur eine Feststellung.«

Sie stellte sich ans Fenster und biss sich auf die Unterlippe. »Okay, wie auch immer. Ich werde Mr. Clapton Bescheid geben, dass er für die Zeit, die ich weg bin, eine Vertretung für mich findet. Mach dir also keine Sorgen, ganz bald bekommst du Unterstützung.«

»Wirst du denn überhaupt zurückkommen?«

Sie überlegte und hatte darauf einfach noch keine Antwort. »Kann ich zum jetzigen Zeitpunkt noch nicht sagen. Wir bleiben in Kontakt, ja?«

»Aber selbstverständlich. Mehr als alles andere sind wir doch Freundinnen, oder?«

»Ja, natürlich.« Und Freundinnen konnten ehrlich zueinander sein, oder? »Sag mal, siehst du mich wirklich so? Als jemanden, der nur an sich selbst denkt?«

»Nicht nur. Aber du selbst bist schon der Mittelpunkt deines Lebens. Was ja auch gar nicht schlimm ist. Ich meine, du hast ja auch weder Ehemann noch Kinder, so wie ich zum Beispiel, also darfst du gerne in erster Linie an dich denken.«

Autsch. Mit jedem weiteren Satz tat es mehr weh.

»Ich muss jetzt auflegen. Bin beim Nachlassverwalter.«

»Ah, okay. Dann viel Erfolg mit deiner Farm. Ich denk an dich.«

Sie hängte auf und wandte sich wieder Andy zu, der an seinem Schreibtisch saß und schwer beschäftigt aussah. Er hob einen Finger und sagte: »Einen Moment noch!« Dann stand er auf, ging zum Drucker und wartete darauf, dass dieser gefühlt hundert Zettel ausspuckte.

»Wow! Ich dachte, ich könnte einfach irgendwo unterschreiben, und das wär's«, sagte sie und lachte nervös. Denken tat sie: Oje, auf was hab ich mich da nur eingelassen?

»So einfach ist das leider nicht. Es hängt eine ganze Menge mit der Übernahme eines so großen Unternehmens zusammen«, erklärte Andy. »Immerhin macht die Farm einen jährlichen Umsatz von einer Million Dollar.«

»Eine Million …?« Erstaunt sah sie ihn an und musste sich erst mal setzen. »Ist das Ihr Ernst?«

»Oh ja. Der Gesamtwert der Farm wird auf zehn Millionen Dollar geschätzt, vor allem, da sie auch eine eigene Wasserquelle vorweist.«

Ihr fielen fast die Augen heraus. »Oh mein Gott, das ist ja unglaublich.«

Und das alles sollte bald ihr gehören? Sie hatte Schwierigkeiten, ihre Gefühle unter Kontrolle zu halten.

Gute Hattie. Sie hatte sie so geliebt – trotz allem.

Sie war noch immer verwirrt. »Moment, Andy, bitte erklären Sie mir das genauer. Wie kann die Farm jährlich so viel Umsatz machen?«

Andy lächelte sie an und sah in seine Unterlagen. »Das erkläre ich Ihnen gerne. Die Mandelfarm umfasst achtzig Hektar beziehungsweise circa zwanzigtausend Bäume. Jeder Baum trägt im Schnitt zwanzig Pfund Mandeln pro Ernte. Der Preis für ein Pfund Mandeln beträgt zurzeit in etwa zwei Dollar und fünfzig Cent. Macht circa eine Million Dollar jährlich. Davon werden natürlich noch die Steuern, die

Haltungskosten der Farm, die Löhne der rund zwanzig Arbeiter etc. abgezogen. Es bleibt im Schnitt eine Viertelmillion Dollar jährlicher Gewinn übrig.«

»Du meine Güte! Ich hatte ja keine Ahnung, dass Hattie so reich war.«

»Ja, sie und ihr Walter haben mit den Jahren immer mehr Land dazugekauft und auch immer mehr Bäume angebaut. Die beiden haben da wirklich etwas Großes erschaffen. Und da die Menschen Mandeln immer essen werden, ist es eine wirklich lukrative Sache. Das i-Tüpfelchen ist die eigene Quelle, mit der Sie die hohen Wasserkosten sparen werden. Sie können sich wirklich glücklich schätzen, solch eine gut laufende Farm übernehmen zu können, Sophie. Wenn ich das mal so sagen darf.«

»Wow!«, ließ sie erneut aus. Ihr fehlten die Worte.

Andy sah sie an und sagte: »Ich bin wirklich froh, dass Sie sich dazu entschieden haben, Hatties Erbe anzutreten. Die Mandelfarm sollte in der Familie bleiben.«

»Ja, der Meinung bin ich auch. Darf ich Sie noch etwas fragen, Andy?«

»Aber natürlich.«

»Wenn Hattie jährlich eine Viertelmillion Dollar Gewinn gemacht hat, wo ist dann das ganze Geld hin? Meine Mutter und mein Onkel haben jeder hunderttausend Dollar bekommen, aber es muss doch noch viel mehr Geld geben.«

»Eine gute Frage. Nun, zuerst einmal hat Hattie sehr viel gespendet.«

»An die Katzen?«, fragte sie schmunzelnd.

»An die Katzen. Aber auch an Waisenkinder in Afrika, an die Welthungerhilfe, an einige Organisationen, die sich für die Erhaltung der Regenwälder starkmachen. Sie war eine sehr engagierte und wohltätige Frau und würde sicher wollen, dass Sie diese Aufgaben weiterführen.«

»Kein Problem. Machen Sie mir eine Liste der Organisationen, und ich veranlasse, dass sie weiterhin dieselben Beträge bekommen wie in den letzten Jahren.«

»Wunderbar. Natürlich hatte Hattie auch Ersparnisse. Sie besitzt mehrere Konten, ein Geschäftskonto, von dem zum Beispiel die Steuer und die Löhne der Arbeiter abgezogen werden, sowie zwei Sparkonten, auf denen sie etwas für schlechte Zeiten beiseitegelegt hat. Wenn ich ehrlich sein darf, ist es weit mehr als ein Notgroschen.« Er zeigte ihr die Kontoauszüge, und sie musste erst einmal nach Luft schnappen. »Sie werden diese Konten zukünftig verwalten«, fuhr Andy fort, »und falls es Ihnen recht ist, werde ich Allan Rigsby, dem Buchhalter, sagen, dass er sich weiterhin um die Buchhaltung kümmern darf.«

»Allan Rigsby? Sind Sie mit ihm verwandt?«

»Er ist mein Bruder und hat sein Büro zwei Straßen weiter. Ich werde gerne einen Termin für Sie ausmachen.«

»Gerne, danke schön. Ohne Sie wäre ich wahrscheinlich aufgeschmissen.«

»Ach, ich erledige nur meinen Job. Und ich bin froh, helfen zu können. Hattie hat immer nur in den höchsten Tönen von Ihnen gesprochen.«

»Wirklich?«

»Aber natürlich. Warum denn nicht? Sie scheinen mir ein sehr netter Mensch zu sein.«

»Da bin ich mir manchmal nicht so sicher.«

»Sie haben gerade einen geliebten Menschen verloren, da kann es schon sein, dass man sich zu viele Gedanken macht. Was Sie brauchen, ist ein wenig Ablenkung. Am Wochenende findet hier in Davis das alljährliche Mandelfest statt.

Was würden Sie davon halten, mit mir da hinzugehen? Freitagabend startet das Ganze mit einem großen Tanzmarathon.«

»Sie wollen mit mir ausgehen?« Sie sah ihn verblüfft an.

»Wenn Sie möchten.« Er lächelte sie so lieb an, dass sie ihn einfach nicht abweisen mochte. So ein Tanzabend klang doch wirklich ganz nett. Sie wusste nicht, wann sie zuletzt tanzen gegangen war.

Und auf eine Einladung von Jack konnte sie wohl nicht hoffen.

»Ich möchte«, sagte sie also und schenkte ihm ebenfalls ein Lächeln.

Sie besprachen noch Einiges, dann verabschiedete Sophie sich. Noch immer völlig perplex fuhr sie zurück zur Farm, wo Emilio wieder einmal auf einem der Baumstämme in der Nähe des Hauses saß – anscheinend sein Lieblingsplatz.

Als er sie aus dem Auto steigen sah, kam er auf sie zu.

»Hallo, Ms. Kendrick. Wie geht es Ihnen?«

»Mir geht es gut, danke. Und Ihnen?«

»Alles super. Ich wollte gestern Abend zu Ihnen. Habe an Ihrer Tür geklopft, aber Sie waren wohl nicht zu Hause.«

Dann hatte sie sich das Klopfen doch nicht eingebildet.

»Ich war schon da, war aber sehr müde und bin früh schlafen gegangen. Entschuldigen Sie bitte. Was wollten Sie denn von mir?«

Emilio trat ein paar Schritte näher und blieb keine zwanzig Zentimeter vor ihr stehen. Sie konnte sein Aftershave riechen, das nach Moschus duftete. Ihr wurde ganz schwindlig, was jedoch nicht der strenge Geruch, sondern vor allem die Nähe zu diesem Mann bewirkte, der sie jetzt mit verführerischen Augen ansah.

»Ich wollte nur wissen, ob Sie etwas brauchen. Ob ich irgendetwas für Sie tun kann.«

»Oh.« Sie musste einmal tief durchatmen, um einen klaren Gedanken fassen zu können. Irgendwie war ihr gerade alles zu viel. Erst die Abfuhr von Jack, dann die Einladung zum Date von Andy, und nun auch noch Emilio, der ihr ein eindeutiges Angebot machte – oder etwa nicht?

Sie trat einen Schritt zurück. Immerhin war sie die neue Besitzerin der Farm, und sie wollte Privates und Berufliches nicht vermischen.

»Ich bin gut versorgt«, sagte sie Emilio also. »Vielen Dank. Schön übrigens, dass wir uns begegnen, ich wollte Ihnen nämlich noch etwas sagen. Von nun an bin ich die neue Inhaberin der Farm und Ansprechpartnerin in allen Dingen.«

Emilio wirkte in keinster Weise eingeschüchtert. Ganz im Gegenteil, er kam wieder einen Schritt auf sie zu und hauchte: »Das freut mich. Dann sehen wir uns ja jetzt öfter. Boss.« Er lächelte zufrieden, drehte sich um und ging.

Sophie musste schnell ins Haus gehen, um sich zu setzen, bevor ihr die Knie wegsackten. Dieser Emilio war wirklich eine Nummer für sich. Heiß, sexy, unwiderstehlich. Wie sollte sie es nur in seiner Nähe aushalten, ohne schwach zu werden?

Allerdings war er nicht der einzige interessante Mann hier in Davis, und ihre Gedanken und Gefühle spielten gerade völlig verrückt.

Wer hätte geahnt, dass mit der Farm auch noch drei Männer daherkommen würden, die ihr Leben komplett auf den Kopf stellten!

Sie brauchte jetzt dringend einen von Hatties Beruhigungstees, und sie hoffte, in einer der Dosen wieder eine Nachricht zu finden mit einem Hinweis, was sie tun sollte. Leider fand sie keinen und fühlte sich fast von Hattie im Stich gelassen. Gerade jetzt hätte sie einen guten Rat gebrauchen können. Oder sollte sie in diesem Fall vielleicht allein herausfinden, was das Richtige war?

Oder besser gesagt: *Wer* der Richtige war?

Da fiel ihr plötzlich Harrison ein! Sofort rief sie ihn an und erzählte ihm kurz und knapp, dass sie wegen eines Todesfalls nach Kalifornien musste und eine ganze Weile bleiben würde. Und dass sie deswegen natürlich ihr Date heute Abend absagen müsse.

Harrison atmete auf und entgegnete: »Puh, da bin ich echt ein bisschen erleichtert. Ich wusste nämlich nicht, wie ich es dir sagen soll … meine Freundin hat sich endlich dazu entschlossen, bei mir einzuziehen. Da wäre das mit uns wohl nicht länger gut gegangen.«

Sie nahm ihr Handy vom Ohr und starrte es sprachlos an. Dann drückte sie Harrison ohne ein weiteres Wort weg und konnte nur verblüfft den Kopf schütteln.

Was war denn heute nur los? Sie würde das männliche Geschlecht wohl nie verstehen. Zumindest nicht in den nächsten hundert Jahren.

Kapitel 21

Alba

Emilio hatte ihnen gleich noch am Sonntag gesagt, dass Sophie Kendrick der neue Boss war, was Alba einerseits gut fand, weil sie und vor allem ihre Freunde ihre Jobs nicht verloren, andererseits aber auch nicht so gut, weil sie keinerlei Hilfe von dieser Sophie erwartete.

Sie sah es genau. Jedes Mal, wenn sie und Emilio aufeinandertrafen, war da ein Knistern, ja, fast ein Feuerwerk. Und sie hätte Sophie so gern gesagt, was für ein Schwein Emilio war. Denn trotz allem hatte Hattie ihre Enkelin sehr geliebt – musste man sie da nicht vor ihrem Unglück bewahren?

Sie musste immer wieder an den Tag vor anderthalb Wochen denken, an dem sie endlich zu Hattie gegangen war, nachdem Emilio der kleinen Nora so wehgetan hatte, dass sie in der Mittagspause stehen bleiben musste. Alba hatte all ihren Mut zusammengenommen und hatte sich nach Feierabend zu Hattie geschlichen, damit Emilio es nicht mitbekam.

»Was hast du auf dem Herzen, Liebes?«, hatte Hattie sie gefragt.

Mit gesenktem Kopf und leiser Stimme hatte sie ihr geantwortet: »Ich möchte mich gerne über jemanden beschweren.«

»Ja, hat dir denn jemand unrecht getan?«, hatte die alte Dame mit den ozeanblauen Augen besorgt gefragt.

Alba hatte genickt und sie endlich angesehen. Peinlich berührt hatte sie ihr erzählt: »Er hat vielen von uns unrecht getan. Emilio. Er tut uns schlimme Dinge an.«

Hattie hatte Entsetzen in den Augen und Zorn in der Stimme gehabt. »Erzähl es mir, Alba. Was genau tut er euch an?«

»Ich kann es nicht aussprechen«, hatte sie erwidert. Das wäre zu beschämend gewesen. »Aber er tut uns weh.«

»Seit wann tut er das denn schon, Liebes? Und wem genau tut er weh? Du kannst mir alles erzählen.« Ermutigend hatte Hattie sie angesehen.

»Schon seit Jahren. Seit ich auf dieser Farm arbeite. Aber wahrscheinlich tut er es schon länger. Er macht es nur bei den ganz jungen Frauen.«

»Ich kann nicht fassen, dass das vor meinen Augen geschehen ist. Ich werde sofort mit ihm reden und seine Kündigung veranlassen.« Hattie war richtig aufgebracht.

»Bitte sagen Sie ihm nicht, dass ich bei Ihnen war«, flehte Alba. Schreckliche Furcht überkam sie.

»Das werde ich nicht, keine Sorge. Meinst du, es würden sich mir noch ein paar andere Frauen anvertrauen?«

»Sie haben alle große Angst.«

Hattie nickte. »Ich verstehe.« Sie nahm nun Albas Hände in die ihren und sah sie zuversichtlich an. »Ich werde nicht zulassen, dass das weiterhin geschieht. Wir werden Emilio anzeigen und dafür sorgen, dass er seine gerechte Strafe erhält. Ich möchte zuvor nur noch mit einigen der anderen sprechen, dann gehe ich mit all den Informationen zur Polizei.«

»Bitte nicht zur Polizei«, sagte sie mit Schrecken.

Und da erkannte wohl auch Hattie, dass das keine so gute Idee war. Die meisten der jungen Erntehelferinnen arbeiteten illegal auf der Plantage, das Einschalten der Polizei würde allen mehr Probleme bringen, als dass es ihnen helfen würde.

Hattie grübelte, schloss die Augen und öffnete sie wieder. Dann sagte sie: »Ich überlege mir etwas. Gib mir nur ein klein wenig Zeit. Ich muss gut darüber nachdenken, was zu tun ist.«

Alba hatte genickt und Hattie gedankt. An diesem Tag war sie mit pochendem Herzen nach Hause gelaufen. Das war zwei Tage vor Hatties Tod gewesen. Und sie wusste bis heute nicht, was in diesen zwei Tagen passiert war. Warum Hattie plötzlich tot auf dem Boden gelegen hatte. Die anderen Erntehelfer sprachen von Mord. Emilio könnte Hattie ermordet haben. Und so sehr sie sich auch weigerte, das zu glauben, war da doch dieser Zweifel, der nicht verschwinden wollte.

Sie rüttelte sich aus ihren Tagträumen wach, als Juanita sie anstupste. »Sieh mal, wer da kommt«, sagte sie.

Alba blickte vom Fließband und den Tausenden von runzligen Kernen mit der dünnen bräunlichen Samenschale auf. Es war Mittwoch, und Sophie war schon ein paarmal zu ihnen gekommen, um nach dem Rechten zu sehen. Sie hatte sich ihnen allen als die neue Chefin vorgestellt. Und auch heute kam sie lächelnd herbei und begrüßte sie alle freundlich. Allerdings hatte sie keine Aufmerksamkeit dabei wie Hattie, die ihnen immer frische Limonade oder ein paar

Mandelplätzchen gebracht hatte. Sophie erkundigte sich, wo Emilio war, und Pablo deutete in seine Richtung.

Sie sah Sophie zu Emilio gehen, der auf der Bank vor seinem Häuschen saß und in einer Zeitung las. Sie folgte ihr unauffällig, weil sie hören wollte, was die beiden zu bereden hatten. Olivia machte ihr ängstlich Zeichen, dass sie zurückkehren sollte, doch sie schüttelte den Kopf und versteckte sich um die Ecke von Emilios Sitzplatz. Sie schielte ums Haus und sah, wie Sophie ihn begrüßte und sich neben ihn auf die Bank setzte. »Hallo, Emilio.«

Dann hörte sie: »Hallo, Sophie.«

Oh, die beiden sprachen sich also schon beim Vornamen an.

»Wie läuft es heute?«, hörte sie Sophie fragen. Sie stellte sich mit dem Rücken an die Wand und versuchte, so leise zu atmen wie möglich.

»Oh, es läuft gut. Es müssten jeden Moment die beiden Neuen eintreffen.«

Oh. Es kamen neue Arbeiter? Davon hatte Alba nichts gewusst. Wahrscheinlich sollten sie für Ricarda und Rosana übernehmen, die beiden Sortiererinnen, die nicht mehr gekommen waren seit Hatties Tod. Sie hoffte für die Neuen, dass sie alt und hässlich waren. In diesem Fall wäre es ein Segen.

»Sehr schön. Emilio, ich wollte Sie gerne was fragen. Die Arbeiter bleiben doch nur bis zum Ende der Saison auf der Plantage, oder?«

»Ja, bis Ende Oktober oder Anfang November. Das kommt darauf an, wie warm es ist und wie schnell die herabgeschüttelten Mandeln trocknen.«

»Ah, okay. Und was machen sie die restliche Zeit des Jahres?«

»Da gehen sie anderen Jobs nach. Irgendwas muss immer gerade geerntet werden. Juanita war neben mir die Einzige, die das ganze Jahr über hier war, sie ist Hattie im Haus zur Hand gegangen.«

»Oh. Vielleicht kann ich sie weiterhin beschäftigen. Es ist ein großes Haus, ich bräuchte eventuell jemanden zum Saubermachen. Am besten spreche ich nachher mal mit ihr.«

»Sie würde sich sicher freuen, wenn sie bleiben könnte.«

Alba hätte kotzen können. Wie nett Emilio sein konnte, wenn er wollte. Leider zeigte er seinen Untertanen das nur sehr selten.

»Sie haben es ja gerade schon gesagt, Sie sind auch das ganze Jahr über hier«, fuhr Sophie fort. »Darf ich fragen, was Sie außerhalb der Saison so tun? Ich meine, mir ist schon klar, dass Sie ein Auge auf die Farm haben und die Bäume bewässern. Aber was steht sonst noch alles an?«

Klar, die neue Chefin musste schon wissen, weshalb sie ihre Angestellten bezahlte. Dabei fiel Alba wieder ein, dass sie ihren Wochenlohn noch immer nicht bekommen hatten. Die anderen waren schon ganz nervös deswegen.

»Oh, ich habe eine ganze Menge Aufgaben«, gab Emilio mit seiner tiefen Stimme zur Antwort, die Sophie wahrscheinlich dahinschmelzen ließ. »Zuallererst muss ich mich natürlich, wie Sie es schon ganz richtig gesagt haben, um die Sicherheit der Farm kümmern. Sicherstellen, dass mit dem Brunnen alles in Ordnung ist. Wenn Bäume zu alt sind, müssen sie gefällt und dafür neue gepflanzt werden …«

»Wie lange tragen die Bäume denn Früchte?«, hörte sie Sophie fragen. »Ich habe ein wenig recherchiert und gelesen, dass Mandelbäume das bis zu fünfundzwanzig Jahre lang tun können.«

»Wenn alles gut geht, ja. Wobei sie mit circa zehn Jahren

ihren Höhepunkt erreichen. Und damit sie stets viele Früchte tragen, müssen die Blüten natürlich im Frühjahr bestäubt werden. Dazu schaffen wir Bienen her, die uns Imker der Gegend für drei Wochen ausleihen. All das koordiniere ich ebenfalls.«

»Ja, ich erinnere mich daran, dass hier im März, wenn wir zu Hatties Geburtstag herkamen, immer Kisten mit Bienenstöcken standen. Ich muss gestehen, ich hatte eine Heidenangst davor und habe immer einen großen Bogen darum gemacht.«

»Da braucht man keine Angst zu haben«, hörte Alba Emilio sagen. »Die Bienen tun einem nichts, sie sind nur froh, sich hier austoben zu dürfen. Oh, da kommen die Neuen. Entschuldigen Sie mich bitte?«

»Natürlich. Ich komme am besten gleich mit, um sie kennenzulernen.«

Alba wagte einen Blick um die Ecke und sah Emilio und Sophie auf zwei Menschen zugehen, die den Pfad entlangkamen. Zu ihrer Überraschung waren es nicht zwei Frauen, sondern ein sehr junges Mädchen von höchstens sechzehn oder siebzehn Jahren und ein junger Mann von vielleicht Mitte zwanzig. Sie sah sofort, dass es Bruder und Schwester waren. So unauffällig wie möglich schlüpfte sie zurück in die Sortierhalle und stellte sich ans Fließband.

»Es sind Neue da«, erzählte sie den anderen. »Ein junges Geschwisterpaar. Junge und Mädchen.«

Pablo, der gerade Holzkisten stapelte, blickte neugierig auf. Und Olivia, die sich eine Wasserflasche vom Tisch in der Ecke der Halle geholt hatte, war in Windeseile zurück.

»Ist sie hübsch?«, fragte Olivia sofort.

»Leider ja. Sehr hübsch sogar. Und sie ist allerhöchstens siebzehn Jahre alt.«

»Die Arme. Wir müssen versuchen, sie von ihm fernzuhalten. Vielleicht können wir sie warnen, oder ihren Bruder. Ihnen sagen, dass sie sich lieber woanders Arbeit suchen sollten«, meinte Nora.

»Wenn Emilio das herausfindet«, sagte Juanita. »Kümmert euch lieber um eure eigenen Angelegenheiten.«

»Apropos«, meldete sich Josefina zu Wort. »Was glaubt ihr, bekommen wir bald endlich unseren Lohn? Ich habe kaum noch etwas zu essen für meine Kinder im Kühlschrank.«

»Geht mir genauso«, meinte Brunilda. »Jemand muss sie fragen gehen, die neue Chefin.«

Alle sahen Alba an.

»Oh, querido Dios!«, entfuhr es ihr. Lieber Gott!

»Du bist die Einzige von uns, die richtig Englisch sprechen kann«, sagte Olivia. »Oh, bitte, geh sie fragen.«

Alba kaute auf ihrer Unterlippe herum. Es stimmte nicht, dass sie die Einzige hier war, die richtig Englisch sprechen konnte. Orlando, der Silvios Sohn und Santiagos und Consuelas Neffe war, war der Sprache noch viel mächtiger. Er war nämlich in Kalifornien aufgewachsen. Doch er war gerade weit draußen in den Hainen und fuhr die große gelbe Maschine, die die Mandeln von den Bäumen schüttelte. Und wollte sie dem armen Kerl, dessen junge Frau schwanger mit Zwillingen war, wirklich solch eine Aufgabe zumuten? Würde Emilio dahinterkommen, dass sie die neue Chefin wegen Geld ansprachen, würde er ausrasten. Die Löhne waren sein Terrain, das hatte er mehr als einmal deutlich gemacht.

»Na gut. Ich tue es für euch«, sagte sie also seufzend. Sie hätte gut noch abwarten können, obwohl Hershel sie auch schon täglich nach ihrem Lohn fragte. Als Juanita allerdings Emilio am Tag zuvor darauf angesprochen hatte, war er wütend geworden und hatte geschimpft: »Ihr Aasgeier, nun habt doch ein wenig Geduld! Ihr werdet euer Geld schon bekommen.« Wenn es danach ging, würden sie also noch ewig warten.

Und deshalb ging Alba nun zur großen, offenen Tür der Halle und spähte hinaus. Emilio durfte auf keinen Fall mitbekommen, dass sie Sophie fragen ging. Der war aber nicht mehr zu sehen, wahrscheinlich führte er die Neuen auf der Farm herum. Zuerst dachte sie, dass Sophie sich ihnen vielleicht angeschlossen hatte, dann entdeckte sie sie jedoch auf der Veranda, ein Kreuzworträtselheft in der Hand, die Füße hochgelegt.

Wie traumhaft so ein Leben sein musste. Eines ohne körperlich anstrengende Arbeit, eines, in dem man selbst entscheiden konnte, wo und mit wem man leben wollte, eines, in dem man sein konnte, wer immer man sein wollte. Ein Leben ohne Schmerzen, eines, in dem man Rechte besaß. Eines, in dem man jederzeit seine *mamá* sehen konnte und den Rest seiner Familie auch.

Zögerlich ging sie auf Sophie zu. Vor der Veranda blieb sie stehen und sagte: »Entschuldigen Sie bitte, Ms. Kendrick. Hätten Sie vielleicht einen Moment Zeit?«

Sophie sah auf und lächelte sie an. »Aber natürlich. Komm und setz dich zu mir. Wie kann ich dir weiterhelfen?«

Diese Situation erinnerte sie so an die von neulich, als sie Hattie von Emilio erzählt hatte. Nur würde sie das heute ganz bestimmt nicht tun. Bevor sie die Veranda betrat, sah sie sich noch einmal ängstlich um. Dann setzte sie sich auf den freien Stuhl, der weiß angestrichen und wunderschön war im Vergleich zu den hässlichen alten Holzstühlen bei ihr zu Hause.

Einen kurzen Moment lang überlegte sie, ob sie Hershel

bitten könnte, sie auch weiß anstreichen zu dürfen. Dann konzentrierte sie sich auf wichtigere Dinge und sah Sophie direkt ins Gesicht.

»Ich bin hier, um für uns alle zu sprechen, alle Pflücker und Sortierer.«

»Gibt es ein Problem?« Sophie sah besorgt aus.

»Na ja, wir … wir würden gern wissen, wann wir denn bezahlt werden? Sonntag ist schon drei Tage her, und wir haben leider Rechnungen zu begleichen. Wir wollen wirklich nicht gierig wirken oder ungeduldig, aber …« Sie sprach nicht weiter. Ihr war das Ganze ausgesprochen peinlich.

»Oh. Ihr werdet immer sonntags bezahlt?«

Sie nickte bestätigend. »Ja. Jede Woche Sonntag nach Feierabend.«

»Mein Gott, ich hatte ja keine Ahnung! Ich dachte, meine Grandma hätte Daueraufträge eingerichtet, und ihr würdet euren Lohn direkt auf euer Konto überwiesen bekommen.«

Das war so lächerlich, dass Alba beinahe losgelacht hätte.

»Viele von uns besitzen nicht einmal ein Konto, Ms. Kendrick«, ließ sie sie wissen.

»Kein Konto? Aber wieso denn …« Sophies Gehirn schien zu arbeiten. »Besitzt ihr wenigstens eine Arbeitserlaubnis?«

Alba sah sie an. »Ich schon, ich bin mit einem Amerikaner verheiratet. Die meisten der älteren Arbeiter wie Santiago oder Juanita haben auch eine, Josefina und Orlando ebenfalls. Aber die anderen besitzen leider keine.«

Sophie sah ziemlich schockiert aus. »Hat Hattie das gewusst?«

»Ja, natürlich. Sie war ein gütiger Mensch, hat trotzdem jedem Arbeit gegeben, der dringend welche brauchte.«

»Danke, Alba. So ist doch dein Name, oder?«

Sie nickte.

»Danke, dass du zu mir gekommen bist. Ich werde sofort veranlassen, dass ihr euer Geld erhaltet. Und ich muss dringend mit eurem Vorarbeiter reden, denke ich.« Den letzten Satz schien sie mehr zu sich selbst gesagt zu haben.

»Oh, bitte, Ms. Kendrick, erwähnen Sie Emilio gegenüber nicht, dass ich Sie um Geld gebeten habe.«

»Es ist euer Lohn, er steht euch zu. Ich verstehe nicht, warum er mich nicht längst darauf angesprochen hat.«

»Bitte«, wiederholte sie, flehte sie.

Sophie nickte und sagte ihr, dass sie sich um alles kümmern werde. Sie könne wieder an die Arbeit gehen.

Alba bedankte sich und ging zurück zu den anderen. Inzwischen hatten sich die Neuen zu ihnen gesellt. Emilio hatte das Mädchen ans Fließband gestellt und den Jungen an die Container, um sie über der großen Maschine zu entleeren, in der die Mandeln von ihrem Schmutz befreit wurden.

Als sie sich selbst wieder ans Fließband stellte, sah Emilio sie genervt an.

»Ich war nur kurz pinkeln, Entschuldigung.«

»Vielleicht solltest du weniger trinken«, sagte er, und sie wusste, sie durfte in nächster Zeit nicht noch einmal außerhalb der Pausen aufs Klo gehen oder es als Ausrede benutzen.

Sie machte sich wieder an die Arbeit, pickte brüchige Mandeln heraus und spürte plötzlich einen Blick auf sich. Als sie aufsah, bemerkte sie, dass der Neue sie anstarrte.

Als er ihren Blick auffing, lächelte er sie an, und zum ersten Mal, seit sie in Amerika war, fühlte sie wieder Schmetterlinge im Bauch. So wie damals, als sie ein Teenager in Mexiko und zum ersten Mal verliebt gewesen war.

Nur wusste sie, dass solche Gefühle hier fehl am Platz

waren, und deshalb wandte sie ihren Blick ab und kümmerte sich weiter um die Mandeln. Dennoch konnte sie noch immer spüren, wie sie beobachtet wurde. Und obwohl sie wusste, dass es falsch war, musste sie gestehen, dass es ihr gefiel.

Kapitel 22

Lydia

»Na, dann erzähl mal! Was gibt es Neues bei dir?«, fragte Miranda und sah sie gespannt an.

Es war Mittwoch, und wie beinahe jeden Mittwochabend trafen Miranda und sie sich, um gemeinsam essen zu gehen. Heute hatten sie sich für den Inder entschieden.

Lydia sah ihre Freundin an und war froh, dass es trotz all dem Stress der letzten Tage diese Woche mit dem Treffen geklappt hatte im Gegensatz zur letzten Woche, wo sie es hatten ausfallen lassen. Das war kurz nach Hatties Tod gewesen, und ihnen war wirklich nicht nach Essen und Tratschen gewesen.

»Oh, bei mir gibt es einiges Neues zu berichten. Was willst du zuerst hören? Auf welche Weise meine Kinder mich zurzeit in den Wahnsinn treiben? Oder möchtest du was von Sophie hören, die nach vierzehn Jahren plötzlich wieder aufgetaucht ist?«

»Zuallererst einmal möchte ich wissen, wie es dir geht. Es war sicher nicht leicht zu verarbeiten, Hattie gefunden zu haben, hm?« Fürsorglich sah Miranda sie an.

»Nein, das war alles andere als leicht. Und es steckt mir

noch immer in den Knochen. Ich glaube, so leicht vergisst man solch einen Schrecken nicht.«

»Arme Hattie. Sie war so ein wundervoller Mensch.«

»Ja, das war sie. Sie fehlt mir jetzt schon ganz fürchterlich.« Sie berührte Hatties Kette, die sie heute um den Hals trug.

»Die Beerdigung war aber wirklich schön. Mit all ihren Lieblingsliedern. Das hätte ihr gefallen.«

»Ja, da bin ich mir sicher. Luanne hat das wirklich gut organisiert. Apropos Beerdigung. Ich hab gesehen, du warst nicht allein da.« Sie schmunzelte ihre Freundin an. »Erzähl doch mal!«

»Ich dachte, wir würden zuerst über dich reden?«

»Ach, das kann warten. Ich will alles hören. Seid ihr jetzt etwa zusammen, du und … wie hieß er noch gleich?«

»Müller Eddie.«

Sie musste lachen. »Ich hoffe, so nennst du ihn nicht.«

»Nein, nein, ich nenne ihn Schmusebärchen. Er nennt mich Sahnestückchen.«

»Ach du lieber Himmel, das ist nicht dein Ernst!« Sie konnte sich kaum noch einkriegen vor Lachen.

»Warum denn nicht? Ich finde das süß.«

»Ja, das ist es wirklich. Und irgendwie passt es zu dir. Also, was läuft da zwischen euch? Der letzte Stand war, dass ihr zusammen zum Mandelfest geht. Zum Tanzabend.«

»Ja. Dann ist aber Hattie gestorben, und er hat mich gefragt, ob er mich zur Beerdigung begleiten darf. Und so haben die Dinge ihren Lauf genommen.«

»Er kannte Hattie auch?« Miranda hatte seit jeher Mandeln für ihre Bäckerei von Hattie bezogen, was aber hatte ein Müller mit einer Mandelfarm zu tun?

»Wer kannte Hattie nicht? Er kannte sie wohl nur flüchtig, aber als ich ihm erzählt hab, wie viel sie mir bedeutet hat, hat er angeboten mitzukommen.«

»Das ist aber lieb.«

»Ja, finde ich auch. Und seit diesem Tag sind wir irgendwie unzertrennlich. Wir sehen uns täglich und können jetzt schon gar nicht mehr ohne einander.«

»Hach, wie schön. Frisch verliebt zu sein ist so ein tolles Gefühl. Manchmal vermisse ich das richtig.«

»Na, du hast doch nun wirklich keinen Grund, dich zu beklagen. Rex vergöttert dich. So, wie ihr miteinander umgeht, dachte ich, ihr wärt noch verliebt wie am ersten Tag.«

»Na, ein bisschen was anderes ist es nach dreizehn Jahren dann doch. Der Alltag holt einen ein, und die Kinder machen es einem nicht gerade leicht, auf Wolken zu schweben.«

»Na, dann erzähl mal. Was haben sie jetzt wieder angestellt?«

Sie holte aus. »Also … Gracie ist gerade in einer schwierigen Phase. Es ist, als würde sie austesten wollen, wie weit sie bei uns gehen darf. Ständig provoziert sie einen. Neulich hat sie im Streit sogar gesagt, dass sie lieber bei ihrem Vater wohnen würde.«

»Autsch. Das hat sicher wehgetan.«

»Ja, das hat es. Sie weiß genau, womit sie mich direkt ins Herz trifft.« Wenn Lydia ehrlich sein sollte, war sie seitdem sogar komplett neben der Spur. Es machte sie völlig fertig, wie sich ihre Beziehung zu Gracie entwickelte. Und oft war sie in Gedanken ganz weit weg, wie gestern zum Beispiel, als sie eine Viertelstunde vor der Schwimmhalle gewartet hatte, bis sie realisiert hatte, dass ja Dienstag war und Randy da Klavierunterricht hatte.

»Glaubst du denn, sie meint es ernst?«, fragte Miranda behutsam nach.

»Das weiß ich nicht. In letzter Zeit scheint sie wie besessen von Brandon zu sein.«

»Na ja, er ist immerhin ihr Dad.«

»Ja, das ist mir klar. Aber er wollte fast zehn Jahre lang nicht Teil unseres Lebens sein, und jetzt spielt er sich als Superdad auf. Vor allem Rex regt sich da fürchterlich drüber auf. Ihm hab ich davon überhaupt nichts erzählt. Er würde es sehr persönlich nehmen.«

»Was ja auch verständlich wäre.«

»Ja. Er tut mir ehrlich leid. Vor allem, weil er sich so anstrengt und immer auf Gracies Seite ist. Gerade erst hat sie uns zum Beispiel verkündet, dass sie jetzt Vegetarierin sein möchte, und Rex war von der Idee gleich begeistert. Einfach, damit sie weiterhin etwas verbindet, glaube ich, obwohl Brandon jetzt mehr ihr Dad ist als er.«

»Der Arme.« Miranda sah sie an. Und da sie sie gut kannte, sagte sie: »Du bist weniger begeistert davon, dass Gracie jetzt Vegetarierin ist, oder?«

»Gut erraten.«

»Aber wieso denn? Sie ist in einem Alter, in dem sie sich selbst finden muss.«

»Ich kann dir genau sagen, wieso. Weil Kate auch Vegetarierin ist.«

»Aaah. Das erklärt alles. Sie will so sein wie ihre coole neue Stiefmom?«

»Noch sind die beiden nicht verheiratet! Und ehrlich gesagt glaube ich auch nicht, dass Brandon ihr je einen Antrag machen wird. Der will sich doch nicht fest binden. Eher arbeite ich als Gogo-Tänzerin in der Roxy Bar.«

Miranda musste lachen. »Ist die Vorstellung so abwegig, ja?«

»Oh ja.«

»Na gut, du kennst ihn besser als ich. Ich hab Brandon zu Highschoolzeiten nur aus der Ferne angehimmelt.«

Jetzt sah sie überrascht auf. »Ich hatte ja keine Ahnung, dass du auch für ihn geschwärmt hast!« Miranda war zwei Jahrgänge unter ihnen gewesen.

»Hat das nicht jedes Mädchen der Schule?«

Sie zuckte die Schultern und wollte jetzt wirklich gerne das Thema wechseln.

Als würde ihre Freundin es spüren, fragte sie: »Und? Was gibt es sonst noch Neues?«

Weil sie wusste, dass kinderlose Menschen eher nicht so interessiert daran waren, jedes Detail über die eigenen Sprösslinge zu erfahren, sagte Lydia: »Du hast es ja sicher schon mitbekommen: Sophie ist hier, und sie bleibt hier. Sie hat Hatties Farm übernommen.«

»Ja, das spricht sich herum. Ich habe gehört, dass sie drei ganze Monate auf der Plantage verbringen muss, um sie tatsächlich vollständig zu erben?«

»Ja, das ist die Bedingung.«

»Und, glaubst du, sie hält die drei Monate durch?«

»Zuerst hatte ich da meine Bedenken. Aber sie scheint es wirklich zu wollen. Ich hoffe, sie wird glücklich auf der Farm. Es ist schon ein ganz anderes Leben als ihr Karriereleben in Boston.«

»Was hat sie da noch mal gemacht? Sie besitzt ein Restaurant?«

»Sie leitet eins. Ein ziemlich angesagtes anscheinend. Hat sieben Tage die Woche gearbeitet, war ein echter Workaholic. Ich bin echt gespannt, wie sie mit der Veränderung klarkommt. Morgen werde ich Näheres erfahren, da kommt sie nämlich zu uns zum Abendessen.«

»Oh. Dann lernt sie endlich deine Familie richtig kennen.«

»Ja, genau. Die kleinen Quälgeister.«

Miranda überlegte. »Ach, weißt du, ich denke, dass sie sich schon an das Landleben gewöhnen wird. Immerhin gibt es hier ja jemanden, der es ihr versüßen wird.«

Lydia runzelte die Stirn. »Wen meinst du?«

»Na, Jack natürlich. Sind die beiden nicht wieder zusammen?«

»Nicht, dass ich wüsste. Wie kommst du darauf?«

»Ich hab sie zusammen gesehen. Am Sonntag war das, glaube ich. Da waren sie mit Muffin bei mir im Laden und haben für ein Picknick eingekauft. Und sie wirkten dabei sehr vertraut.«

»Oh. Ich wusste nicht, dass sie sich wieder treffen.« Sie war erst gestern Mittag zum Lunch im Diner gewesen, und Jack hatte sie persönlich bedient. Sophie hatte er allerdings mit keinem Wort erwähnt. Sie hatte ihn sogar nach ihr fragen wollen, doch es war Mittagszeit und ziemlich voll gewesen, da hatte sie es vertagt. Sie hatte gedacht, dass er es schon ansprechen würde, wenn es etwas Neues gäbe.

»Sie wird dir bestimmt morgen Näheres erzählen.«

»Ja, vielleicht.« Sicher war sie sich da nicht. Sie waren keine besten Freundinnen mehr, die einander alles anvertrauten. Und da Jack auch nichts gesagt hatte, wollten die beiden es womöglich erst mal noch für sich behalten.

Ihr Handy pfiff.

Miranda sah sich um.

»Es pfeift keiner nach dir. Das war nur mein Handy. Eine Nachricht. Max hat mir den Ton eingestellt, weil er es lustig fand, und ich hatte noch nicht die Zeit, ihn wieder auszuschalten. Einen Moment, bitte. Sicher ist es Rex, der irgendetwas wissen will. Wahrscheinlich, wo frische Handtücher sind oder Max' Schmerzgel.«

»Hat er denn Schmerzen?«

Sie nickte und gab ihre Pin ein. »Er hat es mit dem Schlagzeugspielen ein wenig übertrieben, und jetzt schmerzt ihm die Schulter.«

»Oh. Ich wusste ja gar nicht, dass er Schlagzeug spielt.«

»Nur in der Schulband. Er will damit die Mädchen beeindrucken.«

»Er weiß aber schon, dass er erst zehn Jahre alt ist, oder?«

Sie musste lachen. »Nein, ich glaube, das vergisst er manchmal.«

Sie öffnete nun die Nachricht und seufzte. »Wenn man vom Teufel spricht.«

»Ist sie von Max?«

»Nein.«

»Von Rex?«

»Auch nicht.«

»Nun mach es doch nicht so spannend. Etwa von Jack?«

»Schön wär's. Brandon hat geschrieben. Er fragt, ob Gracie Weihnachten bei ihm verbringen kann.«

»Ist ihm denn nicht klar, dass wir erst Mitte September haben?«

»Anscheinend nicht.«

»Was wirst du ihm antworten?«

»Dass er sich zum Teufel scheren soll. Ein bisschen netter ausgedrückt vielleicht.« Sie überlegte und tippte in ihr Handy: *Tut mir leid, Brandon, aber Grace wird Weihnachten wie immer zu Hause verbringen. Bei ihrer Familie, wo sie an Weihnachten hingehört.*

»Er wird sicher nicht allzu erfreut sein«, meinte Miranda.

»Ist mir egal. Nur weil er plötzlich den Daddy spielen will, werden wir ganz bestimmt nicht unser ganzes Leben für ihn auf den Kopf stellen.«

»Halte mich auf dem Laufenden. Ich sehe gerade, dass es schon nach neun ist. Ich wollte mich heute noch mit Müller Eddie treffen.«

»Lass dich nicht aufhalten«, sagte Lydia ihrer Freundin. Sie hätte zwar gerne noch ein wenig mit ihr geplaudert, doch andererseits freute sie sich ja wirklich für sie, endlich einen netten Kerl gefunden zu haben. Da waren nämlich leider auch schon ein paar ganz andere Exemplare dabei gewesen. Sie mochte gar nicht an Will denken, der Miranda immer hatte bezahlen lassen, oder an Hardy, der sie um Geld für eine Brusthaartransplantation gebeten hatte.

Sie riefen die Kellnerin, um zu bezahlen, und Lydia ließ sich die Reste einpacken.

»Nur eine Frage noch!«, sagte sie zu Miranda.

»Ja?«

»Hat Müller Eddie von Haus aus genügend Brusthaare?«

Miranda musste lachen. »Ja, hat er.«

»Dann ist gut. Ich wünsch dir einen schönen Abend.«

Sie verabschiedeten sich, und Lydia stellte die Schachtel mit dem übrig gebliebenen Palak Paneer auf den Beifahrersitz. Vielleicht wollte Gracie es noch essen, es war doch vegetarisch, oder?

Als sie zu Hause ankam, saß Rex mit einem Buch auf der Couch und las. Sie bewunderte ihn dafür, dass er sich immer noch die Zeit dafür nahm. Sie war abends meistens so kaputt, dass sie nur noch fernsehen oder aber direkt ins Bett gehen wollte.

Er las seinen Absatz zu Ende, sah dann auf und fragte: »Wie war dein Abend?«

»Sehr schön, danke. Und wie ist es hier gelaufen?«

»Ganz gut. Wir haben vegetarische Burritos gemacht.«

»Hört sich lecker an.« Sie stellte die Reste vom Inder ab. »Schlafen die Jungs?«

»Ja.«

»Und Gracie? Ist sie in ihrem Zimmer?«

»Ja, sie telefoniert mit Hannah oder Amber und hört dabei irgendwelche grauenvolle Musik.«

»Na, dann. Hat sie wieder Ärger gemacht?«, fragte sie mit leiserer Stimme.

»Nein, heute zum Glück nicht. Wir haben uns alle ganz prima verstanden und nach dem Essen sogar noch eine Runde Monopoly gespielt.«

Sie lächelte. Ach, wenn doch nur alle Abende so ausklingen könnten.

Dann sah sie Rex an und wusste nicht, ob sie es wirklich heute schon ansprechen sollte. Wollte sie wirklich seinen Frieden zerstören?

»Was ist los, mein Schatz? Ich sehe doch, dass dir etwas auf der Seele liegt.«

»Ja, du hast recht. Ich weiß nur nicht, ob ich es dir wirklich sagen möchte.«

»Du kannst mir alles sagen.« Er klopfte auf den Platz neben sich, und sie setzte sich zu ihm auf die Couch. »Na, erzähl schon, was dich bedrückt.«

Sie warf einen Blick in Richtung Gracies Tür, um sicherzugehen, dass sie sich wirklich in ihrem Zimmer befand und nichts mitbekam. »Es geht um Brandon«, sagte sie dann.

Sofort verfinsterte sich Rex' Miene. Seine gute Stimmung veränderte sich schlagartig, und Lydia ärgerte sich, dass sie mal wieder so durchsichtig gewesen war.

»Was will er?«

»Er will, dass Gracie Weihnachten bei ihm in San Francisco verbringt.«

»Das kann er sich aber abschminken! Was hast du ihm geantwortet?«

»Dass er es sich abschminken kann.« Sie lächelte ihren Mann an und versuchte die Stimmung wieder zu heben.

»Ich hoffe, du bleibst dabei und lässt dich von dem … Blödmann nicht überreden.«

»Das werde ich ganz bestimmt nicht, keine Sorge.«

»Ich war all die Jahre für sie da, als er seinen Vaterpflichten nicht nachkommen wollte. Ich war bei ihrer Einschulung dabei. Ich habe ihr das Fahrradfahren beigebracht. Ich habe sie bei ihren Pfadfinderinnenausflügen begleitet und bin als Ersatzcoach fürs Baseballteam eingesprungen.«

Lydia hatte Tränen in den Augen. Voller Liebe sah sie ihren Mann an. Ja, all das hatte er für ihre Tochter getan und noch viel mehr als das.

»Er soll ja nicht denken, dass er jetzt, wo Gracie schon fast erwachsen ist, daherkommen und es sich leicht machen kann.«

»Bitte reg dich doch nicht so auf, Rex. Er wird dich niemals ersetzen können.«

»Da bin ich mir nicht so sicher. Ein bisschen habe ich nämlich das Gefühl, als würde genau das bereits geschehen.«

Sie wusste, was er meinte. Seit Gracie vor zwei Jahren entschieden hatte, ihn nicht mehr Dad, sondern nur noch Rex zu nennen, war alles anders.

Sie schmiegte sich an ihn und legte ihre Arme um seine Taille. »Ach, Rex. Du bist und bleibst der Beste. Niemand könnte je so liebevoll und wunderbar und zuverlässig sein wie du. Du bist immer für uns alle da. Lass dich nicht aus der Ruhe bringen wegen Brandon. Er ist es nicht wert.«

»Nein, das ist er wirklich nicht.«

Er sah zu ihr herunter, und sie hob ihren Kopf, der an

seiner Brust lehnte. Langsam kam er mit seinen Lippen auf ihre zu und küsste sie, als wäre es das erste Mal. Und endlich durfte auch sie wieder Schmetterlinge fühlen.

In dieser Nacht liebten sie sich, als würde es um viel mehr gehen als nur um Sex. Als würde Rex Bestätigung brauchen und als würde Lydia sich noch einmal für all die Jahre bedanken wollen, die Rex an ihrer Seite gewesen war – als Einziger. Und als sie danach in seinen Armen lag, sagte sie ihm: »Ich liebe dich, Rex. Du bist neben den Kindern das Beste, das einzig Konstante in meinem Leben. Ich weiß gar nicht, was ich ohne dich tun sollte.«

»Du musst niemals ohne mich sein, Lydia. Ich bleibe bei dir. Ich bin nicht so wie er.«

»Das weiß ich. Und gerade deshalb liebe ich dich ja so.«

»Ich liebe dich auch.«

Sie schloss lächelnd die Augen und fiel in einen tiefen Schlaf, in dem sie von Gracie als Baby träumte. Als sie noch das süßeste Geschöpf auf Gottes Erde war und absolut nichts brauchte als ihre Liebe und Zuwendung. Als Lydia noch der Mittelpunkt ihres Lebens und die Kleine glücklich gewesen war, wenn sie nur die Wolken am Himmel beobachten konnte.

Kapitel 23

Sophie

Sie klingelte an der Tür und wartete, dass ihr geöffnet wurde. Ein wenig nervös war sie schon, wenn sie ehrlich sein sollte. Denn sie hatte Grace zwar ein paarmal als Baby und sie und ihre Brüder auch bei der Trauerfeier gesehen, doch sie kannten einander nicht wirklich, hatten nur ein paar Begrüßungsworte ausgetauscht, und das, obwohl Lydia einmal ihre allerbeste Freundin gewesen war. Ein bisschen traurig war das schon, war ihr bewusst, und sie hoffte, dass sie nett aufgenommen werden würde.

Ein kleiner Junge öffnete ihr die Tür, und sie war sich nicht sicher, welcher der beiden Söhne es war. Randy oder Rex? Nein, Moment, Rex war der Ehemann, der Sohn hieß … Dex? Max? Irgendetwas in der Art?

Oh verdammt, sie war eine wirklich miese Freundin.

»Hi«, sagte sie und hob die Hand, als würde sie ihm zuwinken wollen, ließ sie dann aber gleich wieder fallen.

»Guten Abend!«, erwiderte der Junge. »Kommen Sie doch bitte herein.«

Du meine Güte, ist der höflich!, dachte Sophie. Und dabei lächelte er auch noch so freundlich.

Sie lächelte zurück und betrat das Haus, das schon von außen so richtig schön heimelig gewirkt hatte. Überall hingen Ampeln mit hellrosa Hortensien und rosaroten Dahlien darin, es standen ein paar wirklich gemütlich aussehende Rattansessel auf der Veranda, und an der Tür hing ein großes *Willkommen*-Schild. Drinnen ging es nun mit der Wohlfühlatmosphäre weiter. Alles war in einem warmen Gelb gestrichen, die Möbel waren aus hellem Holz. Überall standen hübsche Blumenvasen und andere Dekoartikel herum wie zum Beispiel eine bunte Schildkröte aus Ton. An den Wänden hingen Bilder von Sonnenuntergängen, Geckos und aztekischen Mustern. Das Ganze krönten Fotorahmen mit Bildern der Familie. Eine richtig glückliche Familie, zumindest machte es den Anschein.

»Darf ich Ihnen etwas abnehmen?«, fragte der Junge nun, von dem Sophie immer noch nicht wusste, welcher er war.

Er sah sie so erwartungsvoll an, dass sie es ihm nicht abschlagen wollte. Deshalb zog sie sich die Strickjacke aus, die sie sich im letzten Moment angezogen hatte, weil es am Abend doch immer schon ein wenig kühl wurde, und reichte sie ihm. »Vielen Dank.«

Und dann stand sie da, blickte sich um und wusste nicht so recht, was sie tun sollte. Sonst war sie nicht so unbeholfen, aber diese Situation war ja auch keine alltägliche. Ihre ehemals beste Freundin hatte sie in ihr Heim eingeladen. Und sie hatte Kinder! Von Kindern hatte Sophie absolut keine Ahnung.

»Sophie!«, hörte sie es dann aber zum Glück auch schon und sah Lydia auf sich zukommen. Sie hatte eine knallorange Schürze umgebunden, an der sie sich die Hände abwischte. Sie umarmte sie, als würde sie täglich vorbeischauen, und sagte: »Wie schön, dass du es einrichten konntest.«

»Danke noch mal für die Einladung«, erwiderte sie.

»Aber gerne doch. Wir freuen uns alle, dass du hier bist. Nicht wahr, Max?« Lydia sah ihren Sohn an, und Sophie kannte Gott sei Dank endlich seinen Namen.

Max strahlte sie an, und dann kam auch der zweite Junge angelaufen. »Ich bin fertig, Mommy.«

»Super, mein Schatz, ich komme es mir gleich angucken.« Lydia wandte sich an sie: »Randy hat bis eben an einem Projekt für den Erdkundeunterricht gearbeitet. Er muss den Staat North Dakota bildlich darstellen.«

»Oh«, erwiderte sie. Die Schule war so ewig lange her. Sie versuchte sich zu erinnern, ob sie so etwas auch mal hatten machen müssen. Im Grunde war es aber vollkommen egal.

»Randy, das ist meine alte Freundin Sophie. Du hast sie, glaube ich, neulich bei der Trauerfeier gesehen.«

Randy zuckte die Achseln, und Sophie musste vor Erleichterung schmunzeln. Wenigstens einer, dem es so ging wie ihr.

»Es freut mich, euch beide kennenzulernen«, sagte sie. »Ich hab euch auch etwas mitgebracht.« Sie war sich nicht sicher gewesen, was Jungen in dem Alter mochten, und hatte vorhin im Supermarkt einfach nach zwei *Star-Wars*-Kaugummispendern gegriffen. Die holte sie jetzt aus der Tasche und reichte sie den Jungen. Randy schnappte sich seinen gleich voller Eifer. »Ich liebe *Star Wars*! Danke!«

Max nahm seinen etwas weniger begeistert entgegen. »Vielen Dank!«, sagte er wieder besonders höflich.

»Aber nicht vor dem Essen!«, mahnte Lydia die Jungs und lächelte sie dann an. »Das war wirklich nett von dir. Jungs! Ihr könnt noch ein bisschen fernsehen, bis das Essen fertig ist. Randy, ich sehe mir dein Projekt an, sobald der Auflauf im Ofen ist, okay?« Die Jungen liefen davon, und Lydia atmete aus. »Rex müsste bald von der Arbeit kommen, und Gracie wird von der Mutter einer Freundin nach dem Baseballtraining zu Hause abgesetzt«, erzählte sie ihr, und Sophie war schwer beeindruckt, wie Lydia alles unter einen Hut bekam. Das Koordinieren einer Familie war wahrscheinlich zu vergleichen mit der Leitung eines Restaurants, nur dass es viel persönlicher war.

»Ah, okay.«

»Setz dich gerne irgendwohin oder komm mit in die Küche«, schlug Lydia ihr dann vor und ging zurück, von wo sie gekommen war.

Sophie folgte ihr in eine riesige, ziemlich unaufgeräumte, offene Küche, in der sich Packungen verschiedener Frühstücksflocken aneinanderreihten und in der an jeder freien Ecke selbstgemalte Bilder hingen. Der Kühlschrank war kaum mehr als solcher zu erkennen, an der Tür klebten Bilder, Fotos und mehrere aus Pappe ausgeschnittene Tiere.

»Kann ich irgendwie helfen?«, fragte sie.

»Gerne. Du könntest die Cherrytomaten für den Salat schneiden. Es gibt einen Nudel-Spinatauflauf mit Lachsfilets und Salat, ich hoffe, das magst du?«

»Hört sich lecker an.«

Sie wusch sich die Hände und machte sich an die Arbeit, während Lydia hier und dort herumwirbelte. Als sie gerade die letzte Tomate halbierte, hörte sie, wie jemand die Tür zuwarf und dann durchs Haus rief: »Riecht das etwa nach Fisch? Ich dachte, wir machen einen vegetarischen Monat? Das habt ihr mir versprochen!« Kurz darauf stand ein genervter Teenager vor ihr.

Sophie wusste nicht, wie sie reagieren sollte, und blickte

sich nach Lydia um, die aber plötzlich gar nicht mehr hinter ihr stand. Ein paar Sekunden sahen sie und Grace einander an, ohne ein Wort zu sagen, dann kam glücklicherweise Lydia herbeigeeilt.

»Hallo, Gracie. Heute machen wir eine Ausnahme, weil wir Besuch haben. Ich habe dir doch erzählt, dass meine Freundin Sophie mit uns essen wird?«

»Deine Freundin, die du seit Ewigkeiten nicht gesehen hast und die anscheinend unbedingt ein totes Tier auf dem Teller haben will?« Gracie stemmte die Hände in die Hüften und sah sie herausfordernd an.

Oh-oh.

Sophie fühlte sich auf einmal ziemlich unwohl und wusste gar nicht, was sie darauf erwidern sollte. »Ich brauche nicht unbedingt ...«

»Gracie! Auf ein Wort!«, sagte Lydia dann aber schon und führte ihre Tochter in ein anderes Zimmer. Trotzdem konnte Sophie die beiden streiten hören. »Kannst du dich nicht einmal benehmen?« – »Kannst du nicht einmal ein Versprechen halten?« – »Du bist echt unmöglich. Wenn du so weitermachst, kannst du in deinem Zimmer essen.« – »Was denn, den toten Fisch?« – »Es gibt auch noch Nudelauflauf. Und jetzt hör endlich auf, dich wie ein Ekel zu verhalten. Das war gerade echt peinlich!« – »Ist doch scheißegal, was die von uns denkt! Die hat sich jahrelang nicht mal blicken lassen und jetzt ...!« – »Sei still! Sie könnte uns hören.« – »Mir doch egal!« – »Geh in dein Zimmer!« – »Genau das hatte ich auch vor!« Und dann das Zuknallen einer Tür. Erneut. Hier schienen viele Türen zu fliegen, und vielleicht war doch nicht alles Harmonie pur.

Sophie wusste nicht, ob sie Mitleid mit Lydia haben sollte oder sich vielleicht sogar ein bisschen freuen durfte, weil deren Welt doch nicht so heil war, wie sie geglaubt hatte. Das machte ihr eigenes Leben gleich ein bisschen weniger armselig.

Lydia kam zurück in die Küche. »Bitte entschuldige. Gracie ist gerade in einer schwierigen pubertären Phase.«

»Alles gut, kein Problem. Wie alt ist sie jetzt?«, fragte sie und hätte sich am liebsten an die Stirn gehauen. Denn das hätte sie sich auch selbst ausrechnen können.

»Vierzehneinhalb.«

»Ja, stimmt.«

»Falls du Lust hast, kannst du den Tisch decken«, sagte Lydia dann und deutete auf den Esstisch auf der anderen Seite vom Tresen.

Sophie nahm den Stapel Teller, der schon bereitstand, und ging hinüber. Sie konnte aus dem Nebenzimmer *Die Simpsons* hören, was sie kurz an ihre eigene Kindheit erinnerte.

Sie verteilte die roten Teller, die die gleiche Farbe hatten wie Albas T-Shirt am Tag zuvor, und ihre Gedanken schweiften ab.

Noch immer schwirrte ihr das Gespräch im Kopf herum, das, was die junge Pflückerin namens Alba ihr gesagt hatte. Dass die meisten der Erntehelfer nicht einmal eine Arbeitserlaubnis geschweige denn ein Konto hatten. Und Hattie hatte das anscheinend sogar gewusst und geduldet.

Hätte ihre Grandma da nicht in Teufels Küche kommen können, wenn sie aufgeflogen wäre? Wenn eine Razzia stattgefunden hätte zum Beispiel. Und was sie noch viel mehr wurmte: Konnte sie selbst nicht ebenso in Teufels Küche kommen? Immerhin war sie die neue Chefin, und illegale Einwanderer zu beschäftigen war doch kriminell, oder?

»Das Essen ist gleich fertig«, hörte sie Lydia sagen und sah sie den Salat auf den Tisch stellen.

Sie schüttelte irritiert den Kopf. Wie lange hatte sie geistesabwesend dagestanden?

»Okay. Soll ich Grace Bescheid sagen?«, bot sie an.

»Gerne. Wenn du dich in die Höhle des Löwen traust.« Lydia grinste schief.

»Ich werde auf mich achtgeben«, sagte sie schmunzelnd, nahm ihr Mitbringsel für das Mädchen aus der Handtasche und klopfte an die Tür, an der ein Schild mit der Aufschrift *FEAR THE WALKING TEEN* hing. Sie fragte sich, ob wohl Lydia oder Grace selbst es aufgehängt hatte.

Da keine Antwort kam, klopfte sie erneut. Dann wurde die Tür aufgerissen. »Was willst du?«, fragte Grace genervt. Als sie jedoch erkannte, dass nicht ihre Mutter, sondern Sophie draußen stand, biss sie sich auf die Lippe. »Sorry, ich wusste nicht, dass Sie es sind.«

»Kein Thema. Ich wollte dir nur sagen, dass das Essen fertig ist. Und dir das geben.« Sie hielt ihr das silberne Notizbuch mit den schwarzen Vögeln darauf hin und hoffte, dass es Grace gefiel. »Du könntest es als Tagebuch oder so benutzen.«

Plötzlich kam sie sich total dämlich vor. Führten die Jugendlichen von heute überhaupt noch Tagebuch? Doch als Grace es entgegennahm, schenkte sie ihr ein Lächeln und sagte: »Danke.«

Erleichtert erwiderte Sophie das Lächeln und ging zurück zum Esstisch, wo bereits die Jungen saßen und begierig auf die leckeren Speisen stierten.

In dem Moment kam auch Rex heim und rief durchs Haus, dass er da sei, dass es ihm leidtue, dass er sich verspäte, dass er aber Eis für alle dabeihabe. Lydia nahm es ihm ab, wohl um es in die Tiefkühltruhe zu tun. Derweil begrüßte Rex Sophie und zerstrubbelte seinen Jungen die Haare, die beide lachten. Als Grace kam, wurde die Stimmung ein wenig eisiger, doch niemand ließ es sich anmerken. Und dann wurde gegessen.

Sophie musste zugeben, noch nie so einen guten Nudelauflauf gegessen zu haben, die Lachsfilets waren weich wie Butter, und das Walnuss-Granatapfel-Dressing zum Salat war einfach nur köstlich. Sie schlug sich den Magen voll und nahm sich vor, unbedingt mal joggen oder wenigstens schwimmen zu gehen, denn seit sie hier war, aß sie viel zu viel und hatte noch überhaupt keinen Sport gemacht. Wenn sie nicht aufpasste, würden bald alle Hosen kneifen.

Obwohl sie einen sehr schönen Abend verlebten, war es doch ein wenig seltsam, so zu tun, als wäre nie etwas geschehen. Lydia erzählte ihren Kindern haufenweise lustige Geschichten aus ihrer gemeinsamen Kindheit. Wie sie sich in dem einen Sommer mit einem kleinen Tisch an den Straßenrand gesetzt und Mandeln verkauft hatten zum Beispiel. Und wie sie die gesamten achtzehn Dollar, die sie an einem Nachmittag damit verdient hatten, für Erdnussbutterkekse ausgegeben hatten, die sie alle auf einmal verputzten und sich dann die ganze Nacht mit Bauchschmerzen quälten.

»Ich liebe Erdnussbutterkekse«, ließ Randy sie wissen. »Manchmal bekomme ich welche zum Frühstück.«

»Also, das war eine Ausnahme«, stellte Lydia schnell klar, als würde sie sich vor Sophie rechtfertigen müssen. Als hätte sie irgendeine Ahnung von Kindererziehung und würde sie verurteilen. Dabei war es ihr völlig egal, was Lydia ihren Kindern zum Frühstück gab, von ihr aus hätte es auch Pizza sein können.

Nachdem Lydia noch etliche weitere Anekdoten erzählt hatte und Sophies schlechtes Gewissen bis ins Unermessliche wuchs, sagte Rex, dass es jetzt Zubettgehzeit für die Jungs sei.

Die quengelten ein bisschen herum, durften noch fünf Minuten länger aufbleiben, und dann mussten sie sich von ihr verabschieden und wurden von Rex in ihr Zimmer gebracht. Grace bat darum, ebenfalls in ihr Zimmer gehen zu dürfen, und Sophie fragte, ob sie Lydia beim Abwasch helfen sollte.

Lydia nahm das Angebot gerne an, da ihre Geschirrspülmaschine kaputt war, wie sie ihr erzählte, und sie deckten den Tisch ab.

»Wo hattet ihr das Eis her? Das war wirklich lecker«, erkundigte sie sich.

»Das holen wir immer bei Nino's im Zentrum, in der Anderson Road.«

»Ah, ich werde mal danach Ausschau halten.« Als sie Lydias Blick wahrnahm, der irgendwie enttäuscht aussah, fügte sie hinzu: »Dein Salatdressing war übrigens auch der Hammer! Würdest du mir das Rezept geben?«

Sofort strahlte Lydia wieder. »Na klar! Ich schreibe es dir gleich auf.«

Während Lydia die Teller spülte und ihr zum Abtrocknen reichte, meinte sie: »Darf ich dich was fragen?«

»Ja, natürlich.« Sophie hoffte nur, dass sie nicht fragte, warum sie sich damals nicht verabschiedet und sich nach ihrem Weggang nie wieder gemeldet hatte – von den drei bis vier feigen Postkarten ohne Absender mal abgesehen. Doch Lydia hatte anderes im Sinn.

»Bist du wieder mit Jack zusammen?«

Bei Jacks Namen schlug ihr Herz schneller. Sie versuchte, sich nichts anmerken zu lassen, und sagte: »Nein. Wie kommst du darauf?«

»Du wurdest mit ihm gesehen, und ihr sollt sehr vertraut gewirkt haben.«

»Ach so. Das war nur ... Nein, nein, wir sind nicht wieder zusammen. Wir haben uns nur im Diner miteinander unterhalten.«

»Und ihr wart Muffins kaufen, wie ich höre. Und picknicken?«

Oh, dieses Kleinstadtleben! Woher wusste Lydia das denn nun schon wieder?

»Ja, das stimmt. Aber das hatte nichts zu bedeuten.« Sie sah Lydia an und überlegte, ob sie ihr vertrauen konnte oder ob sie das, was sie ihr sagte, auch gleich wieder weitererzählen würde. Da sie jedoch niemand anderen zum Reden hatte und da es ihr schon seit besagtem Tag auf der Seele brannte, sagte sie: »Jack hat ziemlich deutlich gemacht, dass er nichts mehr von mir wissen will.«

»Oh. Bist du dir sicher? Ich meine, jeder weiß doch, dass er nie über dich hinweggekommen ist.« Lydia sah sie stirnrunzelnd an.

»Ich bin mir ganz sicher. Er hat mir gesagt, dass er mir nicht verzeihen kann, und hat dann einen Abgang gemacht.«

»So wie du früher?« Es klang nicht nach einem Vorwurf, sondern einfach nach einer Feststellung.

Sie sagte dazu allerdings nichts. Stattdessen fragte sie: »Sag mal, sahen all seine Freundinnen nach mir ehrlich genauso aus wie ich?«

»Oh ja. Ashley war ein Abbild von dir.«

»Ist das nicht irgendwie ... krank?« Sie wusste nicht, warum sie das fragte. Denn sie hatte ja selbst einige Männer gedatet, die Jack ähnelten, wenn auch nur äußerlich. Vielleicht fragte sie aber gerade deshalb, um sich zu vergewissern, dass *sie* nicht krank war.

»Kann schon sein«, gab Lydia schulterzuckend zur Antwort. »Aber die Liebe macht manche Menschen ja auch krank.«

Sophie senkte den Blick. »Das hab ich nicht gewollt.«

»Ich weiß. Und Jack weiß das auch. Vielleicht solltest du dich trotzdem mal bei ihm entschuldigen.«

»Das hab ich. Mehrmals.«

Lydia nickte. »Das ist gut. Ein Anfang.«

Sie nahm all ihren Mut zusammen. »Bei dir möchte ich mich übrigens auch noch mal aufrichtig entschuldigen. Ich war keine gute Freundin.«

Lydia reichte ihr ein nasses Glas. »Du warst die beste Freundin, die ich jemals hatte.«

Sie starrte auf das Glas, das so zerbrechlich war, wie sie sich in diesem Augenblick fühlte. Tränen stiegen ihr in die Augen.

»Aber nicht mehr gegen Ende.« Sie atmete einmal tief durch. »Ich bin einfach nicht damit klargekommen, dass du plötzlich eine Familie hattest. Ein Baby. Und keine Zeit mehr für mich. Ich konnte nicht verstehen, dass dir das gereicht hat und du nicht mehr vom Leben wolltest.«

»Jetzt habe ich zum ersten Mal einen Grund von dir gehört für dein Verhalten damals. Weißt du, in dem Sommer war ich einfach überfordert. Ich war frischgebackene Mutter und noch so verdammt jung. Die Beziehung mit Brandon ging in die Brüche. Und wenn ich ehrlich sein soll, habe ich dich schrecklich beneidet, dass du aufs College gehen und deine Träume verwirklichen konntest.«

Sophie lächelte traurig. »Das wusste ich nicht. Ich glaube, in dem Sommer hätten wir einfach viel mehr miteinander reden sollen. Uns erzählen, was uns bedrückt. Das haben wir doch sonst auch immer getan.«

»Ja. Wahrscheinlich waren wir aber beide einfach zu stolz.«

»Ja, das war es wohl.« Sie sah Lydia in die Augen. »Es tut mir schrecklich leid, dass ich nicht für dich da war. In dem Sommer und all die Jahre danach.«

Jetzt glänzten auch Lydias Augen, und eine kleine Träne lief ihr über die Wange. Sie ließ den Glaskrug ins Wasser zurückgleiten und nahm sie in die Arme, hielt sie so fest, dass sie jeden Funken Liebe und Vergebung spüren konnte, den ihre Freundin ihr wortlos schickte.

»Ich hoffe, es ist noch nicht zu spät für einen Neubeginn?«, fragte sie, und sie wusste, von Lydia würde sie keine solche Zurückweisung wie von Jack bekommen.

Lydia drückte sie noch einmal fest und sagte dann: »Ich fände einen Neubeginn wirklich schön.«

Sie lächelten einander an und kümmerten sich dann um den restlichen Abwasch. Dabei fühlte Sophie sich leicht wie lange nicht mehr. Eine Riesenlast war von ihren Schultern abgefallen, und sie wusste, dass es genau das war, was sie gebraucht hatte, um hier in Davis glücklich zu werden. Am Ort ihrer Kindheit, am Ort, wo sie zum ersten Mal wahre Freundschaft erfahren hatte.

Als sie an diesem späten Abend zur Farm zurückfuhr, war sie noch überhaupt nicht müde. Und da ihr noch immer etwas im Kopf herumschwirrte, ging sie zu Emilios Häuschen rüber und klopfte an.

Er öffnete ihr mit nacktem Oberkörper, und sie hielt die Luft an.

»Sophie. Was für eine Überraschung«, sagte er, und es schien ihm überhaupt nicht unangenehm zu sein, halbnackt vor ihr zu stehen.

»Können wir reden?«, fragte sie, und sie hoffte fast darauf, dass Emilio etwas erwidern würde wie: »Ich würde viel lieber etwas anderes tun als reden.« Doch er nickte nur und hielt ihr die Tür auf, damit sie eintreten konnte in sein Heim.

Das Innere der Hütte war genauso schlicht wie das Äußere. Im Gegensatz zu Lydias heimeligem Zuhause, wo sie die letzten Stunden verbracht und sich unglaublich wohl gefühlt hatte, war hier alles eher steril. Ein paar hölzerne dunkle Möbel standen an ihrem vorgesehenen Platz. Doch es hingen weder Bilder an der Wand, noch gab es irgendwelche Accessoires und erst recht keine Fotos von Familienangehörigen. So, als wäre Emilio ein stiller Einzelgänger in einem Haus ohne jegliche persönliche Note. Doch all das war ihr gerade vollkommen egal. Sein stählerner Oberkörper, das perfekte Sixpack und der unglaubliche Sexappeal, den dieser Mann ausstrahlte, ließen sie fast vergessen, weshalb sie gekommen war.

»Darf ich Ihnen irgendetwas anbieten?«, fragte Emilio. »Ein Glas Wein?«

»Nein, danke, ich war gerade bei einer Freundin essen und hatte genug für einen Abend.« Sie hatte zwei Gläser getrunken, ihr persönliches Limit.

Emilio zuckte die Achseln, was jeden Muskel seines Oberkörpers in Bewegung und sie fast um den Verstand brachte.

»Worüber wollten Sie mit mir sprechen?«, fragte er nun.

»Zuerst einmal würde ich gern wissen, ob die Arbeiter heute ihren Lohn bekommen haben.« Sie war am Morgen gleich zur Bank gefahren und hatte Geld vom Geschäftskonto abgehoben, das sie Emilio gegeben hatte. Ein bisschen merkwürdig hatte sich das schon angefühlt, bisher hatte sie sich ja immer selbst um alles Geschäftliche, insbesondere die Finanzen, gekümmert.

Emilio nickte. »Natürlich. Gleich nach Feierabend habe ich die Arbeiter bezahlt.«

»Gut.« Sie hoffte, dass so etwas nicht noch einmal vorkommen würde. Dass die armen Arbeiter so lange auf ihr Geld warten und sich wegen offener Rechnungen sorgen mussten. Warum Emilio deswegen nicht gleich zu ihr gekommen war, konnte sie noch immer nicht nachvollziehen. Sie konnte sich nur vorstellen, dass er sie nicht schon zu Beginn mit solchen Sachen überfallen wollte.

»War das alles?«, fragte er jetzt nach.

»Nein. Es gibt da noch etwas … Ich habe vernommen, dass einige der Erntehelfer illegal hier arbeiten. Hattie hatte damit anscheinend kein Problem, ich würde aber gerne wissen, worauf ich mich da einlasse. Und ob ich Probleme bekommen könnte.«

Emilio schüttelte den Kopf. »Nein. Keine Probleme. Alle Farmer machen das. Denn erstens wäre es viel zu teuer, einheimische Arbeiter einzustellen, und mal ehrlich, zweitens würde kein Einheimischer diese Art von Arbeit machen wollen. Es ist wirklich harte Arbeit«, sagte er, und sein Akzent machte sie ganz wuschig.

»Ja, das habe ich schon mitbekommen. Ich mache mir nur Sorgen.«

»Das musst du nicht.« Er trat näher an sie heran, und sie konnte ein paar Schweißtropfen auf seiner Brust ausmachen. Ob er wohl gerade trainiert hatte, als sie angeklopft hatte? Nicht, dass er danach riechen würde. Er roch paradiesisch, und sie konnte sich kaum noch zurückhalten. Normalerweise hätte sie auch gar nicht länger gezögert, doch sie hatte sich fest vorgenommen, Berufliches nicht mit Privatem zu vermischen. Immerhin war sie der neue Boss, und sie wollte, dass Emilio und die anderen sie respektierten. Sex würde das alles sofort zunichtemachen.

»Nicht?«, hauchte sie ihm entgegen.

»Nein. Lass das alles meine Sorge sein. Dafür bin ich ja da.« Er trat noch näher an sie heran, und seine nackte Haut streifte jetzt ihre Kleidung. Ihre Strickjacke und das Shirt darunter fühlten sich wie transparent an.

Und dann lagen seine Lippen plötzlich auf ihren, und seine Hände waren überall. Ihre Strickjacke fiel zu Boden, und die Küsse wurden immer feuriger. Doch so sehr Sophie Emilios Nähe auch genoss, blitzte vor ihrem inneren Auge doch nur wieder Jack auf.

»Ich kann nicht.« Sie löste sich von Emilio und trat einen Schritt zurück.

»Warum nicht?«, fragte er.

»Weil ich dein Boss bin. Ich will Arbeit und Vergnügen nicht vermischen«, sagte sie, obwohl es nur die halbe Wahrheit war.

Emilio umfasste ihre Hüfte und zog sie wieder an sich heran. »Es muss doch keiner davon wissen.«

Wieder machte sie sich los. Sie bückte sich, hob die Strickjacke auf und sah ihm dann in die Augen. »Ich würde es wissen. Gute Nacht, Emilio.« Mit diesen Worten verließ sie seine Hütte und ging im Dunkeln auf ihr Haus zu. Und sie war richtig stolz auf sich, denn wenigstens einmal in ihrem Leben hatte sie vollkommen richtig gehandelt.

Kapitel 24

Lydia

Davis, Kalifornien, September 2006

»Bist du sicher, dass er überhaupt kommt?«, fragte Lydia Miranda, die sie mal wieder mit irgendeinem Typen verkuppeln wollte, der ihrer Meinung nach einfach perfekt zu ihr passte. Dies war das erste Mal, dass sie zugesagt und sich auf ein Blinddate eingelassen hatte, denn es war inzwischen über ein Jahr her, dass Brandon sich auf nach San Francisco gemacht hatte, und so langsam bekam sie doch wieder Lust darauf, sich zu verabreden. Allerdings war sie sich in diesem Moment nicht mehr so sicher, ob es wirklich so eine gute Idee gewesen war, sich auf Mirandas Verkupplungsversuche einzulassen. Allein hätte sie das vielleicht viel besser hingekriegt.

»Na klar. Er war total begeistert, als ich ihm von dir erzählt habe«, meinte ihre Freundin jetzt aber und nickte überzeugt mit dem Kopf.

»Hast du ihm von Gracie erzählt?«, fragte sie, und Miranda hielt inne.

»Ich dachte, das überlasse ich lieber dir selbst.«

»Na toll. Vielen Dank auch.«

»Ja, weißt du, immer wenn ich das erwähne, sind die Männer gleich nicht mehr ganz so begeistert.«

»Ja, das weiß ich, Miranda. Ich bin schließlich die mit dem Kleinkind.«

»Ja, aber du bist auch die mit dem hübschen Wesen und dem wundervollen Charakter, und ich dachte, wenn er dir erst mal verfallen ist, ist es ihm vielleicht ganz egal, dass du ein Anhängsel mitbringst.«

»Das hast du aber nett ausgedrückt«, sagte sie sarkastisch.

»Du weißt schon, wie ich es meine.« Ihre Freundin, die im letzten Highschooljahr war, verdrehte die Augen. Mit Kindern hatte sie absolut noch nichts am Hut, und das war ja für die meisten Achtzehnjährigen auch ganz normal.

Lydia seufzte. »Wie heißt er noch mal? Max?« Den Namen hatte sie immer schon schön gefunden.

Doch Miranda schüttelte den Kopf. »Rex.«

»Ist das nicht eher ein Hundename?«

»Nun sei nicht so gemein. Da vorne kommt er!«

Miranda nahm sie bei der Hand und zerrte sie am Stand mit den gerösteten Maiskolben vorbei einmal quer über die Tanzfläche. »Huhu, Rex!«, rief sie und winkte dem jungen Mann zu, der so rotes Haar hatte, dass man denken konnte, es stehe in Flammen. Mal davon abgesehen sah er aber wirklich nett aus. Und das Lächeln, das er ihnen jetzt schenkte, war ziemlich umwerfend.

»Hi«, sagte er, als er ihnen gegenüberstand. »Ganz schön voll hier. Und laut.«

»Es ist Rex' erstes Mandelfest«, erzählte Miranda ihr. »Er ist erst vor ein paar Monaten hergezogen. Wie schön, dass es geklappt hat«, wandte sie sich dann an Rex. »Darf ich dir meine Freundin Lydia vorstellen?«

Er reichte ihr die Hand. »Ich freu mich, dich kennenzulernen.«

»Die Freude ist ganz meinerseits«, sagte sie und errötete leicht. Denn Rex war wirklich süß, er sah sie an wie einen richtigen Menschen, und für einen Moment fühlte sie sich mal nicht wie das Mädchen, das viel zu jung schwanger geworden war und seine Tage damit verbrachte, mit Puppen und Bauklötzen zu spielen.

»Wollen wir tanzen?«, fragte er, und sie stimmte zu, weil gerade ihr absoluter Lieblingssong – *Umbrella* von Rihanna – lief und sie schon seit Ewigkeiten mit keinem Mann mehr getanzt hatte.

Während sie tanzten, erzählte Rex ihr ein bisschen was von sich. Er kam aus Reno, hatte in diesem Jahr das College abgeschlossen und war nach Kalifornien gekommen, um seinem Onkel Mike, der gegenüber von Miranda wohnte, in seiner Nussfabrik zu unterstützen. Er träumte davon, eines Tages sein eigenes kleines Unternehmen aufzubauen. Er war ganz angetan von Davis, sie war sein erstes Date, seit er hergezogen war, und es tat ihm leid, dass er so ein schlechter Tänzer war.

Sie musste lachen. »Du bist doch gar kein schlechter Tänzer«, sagte sie, obwohl er irgendwie schon recht hatte.

Nach einem weiteren Song wollte sie ihm die Wahrheit nicht länger vorenthalten. Sie wollte das diesem netten Kerl nicht antun, dass er sich ihr öffnete und am Ende nur enttäuscht wurde. Also sagte sie: »Ich muss dir etwas gestehen. Ich habe eine kleine Tochter. Sie heißt Grace und ist anderthalb Jahre alt.«

Doch der entsetzte Blick, der Rückzug, die abweisenden Worte blieben aus.

Stattdessen sagte Rex: »Wie wundervoll. Ich liebe Kinder.«

In dem Moment hatte er ihr Herz erobert, und sie wollte es ihm für immer schenken.

»Mom! Ich hab nichts zum Anziehen für den Tanzabend. Kann ich mir was von dir ausleihen?«, hörte sie Gracie fragen und machte große Augen, während sie weiter die Blumen goss.

Ganz langsam, als wäre es gar nicht von großer Bedeutung, drehte sie sich zu ihrer Tochter um und sagte: »Klar. Geh gerne an meinen Schrank und sieh dich um. Vielleicht findest du was Passendes.«

»Okay, danke.« Gracie zischte davon, und Lydia machte einen kleinen Luftsprung.

Als Gracie ein paar Minuten später in Lydias dunkelgrauem Fransenkleid zurückkam, hätte sie am liebsten angefangen zu heulen. Dieses Kleid war steinalt, sie hatte es selbst als Teenager getragen. Nur war sie in Gracies Alter kleiner gewesen, und es war ihr bis zu den Knien gegangen. An ihrer Tochter saß es ein wenig kürzer und sah einfach nur cool aus.

»Du siehst wunderschön aus«, sagte sie ihr.

»Ehrlich? Auch ein bisschen sexy?«, wollte Gracie wissen.

»Muss man mit vierzehn schon sexy aussehen?« Sie runzelte die Stirn.

»Oh Mann, warum frag ich überhaupt?«, stöhnte Gracie und wollte schon aus dem Zimmer gehen.

»Warte! Falls du heute Abend irgendeinem Jungen gefallen willst, wird er garantiert hin und weg von dir sein.«

Gracie schenkte ihr ein kleines Lächeln. »Das hoffe ich.«

»Wusstest du, dass Rex und ich uns auf dem Mandelfest kennengelernt haben?«

»Ihr habt miteinander getanzt, dann habt ihr Hot Dogs gegessen und euch am Ende des Abends geküsst, obwohl du noch nie zuvor einen Jungen schon beim ersten Date geküsst hast. Aber du wusstest bereits in diesem Moment, dass er der Eine ist. Die Geschichte hast du schon mindestens eine Million Mal erzählt, Mom.«

»Ach, ehrlich?« Sie musste lachen. »Es ist doch aber auch eine schöne Geschichte, oder?«

»Schreib doch ein Buch drüber«, sagte Gracie im üblichen genervten Teenagerton und ging aus dem Raum. Doch sie trug noch immer Lydias Kleid, und das war das beste Geschenk seit Langem. Mal abgesehen davon, dass Sophie wieder da war.

Sie freute sich richtig darauf, ihre Freundin heute Abend zu sehen. Und sie war sehr gespannt zu sehen, welch eine Stimmung zwischen ihr und Jack herrschte. Denn so richtig konnte sie es nicht glauben, dass Jack nach all den Jahren, die er ihr nachgetrauert hatte, die Gelegenheit für eine zweite Chance nicht wahrnehmen wollte. Sie hatte geglaubt, er wäre der glücklichste Mann auf Erden, weil Sophie wieder da war, weil sie dazu noch Single war und weil sie vorhatte, eine ganze Weile zu bleiben. Vermutlich wollte er sich nur vor weiterem Schmerz schützen. Vielleicht brauchte er aber auch nur jemanden, der ihn ein wenig in die richtige Richtung schubste. Denn wie wunderbar wäre es, wenn die beiden Liebenden am Ende doch wieder zueinanderfänden.

Manchmal brauchte man einfach ein wenig Unterstützung. So, wie Miranda damals Lydias Schicksal ein wenig auf die Sprünge geholfen hatte, wofür sie ihr bis in alle Zeiten dankbar sein würde. Nicht ohne Grund hatte sie Miranda zu ihrer Trauzeugin und zur Patentante ihrer Söhne gemacht, und jetzt, da Miranda endlich auch mal so richtig verliebt war, hoffte sie, dass bei ihr bald ebenfalls die Hochzeitsglocken läuteten und sie dann in einem superhässlichen Kleid an ihrer Seite stehen konnte.

Auch auf Miranda und Müller Eddie war Lydia an diesem

Abend gespannt. Und natürlich auf Gracie und ihren heimlichen Schwarm. Hach, die Liebe lag in der Luft, und als die Babysitterin an diesem Abend klingelte, freute sie sich richtig auf einen romantischen Abend mit Rex. Den hatten sie nach den anstrengenden und aufwühlenden letzten Wochen auch wirklich bitter nötig.

Und als Rex ihr jetzt seinen Arm hinhielt, damit sie sich bei ihm einhaken konnte, sie ansah, als wäre überhaupt keine Zeit vergangen, und ihr sagte: »Du siehst noch genauso schön aus wie damals, mindestens«, wusste sie wieder, warum sie diesen Mann so liebte. Diesen Mann, der ihr Herz noch immer in seinen Händen hielt.

Kapitel 25

Alba

Alba lief an der Seite ihres Mannes in die Richtung, aus der die Musik kam. Hershel hatte ewig gebraucht, um einen Parkplatz zu finden, und war ein wenig genervt, das konnte sie sehen, auch wenn er es nicht zeigte. Doch er war noch ein wenig ruhiger als sonst, fraß seine Wut in sich hinein, wie er es immer tat.

Seit sie die Briefe vor sechs Tagen gefunden hatte, sah sie Hershel mit anderen Augen. Seitdem hasste sie ihn mit all ihrem Sein, denn er hatte ihr nicht nur die vielen Nachrichten ihrer Familie vorenthalten, er hatte auch zugelassen, dass sie sich ganz fürchterlich um sie sorgte, sie vermisste. Dass sie vor Angst, nie wieder etwas von ihnen zu hören, fast gestorben wäre.

Jetzt, nachdem sie einige Briefe ihrer Mutter und die ihrer Geschwister gelesen hatte, wusste sie zumindest, dass ihre Briefe damals angekommen waren. Wie hatte ihre liebe Mutter sich wundern müssen, dass sie niemals auf Dinge reagierte, die sie ihr schrieb. Und dass sie niemals auf die Fragen antwortete, die sie ihr stellte.

Und dass sie irgendwann ganz aufgehört hatte zu schreiben.

Aber wenigstens hatten sie das Geld bekommen, das sie so dringend benötigten. Gott sei Dank hatte Hershel die Briefe nicht gelesen – sie waren alle noch ungeöffnet gewesen –, sonst hätte er erfahren, dass sie etwas nach Hause geschickt hatte, und das hätte sicher großen Ärger gegeben. Er wurde ja schon wütend, wenn sie sich ein neues Kleid kaufen wollte, und das von ihrem eigenen, schwer verdienten Geld!

Hershel. So gern sie ihn eine Zeitlang auch gehabt hatte, oder besser gesagt, so sehr sie sich gezwungen hatte, ihn gern zu haben, einfach um es erträglicher zu machen, konnte sie seine Nähe jetzt überhaupt nicht mehr ertragen.

Er hatte zum Mandelfest gehen wollen und sie aufgefordert mitzukommen. Vielleicht machten seine Pokerkumpels schon Andeutungen, wo er seine hübsche junge Frau die ganze Zeit versteckte oder Ähnliches, auf jeden Fall wollte er sie unbedingt dabeihaben. Und obwohl ihr gar nicht danach gewesen war, weil sie ihm erstens so unglaublich böse war und weil sie sich zweitens ganz fürchterliche Sorgen um Olivia machte, war sie dennoch mitgegangen. Und zwar aus einem einzigen Grund: Sie hoffte, dort Javier zu sehen, den neuen Farmarbeiter, der sie immer so freundlich anlächelte und der sich heute in der Pause zu ihr gesetzt und von Mexiko erzählt hatte. Das hatte er so bildlich gemacht, dass sie das Gefühl gehabt hatte, dort zu sein. Dann jedoch war Olivia kreidebleich aus dem Büro gekommen und hatte so unglaublich leer gewirkt, so, als hätte Emilio ihr diesmal das letzte kleine Stück ihrer Seele genommen, und seitdem konnte Alba nicht aufhören, an sie zu denken.

Hershel erzählte jetzt irgendetwas von Truthahnkeulen und Krautsalat, was womöglich der einzige Grund war, weshalb er auf das Fest wollte. Essen war halt seine Lieblingsbeschäftigung. Alba jedoch rief innerlich die Worte noch einmal auf, die ihre liebe *mamá* ihr geschrieben hatte. Sie schrieb, dass sie sie so sehr vermisse, dass es sich anfühle, als hätte man ihr einen Arm ausgerissen. Und dass nur eine Sache es erträglich mache: zu wissen, dass Alba es in Amerika guthatte. Dass sie dort ein besseres Leben führte.

Oh, wenn ihre Mutter wüsste, wie es wirklich war. Sie würde weinend in die Kirche laufen und die ganze Nacht lang Ave Marias für sie aufsagen.

Sie hatte auch kleine Briefchen von ihren Geschwistern erhalten. Von ihrem Bruder Jorge, der ihr von seiner Hochzeit schrieb, von ihrer jüngeren Schwester Isabel, die nun auch schon fast erwachsen war und ihr schrieb, dass sie von Amerika träumte, und sie fragte, ob sie sie zu sich holen könne. Und auch Marisol hatte geschrieben. Endlich hatte Enzo eine gute Arbeit gefunden, und sie konnten in eine kleine Wohnung ziehen. Nach Amadeo hatte der kleine Angel ein weiteres Geschwisterchen bekommen, die kleine Elmira, die jetzt schon beinahe ein Jahr alt sein musste, hatte Alba sich ausgerechnet.

So böse sie auch mit Hershel wegen der versteckten Briefe war, war sie doch auch glücklich, sie gefunden zu haben, und erleichtert, dass es allen zu Hause gut ging. Lediglich ihre Tante Dorita weilte nicht mehr unter ihnen, doch sie war bereits über siebzig gewesen und hatte an Lungenkrebs gelitten. Der Rest ihrer Familie war aber wohlauf, und das war ein Segen.

Sofort hatte Alba einen weiteren Brief geschrieben und ihn wie schon damals Juanita gegeben, um ihn für sie abzuschicken. Und diesmal hatte sie auf alle noch offenen Fragen geantwortet und all ihre Liebe mitgeschickt. Sie hatte allerdings keinen Grund genannt, weshalb sie so lange nichts von sich hören lassen hatte. Ihre *mamá* sollte nicht wissen, wie schlecht es ihr ging. Sie sollte sich nicht noch mehr Vorwürfe machen, als sie es wahrscheinlich eh schon tat.

Sie sah ihn jetzt von der Seite an, den alten Mann, der ihr Gatte war und dem sie Respekt und ewige Treue geschworen hatte. Und beides würde sie ihm weiterhin schenken, auch wenn sie sich insgeheim wünschte, dass eines Tages ein hübscher junger Retter auftauchte und sie von ihm wegholte, sie weit wegbrachte und ihr das wahre Amerika zeigte, von dem sie immer geträumt hatte.

»Hershel?«, fragte sie, versucht fröhlich. Denn er mochte es gar nicht, wenn sie sich selbst bemitleidete.

»Ja?« Er sah sie nicht an, starrte nur weiterhin geradeaus. Sein graues Haar war wieder einmal viel zu lang, sie musste es ihm dringend schneiden, wenn er sie denn ließ.

»Ich würde gerne mit dir über etwas reden. Dürfte ich mir vielleicht von meinem Lohn ein Handy kaufen? Nur ein ganz billiges, damit ich mit meinen Freundinnen telefonieren und dich jederzeit erreichen kann?«

Den eigentlichen Grund dafür, weshalb sie unbedingt ein Handy haben wollte, verschwieg sie ihrem Ehemann.

Ihre Eltern hatten in ihrer Hütte noch immer keinen Telefonanschluss, doch sie hatten sich ein neues Handy angeschafft, und auch Jorge und Danilo besaßen jetzt beide eins. Das hatte sie erst gestern Abend aus einem der aktuelleren Briefe erfahren, die sie nach dem Lesen schnell wieder zurück in die Dose getan und diese an ihren Platz oben im Regal gestellt hatte, bevor Hershel von seinem Treffen im Veteranenclub zurückgekommen war.

»Ich denke nicht, dass das nötig ist«, sagte Hershel desinteressiert.

Mierda! Wie konnte sie Hershel nur davon überzeugen, dass sie sehr wohl eins brauchte?

Allerdings würde er wahrscheinlich auch ihre Telefonrechnung überwachen und mitbekommen, wenn sie ihre Familie anrief, die Idee war also doch keine so gute. Alba würde versuchen müssen, von einem öffentlichen Telefon aus anzurufen, oder vielleicht würde Juanita ihr ihr Handy ausleihen.

»Nun schau doch nicht so miesepetrig drein«, sagte Hershel.

»Tut mir leid.«

Er blieb jetzt stehen und sah sie eingehend an. »Warum willst du wirklich ein Handy haben, hm? Um damit nach Mexiko zu telefonieren?«

Und diesmal, sie wusste selbst nicht genau, warum, versuchte sie nicht, den Frieden zu wahren.

»Ich will doch nur wissen, ob es ihnen gutgeht«, sagte sie und hielt gleich darauf die Luft an. Sie hatte sich gerade selbst verraten, das würde Hershel bestimmt nicht gefallen.

Er setzte sich wieder in Bewegung. »Es geht ihnen gut«, entgegnete er, und dabei begann seine Nase zu zucken.

»Wie kannst du das wissen?«, fragte sie.

»Ich weiß es. Ich habe einen Bekannten, der vor Kurzem in Tijuana war und der sich für mich erkundigt hat. Deiner Familie geht es bestens.«

Sie starrte ihn an. »Ehrlich? Wieso hast du mir nicht früher davon erzählt?«

»Mein Bekannter ist gerade erst zurück. Allen geht es bestens«, wiederholte er, und dann sagte er nichts mehr dazu, und sie wusste, dass es an der Zeit war, endlich Ruhe zu geben.

Doch heute konnte sie es einfach nicht. Auch wenn das Ärger bedeuteten würde.

»Hershel, ich verstehe einfach nicht, warum sie mir nicht

hin und wieder mal schreiben. Bist du sicher, dass keine Briefe für mich angekommen sind?«

Jetzt blickte ihr Mann sie genervt und auch ein wenig beunruhigt an, das sah sie genau.

Oje, hoffentlich hatte sie nichts ins Rollen gebracht. Wenn er jetzt misstrauisch wurde und nach der Dose sah, und dort all die geöffneten und gelesenen Briefe entdeckte …

»Ich bin mir ganz sicher«, sagte er nur, denn wie gesagt wurde er nur selten laut, und sah wieder auf den Gehweg vor ihm. Seine Nase zuckte jetzt allerdings so stark, dass sie sich ehrlich Sorgen machte.

»Es tut mir leid, dass ich gefragt habe«, sagte sie, denn sie konnte seine innere Unruhe spüren und wollte nicht, dass er sauer wurde und ihr wieder verbot, mit ihren Freundinnen auszugehen oder mit ihm fernzusehen oder an einem Tisch mit ihm zu essen oder im selben Bett mit ihm zu schlafen. All diese Dinge hatte er schon getan, wenn sie sich ihm widersetzt oder zu viel nachgefragt hatte. Und auch wenn es ihr nichts ausgemacht hatte, ein paar Nächte auf der Couch zu verbringen, mochte sie es gar nicht, wenn Hershel böse mit ihr war. Er benahm sich dann noch eigenartiger als sonst schon und behandelte sie wie den letzten Dreck, ließ sie mit jedem Wort und mit jedem Blick spüren, dass er das Sagen hatte und dass sie nichts war als eine kleine Mexikanerin, die er aus der Gosse gerettet hatte.

»Alba!«, hörte sie jemanden rufen und blickte sich suchend um. Im nächsten Moment stand Nora vor ihr, strahlte sie an und begrüßte sie mit einer Umarmung. *»Me alegro de verte.«*

Sie sah zu Hershel auf, der es gar nicht mochte, wenn sie mit ihren Freundinnen Spanisch sprach und er nichts verstand. Also antwortete sie auf Englisch: »Ich freue mich auch, dich zu sehen, Nora.« Sie wandte sich an ihren Mann. »Ist es okay, wenn ich mit Nora tanzen gehe?«

Da Hershel eh nicht tanzte und nur zum Essen hergekommen war, nickte er, und sie lief mit Nora davon.

»Rate, wer hier ist!«, sagte Nora sogleich.

»Wer?«

»Na, wer wohl? Javier und Blanca sind hier! Er sieht sich schon die ganze Zeit suchend um, als würde er nach jemand ganz Bestimmtem Ausschau halten.« Ihre Freundin zwinkerte ihr zu.

»Etwa nach mir?«

»Ich glaube schon.«

»Wie kommst du denn darauf?«

»Na, ich bin doch nicht blind. Schon wie er dich bei der Arbeit die ganze Zeit anstarrt ... Der kann nur verliebt in dich sein«, stand für Nora fest.

»Ich bin aber verheiratet, Nora.«

»Ja, mit einem alten Kerl, den du nicht liebst. Das ist keine richtige Ehe.«

»Wir wurden vor dem Gesetz getraut. Es ist eine richtige Ehe, und ich bin eine treue Ehefrau«, machte sie Nora klar.

»Ihr wurdet aber nicht vor dem Herrn getraut, oder?«

»Nein, das nicht, aber ich habe Hershel trotzdem ein Versprechen gegeben.«

»Na, wenn du meinst. Also, ich würde Javier Hershel jederzeit vorziehen.«

Ja, das würde sie auch, in ihren Träumen. In der Realität war sie aber an Hershel gefesselt und würde nicht von ihm loskommen – bis dass der Tod sie schied.

Plötzlich spürte sie einen Blick auf sich und dachte schon, Hershel beobachte sie, doch dann sah sie keine fünf Meter entfernt Javier, der an einem Pfosten lehnte und einen Hot

Dog aß. Er sah ihr beim Tanzen zu und winkte, als sich ihre Blicke trafen.

Sie tanzte noch eine kleine Weile weiter und verlor Javier dabei nicht aus den Augen. Als sie vernahm, dass er in Richtung der Toiletten ging, sagte sie Nora, dass sie kurz mal für kleine Mädchen müsse, und folgte Javier.

Sie wartete vor den Toilettenhäuschen, vor denen endlose Menschenschlangen standen. Langsam wurde sie nervös, weil so viel Zeit verstrich, doch dann sah sie ihn endlich aus dem Dixie-Klo herauskommen.

Sie winkte ihm zu. »Javier!«

»Alba.« Er kam lächelnd auf sie zu.

»Komm mit«, sagte sie zu ihm, nahm seine Hand und führte ihn hinter ein Gebäude. Dort sah sie ihm ins Gesicht und fühlte sich beschwingt wie lange nicht mehr. »Entschuldige bitte das Versteckspiel, aber nur hier können wir ungestört reden. Hier sieht er uns nicht.«

»Ja, wer denn?«, fragte Javier.

»Mein Ehemann«, antwortete sie, und ihr Herz pochte schneller. Sie hatte Angst vor Javiers Reaktion, bisher hatte sie ihm Hershel verschwiegen.

»Ah, dann bedeutet der Ring an deinem Finger also das, was ich vermutet habe«, sagte er, und in seiner Stimme schwang etwas Trauriges mit.

»Ich habe ihn nicht aus Liebe geheiratet«, sagte sie. »Er hat mich meinem Vater abgekauft, für zweitausend Dollar und eine Stange Zigaretten.«

»Zweitausend Dollar sind viel Geld«, sagte Javier, weil er auch aus Mexiko kam und wusste, wie hart das Leben dort war.

»Ja. Und meine *mamá* hat ihre Ziege bekommen und kann nun jeden Morgen ihre geliebte Milch trinken.« Aus einem der Briefe wusste sie, dass der Wunsch ihrer Mutter in Erfüllung gegangen war.

»Das ist schön für deine *mamá*«, sagte Javier. »Aber für dich ist es weniger schön.«

Sie betrachtete ihn. Er war etwa einen Meter fünfundachtzig groß und spindeldürr, er trug wie auch in den letzten Tagen eine khakifarbene Hose und ein schwarzes T-Shirt. Seine braunen Locken waren kurzgeschnitten, und seine tiefbraunen Augen waren so intensiv, dass sie glaubte, er könne ihr damit in die Seele blicken.

»Wenigstens bin ich in Amerika«, sagte sie schulterzuckend.

»Ja. Amerika. Es ist anders, als man es sich vorstellt, oder?«

»Ja. Ganz anders.«

»Sie bauen jetzt eine große Mauer. *El presidente* mag uns nicht.«

»Nein, das tut er ganz bestimmt nicht. Wie habt ihr es überhaupt geschafft herzukommen, du und deine Schwester?«

»Unsere Eltern haben jahrelang gespart, um uns rüberzubringen. Sie haben einem Kojoten viel Geld gezahlt, damit er uns in einem Lastwagen versteckt. Der hat Dünger transportiert, das war kaum auszuhalten. Ich dachte, der Gestank bringt mich um.« Er grinste schief.

Sie musste lachen, auch wenn sie natürlich von den Strapazen und Gefahren solch einer Reise wusste. »Du Armer. Und wo seid ihr untergekommen?«

»Wir schlafen zusammen mit siebzehn anderen Mexikanern in einem kleinen leerstehenden Haus. Fünfzehn«, verbesserte er sich. »Zwei von ihnen wurden erwischt, als sie Alkohol kaufen wollten und ihre Ausweise vorzeigen mussten. Dummerweise befand sich ein Polizist im Laden, der sie nach ihren Papieren fragte, und sie liefen davon. Natürlich wurden sie geschnappt und zurück nach Ensenada geschickt, wo sie hergekommen waren.«

»Die Armen.«

Javier sah ihr nun direkt ins Gesicht. Schien sie lesen zu wollen und schien so viel zu erkennen. »Du Arme.«

»Es gibt Menschen, die sind weit schlimmer dran als ich.«

»Ja, vielleicht. Es gibt aber auch viele, die sind besser dran.«

»Da hast du recht. Das Leben ist aber kein Wunschkonzert«, sagte sie.

»Und wenn es eines wäre? Was würdest du dir wünschen?«

Da gab es so vieles. Ein Wiedersehen mit ihrer Mutter. Ihre Freiheit. Emilios Tod. Doch in diesem Augenblick wünschte sie sich nur eines: einen Kuss von Javier.

Ohne weiter zu überlegen, wie falsch es war und was es für Folgen haben könnte, stellte Alba sich auf die Zehenspitzen und küsste Javier auf die Lippen. Nur ganz kurz, aber doch so sinnlich, dass er sie, als sie von ihm ließ, mit mehr Zärtlichkeit ansah, als sie ertragen konnte.

Schnell lief sie davon, zurück zu Nora, die sich sicher schon wunderte, wo sie so lange steckte. Sie konnte es ihr nicht sagen, würde es für sich behalten, davon träumen, wann immer ihr danach war, und sich in der Sünde wohlfühlen, weil es alles war, was sie hatte.

Noch immer konnte sie Javiers Lippen auf den ihren spüren, und sie wusste, dieser Kuss war das Schönste, was ihr seit fünfeinhalb Jahren passiert war.

Kapitel 26

Sophie

In ihrem hübschen rosa Blümchenkleid stand sie da und wippte zur Musik. Es wurde gerade *Say Something* von Justin Timberlake und Chris Stapleton gespielt, ein Lied, das sie sehr mochte. Die Stimmung war gut, sie fühlte sich in alte Zeiten versetzt, und auch Lydia und ihre Familie hatte sie schon entdeckt und ein wenig mit ihnen geplaudert. Das Blöde war nur, dass sie noch immer auf ihr Date wartete und sich langsam ein wenig dumm vorkam.

Hatte Andy etwa vor, sie zu versetzen? Es war immerhin seine Idee gewesen, zum Tanzabend, dem Auftakt des dreitägigen Almond Festivals, zu gehen.

Sophie war am Morgen im See schwimmen gegangen und hatte den Vormittag damit verbracht, endlich mal ihre E-Mails zu checken. Sie hatte zwar zwischendurch schon immer mal auf ihrem Smartphone nachgeschaut, aber sich nicht ausführlich die Zeit genommen, um alle Nachrichten zu beantworten. Da sie ihren Laptop nicht dabeihatte, hatte sie sich an Hatties alten Computer gesetzt. Es war ganz leicht gewesen, das Passwort zu knacken: Es war SOPHIE gewesen. Ihr waren schon wieder die Tränen gekommen, und sie hatte sich die letzten Seiten angesehen, die Hattie aufgerufen hatte. Ein Artikel über den Anstieg der Mandelpreise und die Bestellseite eines Vanille-Shops, der sich anscheinend im Napa Valley befand und ganz köstliche Produkte anbot. Sie nahm sich vor, sich die Seite irgendwann noch mal genauer anzuschauen, doch gerade wollte sie sich erst mal Hatties E-Mail-Postfach ansehen, das noch immer geöffnet war. Vielleicht gab es irgendwelche wichtigen Nachrichten.

Es waren tatsächlich einige Rechnungen eingegangen, die sie begleichen würde, sobald sie die Vollmachten fürs Onlinebanking von Hatties Bank erhalten hatte. Einen Termin dafür hatte sie bereits. Es gab außerdem ein bisschen Werbung und ein paar Konversationen. Anscheinend hatte Hattie sich mit einigen anderen Plantagenbesitzern auf einer Plattform namens »Farmers of California« angefreundet. Sophie fand Unterhaltungen mit einer Orangenfarmerin namens Lucinda und einer Erdbeerfarmerin namens Amanda. Diesen Leuten würde sie wohl irgendwann von Hatties Tod erzählen müssen. Doch nicht heute, nicht an diesem Tag, an dem sie einfach mal wieder fröhlich sein wollte.

Der Tag zog sich in die Länge. Die Zeit schien stillzustehen. Mit so viel freier Zeit wusste sie gar nichts anzufangen, und irgendwie war auch der Drang weg, ständig in Bewegung zu sein. Das Workaholic-Dasein schien Lichtjahre entfernt. Da sie sich dann auf der Farm aber doch ein wenig einsam gefühlt hatte und auf keinen Fall Emilio begegnen wollte, war sie bereits am Nachmittag ins Stadtzentrum gefahren und hatte die Eröffnungszeremonie mitangesehen. Der Bürgermeister hatte eine Ansprache gehalten und sie mit den Worten »Und jetzt lassen wir es krachen!« beendet. Die Stadtbewohner hatten gejubelt, die Band hatte angefangen zu spielen, und die Fressbuden hatten zum Schlemmen eingeladen. Sophie hatte sich Tacos geholt und der Band zugehört, die aus mehreren Männern um die sechzig in Latzhosen bestand, die ihren Job eher schlecht als recht machten. Sie war wirklich froh gewesen, als sie gegen sieben ihren Kram eingepackt hatten und der DJ übernommen hatte. Der spielte statt *Take Me Home, Country Roads* und *American Pie* so richtig gute Musik. Moderne Musik, die auch ihr gefiel.

Sie wippte und hielt Ausschau und erstarrte, als sie Emilio bei ein paar hübschen jungen Frauen entdeckte, die ihn anhimmelten. Sie musste wieder an gestern Abend denken und an Emilios Berührungen. An seine Küsse. Und daran, wo sie fast hingeführt hätten. Gott sei Dank hatte sie es geschafft, die Notbremse zu ziehen, denn das war absolut kein professionelles Verhalten gewesen – ganz im Gegenteil. Wenn sie sich nun auf ihn eingelassen und er es herumerzählt hätte, wäre sie gleich das Klatschthema Nummer eins in ganz Davis und Umgebung gewesen.

Er sah jetzt in ihre Richtung, erkannte sie in der Menge und winkte ihr breit lächelnd zu. Er schien ihre Abweisung nicht persönlich genommen zu haben und machte sich womöglich sogar weiterhin Hoffnungen. *Sie* hoffte nur, dass er nicht zu ihr rüberkommen würde. Doch plötzlich stand jemand ganz anderes an ihrer Seite, und Emilio wandte sich wieder seinen Freundinnen zu.

»Ich hoffe, du verknallst dich nicht in den«, sagte Jack, der ein kurzärmeliges, blau-weiß kariertes Hemd trug und die Hände in den Jeanstaschen vergraben hatte.

»Wie bitte?« Sprachlos sah sie ihn an. Er hatte ihr ziemlich deutlich gemacht, dass aus ihnen niemals wieder etwas werden konnte, was interessierte es ihn dann, in wen sie sich verknallte? Und wer sprach hier eigentlich von Verknallen?

»Na, so, wie du den anschmachtest.«

Sie stemmte die Hände in die Hüften und funkelte ihn entrüstet an. »Danke für deine Fürsorge, aber du entscheidest nicht, mit wem ich ausgehe oder nicht, Jack.«

»Du gehst mit dem da aus?«, fragte er abschätzig.

»Das geht dich überhaupt nichts an«, sagte sie patzig. Sie war auf einmal sauer. Jack wollte sie doch nicht! Was kümmerte es ihn überhaupt?

Jack war einen Moment lang still. Dann sagte er: »Er wäre nicht gut für dich.«

»Ach, und du weißt, was gut für mich ist?«

»Nein. Ich habe nie verstanden, was dich glücklich macht. Trotzdem wollte ich dich warnen.«

Sie musste lachen. »Vor Emilio?«

»Allerdings.«

»Und was, glaubst du, könnte er mir antun? Mich ermorden?«

»Dich verführen.« Er blickte sie von der Seite an, und sie hoffte, dass er nicht sah, wie sie errötete. »Scheiße, hat er das etwa schon?«, fragte er entsetzt.

»Hat er was? Mich verführt? Was denkst du denn von mir? Ich bin sein Boss!«, stellte sie klar, auch wenn es natürlich nicht die reine Wahrheit war.

»Na, dann ist ja gut.« Er berührte mit seinem kleinen Finger ihre Hand. »Tut mir leid, falls ich dir zu nahe getreten bin. Ich hab bei dem Typen einfach so ein ungutes Gefühl. Und ob du es glaubst oder nicht, du bist mir noch immer wichtig, und ich will nicht, dass du verletzt wirst.«

»Nicht? Eigentlich sollte man denken, dass du genau das willst. Ausgleichende Gerechtigkeit und so.« Sie zog ihre

Hand weg. Verstand nicht, was Jack auf einmal wollte. Was in seinen Gedanken vor sich ging.

Er sah sie an, und fast konnte man denken, er sei verletzt. »Nein, Sophie. Ich habe immer nur dein Bestes gewollt.«

Sie konnte Jack nur ansehen, es wollte ihr partout kein Wort über die Lippen kommen.

»Ich wünsch dir noch einen schönen Abend«, sagte er. »Feier ein bisschen, das hast du dir bei all dem Stress verdient.« Dann ging er von ihr.

Sie konnte ihm nur verwirrt hinterherblicken. Welchen Stress meinte er, verdammt noch mal? Die Übernahme der Farm? Den Umzug? Den Stress mit ihm?

Sie fühlte sich schrecklich, weil sie Jack angelogen hatte. Denn immerhin war da ja schon was zwischen ihr und Emilio gelaufen, wenn auch nur ein bisschen was. Und sie fragte sich, warum auch er sie jetzt noch vor Emilio gewarnt hatte. Lydia hatte das auch schon getan. Hatte Emilio etwa wirklich Dreck am Stecken? Nun, sie hatte nicht vor, sich noch einmal auf ihn einzulassen. Und doch störte es sie, dass er so offensichtlich mit anderen Frauen flirtete, nachdem er keine vierundzwanzig Stunden zuvor noch Küsse mit ihr ausgetauscht hatte.

Blöde Kerle! Alle miteinander!

Emilio war anscheinend ein Weiberheld. Jack gab ihr erst einen Laufpass und kam dann daher, um sie vor anderen Männern zu warnen und dabei auch noch ihre Hand zu berühren, auf die zärtlichste Weise, wie es nur möglich war. Und Andy? Von dem fehlte noch immer jede Spur!

Sie beschloss, ihn anzurufen und sich zu erkundigen, wo er blieb, als sie auf ihrem Handydisplay drei versäumte Anrufe entdeckte. Alle drei waren von Andy. Sie rief ihn zurück.

»Andy?«, rief sie ins Telefon und suchte sich eine etwas ruhigere Ecke, was gar nicht so leicht war.

»Sophie? Ich habe schon versucht, Sie zu erreichen.«

»Ja, ich hab's gerade gesehen. Sorry, ich habe die Anrufe nicht gehört, es ist schrecklich laut hier. Sind Sie schon angekommen?«

»Deswegen wollte ich Sie sprechen. Es tut mir so leid, aber ich werde es leider nicht schaffen. Mein Bruder und seine Frau haben sich einen Magen-Darm-Infekt geholt und mich gebeten, auf ihre drei Kinder aufzupassen. Ich spiele heute Abend also kurzfristig den Babysitter.«

»Oh. Wie schade.«

»Ja, ich finde es auch sehr schade. Ich hätte wirklich gerne mit Ihnen getanzt, und jetzt muss ich mir *Toy Story* ansehen und hoffen, dass nicht auch noch eins der Kinder krank wird. Und meine kleine Nichte ist schon ganz blass im Gesicht.«

»Oje, die Arme. Dann kümmern Sie sich mal schön um sie.«

»Das mache ich. Und sorry noch mal. Ich mache es wieder gut, ja?«

»Okay.« Sie legte auf und spürte schon wieder jemanden neben sich. Fast hoffte sie, es wäre erneut Jack, doch dann hörte sie den spanischen Akzent.

»Hallo, meine Hübsche.«

»Hallo«, sagte sie und versuchte dabei so abweisend wie möglich zu klingen.

»Wurdest du versetzt?«, fragte er.

»Nein, ich ... er ist leider verhindert«, gab sie zu.

»Wer dich hängenlässt, hat doch nicht alle Teller im Schrank.«

Sie musste trotz allem schmunzeln. »Alle Tassen, heißt es.«

»Oh. Na gut.« Er kam näher und sprach in ihr Ohr: »Vielleicht kannst du mir ja deine Sprache ein bisschen besser beibringen. Dann bringe ich dir im Gegenzug meine Sprache bei.« Er lächelte sie jetzt mit seinen vollen purpurroten Lippen an und zwinkerte ihr schelmisch zu.

Sie schaute sich nach Jack um und hoffte nur, er sah sie nicht zusammen mit Emilio. Doch natürlich blickte er gerade in dem Moment zu ihnen hin, oder, nein, es sah sogar fast danach aus, als würde er sie beobachten! Er schüttelte den Kopf, und dann warf er ihr einen Blick zu, der nichts als Enttäuschung und Verachtung ausdrückte. Und weil sie seine Spielchen einfach so satthatte und auch weil sie ihn eifersüchtig machen wollte, wandte sie sich wieder Emilio zu, zog ihn an sich und küsste ihn.

Als sie wieder in Jacks Richtung sah, war er verschwunden. Und sie fühlte sich elender als je zuvor.

Emilio sah sie überrascht an und forderte sie dann zum Tanzen auf, doch sie sagte ihm, dass das alles ein riesengroßer Fehler gewesen sei und sie jetzt nach Hause gehen werde.

»Aber Sophie. Wolltest du mir denn nicht deine Sprache beibringen?«, rief er ihr hinterher.

»Sorry, aber dafür musst du dir jemand anders suchen«, rief sie zurück und lief zu ihrem Auto.

Zurück auf der Farm warf sie sich aufs Sofa, versteckte sich unter Hatties Quilt und ärgerte sich über sich selbst.

Was hatte sie nur getan?

Sie war so dumm gewesen, so dumm. Ihre Schuldgefühle Jack gegenüber waren kaum zu ertragen. Sie hatte ihn nicht nur belogen, sondern hatte ihn auch verletzt – erneut. Er hatte ihr gesagt, dass sie ihm noch immer wichtig war, und sie hatte einen anderen geküsst. Sie hatte seine enttäuschten

Blicke einfach nicht mehr ertragen können, hatte einfach nicht verstanden, warum er ihr gegenüber einerseits so lieb und anderseits so kühl war. Warum er sich nicht einfach eingestehen konnte, dass er noch immer Gefühle für sie hatte. Sie spürte es doch: Ihm ging es genau wie ihr! Die erste Liebe war etwas ganz Besonderes, und an diesem Abend hatte Sophie endlich etwas verstanden. Jack Bronson war nicht nur ihre erste Liebe gewesen, sondern auch ihre einzig wahre Liebe. Die große Liebe, nach der jeder Mensch in seinem Leben sucht. Die Liebe, die es nur einmal gibt.

Und sie hatte sie nicht nur einmal, sondern gleich zweimal zerstört.

Sie konnte nicht aufhören, an Jack zu denken. Die Tränen liefen ihr unaufhörlich über die Wangen. Sie wusste nicht, wie sie es wiedergutmachen sollte. Wahrscheinlich konnte sie das gar nicht. Alles war für immer verloren, und sie musste damit leben.

Oh, wenn sie doch jetzt eine Nachricht von Hattie finden würde, in der sie ihr sagte, was sie tun sollte. Ob sie irgendetwas tun konnte. Was immer es war, sie würde nicht zögern. Doch auch alle Teedosen zu öffnen brachte nichts. Und auch die Sockenschublade brachte keine neuen Nachrichten hervor. Völlig verzweifelt durchsuchte sie alle übrigen Schubladen, alle Schränke, Kästen, Dosen, Schuhkartons, Vasen und Saucieren. Doch sie blieb erfolglos.

Von Trauer erfüllt, weil ihr gerade in der jetzigen Situation ein paar Worte von Hattie so viel Trost hätten schenken können, ging sie ins Bett. Lange lag sie im Dunkeln da und starrte an die Decke. Dachte an die Zeit mit Jack zurück. An die langen Sommerabende, wunderschönen Sonnenuntergänge und auch an den einen Sonnenaufgang, nachdem sie inmitten der Mandelfelder auf einer Decke eingeschlafen waren. Arm in Arm, von Liebe erfüllt. Damals hatte sie geglaubt, dass nichts auf der Welt sie jemals würde trennen können. Und dann war sie selbst es gewesen, die diese magische Beziehung beendet hatte.

Sie schloss die Augen und ließ den Tränen freien Lauf.

So sentimental war sie sonst gar nicht, es musste die Farm sein, die bewirkte, dass ihre Gefühle sie überwältigten.

Sie dachte an Jack von heute Abend zurück. Wie er mit seinem Finger ihre Hand gestreift hatte. Wie er ihr gesagt hatte, dass sie ihm noch immer wichtig war. Und wie er sie so unendlich enttäuscht angesehen hatte.

Da jetzt ihr ganzes Gesicht nass von Tränen war, schaltete sie das Nachtlicht an und griff nach der Packung Papiertaschentücher, die sie auf dem Nachttisch in Erinnerung hatte. Sie öffnete sie, zog ein Tuch heraus und begann zu schluchzen, als sie erkannte, was sich zwischen den Taschentüchern befand. Ein weiterer zusammengefalteter Zettel.

Sie faltete ihn auseinander, musste sich aber doch erst einmal die Nase schnäuzen und die Tränen wegwischen, die ihren Blick verschleierten. Und dann las sie:

Lass dein schlechtes Gewissen los und versöhne dich mit dir selbst. Verliere niemals den Zauber in dir und erinnere dich, wie du im Regen getanzt hast.

Bei diesen Worten konnte sie nur lächeln. Ach, gute Hattie. Sie hatte nicht vergessen, wie sehr sie als kleines Kind den Regen geliebt hatte. Wie sie hinaus in den Garten gelaufen war und im Regen getanzt hatte, völlig ohne Sorge, dabei nass zu werden. Ja, diese Momente waren wirklich voller Zauber gewesen. Ob dieser Zauber noch immer in ihr steckte?

Vielleicht sollte sie sich auf die Suche nach ihm machen. Vielleicht war es der perfekte Zeitpunkt gewesen, zurück nach Hause zu kommen. Vielleicht waren die letzten Jahre völlig ohne Bedeutung und sie gar nicht sie selbst gewesen.

Vielleicht war es an der Zeit, sich selbst wiederzufinden.

Und während sie jetzt endlich die Augen schloss und in einen friedlichen Schlaf fiel, nahm sie sich fest vor, sich gleich morgen auf die Suche zu machen.

Kapitel 27

Lydia

Montagmorgen. Lydia saß an ihrem Vorzimmerschreibtisch, hörte Radio und kümmerte sich um einige offene Rechnungen. Sie hatte nichts weiter zu tun gehabt und angeboten, Rex diese lästige Aufgabe abzunehmen. Gerade hatte sie einen Kunden am anderen Ende der Leitung, der nun schon zum vierten Mal »vergessen« hatte, seine Rechnung über fünfzig Gläser Mandelmus zu begleichen. Mr. Hendrix führte einen kleinen Supermarkt in Fresno und war ihr supersympathisch, trotzdem musste sie ihn wieder einmal ermahnen, wie sie es bei allen anderen Schuldnern auch machte. So leid es ihr tat.

»Ich überweise Ihnen die zweihundertzwölf Dollar und fünfzig Cent spätestens Ende des Monats, ja?«

Lydia sah auf ihren Tischkalender. Heute hatten sie den 23. September.

»Ja, okay. Aber wenn ich den Betrag am 1. Oktober nicht auf unserem Konto habe, müssen wir Ihnen leider eine Mahngebühr draufrechnen.«

»Ich bezahle pünktlich, versprochen. Und danke, dass Sie mir Aufschub gewähren.«

»Kein Problem. Ihnen noch einen schönen Tag, Mr. Hendrix«, sagte sie und legte auf.

Nachdem sie sich um weitere sechzehn offene Rechnungen gekümmert hatte, lehnte sie sich in ihrem bequemen Schreibtischstuhl zurück und seufzte. Die wirtschaftliche Lage war brisant. Vor allem die kleinen Händler mussten um ihr Überleben kämpfen. Wie konnte sie ihnen da hammerhart sagen, dass sie keine Bestellungen mehr von ihnen annehmen würden?

Das Telefon klingelte, und sie ging ran.

»Hallo, mein Schatz«, hörte sie Rex sagen. Er rief von seinem Büro über der Produktionshalle aus an, und sie konnte ihn förmlich lächeln sehen.

»Hallo, Liebling. Wie läuft es?«

»Es läuft wie immer wunderbar. Ich hätte nur eine Bitte: Würdest du mir einen Kaffee bringen? Meine Kanne ist schon alle, und ich glaube, ich überstehe den Vormittag nicht ohne Koffein.«

»Du hast bereits eine ganze Kanne Kaffee geleert?« Sie sah auf die Uhr. Es war Viertel vor elf, vor zwei Stunden hatte sie ihm eine Ein-Liter-Kanne gefüllt und mitgegeben.

»Harold und Lenny waren bei mir im Büro, ich hatte was mit ihnen zu besprechen. Und schon war die Kanne leer. Wärst du so lieb?«

»Na klar. Ich bringe dir gleich einen Becher.«

Sie befüllte die Kaffeemaschine neu, schaltete sie an und ließ die wohlduftende heiße Flüssigkeit durchlaufen. Dann stellte sie das *BIN-GLEICH-WIEDER-DA*-Schild auf ihren Tisch und machte sich auf zu Rex. Um zu seinem Büro zu gelangen, musste sie zuerst die Produktionshalle durchqueren, in der es an allen Ecken nach Mandeln duftete. Nach frisch gemahlenen, nach gerösteten, und irgendwie fand sie auch immer, dass es ein wenig nach Hatties Mandelplätzchen roch, was natürlich Unsinn war, da sie überhaupt keine Backwaren herstellten.

Sie sah Rex oben in seinem Büro am Fenster stehen und telefonieren, stieg die metallene Treppe hoch und stellte den Kaffeebecher mit dem Sunny-Almond-Logo – eine gelbe Sonne mit Mandeln als Strahlen – auf seinen Tisch. Sie warf ihm eine Kusshand zu und wollte schon wieder gehen, da sie ihn nicht stören wollte, doch er machte ihr ein Zeichen, dass sie warten sollte. Sie stellte sich also ans Regal und betrachtete die Sammlerfiguren aus James-Bond-Filmen, die Rex als großer Fan aufgestellt hatte. Daneben gab es etliche Bilder der Kinder. Und eines von ihr stand mitten auf seinem Schreibtisch; er war wirklich der perfekte Familienmensch.

Ihr Mann beendete nun sein Gespräch, kam auf sie zu und gab ihr einen Kuss auf die Wange. »Du bist meine Rettung«, sagte er.

»Immer wieder gerne. Wer war das eben am Telefon? Es hat sich ziemlich wichtig angehört.«

Rex nickte. »Es ging um eine lokale Kette von Coffeeshops. Sie wollen Mandelmilch ins Sortiment aufnehmen und haben gefragt, ob wir in Großmengen liefern können.«

»Wow, das klingt fantastisch. Hab ich dir nicht gesagt, dass die Mandelmilch voll einschlagen wird? Es gibt immer mehr laktoseintolerante Menschen, die zu Alternativen greifen.«

»Und denk nur an all die Veganer«, fügte Rex hinzu, und sie runzelte die Nase. Von vegetarisch und vegan hatte sie ehrlich gesagt gerade genug, was aber nur daran lag, dass Gracie die ganze Zeit so ein Drama darum machte. Die Sache an sich war vielleicht eine gute, für sie selbst war das aber nichts. Vermutlich wehrte sie sich auch nur so dagegen, weil ihr dabei immer gleich Kate in den Sinn kam.

Rex lachte. »Du solltest dein Gesicht sehen. Na, wie auch immer: Du hattest vollkommen recht, und falls wir den Großauftrag bekommen, bin ich dir ein Abendessen bei Chez Claude schuldig.«

Ihre Augen weiteten sich. »Du willst mich schick ausführen? Nach Sacramento?«

»Wir waren lange nicht dort. Es wird sowieso mal wieder Zeit, oder?«

Früher, als sie frisch verliebt waren, hatten sie öfter einen Abend in Sacramento verbracht, waren essen oder ins Kino gegangen. Waren im Winter Schlittschuh gelaufen oder hatten das Theater besucht. Was diese Dinge anging, hatte Sacramento doch mehr zu bieten als Davis. Seit die Jungs auf der Welt waren, hatten sie diese romantischen Abende allerdings schleifen lassen, obwohl Lydias Mutter ihnen des Öfteren anbot, gerne jederzeit die Kinder zu übernehmen. Denn heute war Babette Dixon natürlich keine Pflückerin mehr. Mit sechsundfünfzig Jahren hatte sie beschlossen, dass sie zu alt für die Arbeit auf der Farm war, und hatte begonnen, als Tagesmutter zu arbeiten. Zusammen mit ihrer älteren Schwester Annie hatte sie einen kleinen Tagesmutterdienst aufgemacht, wo auch Lydia ihre kleinen Kinder abgegeben hätte, hätte Rex ihr nicht gesagt, dass sie gerne zu Hause bleiben und ihm das Arbeiten überlassen könne. Sie war so gerne Mutter und Hausfrau, dass sie sich über Rex' verständnisvolles Angebot gefreut hatte. Und genauso sehr hatte sie sich gefreut, dass er ein paar Jahre später verstanden hatte, dass ihr nun, da die Jungs zur Schule gingen, zu Hause die Decke auf den Kopf fiel und sie sich einen Teilzeitjob suchen wollte. Da sie allerdings zeitlich so unflexibel war und nicht auf Anhieb was gefunden hatte, hatte Rex ihr die Stelle bei Sunny Almond freigeschaufelt. Seine damalige Empfangsdame hatte beschlossen, nach Fort Lauderdale zu ziehen, und statt eine neue Vollzeitstelle zu besetzen, hatte er Lydia für die Vormittage eingestellt und sich zwei Aushilfen für die Nachmittage gesucht. Er war sehr zufrieden mit ihrer Arbeit und hatte ihr mehr als einmal gesagt, wie stolz er auf sie war. Und sie musste zugeben, dass dieser kleine Job und vor allem die Wertschätzung ihres Mannes sie sehr erfüllten.

Ihr Handy pfiff, und sie sah kurz aufs Display.

»Irgendetwas Wichtiges?«, fragte Rex, und sie versuchte, so beiläufig wie möglich zu klingen und sich nichts anmerken zu lassen.

Sie schüttelte also den Kopf und sagte: »Nein, Miranda fragt nur, was wir am Mittwoch machen wollen.«

»Es wundert mich ja, dass sie überhaupt noch Zeit für dich findet. Sie und dieser Typ – wie heißt er noch?«

»Müller Eddie.«

Er schmunzelte. »Ja, genau. Sie und dieser Eddie sind ja kaum noch voneinander zu trennen. Neulich hab ich die beiden zusammen im Supermarkt gesehen. Die waren sich bei allem einig, als wären sie ein altes Ehepaar. Wir nehmen die eingelegte Rote Bete lieber in Scheiben statt in Kugeln, oder, Schnuckelchen? Aber natürlich, Schätzelchen.«

Lydia kicherte. »So nennen sie einander aber nicht. Sie nennt ihn Schmusebärchen und er nennt sie Sahnestückchen.«

Sie mussten beide laut loslachen, wobei sie Miranda, die endlich die Liebe gefunden hatte, keinesfalls auslachten. Vielmehr freuten sie sich für ihre Freundin, die ja auch eine große Rolle bei ihrer eigenen Beziehung gespielt hatte. Ohne sie hätten sie vielleicht niemals zueinandergefunden.

»Ich muss dann mal wieder nach vorne. Falls Kundschaft gekommen ist, will ich die nicht länger warten lassen.«

»Dann bis später. Ach ja, was ich noch kurz wissen wollte: Ist Gracie immer noch auf ihrem Trip? Gibt es bei uns immer noch kein Fleisch? Ich hätte wirklich mal wieder Lust auf Spaghetti bolognese.«

»Tut mir leid, aber der fleischfreie Monat ist noch lange nicht um. Und darf ich dich daran erinnern, dass *du* den vorgeschlagen hast?«

»Oje, was hab ich uns da nur eingebrockt?« Er zog die Augenbrauen hoch.

»Tja. Du wolltest es so, mein Schatz.«

»Aber doch nur, um bei Gracie zu punkten. Ich habe das Gefühl, sie entgleitet mir in letzter Zeit ein bisschen.«

»Das Gefühl hast leider nicht nur du«, sagte sie mit trauriger Stimme.

»Und gebracht hat es mir doch nichts.« Rex klang mindestens genauso traurig wie sie. »Sie nimmt mich doch nicht einmal mehr für voll, jetzt, da Brandon wieder auf der Bildfläche erschienen ist.«

»Er war nie weg, Rex.«

»Du weißt, was ich meine. Jetzt, da er sich als Superdad aufspielt. Dagegen hab ich doch gar keine Chance.«

»Ach, Schatz«, sagte sie und nahm ihren geknickten Mann in die Arme. »Bestimmt verliert er bald das Interesse, und alles wird wieder wie früher. Sie wird schon noch erkennen, was sie an dir hat.«

»Glaubst du?«, fragte Rex hoffnungsvoll.

»Da bin ich mir ganz sicher.« Sie sah ihn ermutigend an. »Alles wird gut. Und heute Abend mache ich nur für dich vegetarische Bolognese, okay?«

Rex nickte und ließ sie zu ihrer Arbeit zurückgehen. Zum

Glück war weit und breit kein genervter wartender Kunde zu sehen, und so konnte sie endlich ihr Handy herausholen und die Nachricht lesen, die Brandon ihr geschickt hatte.

Ja, sie war von Brandon gewesen, was sie Rex auf keinen Fall hatte wissen lassen wollen. So ungern sie ihn angeschwindelt hatte, wusste sie doch, dass es das Richtige gewesen war. Er war zurzeit labil genug, was Gracie betraf, da musste sie nicht noch Salz in die Wunde streuen.

Hey, Lydia. Ich wollte dich gern bitten, noch mal über die Sache mit den Weihnachtsferien nachzudenken. Kate und ich hätten Gracie wirklich gerne bei uns. Gib dir doch einen Ruck. Ich hab dich noch nie um was gebeten. Brandon

Sauer starrte sie auf das Display. Er hatte sie noch nie um was gebeten? Wieso auch? Er war doch zehn Jahre lang nicht anwesend gewesen! Und seit er nun endlich Interesse an seiner Tochter zeigte, kam sie ihm entgegen, wo sie konnte. Um Gracie ihren Vater nicht vorzuenthalten. Auch wenn es alles andere als leicht war, ihre Tochter dem Mann anzuvertrauen, der sie so im Stich gelassen und sich aus jeder Verantwortung gezogen hatte. Wenigstens hatte er Unterhalt gezahlt, aber das konnte den Verlust auch nicht wettmachen.

Im ersten Moment wollte sie zurückschreiben, entschied sich dann aber, lieber doch anzurufen, damit er es ein für alle Mal verstand.

Er ging beim ersten Klingeln ran.

»Lydia?«

»Brandon«, sagte sie kühl.

»Wie schön, dass du dich meldest.«

»Freu dich lieber nicht zu früh. Ich habe nämlich keine guten Nachrichten.«

»Du lässt Gracie nicht über Weihnachten zu uns kommen?«

Er sagte immer »uns« – wohnten er und Kate jetzt etwa zusammen?

»Nein, tut mir leid. Weihnachten ist ein Familienfest, das wir wie auch all die Jahre zuvor mit Gracie zusammen verbringen wollen.«

»Du sagst es schon, Lydia. All die Jahre zuvor war sie bei euch. Denkst du nicht, ich habe ein Recht darauf, sie auch mal an den Feiertagen zu sehen?«

»Nein, das denke ich nicht, Brandon.« Sie versuchte wirklich, ruhig zu bleiben. Leider merkte sie selbst, wie ihre Stimme mit jedem Wort wütender klang.

»Das ist nicht fair, Lydia.«

»Fair? Wollen wir jetzt ehrlich über Fairness reden? Und ganz im Ernst, es ist September! Weshalb nervst du mich jetzt schon wegen Weihnachten? Planst du bereits das Menü, oder was?« Inzwischen war Brandon nämlich ein angesehener Koch, von dem sogar schon Rezepte in Zeitschriften veröffentlicht worden waren.

Sie hörte Brandon durchatmen. Er wollte sich genauso wenig aufregen wie sie – für Gracie.

»Nein. Aber Kate würde gerne vorausplanen. Würde gern wissen, ob Gracie bei der Geburt dabei sein wird.«

Ihr Herz blieb stehen.

Geburt?

War Kate etwa … schwanger?

»Kate ist …«

»Schwanger, ja«, bestätigte er. »Gracie bekommt ein kleines Geschwisterchen. Das hat sie dir doch sicher erzählt, oder?« In seiner Stimme schwang Hohn mit. Weil sie wohl doch nicht die perfekte Mutter war, sonst hätte ihre Tochter ihr so etwas Wichtiges doch nicht vorenthalten.

»Ich hatte keine Ahnung«, sagte sie ganz ehrlich und immer noch viel zu erschüttert, um sich zu verstellen.

»Tut mir leid«, sagte Brandon, und es klang beinahe aufrichtig.

»*Du* hättest es mir erzählen sollen«, warf sie ihm vor.

»Ja, das hätte ich. Gracie hat mich nur gebeten, es nicht zu tun.«

Das versetzte ihr gleich noch einen Stich ins Herz. Sie erkannte ihre Tochter kaum wieder.

»Weiß sie es schon, seit sie im Juli bei euch war?«, wagte sie es nachzufragen.

»Ja.«

»Ich werde mit ihr reden.«

»Sei nicht allzu böse mit ihr.«

»Bin ich nicht.« Böse nicht, aber so schrecklich enttäuscht.

»Überlegst du es dir noch mal mit Weihnachten? Jetzt, da du weißt, dass die Situation eine andere ist? Bitte, Lydia. Es würde Kate viel bedeuten.«

Kate?

»Vergiss es«, sagte sie und hängte auf. Und dann setzte sie sich völlig erschüttert auf den Stuhl und konnte nichts tun, als auf das Bild der kleinen Gracie auf ihrem Schreibtisch zu starren. Da war sie noch so unschuldig, so lieb. Jetzt verging kaum ein Tag, an dem sie sie nicht zur Weißglut brachte. Es nagte immer noch an Lydia, dass Gracie neulich gesagt hatte, sie würde viel lieber bei ihrem Dad wohnen. Und da sie jetzt auch noch ein Geschwisterchen bekam, würde dieser Wunsch wahrscheinlich noch größer werden.

Kate bekam ein Baby, sie konnte es noch immer nicht glauben. Da hatte Brandon sich anscheinend tatsächlich dazu entschlossen, sesshaft zu werden. Eine Familie zu gründen. Mit einer anderen.

Es war nicht so, dass sie es ihm missgönnte. Sie hatte immerhin auch ihr Glück gefunden, und wäre er damals bei ihr geblieben, sähe ihr Leben heute ganz anders aus. Sie hätte Max und Randy nicht. Und Rex. Es war ja alles so gekommen, wie es hatte kommen sollen. Sie beide waren jetzt älter und weiser, und es freute sie ja insgeheim sogar, dass Brandon inzwischen den Kontakt zu Gracie suchte. Aber dass er all das mit einer anderen Frau haben wollte, was er damals mit ihr nicht hatte haben wollen, tat schon auch weh. Verdammt weh. Es fühlte sich an, als wäre sie nicht genug gewesen. Als wäre sie es nicht wert gewesen, bei ihr zu bleiben und Gracie mit ihr zusammen aufzuziehen. In den schwersten Stunden war sie allein auf sich gestellt gewesen, und das konnte sie Brandon einfach nicht verzeihen. Würde sie niemals können, so sehr sie es auch wollte.

Den ganzen Tag lang überlegte sie, wie sie dieses heikle Thema Gracie gegenüber behutsam ansprechen sollte. Doch das war am Ende gar nicht nötig, denn diese kam nach der Schule wutentbrannt nach Hause. Sie hatte heute Baseballtraining gehabt, und Rex hatte sie abgeholt, während Lydia die Jungs vom Schwimmen und von der Bandprobe abgeholt und sich danach um das Abendessen gekümmert hatte. Sie stand gerade in der Küche und holte Gläser aus dem Schrank, als Gracie sich hinter sie stellte und anfing zu schreien. »Wie kannst du nur so mies sein, Mom?«

Rex, der hinter Gracie auftauchte, sah Lydia irritiert an.

»Dürfte ich fragen, was ich getan habe, das so mies ist?«,

entgegnete sie, obwohl sie sich schon denken konnte, worum es ging.

»Wieso erlaubst du mir nicht, Weihnachten bei Dad zu verbringen?«

»Warum hast du mir nicht erzählt, dass Kate schwanger ist?«, stellte sie die Gegenfrage. Und sie hörte sich genauso sauer an wie die Furie, die vor ihr stand und sie mit Blitzen in den Augen anstarrte.

Rex war ganz blass geworden und sah sprachlos von seiner Frau zu seiner Tochter und wieder zurück.

»Weil du dich drüber aufgeregt hättest. Weil du Kate nicht leiden kannst!«

»Da hast du ganz recht, Fräulein. Und weißt du auch, warum ich sie nicht leiden kann? Weil sie dich zu ihrem kleinen Ebenbild macht. Du willst doch schon genauso sein wie sie.«

»Na, besser als wie du«, erwiderte Gracie patzig.

Lydia ließ resignierend die Hände fallen. »Ich weiß wirklich nicht, was so schlimm daran sein soll, wie ich zu sein. Ich hab dir immer alles gegeben, was du gebraucht hast, oder etwa nicht?« Ihre Stimme zitterte, und sie war den Tränen nahe. Sie warf einen Blick zu Rex, der noch immer unbeteiligt und wie in Trance dastand.

»Nein, du gibst mir eben nicht alles, was ich brauche. Das, was ich im Moment am meisten brauche, ist Dad. Und du versuchst alles, um mich von ihm fernzuhalten.«

»Das tue ich gar nicht, Gracie.«

»Oh doch! Er hat mir erzählt, dass er dich heute noch mal wegen Weihnachten gefragt hat und dass du voll blöd zu ihm warst.«

Jetzt blickte Rex doch auf und schien verwirrt. Und vorwurfsvoll.

»Das hat Brandon gesagt? Dass ich blöd zu ihm war?«

»Vielleicht hat er es anders ausgedrückt, aber ist doch scheißegal.«

»Rede nicht in diesem Ton mit deiner Mutter, Gracie!«, mischte Rex sich ein.

Erst jetzt schien Gracie ihn wahrzunehmen. Sie drehte sich zu ihm und sagte: »Was mischt du dich eigentlich ein? Dich geht das einen Scheiß an!«

»Grace!«, schrie Lydia, und sie konnte förmlich sehen, wie Rex innerlich zusammenklappte.

»Ach, lasst mich doch alle in Ruhe!«, brüllte Gracie.

»Du entschuldigst dich sofort bei deinem Vater!«, verlangte Lydia.

»Mein Vater ist in San Francisco!«, schrie ihre Tochter ihr ins Gesicht.

»Geh auf dein Zimmer!«, rief sie, weil sie einfach nicht mehr weiterwusste und weil mehr als deutlich war, dass das jetzt aufhören musste und dass Rex ganz dringend eine Umarmung brauchte.

»Gerne! Und da bleib ich auch, bis du es dir anders überlegt hast!«

»Dann kannst du gleich den Rest deines Lebens in deinem Zimmer verbringen!«

»Ich hasse dich!«, schrie Gracie und sah sie mit so viel Zorn in den Augen an, dass sie Angst bekam.

Dann zischte Gracie in ihr Zimmer und knallte die Tür so laut, dass das ganze Haus bebte. Und jetzt erst nahm Lydia die Anwesenheit ihrer beiden Söhne wahr, die in der Tür standen und schockiert zusahen, wie ihre heile Welt zerbrach.

Randy weinte, und Max, der sich so auf seinen morgigen Geburtstag gefreut hatte, presste verstört die Lippen aufeinander. Rex starrte auf die Wassergläser und schien völlig abwesend zu sein.

Weil sie nicht wusste, um wen sie sich zuerst kümmern sollte, ging Lydia zunächst zu ihren Jungen und nahm sie in die Arme. Als sie ein Scheppern hörte, drehte sie sich erschrocken um.

Rex hatte eines der Gläser an die Wand geschmissen und nahm sich gerade ein zweites in die Hand.

»Rex!«, rief sie völlig entsetzt. So hatte er sich noch nie verhalten! Der Mann war sonst die Ruhe und die Vernunft selbst.

Er sah auf und blickte dann das Glas in seiner Hand an, als hätte er gar nicht gewusst, dass er es hielt. Er stellte es ab, schüttelte den Kopf und holte den Handfeger hervor. Er ging in die Hocke und sammelte die Scherben auf. Doch noch immer sagte er kein Wort.

Sie hätte nie gedacht, dass irgendjemand ihren Mann auf diese Weise aus der Fassung bringen könnte. Und nun hatte es eine Vierzehnjährige geschafft, die doch eigentlich wütend auf *sie* war. Hätte sie Brandons Bitte einfach nachgeben sollen? Hätte sie riskieren sollen, Gracie noch ein wenig mehr zu verlieren?

Oder hatte sie sie sogar bereits verloren?

Kapitel 28

Sophie

»Erzähl doch mal, was gibt es Neues auf der Farm?«, fragte Hyazinth, sobald sie ans Telefon gegangen war.

Sie stieß sich mit den Füßen ab, und die Schaukel, die seit ihrer Kindheit in Hatties Garten hing, setzte sich in Bewegung.

»Nicht viel«, antwortete sie, weil es die Wahrheit war. Ihr Leben war ziemlich langweilig geworden, seit sie nach Kalifornien zurückgekehrt war.

Am Sonntag hatten ihre Eltern sie besucht, um zu sehen, wie sie auf der Mandelfarm zurechtkam. Sie hatte ihnen von ihren Plänen erzählt, sich selbst ein wenig einzubringen und die komplette Buchhaltung selbst zu machen, so würde sie wenigstens ein bisschen was zu tun haben. Auch hatte sie vor, Emilio nur noch Aufgaben der Farmarbeit anzuvertrauen; um die Bestellungen, Lieferungen und auch um die Einstellung und Entlohnung der Arbeiter wollte sie sich von nun an selbst kümmern. Ihr Bauchgefühl sagte ihr, dass es besser so war, nachdem die Arbeiter neulich so lange auf ihr Geld hatten warten müssen. Sie und ihre Eltern waren dann noch zusammen im Stadtzentrum von Davis essen gegangen und hatten sich unter das Volk beim Mandelfest gemischt, bevor die beiden sich am Abend wieder auf den Weg nach Hause gemacht hatten.

Heute hatte Sophie den kompletten Vormittag draußen verbracht. War zuerst mit Hatties altem Fahrrad in den Ort gefahren, um bei Miranda Bagels fürs Frühstück zu besorgen, hatte auf dem Heimweg ein bisschen Obst am Straßenrand gekauft und sich später mit einem Buch an den See gesetzt und die Beine ins Wasser baumeln lassen. Schließlich war sie zu ihren Arbeitern rübergegangen und hatte sie begrüßt, hatte dabei zugesehen, wie ein großer Lieferwagen der Sunny Almond Company vorgefahren war und wie Emilio zusammen mit den männlichen Farmarbeitern Kisten voller Mandeln eingeladen hatte.

»Mandeln über Mandeln, wohin man auch sieht«, sagte sie nun zu ihrer Freundin in Boston, das ganz weit weg schien.

»Schickst du mir welche?«

»Klar, kann ich gerne machen. Und wo wir schon beim Thema sind, wann kommen denn meine Sachen endlich an? Wann hast du sie noch mal losgeschickt?«

»Letzte Woche Freitag. Ich habe die Lieferung gerade nachverfolgt. Die Kartons sollten heute bei dir eintreffen. Mittwoch zwischen vierzehn und achtzehn Uhr, steht hier.«

»Oh, super. Ich hab nämlich wirklich nichts mehr zum Anziehen. Ich musste mir hier schon ein paar neue Sachen kaufen.« Und auch die hatte Juanita schon gewaschen. Die Mexikanerin war richtig froh gewesen, als Sophie ihr vor einer Woche gesagt hatte, dass sie sie auch weiterhin für die Hausarbeit benötigen würde. Und Sophie wusste, dass sie richtig gehandelt hatte, denn Juanita war echt unglaublich. Sie war ein wahrer Wirbelwind im Haus. Sobald Sophie irgendwo ein T-Shirt liegen ließ, landete es in der Waschmaschine. Und nicht nur das! Juanita putzte und saugte und wischte und fegte und wedelte hier und da und hielt alles in bester Ordnung. Sie konnte gut verstehen, dass Hattie sie sehr wertgeschätzt hatte. Sophie hätte all diese Dinge natürlich allein machen können, und auch wäre es von ihrer Seite nicht nötig gewesen, jeden Tag Staub zu wischen, doch sie wollte Juanita nicht vor den Kopf stoßen und ihr einfach ihre Aufgaben nehmen. Auch wenn sie sie natürlich komplett für die Farmarbeit hätte einsetzen können, hätte die Gute es sicher persönlich genommen. Und so wollte sie sie bis zum Ende der Saison weiter hin- und herspringen lassen und sie auch danach, bis zum Ende ihrer drei Monate, im Haus behalten. Was dann kam, konnte sie jetzt leider noch nicht sagen.

»Nun tu doch nicht so, als wenn du nicht gerne shoppen gehen würdest«, meinte Hyazinth und riss sie aus ihren Gedanken.

Sie musste lächeln. Ihre Freundin kannte sie zu gut.

»Hast du meine Blumen mit zu dir in die Wohnung genommen?«

»Die beiden halbtoten Grünpflanzen? Hab ich.«

»Sorry, aber für sowas hab ich keine Zeit. Hatte ich keine Zeit«, verbesserte sie sich. »Hier habe ich ja nun einen wunderschönen Garten mit allen Arten von Blumen.« Sie blickte zu den wunderschönen Rosen vor dem Haus hinüber, deren Duft sie bis hierher wahrnehmen konnte.

»Ich hoffe, du vergisst nicht, sie zu gießen.«

»Haha.«

»Nein, im Ernst, schick doch mal ein paar Fotos. Ich würde wirklich gerne sehen, wie du da lebst.«

»Kann ich gerne machen.« Sie sah zum Horizont, die

Sonne blendete sie, und sie schloss die Augen für einen Moment. »Weißt du, eigentlich ist es hier wirklich schön. Es gibt so viel Natur, überall grünt es, die Bienen summen ... Das würde dir gefallen.«

»Das klingt wundervoll. Und was machst du so in der Natur? Gehst du viel spazieren?«

»Das auch, ja. Ich spaziere über die Farm, fahre Fahrrad entlang der vielen Farmen, die am Straßenrand ihre Früchte anbieten. Du kannst dir diese Gerüche nicht vorstellen, die sind einfach unglaublich. Wenn man in der Großstadt in einen Pfirsich aus dem Supermarkt beißt, ist es nicht dasselbe. Ich hatte völlig vergessen, wie Obst wirklich riecht und schmeckt.«

»Sophie, was du mir da alles erzählst ... ehrlich, ich erkenne dich kaum wieder. Du scheinst dort ja richtig aufzublühen. Wo ist denn der Workaholic hin, der vierundzwanzig Stunden am Tag in Action sein muss und der den Stress braucht wie ein Lebenselixier?«

»Es ist total komisch, aber diesen Menschen scheint es nicht mehr zu geben. Ich fühle mich hier irgendwie ... als wäre die Zeit stehengeblieben. Als würde ich zum ersten Mal seit Langem wieder klar sehen. Ich nehme mir endlich mal Zeit für mich, weißt du, und ich genieße es in vollen Zügen. Es ist wundervoll.«

»Du machst mich echt neidisch. Erzähl mir mehr, was machst du sonst noch?«

Sie musste überlegen. »Hmmm ... ich sitze im Garten und lese oder gehe schwimmen in dem kleinen See auf Hatties Grundstück.«

»Du meinst, auf deinem Grundstück, Süße«, berichtigte Hyazinth sie, und es formte sich ein Kloß in ihrem Hals.

Ja, ihr Grundstück.

Da sie den Tränen nahe war, fragte sie schnell: »Und bei dir? Was gibt es Neues in Boston? Erzähl doch mal ein bisschen.«

»Ach, hier ist alles beim Alten. Nein, warte! Neulich war der Typ aus dieser Fernsehshow bei uns im Yogakurs.«

»Welcher Typ? Aus welcher Show?« Ihr fiel wieder ein, dass sie sich dringend einen Fernseher beschaffen musste.

»Na, du weißt schon, dieser heiße Typ mit der Glatze. Aus dem Fernsehen.«

»Kojak? Meister Proper? Bruce Willis?«

»Du bist ja ein Witzbold. Nein, jünger, viel jünger.«

Sie musste lachen. »Ich habe ehrlich keinen blassen Schimmer, von wem du sprichst. Nenn mir doch wenigstens die Fernsehsendung, vielleicht komme ich damit weiter.«

»Das war diese Sendung, in der die Kandidaten immer irgendwas machen müssen. Und dann wird der Beste gekürt.«

Herrje, Hyazinth war echt grottenschlecht darin, jemandem etwas zu erklären.

»Und was müssen sie machen? Singen? Tanzen? Kochen?«

»Das weiß ich auch nicht mehr so genau. Du weißt, ich bin nicht so der Fernsehfan, hab da auch nur mal kurz reingeschaltet. Aber diesen Typen, den muss man doch einfach kennen, der ist in aller Munde!«

»Ach deeeer!«, rief sie aus.

»Weißt du endlich, wen ich meine?«, freute sich ihre Freundin.

»Ich habe absolut keine Ahnung«, lachte sie. Hyazinth stimmte ein, und sie lachten gemeinsam, wie sie es so oft getan hatten. Oh, wie sehr sie ihre beste Freundin vermisste.

»Weißt du, vielleicht war er es auch gar nicht«, meinte Hyazinth dann, und Sophie schüttelte belustigt den Kopf.

»Du fehlst mir so«, sagte sie ihr.

»Und du mir erst!«

»Du musst mich unbedingt ganz bald besuchen kommen.«

»Das mache ich, versprochen! Spätestens zu Weihnachten.«

»Das ist aber noch so lange hin.«

»Dann zu Thanksgiving. Aber du musst mir versprechen, keinen Truthahn aufzutischen.«

»Versprochen! Dann können wir zusammen mit meiner Freundin Lydia feiern. Deren Tochter ist gerade Vegetarierin geworden.«

»Oh, super. Hey, warte mal! Deine Freundin Lydia? Hast du mich etwa schon ersetzt?«, fragte Hyazinth gespielt schockiert.

»Keiner könnte dich je ersetzen. Ich kenne Lydia schon seit meiner jüngsten Kindheit. Wir haben hier immer die Sommer zusammen verbracht.«

»Komisch. Du hast sie nie erwähnt.«

»Ja, ich weiß. Das kommt daher, dass ich eine Riesenidiotin war.«

»Ach so. Na, das ist ja nichts Neues.«

»Hey! Was soll das denn nun wieder heißen?«

»Dass du in der Vergangenheit wohl so einige Fehler gemacht hast.« Das war das Gute an Hyazinth, sie war immer brutal ehrlich. Manchmal ein wenig zu brutal.

»Haben wir das nicht alle?«

»Schon, ja. Aber keine so weitreichenden Fehler wie du. Apropos! Wie steht es um Jack?«

»Ach, der …« Sie wollte wirklich nicht über Jack reden.

»Nun erzähl schon!«

Sie seufzte und erzählte. »Wir haben uns ein paarmal gesehen, seit ich hier bin. Bei der Beerdigung, in seinem

Diner, beim Mandelfest, und er hat mich zu unserem alten Hügel gebracht, wo wir früher immer geknutscht haben.«

»Ooooh! Hört sich vielversprechend an!« Hyazinth pfiff durch die Zähne.

»Ja, das dachte ich auch. Doch dann hat er mir gesagt, dass er mir niemals werde verzeihen können, und hat mich ganz böse abblitzen lassen.«

»Hat er nicht!«

»Hat er doch.«

»Dummkopf!« Sie konnte ihre Freundin förmlich denken hören, so laut ratterte ihr Gehirn. »Und was war mit dem Mandelfest? Oh Gott, es gibt bei euch wirklich ein Mandelfest?«

»Ja, das Almond Festival. Es gibt ja hier so viele Mandelplantagen in der Gegend. Es dauert ganze drei Tage lang.«

Hyazinth lachte. »Davon will ich mehr hören.«

»Am Freitagnachmittag gab es eine Eröffnungszeremonie und abends ein Tanzfest mit Live-Musik und Unmengen von Essen. Am Samstag dann gab es ein Heulabyrinth, eine Kutschfahrt und jede Menge anderer typisch ländlicher Aktivitäten. Und am Sonntag gab es als Höhepunkt des Ganzen ein Mandelwettessen.« Sie wusste selbst, wie sich das alles anhörte. Wie aus einem dieser verblödeten Hillbilly-Filme entsprungen nämlich.

»Ohne Scheiß? Wie viele Mandeln muss man da essen, um zu gewinnen?«

»Der Gewinner hat ganze vier Kilo in fünfzehn Minuten geschafft. Das war ein alter Mann namens Gary, der seine Ziege dabeihatte.«

»Er hatte eine Ziege dabei?«

»Ja. Die hält er sich anscheinend als Haustier. Sie heißt Edda und hat mehr Aufmerksamkeit bekommen als Gary.«

»Oh Gott, das klingt unglaublich! Ich muss unbedingt ganz bald kommen! Diesen Irrsinn will ich mit eigenen Augen sehen.«

»An Thanksgiving veranstalten sie sicher ähnliche Verrücktheiten.«

»Gebongt! Sobald wir aufgehängt haben, buche ich meinen Flug.«

Sophie wurde ernster. »Darüber würde ich mich ehrlich sehr freuen. Ich fühle mich hier doch ganz schön einsam. So ganz allein auf der Farm.«

»Bist du wirklich ganz allein? Hast du keinen Wachhund oder so?«

»Ich habe einen Emilio.« Sie sah hinüber zu seinem Häuschen, wo sie sich neulich geküsst hatten. Dann wanderte ihr Blick weiter zur Arbeitshalle, in der fleißig sortiert und verpackt wurde. Sie hatte Emilio vor einer Weile dort hineingehen sehen. Seit ihrem zweiten Kuss, dem auf dem Mandelfest, hatte sie sich ihm gegenüber freundlich, aber abweisend verhalten. Professionell, so wie es sich gehörte als Boss. Sie hoffte ehrlich, dass er das so hinnehmen würde.

»Welche Rasse ist der? Kann er dich beschützen?«, fragte Hyazinth, und Sophie versuchte sich wieder auf sie zu konzentrieren.

Trotz allem musste sie ein wenig schmunzeln. »Es ist ein Mensch und der Vorarbeiter der Farm. Er ist Mexikaner und lebt mit auf dem Grundstück nicht weit vom Haupthaus entfernt.«

»Oho! Ein heißer Mexikaner? Das wird ja immer besser. Ich hoffe, du schnappst dir nicht alle netten Typen und lässt mir noch ein paar übrig.«

»Gleich ein paar?«

»Ich bin immerhin Single.«

»Ja. Du, Hyazinth, darf ich dich was fragen? Hast du das Singleleben nicht manchmal auch verdammt satt?«

»Woah! Wer spricht denn da aus dir? Sonst genießt du deine Freiheit doch in vollen Zügen.«

»Ja, ich weiß. Das hab ich getan. Aber ich fange an zu erkennen, dass es doch nicht das Wahre ist. Dass da vielleicht doch mehr auf einen wartet.«

»Also, ich weiß nicht, was es ist, die Mandeln oder die Landluft oder was auch immer, aber du scheinst dich zu verändern.«

»Zum Guten oder zum Schlechten?«

»Das musst du selbst herausfinden, Süße. Ich muss jetzt leider Schluss machen. Es war wirklich schön, mit dir zu quatschen. Ruf doch wieder mal an, wenn du zwischen all deinen Farmeraufgaben ein bisschen Zeit findest.«

»Das werde ich. Mach's gut, und hoffentlich bis bald.«

Sie legte auf und dachte an Boston. An die Treffen mit Hyazinth, die so ganz anders waren als die mit Lydia. An das Three Seasons, das jetzt ganz ohne sie auskommen musste. In der ersten Woche hatte sie mehrmals täglich angerufen, um sich bei Lola zu erkundigen, ob alles in Ordnung war. Dann aber hatte sie verstanden, dass es nicht mehr ihre Aufgabe war, für Ordnung zu sorgen, und meldete sich nur noch alle paar Tage mal, und dann auch mehr, um einfach ein wenig mit Lola zu plaudern, als etwas über das Restaurant zu erfahren. Und sie musste gestehen, inzwischen war es ihr fast egal, welche Gerichte auf der Karte standen oder wer sich zum Essen angemeldet hatte. Der Besitzer hatte eine Vertretung für sie gefunden, und sie kamen ohne sie klar. Ihre Pflanzen waren versorgt, ihre Kleidung verschickt, ihre Miete bezahlte sie die drei Monate weiter, und dann würde sie sich entscheiden müssen, ob sie in Kalifornien bleiben oder zurück nach Boston gehen und ihr altes Leben wieder aufnehmen wollte. Die Farm würde eventuell auch ohne sie weiterlaufen mit Emilio als zuverlässigem Vorarbeiter und einem Buchhalter hier in Davis, der sich um die Finanzen kümmerte. Sie könnte von Zeit zu Zeit mal rüberfliegen, um nach dem Rechten zu sehen. Das sollte funktionieren. Wenn sie die Farm erst mal ganz offiziell überschrieben bekam, konnte sie entscheiden, wie sie sie führen wollte.

Moment mal ... Hyazinth hatte ihr eben gesagt, dass sie sie zu Weihnachten besuchen kommen wolle ... Wusste sie etwa schon mehr als sie selbst? Ahnte sie bereits, wie sie sich letztendlich entscheiden würde? Oft kannten beste Freundinnen einander ja besser, als man sich selbst kannte.

Manchmal hatten beste Freundinnen aber auch nicht die leiseste Ahnung, was in der anderen vorging. Und wenn sie jetzt an Lydia dachte, quälte sie noch immer ein schlechtes Gewissen. Die Arme hatte es damals wirklich nicht leicht gehabt. Als frischgebackene Mutter, mit einem Partner, der sich aus dem Staub gemacht hatte, und dem heimlichen Neid, den sie für sie empfand, hätte sie sie wahrscheinlich mehr gebraucht als irgendjemanden sonst.

Und dann war auch noch sie gegangen.

Sie hoffte nur, dass sie es irgendwie, irgendwann wiedergutmachen konnte.

Als jetzt ihr Handy klingelte, erschrak sie. Sie ging ran.

»Hallo?«

»Andy hier. Ich stehe vor Ihrer Tür, aber Sie sind anscheinend nicht zu Hause, oder?«

»Doch, doch. Ich bin im Garten. In der Nähe der Scheune.«

Sie drehte sich auf der Schaukel herum und winkte ihm zu. Als er sie entdeckte, lächelte er und kam auf sie zu.

»Ich habe es als Kind auch geliebt, zu schaukeln«, sagte er.

»Genau wie ich. Diese Schaukel hängt hier schon seit Ewigkeiten. Mein Grandpa hat sie noch für mich aufgehängt, bevor er verstorben ist.«

»Schön, dass sie noch immer ihren Zweck erfüllt.«

»Ja.« Sie ließ die Schaukel langsam zum Stillstand kommen. »Sind Sie aus einem bestimmten Grund vorbeigekommen?«

»Das bin ich in der Tat. Ich habe ein paar Unterlagen dabei, die Sie noch unterschreiben müssten. Finanzielle Angelegenheiten.«

»Ich hätte in Ihr Büro kommen können.«

»Kein Problem, ich war eh in der Nähe und dachte, ich versuche mein Glück. Und ehrlich gesagt wollte ich Sie nicht nur wegen der Unterlagen sehen. Ich möchte mich auch noch mal in aller Form entschuldigen wegen neulich. Sonst bin ich nicht so unzuverlässig, das müssen Sie mir glauben.«

»Halb so schlimm, ehrlich. Machen Sie sich keine Gedanken.«

»Ich hoffe, Sie hatten trotzdem viel Spaß?«

»Aber sicher. Bei all den Fressbuden und der coolen Band.« Sie grinste.

»Die American Pies?«, fragte er lachend. »Mein Onkel ist eins der Mitglieder. Sie singen schon seit vierzig Jahren zusammen.«

»Haben sie schon immer Latzhosen getragen?«

»Ja, na klar! Das ist ihr Markenzeichen.«

Sie lachten, und Sophie musste an ihren eigenen Onkel denken, der jetzt in seinem Chevy herumfuhr. Ob er die hunderttausend Dollar schon ausgegeben hatte, um die Ladys zu beeindrucken? Bestimmt hatte er sich komplett neu eingekleidet und führte seine Herzensdamen fein aus. Irgendwann demnächst musste sie ihn unbedingt mal anrufen und vielleicht sogar zur Farm einladen. Vielleicht an Thanksgiving oder Weihnachten, dann könnte sie Hatties Traditionen fortführen.

Sie stand von der Schaukel auf und fragte, ob sie nicht reingehen wollen. Sie würde gerne einen Eistee trinken. Es war wirklich warm an dem Tag.

Andy folgte ihr und setzte sich an den Küchentisch. Er öffnete seine Aktentasche und holte ein paar Papiere hervor. Dann sah er ihr dabei zu, wie sie ihnen Eistee einschenkte und ein paar Mandelplätzchen auf einen Teller legte.

»Sind die etwa noch von Hattie?«, fragte er.

»Ja. Sie hat Unmengen davon eingefroren. Ich würde gern selbst welche backen, finde aber das Rezept nicht, obwohl ich schon das ganze Haus danach abgesucht habe.«

»Vielleicht ist es im Bankschließfach?«, überlegte Andy.

Auf die Möglichkeit war sie noch gar nicht gekommen. Denn wer schloss schon ein Rezept in einen Safe ein? Andererseits wäre das typisch für Hattie gewesen, ihre Plätzchen waren ihr heilig gewesen.

»Gute Idee. Ich werde mal nachsehen gehen.«

Andy nahm einen großen Schluck Eistee und griff dann nach einem Plätzchen. »Sie fehlt Ihnen sicher sehr, hm?«

Sophie nahm ein Plätzchen in die Hand und betrachtete es. Ein Sonnenstrahl fiel durchs Fenster direkt auf den Küchentisch mit der blauen, mit kleinen weißen Enten bedruckten Tischdecke. Als hätte Hattie ihn gesandt.

»Sie fehlt mir ganz fürchterlich. Manchmal fühlt es sich aber an, als wäre sie überhaupt nicht weg. Als wäre ihr Geist noch immer da.« Sie wandte sich verlegen ab. »Das klingt albern, oder?«

»Nein, ich verstehe genau, was Sie meinen. Als mein Vater

vor ein paar Jahren an Krebs gestorben ist, ging es mir genauso. Ich konnte seine Anwesenheit noch eine ganze Weile spüren.«

»Ehrlich? Und wie lange hatten Sie dieses Gefühl, wenn ich fragen darf?«

»Oh, mindestens noch ein paar Monate. Dann war er plötzlich weg. Das war, als ich endlich akzeptierte, dass ich ihn nicht hätte retten können. Es war fast, als müsste er nun nicht mehr über mich wachen.«

»Wow!«, sagte sie. Würde es bei ihr genauso sein? Wenn sie sich nun endlich selbst verzieh, nicht für Hattie da gewesen zu sein, würde sie dann auch verschwinden? Wollte sie das überhaupt?

Sie waren einen Moment still und gedachten der Toten, dann kam Andy auf das Thema mit den Papieren zurück und ließ sie ein paar Dokumente unterschreiben.

»Das war's schon. Ich will Sie auch gar nicht länger aufhalten. Ich wollte Sie nur noch eines fragen. Denken Sie, wir könnten einen zweiten Anlauf starten? Das verpatzte Date wiedergutmachen?«

Er sah sie so lieb an, und so leid es ihr tat, ihn enttäuschen zu müssen, sagte sie ihm doch: »Mein Leben ist wirklich kompliziert zurzeit. All die Veränderungen, mit denen ich erst mal klarkommen muss. Ich hoffe, Sie sind mir nicht böse, wenn ich Ihnen einen Korb gebe. Ich würde mich aber sehr freuen, wenn wir Freunde werden könnten.«

Ein wenig traurig sah Andy sie an. »Es geht doch nichts über Freundschaft«, sagte er dann jedoch. Er schenkte ihr sogar ein kleines Lächeln, stand auf und meinte: »Er kann sich wirklich glücklich schätzen.«

Fragend blickte sie ihn an. »Von wem sprechen Sie?«

»Na, ist das nicht offensichtlich? Die ganze Stadt ist sich

sicher, dass Sie wieder zusammenkommen werden, Sie und Jack.«

Sie und Jack?

Sie hatte nicht einmal gewusst, dass Andy Jack kannte, geschweige denn von ihrer gemeinsamen Vergangenheit wusste.

»Ha!«, machte sie. »Da müsste Jack das aber auch erst mal wollen.«

»Er wird schon noch erkennen, was gut für ihn ist. Ich wünsche Ihnen ehrlich, dass Sie Ihr Glück finden, Sophie.«

»Danke, Andy, das ist wirklich nett von Ihnen«, erwiderte sie dankbar.

Wie gut er war, dieser Andy, der sie so gerne selbst daten wollte. Und wäre sie nicht immer noch in Jack verliebt, würde sie ihn vielleicht auch ... Halt!

Was hatte sie da gerade gedacht?

Dass sie verliebt in Jack war? War sie das denn? Bisher hatte sie nur geglaubt, dass alte Gefühle wieder hochgekommen waren. Schöne Erinnerungen, die ihr Geborgenheit schenkten. Jetzt erkannte sie aber plötzlich, dass sie Jack tatsächlich noch immer liebte, vielleicht nie aufgehört hatte, ihn zu lieben.

Wie sollte sie nur damit umgehen?

Sie brachte Andy zur Tür und entdeckte Emilio an der Scheune, wie er gerade den Rasenmäher herausholte. Er winkte ihr zu, und sie schloss die Haustür schnell wieder.

Das waren eindeutig zu viele Männer!

Ihr Leben war *wirklich* kompliziert geworden, das war nicht nur irgend so eine Floskel gewesen, mit der sie Andy hatte abwimmeln wollen. Es war sogar mehr als kompliziert! Und sie wusste beim besten Willen nicht, was sie jetzt tun sollte.

Also kochte sie sich Spaghetti. Weil Essen noch immer geholfen hatte, die Nerven zu bewahren. Sie hatte ein Glas selbstgemachtes Pesto im Kühlschrank entdeckt, das sie jetzt unter die Pasta mischte. Sofort wurde sie in Kindheitstage versetzt.

Hattie hatte dieses Tomaten-Mandel-Pesto auch früher schon gerne hergestellt, und an warmen Sommerabenden hatten sie zu zweit auf der Veranda gesessen und Spaghetti geschlürft. Sophie erinnerte sich an einen Sommer, in dem sie ungefähr zwölf Jahre alt gewesen sein musste. Hattie hatte sich nach dem Essen zufrieden zurückgelehnt, auf ihre Mandelbäume geblickt und gesagt: »Eines Tages wird das alles dir gehören, meine Süße.«

»Mir?«, hatte sie überrascht gefragt.

Hattie hatte genickt und sie angelächelt. »Oh ja. Weißt du denn nicht, dass die Farm dein Schicksal ist?«

Jetzt musste sie mit Tränen in den Augen lächeln. Schon damals hatte Hattie es gewusst. Sie war sich so sicher gewesen, und Sophie hatte ihrer Grandma geglaubt. Wenn diese sagte, es sei ihr Schicksal, dann musste es so sein, denn Hattie hatte immer recht.

Wie hatte sie das nur vergessen können?

Kapitel 29

Alba

Seine Blicke waren wie Licht in der Dunkelheit, wie Hoffnung in der Verzweiflung, wie Engel in der Hölle.

Jedes Mal, wenn sie zu ihm hinübersah, empfing sie ein Lächeln und Wärme, und sie dankte dem lieben Gott dafür, dass er ihr diesen Mann geschickt hatte. Auch wenn sie wusste, dass es falsch war, sich in ihn zu verlieben, ihren Mann zu hintergehen und sich der Sünde auszusetzen, konnte sie doch nicht anders, als vierundzwanzig Stunden am Tag an ihn zu denken und von ihm zu träumen.

Letzte Nacht hatte sie zudem von ihrem Vater geträumt. In ihrem Traum hatte er sie wieder auf den Schultern getragen und sie Mandarinen pflücken lassen auf dem Grundstück von Octavio Sanchez, einem reichen Mann der Gegend, der es ihrem *papá* im Gegenzug für ein gestrichenes Einfahrtstor erlaubt hatte. Der Saft der süßen Früchte war ihr das Kinn hinuntergelaufen, und ihr Vater hatte gelächelt, richtig breit und fröhlich gelächelt, was nur selten vorkam. Im nächsten Moment hatte er ihr am Tisch gegenübergesessen und ihr verkündet, dass sie einen alten verkrüppelten Amerikaner heiraten sollte. In seinem Gesicht war kein Lächeln mehr gewesen, nur noch Trauer. Er wusste, dass er das Richtige tat, dass seine geliebte Tochter nur so aus diesem Elend herauskommen konnte, und doch nahm es ihm nicht nur seine liebste Tochter, sondern auch das letzte bisschen seiner Würde.

Als sie aufgewacht war, hatte sie um ihren Vater geweint, und zum ersten Mal hatte sie ihre Wut auf ihn wirklich abgelegt. Denn er hatte es gar nicht wegen der zweitausend Dollar oder der Zigaretten getan oder weil er als der große Mann dastehen wollte, dessen Tochter in Amerika lebte, und das legal! Nein, er hatte es allein für sie getan. Weil er wollte, dass sie es besser hatte als der Rest von ihnen. Weil er sie so sehr liebte. Mehr noch als seinen Stolz, und das hatte für einen Mexikaner viel zu heißen.

»Warum weinst du?«, hatte Hershel sie gefragt, der wach neben ihr im Bett gelegen hatte.

»Ich habe von zu Hause geträumt«, hatte sie erwidert.

»Das hier ist jetzt dein Zuhause«, war alles, was er entgegnet hatte, und dann hatte er sie gebeten, Frühstück machen zu gehen. Heute wolle er ebenfalls früh aufstehen und zum Angeln gehen. Und am Abend hoffte er, dass sie endlich mal wieder bereit wäre für ein bisschen Romantik.

»Romantik« nannte er es, weil er das Wort »Sex« nicht aussprechen konnte. Doch nichts anderes war es. Ein Rammeln wie bei den Kanickeln, kein bisschen Zärtlichkeit und erst recht keine Romantik. Und lange hatte sie sich gefragt, womit sie das verdient hatte. Brutaler Sex mit Emilio, gefühlsloser Sex mit Hershel … doch dann hatte der liebe Gott ihr Javier vom Himmel gesandt. Das musste sie doch als Geschenk sehen, als Segen, oder? Und keinesfalls als Sünde.

War sie nicht auch endlich mal dran damit, ein wenig Liebe zu erfahren?

Sie schämte sich nicht, Javier ebenfalls Blicke zuzuwerfen. Sie zeigte ihm ihre Zuneigung, und es schien ihm nichts auszumachen, dass sie bereits verheiratet war. Vor dem Gesetz mochte sie einem anderen gehören, doch ihr Herz gehörte nur ihm.

Wann immer sie konnten, stahlen sie sich davon. Sie trafen sich in ihren Pausen hinter der Scheune und tauschten ein paar leidenschaftliche Küsse aus. Und nach der Arbeit suchten sie sich irgendwo ein abgelegenes Plätzchen, wo sie redeten und zärtlich miteinander waren. Da sie zu ihr nach Hause nicht konnten und man bei ihm zu Hause niemals ungestört war, mussten verlassene Ruinen, einsame Wiesen oder einfach ein paar Büsche herhalten. Und so erniedrigend es auch hätte sein müssen, sich inmitten von Unrat und Disteln und alten brüchigen Hauswänden zu lieben, waren diese Momente das, wofür Alba von nun an lebte.

Sie sehnte die nächste Begegnung mit Javier herbei, konnte die nächsten gemeinsamen Augenblicke kaum erwarten, und zum ersten Mal seit Langem fühlte sie sich wirklich lebendig. Als hätte sie den Grund ihres Daseins auf dieser großen weiten Welt endlich erkannt.

Als wäre sie geboren worden, um Javier zu lieben.

Und wenn es bedeutete, dafür in die Hölle zu gehen, würde sie die Konsequenzen gerne auf sich nehmen. Eine Million Jahre Höllenqualen für nur einen Tag mit Javier. Sie wäre gestorben für ihn, für das bisschen Glück, das sie endlich auch noch erleben durfte. Und wenn sie wirklich morgen starb, würde sie doch lächelnd von dieser Welt gehen.

Und was ihr Glück noch ein wenig vollkommener machte, war die Tatsache, dass Javier ein Prepaid-Handy besaß. Er ließ sie es benutzen, so oft sie wollte, und auch wenn sie seine Gutmütigkeit nicht ausnutzen wollte, hatte sie in den letzten Tagen doch einige SMS nach Hause geschickt. Darauf hatte sie nicht nur Antwort, sondern sogar ein Foto erhalten, das Marisol mit ihren drei Kindern zeigte. Alba hätte weinen können vor Freude darüber, endlich wieder Kontakt zu ihrer Familie zu haben. Sie wusste, sie würde Javier auf ewig dankbar sein, diesem wunderbaren Mann, dem sie ihr zerbrechliches Herz für alle Zeit geschenkt hatte.

Leider hatte auch Emilio mitbekommen, dass etwas zwischen ihr und Javier lief. Als er sie wieder einmal zu sich in sein Büro rief, sagte er ihr, dass er es nicht dulde, dass seine Arbeiter untereinander Liebesbeziehungen anfingen. Das lenke nur von der Arbeit ab. Sie sagte ihm, dass da nichts sei zwischen Javier und ihr, habe Emilio denn vergessen, dass sie verheiratet war?

Ein paar Tage später kam Olivia morgens zur Arbeit, und alle hielten den Atem an.

»Was hast du denn mit deinen Haaren gemacht?«, fragte Juanita schockiert.

Alba starrte Olivia an, die sich das wunderschöne lange Haar bis auf ein paar wenige Zentimeter abgeschnitten hatte. Sie erkannte sie kaum wieder.

»Ich dachte mir, wenn ich meine Schönheit verliere, lässt er mich vielleicht endlich in Ruhe«, gab Olivia zur Antwort, und mehr musste sie nicht sagen.

An diesem Tag nahm Juanita in der Pause einen der Burritos, die sie mitgebracht hatte, aus der Tasche heraus, rollte ihn auf und spuckte hinein. Als Emilio wieder einmal ungefragt von dem Essen nehmen wollte, reichte Juanita ihm den besonderen Burrito und wünschte ihm guten Appetit. Alba pochte das Herz, als sie ihn abbeißen sah, und sie musste sich wie Juanita, Olivia und Nora zusammenreißen, um nicht laut loszulachen. Doch innerlich freuten sie sich, denn nichts anderes hatte dieser Dreckskerl verdient.

Leider hatte Javier das mit Olivias Haaren mitbekommen, und als sie sich später in ihrer viertelstündigen Nachmittagspause, die Sophie neu eingeführt hatte, trafen, fragte er Alba: »Was meinte Olivia vorhin? Wer soll sie in Ruhe lassen?«

Bisher hatte sie versucht, es vor ihm geheim zu halten, einfach weil sie sich so geschämt hatte für das, was sie mit Emilio tat, oder besser gesagt für das, was er mit ihr tat. Das Einzige, was sie hatte tun können, war, Javier zu sagen, dass er und seine Schwester lieber gehen und sich eine andere Farm zum Arbeiten suchen sollten, weil diese nicht gut für sie war. Doch Javier hatte nicht hören wollen. Natürlich nicht, jetzt, da er sie liebte.

Nun konnte sie es aber nicht länger vor ihm zurückhalten, vor allem, da sie gesehen hatte, wie Emilio Blanca anstarrte.

»Emilio. Der Teufel in Person. *Er* soll sie endlich in Ruhe lassen.«

»Was hat er ihr denn getan?«

»Das möchtest du lieber nicht wissen.«

»Doch, das möchte ich. Sag es mir, *mi corazón*. Du kannst mir vertrauen.«

Ihr wurde ganz warm ums Herz. Seit ihrer lieben *mamá* hatte sie niemand mehr so genannt. *Mi corazón* – mein Herz.

Sie musste jetzt jedoch zu Boden blicken, weil sie es nicht schaffte, Javier ins Gesicht zu sehen. »Er tut den Frauen hier schlimme Dinge an«, offenbarte sie. »Nicht allen, nur den jungen und schönen. Deshalb hab ich dir ja gesagt, du sollst Blanca nehmen und sie weit weg bringen.«

Javier sah sie beunruhigt an. »Tut er dir etwa auch schlimme Dinge an?«

Sie wusste nicht, ob er so genau wusste, wovon sie sprach. Doch er war nicht dumm, und schlimme Dinge waren eben schlimme Dinge.

Mit leiser, brüchiger Stimme antwortete sie: »Schon seit ich angefangen habe, auf der Mandelfarm zu arbeiten.«

Javiers Gesicht nahm einen zornigen Ausdruck an. »Dieser Dreckskerl! Dem könnte ich …«

»Schhhh! Nicht so laut, Javier. Und beruhige dich. Ich hätte es dir nicht sagen sollen.«

»Doch, Alba. Ich habe ein Recht darauf, es zu wissen, wenn er dich so berührt, wie ich es tue.«

»Aber das tut er doch gar nicht. Er tut mir weh. Du aber bist so sanft wie eine Feder im Wind. Du bist das Beste, was mir je passiert ist.«

Gerührt sah Javier sie an, strich ihr mit einem Finger über die Wange und gab ihr einen Kuss.

»Aber, Alba, warum bist du dann immer noch hier? Wenn er dir wehtut? Warum kommst du jedes Jahr wieder?«

»Mir bleibt keine andere Wahl. Ich wollte den Job aufgeben, mir etwas anderes suchen, doch Hershel besteht darauf, dass ich weiter hier arbeite. Es bringt gutes Geld, und er hat Emilio damals um den Job für mich gebeten.«

»Aber hast du denn nicht versucht, mit ihm darüber zu reden? Wenn er Emilio auch noch kennt! Kann er denn gar nichts tun?«

Sie schüttelte den Kopf. »Ich habe versucht, es ihm zu sagen. Er will es überhaupt nicht hören. Und inzwischen glaube ich sogar, dass es gar nicht so war, wie er sagt. Dass er Emilio um einen Job für mich gebeten hat. Viel wahrscheinlicher ist es, dass er einen Deal mit ihm hat. Oder mich beim Pokern mit eingesetzt und verloren hat. Auf jeden Fall glaube ich, dass Hershel ganz genau weiß, was hier vorgeht.« Darüber hatte sie in letzter Zeit viel nachgedacht, und seit sie wusste, wozu ihr Mann fähig war, war alles möglich.

Javier sah sie voller Mitleid an. »Das tut mir so leid, *mi corazón*. Wir müssen jetzt wieder an die Arbeit, aber ich überlege mir was, ja? Ich hole dich hier raus.«

»Pass du nur auf, dass Blanca von ihm fernbleibt.«

»Darüber mach dir mal keine Sorgen. Emilio wird sich nicht an sie herantrauen, solange ich in ihrer Nähe bin«, war er sich sicher.

»Oh, Javier. Glaubst du wirklich, dass ihn das abhalten könnte? Dass er Angst vor dir hat? Nichts für ungut, aber du strotzt nicht gerade vor Muskeln. Und sieh dir Emilio an.«

Javier atmete einmal tief ein und wieder aus, und dann sah er ihr in die Augen. »Du hast keine Ahnung, wozu ich fähig bin, wenn es um die Menschen geht, die ich liebe.«

»Ich wollte dich nicht beleidigen, es tut mir leid«, sagte sie, stellte sich auf die Zehenspitzen und gab diesem wunderbaren, schönen, sinnlichen Mann einen Kuss auf die Lippen. »Ich liebe dich, Javier.«

Das war das erste Mal, dass sie es laut ausgesprochen hatte, und es fühlte sich gut und richtig an.

Javier nahm ihr Kinn in seine Hand. »Ich liebe dich auch, Alba. Und ich verspreche dir, dass alles gut wird und dass wir zusammen sein werden. Dass wir endlich das richtige Amerika kennenlernen und dass wir frei sein werden.«

Allein das Versprechen brachte sie zum Weinen. Und sie wusste, dass es sie von nun an am Leben erhalten und ihr neue Kraft und Mut und Hoffnung schenken würde. Denn so wenig sie daran glaubte, dass Javier es wirklich schaffen würde, sie aus der Hölle herauszuholen, war der Gedanke daran doch so wunderschön und erfüllend, dass er jederzeit reichen würde, um ihr ein Lächeln auf die Lippen zu zaubern.

Javier machte sie glücklich, er war alles, was sie zukünftig brauchte. Nichts sonst war mehr von Bedeutung.

Kapitel 30

Sophie

Wie immer war der Diner sonntags wie leergefegt. Deshalb hatte sie diesen Tag ausgewählt.

Als sie durch die Tür trat, klopfte ihr Herz so schnell, dass sie glaubte umzufallen, wenn sie nicht bald hinter sich brachte, was sie vorhatte.

Über eine Woche hatte sie mit sich gerungen und immer wieder überlegt, ob es das Richtige war. Sie war zu dem Schluss gekommen, dass sie es tun musste, damit nicht noch eine Sache dazukam, die sie auf ewig bereuen würde.

Sie setzte sich also an ihren gewohnten Platz am Tresen und wartete darauf, dass Jack sich ihr zuwandte. Jedoch war der junge Mann hinter dem Tresen gar nicht Jack, sondern Billy Tate, und als der sich jetzt zu ihr umdrehte und sie erkannte, lächelte er breit.

»Hallo, hübsche Frau«, sagte er.

»Hallo, Billy«, erwiderte sie.

»Wie geht's, wie steht's?«

»Ganz gut so weit, danke.«

»Sehr schön. Was darf ich dir denn bringen?«

»Oh. Äh … vielleicht ein paar Pancakes?«, sagte sie.

»Kommen sofort!«

Billy verschwand in der Küche und machte sich an die Arbeit. Als die Ladenglocke bimmelte, sah er einmal kurz durch die Durchreiche und verschwand wieder. Keine fünf Minuten später hatte sie einen Teller voll köstlich aussehender und wunderbar duftender Pfannkuchen vor sich stehen. Billy hatte sie nicht übereinandergestapelt, wie man es so häufig sah, sondern die drei Pancakes flach auf den Teller gelegt und mit Obst dekoriert. Daneben hatte er zwei kleine Schälchen – eins mit Ahornsirup, eins mit süßer Butter – gestellt. Und erst bei genauerem Hinsehen erkannte Sophie jetzt, dass es sich um drei verschiedene Sorten Pancakes handelte: einer mit Blaubeeren, einer mit Apfelstückchen und einer mit Schokosplittern.

Gierig stürzte sie sich auf ihr Essen und hoffte, sich so ein wenig für die schwierige Aufgabe zu stärken. Als der Teller leergeputzt war, bedankte sie sich bei Billy für die tolle Auswahl und fragte ihn, wo denn Jack heute Vormittag sei.

»In der Kirche«, gab er zur Antwort, begann aber gleich laut zu lachen. »War nur ein Witz. Der Gute ist krank und liegt oben im Bett.«

»Oh. Was hat er denn?«, wollte sie wissen.

»Nur eine kleine Erkältung. Er wollte sogar arbeiten, doch ich hab ihn wieder hochgeschickt und ihm gesagt, dass ich das heute allein hinbekomme. Jack sah aus wie ein Häufchen Elend und hat ein Taschentuch nach dem anderen vollgerotzt. Nicht sehr ansehnlich für die Gäste.« Billy verzog das Gesicht.

»Hmmm… dann wünsch ihm bitte gute Besserung von mir und sag ihm, dass ich hier war. Und auch, dass ich gerne mit ihm sprechen würde. Er kann gern jederzeit bei mir auf der Farm vorbeikommen, wenn er wieder gesund ist.«

Billy sah sie an, eingehend, mit zusammengekniffenen Augen. »Warum gehst du nicht einfach zu ihm hoch?«, fragte er dann. »Er liegt schließlich nicht im Sterben.«

Sie knabberte an ihrer Unterlippe. »Ich will ihn wirklich nicht stören.«

»Ach was, er freut sich sicher, dich zu sehen. Und du kannst ihm gleich eine Suppe mit hochnehmen. Eine Gemüsesuppe, die ich extra für ihn aufgesetzt habe. Die Leute meinen zwar immer, dass Hühnersuppe das ultimative Mittel gegen Erkältung wäre, ich bin da aber anderer Meinung. Gemüse hat doch viel mehr Nährstoffe und Vitamine, die helfen, dass man schnell wieder auf die Beine kommt.«

Sie musste lächeln. Das war jetzt etwas, das von Hyazinth hätte stammen können.

»Na gut, wenn du meinst«, sagte sie also und wartete, bis Billy ihr die Suppe abgefüllt hatte.

Sie nahm die Außer-Haus-Suppenschüssel, ging aus der Tür und einmal um das Gebäude herum. Auf der Rückseite gab es eine Treppe, die zu der kleinen Einliegerwohnung hochführte, die es damals schon dort gegeben hatte. Allerdings hatten Jacks Eltern sie damals vermietet gehabt. Dass er selbst heute dort wohnte, wusste sie bereits von Lydia.

Da sie keine Klingel fand, klopfte sie kurz an und wartete. Sie war sich nicht sicher, ob sie den Türgriff herunterdrücken und nachsehen sollte, ob offen war. Ob sie einfach eintreten sollte. Immerhin lag Jack krank im Bett, oder?

Bevor sie weiter nachgrübeln konnte, hörte sie aber schon ein Bellen hinter der Tür, und sie wurde geöffnet. Jack stand, in eine Decke eingewickelt, vor ihr, und Muffin sprang gleich freudig an ihr hoch. Sie streichelte den Hund, der sich dafür bedankte, indem er ihre Hand leckte. Jack freute sich anscheinend weniger, sie zu sehen. Er sah sie ausdruckslos an.

»Was willst du denn hier?«, fragte er.

Sie versuchte, den abweisenden Ton in seiner Stimme zu überhören. »Ich bringe dir Suppe«, sagte sie und hielt ihm den großen Pappbecher mit Deckel hin.

»Aha.« Er nahm sie an und ging zurück ins Haus, wobei er die Tür allerdings offenließ.

Sollte sie ihm folgen? Wollte er das überhaupt?

Am liebsten hätte sie einfach kehrtgemacht und wäre verschwunden.

»Kommst du rein, oder was?«, hörte sie ihn dann aber rufen und betrat sein Allerheiligstes. Eine schlichte kleine Bude mit einigen antik aussehenden Möbeln, ein paar Bildern an den Wänden und ... Oh Gott, bereits auf dem Weg in die Küche entdeckte sie eines, auf dem *sie* abgebildet war. Jack, sie, Lydia und Brandon auf einem Heuballen beim jährlichen Sonnenblumenfest. Sie hatte das Bild vollkommen vergessen.

Ihr Herz blieb stehen. Er hatte dieses Bild hier hängen und erblickte sie jeden Tag mehrere Male auf dem Weg in die Küche und zurück?

Plötzlich bemerkte sie, dass Jack in der Tür zur Küche stand und sie anstarrte.

»Du hast das immer noch?«, fragte sie verwirrt und berührt.

»Für mich haben die Dinge eben eine andere Bedeutung als für dich«, gab er zurück und verschwand wieder in der Küche.

Als sie sie betrat, füllte Jack sich seine Suppe gerade in eine Müslischüssel. Er holte einen Löffel aus der Schublade und ließ ihn hineingleiten.

»Willst du auch?«, fragte er, ohne aufzublicken.

»Nein, danke. Ich hatte gerade Pancakes.«

»Billy macht unfassbar gute Pancakes.«

»Ja, das stimmt. Sie waren köstlich.«

»Du warst also im Diner? Hast da gefrühstückt? Dich mit Billy unterhalten? Was hat er denn so erzählt?« Jack wirkte ein wenig nervös. Er setzte sich an den Küchentisch und begann, seine Suppe zu essen. Sein Haar war wirr, und er wirkte erhitzt. Seine Wangen waren gerötet.

Sophie blieb im Türrahmen stehen, lehnte sich dagegen und sah Jack zu.

»Gar nichts weiter. Wieso?«

»Nur so.«

Eine Weile schwiegen sie.

»Du kannst jetzt gerne gehen. Auftrag erfüllt. Ich habe meine Medizin«, sagte er, lächelte schief und löffelte weiter seine Suppe.

»Eigentlich wollte ich mit dir reden, Jack. Wenn das okay ist.«

Er seufzte und deutete zu dem Stuhl ihm gegenüber vom Tisch.

Es gab nur zwei Stühle, und sie fragte sich, ob ihm dort öfter mal eine Frau gegenübersaß. Morgens bei einem Becher Kaffee zum Beispiel.

Sie setzte sich und sah Jack an. Noch immer starrte er auf seine Suppe, als wollte er ihrem Blick nicht begegnen.

»Jack, was hab ich dir getan?«, fragte sie.

»Du weißt genau, was du getan hast«, meinte er und fischte ein großes Stück Porree heraus.

Ja, natürlich wusste sie das. Sie hatte ihm vor vielen Jahren das Herz gebrochen, das anscheinend immer noch nicht geheilt war.

»Ich habe mich doch aber aufrichtig entschuldigt, und alles war wieder gut. Zumindest konnten wir ganz normal miteinander reden. Du warst nett zu mir. Hast mich sogar zu unserem Hügel gebracht, Jack«, erinnerte sie ihn.

Und jetzt endlich sah Jack sie an. »Das war ein großer Fehler.«

»Was davon?«, fragte sie.

»Alles.«

Sie legte ihr Kinn in die Hände, ihre Ellbogen hatte sie auf dem Tisch abgestützt. »Ich verstehe es einfach nicht. Was ist denn nur passiert? Weshalb bist du so böse auf mich, und wie kann ich es wiedergutmachen?«

»Vielleicht könntest du als Erstes aufhören, Typen zu küssen, vor denen ich dich warne«, sagte er, Wut in der Stimme, aber auch Enttäuschung.

»Du weißt genau, dass ich das nur getan habe, weil ich dir eins auswischen wollte. Weil du nämlich Spielchen mit mir spielst und ich das echt nicht fair finde.«

Er sah ihr in die Augen. Die Spannung zwischen ihnen war kaum auszuhalten.

»Tue ich das?«, fragte Jack.

»Ja, das tust du. Und ich will wissen, warum. Warum bist du mal total lieb und einfühlsam und dann wieder so schrecklich abweisend und kühl wie ein Eisberg?«

Er seufzte erneut. »Es liegt nicht an dir, Sophie. Es ist allein meine Schuld, dass ich noch immer so viel für dich empfinde. Wahrscheinlich werde ich mein Leben lang meiner Vorstellung von uns beiden nachtrauern und dem Leben, das wir hätten führen können.«

Es war ein Liebesgeständnis, und doch fühlte es sich nicht so an. Es fühlte sich ganz fürchterlich an, dass Jack sie für sein kaputtes Leben verantwortlich machte.

»Wir waren achtzehn Jahre alt, Jack. Wir waren noch Kinder. Du kannst mir doch nicht wirklich etwas nachtragen, das ich vor vierzehn Jahren getan habe, als ich gerade dabei war, mich selbst zu finden.«

»Tsss!«, machte Jack. »Wir waren vielleicht jung, ich für meinen Teil wusste aber genau, was ich wollte.«

»Dann tut es mir leid, dass ich noch nicht ganz so erwachsen war wie du. Bitte verzeih mir.«

Er sah sie nun mit so viel Bedauern in den Augen an. »War es das alles wenigstens wert? Hast du zu dir selbst gefunden an der Ostküste? Bist du glücklich?«

»Nein, das könnte ich nicht gerade von mir behaupten. Eine Weile dachte ich, ich hätte alles, was ich brauche. Doch dann bin ich nach Kalifornien zurückgekehrt und habe erkannt, dass das alles eine Lüge war. Ich habe mir selbst etwas vorgemacht.«

»Ah, ja? Inwiefern?«

»Ich glaubte, ich bräuchte nichts als meine Karriere und meine Unabhängigkeit. Dass mir dabei das Wichtigste gefehlt hat, habe ich erst erkannt, als ich dich wiedergesehen habe.« Ihr Herz schlug bei diesen endlich ausgesprochenen Worten schneller. Deshalb war sie hier, nur deshalb war sie heute zu ihm gekommen. Um ihm endlich zu sagen, dass sie ihn noch immer liebte.

Doch der freudige, bewegte, überglückliche Gesichtsausdruck, mit dem sie gerechnet hatte, blieb aus.

»Sophie, so einfach ist das nicht! Du kannst die Dinge nicht deiner Situation anpassen. Jetzt bist du hier und siehst, dass ich auch noch immer hier bin, und du denkst, du könntest einfach da weitermachen, wo du damals aufgehört hast.«

»Das denke ich nicht. Ich weiß, dass ich dich damals sehr verletzt habe und dass seitdem viel passiert ist. Ich wollte auch gar nicht da weitermachen, wo wir aufgehört haben.

Aber ich würde gerne noch mal ganz neu anfangen. Es wiedergutmachen.«

»Als ob du in den vierzehn Jahren einmal daran gedacht hättest, es wiedergutzumachen«, sagte er abschätzig. »Du hast dich ja nicht mal bei mir gemeldet. Kein einziges Mal.«

»Ich war dumm und egoistisch, und es tut mir sehr leid. Und so langsam komme ich mir ehrlich gesagt bescheuert vor, mich immer wieder entschuldigen zu müssen. Kannst du mir nicht endlich verzeihen?«

»Bist du denn jetzt nicht mehr dumm und egoistisch?« Er schob die leere Schüssel von sich.

Sie spürte Scham aufkommen. Denn es war wohl ziemlich dumm gewesen, mit in Emilios Hütte zu gehen und ihn wild zu küssen. Zuzulassen, dass seine Hände hierhin und dorthin wanderten. Aber da hatte sie doch noch nicht gewusst, dass sie Jack noch immer liebte! Sie spürte seine Blicke auf sich und merkte dann, wie sie errötete.

Als hätte Jack ihre Gedanken gelesen, sagte er in lautem Tonfall: »Scheiße, du hast mit diesem Typen gevögelt, oder? Mit diesem Widerling namens Emilio. Und das, nachdem ich mir die Mühe gemacht habe, dich vor ihm zu warnen?«

»Nein, ich … ich habe nicht …« Sie wagte es, Jack in die Augen zu sehen, und wusste, sie konnte ihn nicht anlügen. »Ja, da ist was zwischen uns gelaufen, aber das war, *bevor* du mich gewarnt hast, und es war überhaupt nicht so, wie du …«

»Verdammt, Sophie!«, sagte Jack, stand wütend auf und warf dabei den Stuhl um. »Du hattest Sex mit ihm, *bevor* ich dich gewarnt habe? Du hast mir beim Tanzabend ins Gesicht gesehen und gesagt, dass da nichts zwischen euch war!«

»Könntest du mir bitte kurz zuhören? Du verstehst das total falsch, ich …«

»Ich will nichts mehr hören! Man kann sich einfach nicht auf dich verlassen. Du bist der ichbezogenste Mensch, den ich kenne. Es ist wahrscheinlich nicht mal deine Schuld, so bist du einfach. Aber ich kann damit nicht umgehen. Da muss man ja immer Angst haben, dass du gerade wieder lügst oder falsche Versprechungen machst. Ich meine, du hast ja nicht nur mich belogen, sondern auch Hattie. Und Lydia. Hast ihnen versprochen wiederzukommen, sie in jedem einzelnen Sommer besuchen zu kommen – und sieh dich an! Deine Scheißkarriere war dir wichtiger. *Du* warst dir wichtiger. Du interessierst dich für niemanden außer für dich selbst, kannst niemanden lieben außer dir selbst.«

Sie konnte Jack nur anstarren. Solch einen Ausbruch hatte sie nicht erwartet. Er hatte sie mit jedem Wort mitten ins Herz getroffen. Ihr kamen die Tränen.

»Ich kann niemanden lieben außer mir selbst?«, fragte sie mit zitternder Stimme. »Was glaubst du, warum ich auf der Farm bleibe? Weil ich Hattie über alles geliebt habe und weil es ihr größter Wunsch war! Und nur um mal etwas klarzustellen …« Sie stand jetzt ebenfalls auf und konnte ihre Entrüstung nicht länger zurückhalten. »Du sagst, ich interessiere mich für niemanden. Aber warum bin ich dann hier, Jack? Weil ich mich für *dich* interessiere, du Idiot! Aber das willst du gar nicht sehen! Denn du bist so in vergangenem Schmerz gefangen, dass du wohl unbedingt daran festhalten willst, warum auch immer. Wir hätten uns wirklich etwas Gutes aufbauen können, Jack, etwas Neues. Aber du hast gerade alles ruiniert.«

Er sah sie wutentbrannt an. »Weißt du was? Ich wünschte, du wärst nie zurückgekehrt.«

»Das wünschte ich mir auch!«, schrie sie, lief aus der Küche und hatte schon die Wohnungstür erreicht, als Jack sie einholte.

»Warte, Sophie«, sagte er, fasste sie bei der Schulter und zwang sie, sich umzudrehen. »Wir sollten nicht auf diese Weise auseinandergehen.«

Sie blinzelte die Tränen weg und zog die Nase hoch. Jack griff in seine Jogginghosentasche und fischte ein noch unbenutztes Papiertaschentuch heraus, das er ihr reichte.

Sie putzte sich die Nase und sagte schließlich völlig kraftlos: »Ich weiß gar nicht, wieso du nicht über mich hinweggekommen bist, wenn ich in deinen Augen doch so ein grauenvoller und eigennütziger Mensch bin.«

»Sophie, bitte ...« Er legte ihr eine Hand auf den Arm. »Es tut mir leid.«

»Jetzt kann ich dir aber leider nicht mehr verzeihen«, sagte sie und lief die Treppen hinunter. Dabei weinte sie jetzt so sehr, dass sie die einzelnen Stufen kaum mehr sehen konnte und ausrutschte. Sie glitt mehrere Stufen hinunter, konnte sich aber gerade noch fangen und am Geländer festhalten. Nach Luft schnappend und gleichzeitig schluchzend setzte sie sich auf die Treppe und weinte. Ein Teil von ihr hoffte fast, dass Jack ihr hinterhergelaufen kommen würde, ein anderer Teil wollte ihn nie wiedersehen.

Er hatte sie zutiefst verletzt, viel mehr noch als sie ihn damals. Sie war noch ein Kind gewesen, er jedoch war ein erwachsener Mann, der ihr nicht nur vorgehalten hatte, eine Lügnerin und in sich selbst verliebt zu sein, sondern auch noch Hattie mit ins Spiel gebracht hatte. Und das war etwas, das sie ihm wirklich nicht verzeihen konnte.

Er musste doch wissen, welch schreckliche Vorwürfe sie sich wegen ihrer Grandma sowieso schon machte, oder?

Sie stand auf, wischte sich die Tränen mit den Händen weg und lief, so schnell sie konnte, zu ihrem Wagen. Sie hätte niemals zu Jack gehen sollen. Vielleicht hätte sie sogar wirklich niemals zurück nach Kalifornien kommen sollen. In Boston war das Leben so viel einfacher gewesen. Sie hätte jetzt die Stille in ihrem Apartment genießen und wie gewohnt zur Arbeit gehen können. Sich mit Hyazinth treffen und mit Harrison oder irgendeinem anderen Typen ausgehen können, mit dem alles ganz unkompliziert hätte sein können. Doch so war das Leben leider nicht, und die Liebe erst recht nicht. Sie war kompliziert, sie war bitter, sie war verletzend, und wenn es nach Sophie ging, wollte sie nie wieder etwas mit ihr zu tun haben. Sie wusste plötzlich wieder, warum sie die Liebe aus ihrem Leben verbannt hatte, und so wollte sie es auch zukünftig wieder halten.

»Bye, bye, love«, sagte sie und musste dabei an den alten Song denken, den Hattie immer gerne gehört hatte. Sofort kamen ihr wieder die Tränen.

Sie fuhr rechts ran, schnallte sich ab und zog die Beine an den Körper. Sie umfasste sie mit ihren Armen und legte den Kopf auf die Knie. So blieb sie lange in ihrem Wagen sitzen und bemitleidete sich selbst, und gerade wusste sie nicht einmal, wie sie den Rest der drei Monate auf der Farm überstehen sollte.

Kapitel 31

Alba

Einige Wochen später …

Alba kniete vor dem Altar und bat den lieben Gott, die liebe Mutter Jesu und alle Engel des Himmels, dass es nicht wahr sein mochte. Dass sie sich verrechnet hatte. Dass ihre Periode dieses Mal einfach ein wenig später als gewöhnlich kam.

Doch tief im Innern wusste sie, dass es real war, so real wie die Angst davor, ihre Heimat niemals wiederzusehen.

In ihrem Handtäschchen trug sie einen Brief von ihrer guten Mutter, die nie aufgehört hatte, ihr zu schreiben. Selbst wenn sie niemals mehr eine Antwort erhalten hatte.

Am Abend zuvor war Hershel wieder einmal Pokern gewesen, und Alba war die Trittleiter hinaufgestiegen, um in der Dose in der Kammer nachzusehen, ob sich darin neue Post befand. Und da hatte sie ihn entdeckt. Ihre Mutter schrieb, dass sie sich unendlich freue, endlich von ihr gehört zu haben. Sie habe sich solche Sorgen um sie gemacht, weil sie sich seit Jahren nicht gemeldet hatte. Sie schrieb ihr, wie lieb sie sie habe, und erzählte ihr alle Neuigkeiten. Zum Beispiel, dass Albas jüngere, erst sechzehnjährige Schwester Isabel einen gesunden Jungen zur Welt gebracht hatte, dass ihr Bruder Danilo von seiner Frau verlassen worden war und dass die kleine Elmira ihre ersten Schritte gemacht hatte, was Alba inzwischen auch schon aus den Textnachrichten, die ihre Familie ihr an Javiers Handy geschickt hatte, wusste. Des Weiteren informierte ihre *mamá* sie in dem langen Brief darüber, dass ihr *papá* einen abgestorbenen Zeh hatte, dass die Ziege keine Milch mehr geben wollte und dass die Nachbarin Pepita sich Sorgen um ihre Söhne machte, die sich auf nach Amerika gemacht hatten. Zudem bat sie sie, doch endlich einmal anzurufen, und hinterließ ihr erneut die Nummer des Familienhandys. Sie würde sich so freuen, ihre Stimme wieder zu hören, schrieb ihre *mamá*.

Bisher hatte Alba tatsächlich noch nicht einmal versucht, zu Hause anzurufen, und die beiden Male, die ihre Familie es auf Javiers Handy versucht hatte, hatte sie ignoriert. So sehr sie die Stimme ihrer Mutter auch hören wollte, hatte sie doch große Angst davor, sie könnte es ihr anhören, wenn sie log. Und lügen würde sie müssen. Denn es war eben nicht alles eitel Sonnenschein.

Der Brief brannte in ihrer Tasche wie ein Feuer. Sie wusste, dass es äußerst gefährlich war, ihn mit sich herumzutragen. Zuvor hatte sie es so gehalten, dass sie nur die untersten, älteren Briefe gelesen und die jüngeren verschlossen gelassen hatte. Diese hatte sie obenauf liegen gelassen, damit Hershel, falls er einen Blick in die Dose warf, nicht gleich sah, dass sie darangegangen war. Dass sie hinter sein Geheimnis gekommen war. Sie wusste nicht, wie er reagieren würde. Geschlagen hatte er sie zwar noch nie, doch sie konnte sich vorstellen, dass dieser Ungehorsam ihn dazu bringen könnte. Zumindest würde er sie mit Schweigen strafen und sie aus dem gemeinsamen Bett verbannen. Was ihr ganz recht wäre, denn sie mochte sowieso nicht mehr mit ihm sprechen und erst recht nicht neben ihm schlafen. Mit jedem Tag, der verstrich, verabscheute sie ihn mehr.

Wenn sie an einem Tisch mit ihm saß, brachte sie kaum etwas Essbares herunter.

Wenn er mit den Händen unter ihr Nachthemd wanderte, wurde ihr speiübel.

Jetzt wusste sie wenigstens, woher das rührte.

Ihr war von morgens bis abends übel, niemals hatte sie sich so elend gefühlt. Und das Schlimmste war, dass sie nicht wusste, von wem das Baby war. Als sie am Vorabend also auf die Leiter gestiegen war, von der es ja hieß, dass schwangere Frauen sie meiden sollten, hatte sie fast darauf gehofft, hinunterzufallen und das Kind zu verlieren. Zumindest, wenn es von Emilio sein sollte.

Dass es von Hershel war, war undenkbar. Und dass es von Javier war, war etwas, das sie sich zwar so sehr wünschte, das ihr bei ihrem Pech aber sicher nicht gegönnt war.

Wie auch immer, bald würde man es ihr ansehen, und von wem auch immer es war, Hershel würde wissen, dass es nicht seins war. Dass sie ihre Ehe verraten hatte, ihren Treueschwur gebrochen hatte. Er würde sie zwingen, es wegmachen zu lassen, und wenn es dafür schon zu spät war, würde er sie verstoßen. Wahrscheinlich würde er das so oder so tun – und wo sollte sie dann hin?

Niemals in ihrem Leben war Alba so verzweifelt gewesen. Sie wusste nicht, was sie machen sollte, und so vertraute sie sich Javier an. Der sah sie strahlend an und freute sich, Vater zu werden. Für ihn stand außer Frage, dass das Kind seins war, und Alba tat es in der Seele weh, es ihm nicht garantieren zu können. Doch sie verlor kein Wort darüber, dass auch Emilio der Erzeuger sein könnte, denn der achtete zwar meistens auf ausreichend Schutz, aber doch nicht immer.

Sie wusste nur zu gut, dass auch Nora einmal schwanger gewesen war. Sie allerdings hatte sich ohne Bedauern von dem Kind getrennt, Juanita hatte ihr einen abortiven Kräutertee aus Rainfarn und Beifuß gemacht, und Emilio hatte es nie erfahren.

Und während es Alba innerlich zerriss, machte Emilio fröhlich weiter. Olivia war trotz ihrer nun kurzen Haare nicht verschont geblieben und hatte sich in der vorigen Woche auf nach Texas gemacht. Sie hatte sich nicht einmal von Alba und den anderen verabschiedet. Dass sie nach Texas wollte, wusste Alba nur von Juanita, der sie einen Brief hinterlassen hatte.

»Und wenn in Texas überhaupt nichts auf mich wartet, und wenn ich in Texas draufgehe bei dem Versuch, ein wenig Frieden zu finden, dann war es den Weggang trotzdem wert. Macht's gut, meine Freundinnen, ich werde euch nie vergessen. Eines Tages sehen wir uns wieder – in Texas, in Mexiko oder im Himmel«, hatte sie geschrieben, und Alba hatte geweint, als Juanita ihnen die Zeilen vorgelesen hatte.

Als sie nun die Kirche verließ und sich nach Hause aufmachte, wünschte Alba sich fast, es Hershel einfach sagen zu können. Wenn er sie rauswarf, könnte sie Olivia nach Texas folgen. Vielleicht gab es dort mehr. Mehr Glück, mehr Zufriedenheit, mehr Freiheit. Doch was würde aus Javier und ihr werden?

Am nächsten Tag sah sie, wie Emilio Blanca anstarrte, und ging zu Javier. Eindringlich versuchte sie ihm klarzumachen, dass er seine kleine Schwester von der Farm wegschaffen sollte. Die Saison war beinahe zu Ende, die paar Tage machten keinen Unterschied.

»Mit dem Lohn dieser paar Tage können wir dem Baby ein Bettchen kaufen und noch vieles mehr«, sagte er, und er hatte ja recht. Seit Sophie die Farm übernommen hatte und ihnen das wöchentliche Gehalt persönlich auszahlte, bekamen sie statt acht ganze zehn Dollar die Stunde! Das war viel Geld, das man nicht so einfach verstreichen lassen sollte.

Sie sah Javier in die warmen dunklen Augen. So süß sie es auch fand, dass er von einer gemeinsamen Zukunft träumte, fragte sie sich, ob er wirklich so naiv war, nicht zu sehen und zu verstehen, dass sie die Frau eines anderen war.

Sie beide würden niemals eine gemeinsame Zukunft haben.

»Du kannst anderswo Arbeit finden«, versuchte sie es trotzdem weiter.

»Ich werde dich nicht allein lassen«, antwortete Javier. »Denkst du, ich schaffe Blanca weg und lasse dich hier?«

Und so blieben sie.

Es war Ende Oktober, die letzten Mandeln wurden von den Bäumen geschüttelt und blieben am Boden liegen, um zu trocknen. Und wie die Mandeln, die von der Sonne bestrahlt wurden und mit jedem Tag ein wenig runzliger wurden, fühlte auch Alba sich mit jedem Tag ein bisschen mehr ihres Lebens beraubt. Denn wären die Dinge anders, hätte sie jetzt wirklich endlich glücklich werden können. In ihr wuchs Leben heran, ein Kind, das sie zu lieben begann und das es verdient hatte, zur Welt zu kommen und liebende Eltern zu haben.

Doch Alba wusste beim besten Willen nicht, wie sie ihrem Kind das geben konnte, was es brauchte. Sie verzweifelte mehr und mehr, und als Hershel sie eines Abends zu sich rief, war sie auf alles gefasst.

Doch er sah sie nur an und meinte: »Gibt es etwas, das du mir beichten möchtest?«

Sie schüttelte den Kopf. Angst stieg in ihr auf.

»Hast du das Haus durchsucht? Meine Sachen durchwühlt?«, fragte er und sah sie so enttäuscht an, als hätte sie ihm alles Geld gestohlen.

»Es sind *meine* Briefe!«, sagte sie mit lauter Stimme, was sie sich noch nie getraut hatte.

Überrascht sah Hershel sie an. »Es ist mein Haus. Und du bist ebenfalls mein, vergiss das ja nicht. Nichts ist dein, und du hast keine Rechte außer denen, die ich dir zugestehe. Ich habe dich aus der mexikanischen Hölle gerettet, ich erwarte wirklich ein wenig mehr Dankbarkeit.«

»Du hast mich nur von einer Hölle in die andere gebracht, Hershel«, sagte sie nun mit leiser und trauriger Stimme, und ihr Mann hatte etwas in den Augen, das sie dort noch nie gesehen hatte und auch nicht deuten konnte.

»Wenn du das so siehst, dann kannst du von nun an erfahren, wie es wirklich ist, in der Hölle zu leben.« Er stand auf und ging aus dem Raum. Sie hörte es scheppern. Kurz darauf kam Hershel angehumpelt, die Dose mit ihren Briefen in den Händen. Er ging damit geradewegs zum Kamin, entzündete ein Feuer und war drauf und dran, die Dose darüber zu entleeren.

»Nein!«, schrie sie. »Bitte tu das nicht! Ich werde auch gehorsam sein. Es tut mir leid. Es tut mir leid.« Sie begann zu weinen.

Hershel drehte den Kopf zu ihr. »Dafür ist es zu spät«, entgegnete er und warf die Briefe in die lodernden Flammen.

Alba lief zum Kamin, kniete sich davor nieder, griff in die

Flammen und versuchte, ihren wertvollsten Besitz zu retten. Das Einzige, was ihr von ihrer Familie geblieben war.

Sie verbrannte sich die Finger, was sie erst bemerkte, als es anfing wehzutun. Schnell sprang sie auf und rannte in die Küche, ließ kaltes Wasser über ihre Hände laufen. Wie sollte sie sich mit entstellten Händen um ihr Baby kümmern?

Trotz seiner Wut fuhr Hershel sie noch am selben Abend ins Krankenhaus, und ihre Finger wurden verbunden. Als er auf dem Fragebogen ihre Patienteninformationen eintrug, kreuzte er bei der Frage »Besteht eine Schwangerschaft?« Nein an.

Als Alba am nächsten Tag zur Arbeit erschien, schimpfte Emilio mit ihr. »Wie willst du denn so arbeiten?«, blaffte er sie an, band ihr einen Stock an den Arm und sagte ihr, dass sie damit die hängen gebliebenen Mandeln auf der Westseite der Farm von den Bäumen holen sollte.

Jede Bewegung schmerzte, doch der Schmerz machte ihr nichts aus. Ganz im Gegenteil, er machte sie stärker. Und sie schwor sich, dass dies ihre letzte Mandelernte auf dieser Plantage gewesen sein sollte und dass sie in den Augen Gottes gerne eine Sünderin sein konnte. Sie würde dieses Baby bekommen, und sie würde es mit demjenigen großziehen, der es genauso lieben würde wie sie selbst. Egal, welche Hürden sie nehmen mussten, gemeinsam würden sie es schaffen, und irgendwo in diesem Amerika würden auch sie ihren Platz finden.

Kapitel 32

Lydia

Wer denkt schon, wenn er ein friedlich schlummerndes Neugeborenes im Arm hält, dass es eines Tages zu einem Teenager heranreifen wird, der einem das letzte bisschen Kraft raubt? Der einen um den Schlaf bringt, der einen an sich selbst zweifeln lässt?

Lydia war verzweifelt. In den letzten Wochen hatte sich Gracie mehr und mehr zurückgezogen. Sie hatte das Gefühl, überhaupt keinen Zugang mehr zu ihr zu finden. Und wenn ihre Tochter mit ihr sprach, dann nur, um ihr Vorwürfe zu machen oder ihr zu sagen, wie sehr sie es zu Hause hasste. Wie viel lieber sie bei ihrem Vater in San Francisco wohnen würde. Lydia war kurz davor, ihr Einverständnis zu geben, einfach um wieder ihren Frieden zu haben und um Gracie nicht ganz zu verlieren.

Doch Rex war dagegen. Er nahm den Kampf Tag für Tag wieder auf und wurde nicht müde, sich um seine Tochter zu bemühen. Manchmal kam es Lydia so vor, als wäre er so viel stärker als sie und als wäre sie nur noch ein Häufchen Elend, das eigentlich gar nicht zur Mutter bestimmt war.

Die ganze Familie litt darunter. Der ständige Streit, Lydias miese Laune. Alles drehte sich um Gracie, die Jungen kamen zu kurz. Als Lydia wieder einmal mit ihrer rebellischen Tochter zu tun hatte, vergaß sie dabei fast, dass Max seinen großen Bandauftritt hatte, und kam erst an, als sein Solo schon vorbei war. Jetzt gab es ein weiteres Kind, das sauer auf sie war. Und sie hätte sich am liebsten in ihrem Bett verkrochen. Doch das konnte sie sich als Mutter nicht erlauben. Und so stand sie jeden Morgen wieder auf und versuchte, den Tag irgendwie zu überstehen. Einmal ohne Streitigkeiten auszukommen. Einmal wieder unbeschwert zu sein wie früher. Doch es fiel ihr mit jedem Tag schwerer.

Als Lydia an diesem Samstag Besorgungen erledigte – die Jungs saßen im Auto und spielten Videospiele auf ihren Handys –, sollte es noch schlimmer kommen. Sie stand gerade bei Miranda in der Bäckerei und tratschte ein bisschen, froh, mal auf andere Gedanken zu kommen, als sie einen Anruf erhielt. Sie kannte die Nummer nicht, hatte aber schon eine komische Vorahnung.

»Ja, hallo?«, meldete sie sich.

»Bin ich da richtig bei Mrs. Donahue?«, hörte sie eine tiefe Männerstimme am anderen Ende der Leitung.

Ihr Herz schlug schneller. »Ja, am Apparat. Mit wem spreche ich, bitte?«

»Herbert Steinman, Geschäftsführer des Blizzard Stores. Ich habe hier Ihre Tochter Grace in meinem Büro sitzen, die ich zusammen mit einer Freundin beim Stehlen erwischt habe.«

Sie musste kreidebleich geworden sein, denn Miranda sah sie erschrocken an und fragte: »Was ist los?«

Lydia presste ihre Lippen zusammen. Sie überlegte, was sie tun sollte. Den Mann anflehen, nicht die Polizei zu rufen?

Ihm sagen, dass sie das schon regeln würde? Doch wie sollte sie das? Gracie hörte überhaupt nicht mehr auf sie. Und was sie sich jetzt geleistet hatte, ging eindeutig zu weit.

»Mrs. Donahue?«, sagte Mr. Steinman. »Können Sie herkommen und Ihre Tochter abholen?«

»Ich fahre sofort los«, erwiderte sie und legte auf.

»Was ist denn passiert? Du siehst aus, als hättest du einen Geist gesehen«, kam es von Miranda.

»Es geht um Gracie. Jetzt hat sie richtig Mist gebaut. Ich muss los, ruf dich später an.« Sie eilte aus dem Laden und zum Auto hin, und erst jetzt fiel ihr wieder ein, dass sie ja die Jungs dabeihatte. Sie mussten nun wirklich nicht mitbekommen, wie ihre Schwester verhaftet wurde. Auf dem Weg zum Kaufhaus würde sie am Diner vorbeikommen. Vielleicht könnte sie die beiden einfach dort absetzen, es war eh Zeit fürs Mittagessen. Jack würde bestimmt eine Weile auf sie achtgeben.

Mit quietschenden Reifen hielt sie am Straßenrand, brachte Max und Randy hinein und bat Jack: »Könntest du eine Stunde auf die beiden aufpassen? Ich wäre dir auf ewig dankbar. Es geht um einen Notfall.«

Besorgt sah Jack sie an. »Aber natürlich.«

»Mach ihnen bitte irgendwas zu essen. Ich bezahle später, wenn ich sie abhole. Vielleicht übernimmt das auch Rex.« Was wusste sie schon, wie ihr restlicher Tag aussehen würde.

»Alles kein Problem. Aber Lydia?«

Fragend sah sie ihn an.

»Vergiss nicht zu atmen.«

»Okay.« Sie verabschiedete sich von ihren Jungs und sagte ihnen nur schnell, dass sie sich keine Sorgen zu machen brauchten. Es gehe allen gut, sie müsse sich aber dringend um eine Sache kümmern. Dann rannte sie aus dem Diner, sprang ins Auto und rief Rex an. »Du musst sofort zum Blizzard Store kommen«, sagte sie ihm.

»Wohin?«

»Blizzard Store. In der Anderson Road.«

»Haben sie Rabatt auf Socken?«, scherzte er.

»Keine Zeit für Witze, Rex. Es geht um Gracie.«

Sie hörte ihn nach Luft schnappen. »Ich bin in zehn Minuten da.«

Sie fuhr auf den Parkplatz des kleinen Kaufhauses, in dem sie sicher schon Hunderte Male eingekauft hatte. Dort gab es nicht nur Socken und Unterwäsche zu Spottpreisen, sondern auch Hosen, T-Shirts, Pyjamas, Schuhe, Spielzeuge, Hygieneartikel, Konserven, Frühstücksflocken und Knabberartikel. Warum Gracie ausgerechnet hier etwas hatte stehlen müssen, war ihr ein Rätsel. Hatte sie sich eine Dose Bohnen in die Jackentasche gesteckt, oder was?

Sie wartete, bis Rex eintraf, da sie einfach nicht den Mut aufbrachte, allein hineinzugehen. Zwei Minuten nach ihr fuhr auch er auf den Parkplatz. Er suchte nach ihr und entdeckte sie, wie sie an die Kühlerhaube gelehnt dastand und nervös an den Fingernägeln kaute.

Er parkte direkt neben ihr. Als Allererstes kam er auf sie zu und nahm sie in den Arm, was sie ein wenig runterbrachte. Dann bat er: »Erzähl mir, was passiert ist.«

Während sie schnellen Schrittes zum Eingang gingen, berichtete sie ihm kurz und knapp, was sie wusste. »Der Geschäftsführer hat Gracie mit einer Freundin beim Klauen erwischt. Mehr weiß ich auch nicht.«

»Mit welcher Freundin?«

»Mit Amber, nehme ich an.«

»Haben sie schon die Polizei gerufen?«

»Ich weiß es nicht, Rex, ich weiß es nicht.« Sie ärgerte

sich, dass sie Mr. Steinman überhaupt nichts gefragt hatte, sie war einfach so schockiert gewesen.

»Alles gut«, sagte Rex, der ihr niemals Vorwürfe machte. »Wir werden es sicher gleich erfahren.«

Sie betraten das zweistöckige Kaufhaus und fragten eine Mitarbeiterin nach dem Büro des Geschäftsführers. Sie winkte jemandem zu, und sofort stand ein Security-Mitarbeiter bei ihnen.

»Bitte folgen Sie mir«, sagte der große muskulöse Mann und marschierte los. »Sie müssen die anderen Eltern sein.«

Die anderen? Hieß das, die Eltern der Freundin waren schon da?

»Wir sind Grace Donahues Eltern, Lydia und Rex. Können Sie uns irgendetwas sagen, bitte?«

»Ich habe die beiden jungen Damen beim Stehlen von Kosmetik erwischt und zu Mr. Steinman gebracht.«

»Wurde schon die Polizei gerufen?«, erkundigte sich Rex.

»Mr. Steinman wird alles Weitere mit Ihnen besprechen«, sagte der Mann nur, und Lydia hatte das Gefühl, sich übergeben zu müssen.

Sie wurden in Mr. Steinmans Büro gebracht, wo bereits Jill McBright bei den Mädchen saß. Wie Lydia es sich gedacht hatte, handelte es sich bei der Freundin also um Amber. Die und auch Gracie sahen ganz klein aus, beide hatten die Köpfe gesenkt und wagten es nicht, irgendwem ins Gesicht zu blicken.

»Mr. Donahue, Mrs. Donahue«, sagte Mr. Steinman und schüttelte ihnen die Hand. »Bitte setzen Sie sich.«

Das taten sie, und Lydia griff nach Rex' Hand. Sie blickte sich um, es war nirgendwo Polizei zu sehen.

»Wir sind so schnell gekommen, wie wir konnten«, sagte Rex. »Bitte erzählen Sie uns, was passiert ist.«

»Unser Security-Mann hat die beiden Mädchen dabei ertappt, wie sie mehrere Lippenstifte, Parfums und Lidschattenpaletten in ihre Rucksäcke gesteckt haben. Dabei waren sie nicht sehr geschickt, was vermuten lässt, dass sie nicht gewohnheitsmäßig stehlen. Dennoch, es war nicht nur ein Artikel, sondern gleich mehrere im Gesamtwert von über einhundert Dollar. Und hätten die Mädchen nicht sofort Reue gezeigt und fürchterlich geweint, hätte ich längst die Polizei gerufen. In diesem Fall allerdings dachte ich, dass wir die Angelegenheit vielleicht unter uns regeln könnten.«

»Vielen Dank, Mr. Steinman«, sagte Ambers Mom. »Meine Tochter hat so etwas ganz bestimmt zuvor noch nie getan.«

Lydia konnte das nicht mit Sicherheit behaupten. Sie erkannte Gracie überhaupt nicht wieder. Und es tat verdammt weh, dass sie den Bezug zu ihr verloren hatte.

»An was für eine Regelung haben Sie gedacht, Mr. Steinman?«, fragte Rex.

»Zuerst einmal bekommen die beiden Hausverbot für zwölf Monate. Und ich finde, dass sie doch bestens dafür geeignet wären, auf unserem Parkplatz Müll zu sammeln.«

Gracie sah erschrocken auf. Amber blickte weiter zu Boden.

»Damit sind wir vollkommen einverstanden«, sagte Rex. »Nicht wahr, Schatz?«

Lydia nickte und sah zu Jill.

»Das ist eine gute Lösung, finde ich«, meinte diese erleichtert. »Habt ihr gehört, Mädchen? Was für ein Glück ihr habt, dass Mr. Steinman es so gut mit euch meint.«

»Glück?«, sagte Gracie und schnaubte verächtlich aus. »Ich sammle keinen Müll. Da sieht uns doch jeder, unsere Klassenkameraden und alle.«

Die ganze Zeit war Lydia ruhig geblieben, doch jetzt platzte ihr der Kragen. »Ist dir nicht klar, dass es weit schlimmer hätte kommen können? Mr. Steinman hätte die Polizei rufen und euch anzeigen können. Willst du mit vierzehn schon eine polizeiliche Akte haben? Willst du ins Jugendgefängnis kommen? Dir deine ganze Zukunft verbauen?«

Rex drückte ihre Hand, um ihr wortlos zu sagen, dass sie sich nicht aufregen sollte. Das brachte doch auch nichts.

Doch es hatte gewirkt. Wie erstarrt blickte Gracie sie an. »Tut mir leid. Müllsammeln ist vielleicht doch gar nicht so schlimm.«

»Gut«, sagte Mr. Steinman. »Wenn alle einverstanden sind, sehen wir von einer Anzeige ab, und Grace und Amber werden von nun an drei Monate lang jeden Samstag um acht Uhr morgens hier erscheinen und Müll einsammeln.«

Alle waren einverstanden. Sie schüttelten Mr. Steinman erneut die Hand und ließen sich zum Ausgang begleiten, durch den Gracie ein ganzes Jahr lang keinen Fuß setzen durfte.

Jetzt war Lydia erst recht übel. Die Aufregung der letzten Wochen, und nun das! Es war einfach zu viel. Sie lief zum nächsten Mülleimer und übergab sich.

Als sie zurück zu Rex und Gracie kam, standen die beiden mit Amber und ihrer Mom zusammen und schwiegen sich an.

»Alles in Ordnung?«, erkundigte sich Rex besorgt.

Sie nickte. »Ja, es geht mir besser.« Das stimmte. Es hatte nur mal alles rausgemusst: der Ärger, die Enttäuschung, der ganze Mist, der sich in ihr angesammelt hatte.

»Kinder, setzt euch bitte schon in die Autos, ich möchte noch kurz mit Gracies Eltern reden«, sagte Jill.

Amber sah Gracie kurz an und ging dann in Richtung des

dunkelblauen Toyotas. Rex betätigte die automatische Türentriegelung seines Wagens, und auch Gracie trottete davon.

»Es tut mir ja so leid«, sagte Jill, als die Mädchen weg waren.

»Wieso tut es *Ihnen* leid?«, erkundigte sich Rex.

»Amber ist in letzter Zeit nicht sie selbst. Ich habe sie überhaupt nicht mehr im Griff. Es tut mir einfach sehr leid, dass sie solch einen schlechten Einfluss auf Ihre Tochter hat.«

Lydia schüttelte den Kopf. »Das Gleiche habe ich vorhin gedacht, als wir oben in Steinmans Büro saßen. Gracie gerät außer Kontrolle, und es tut mir leid, dass sie Amber mit runterzieht.«

»Vielleicht tun sie sich gegenseitig nicht gut«, vermutete Rex.

»Denken Sie, wir sollten ihnen den Kontakt verbieten? Außerhalb der Schule und des Müllsammelns?«

»Das könnte alles nur noch schlimmer machen«, meinte Rex. »Wenn wir sie gewaltsam trennen, könnten sie womöglich gemeinsam weglaufen oder Ähnliches.«

»Ja, das sollten wir nicht provozieren«, stimmte Lydia zu.

»Aber was sollen wir dann tun?«, fragte Ambers Mutter verzweifelt.

»Ich weiß es beim besten Willen nicht«, sagte Rex, und er klang ebenso verzweifelt.

Und dann kam Lydia auf einen Gedanken, der ihr zwar selbst nicht gefiel, der aber die einzige Lösung zu sein schien. »Nun, es gäbe da eine Möglichkeit, die beiden zu trennen, und niemand würde es uns nachtragen.«

»Ich bin für alles offen«, meinte Jill.

»Wovon sprichst du?«, wollte Rex wissen.

»Wenn wir sie nun doch nach San Francisco gehen

lassen?«, wagte sie es, die Worte laut auszusprechen. Dann erklärte sie Ambers Mom: »Gracie liegt uns seit einer Weile in den Ohren damit, dass sie zu ihrem biologischen Vater ziehen will. Wir könnten dem zustimmen, nicht für immer, doch eventuell für ein Schuljahr.«

»Auf gar keinen Fall!«, sagte Rex in aufgebrachtem Ton. »Das kommt für uns nicht infrage.«

»Eine andere Lösung hab ich leider nicht«, sagte sie resigniert. Und sie alle sahen einander an und schüttelten nur die Köpfe.

Rex holte die Jungen im Diner ab, und Lydia fuhr Gracie nach Hause. Keine von beiden sagte ein Wort. Gracie ging sofort in ihr Zimmer und schloss die Tür hinter sich. Lydia machte sich einen Beruhigungstee und setzte sich ans Küchenfenster. Sie sah hinaus in den Garten, hinüber zu den Schaukeln und dem Sandkasten. Wie einfach war doch alles gewesen, als die Kinder noch klein waren, noch keine Widerworte gaben, noch keine Dummheiten machten und noch nicht wegziehen wollten von einem.

Jetzt war alles anders. Warum hatte einem niemand gesagt, wie hart es werden würde?

Sie wartete ab, bis Rex mit Max und Randy nach Hause kam, bat darum, eine kleine Auszeit zu bekommen, und fuhr mit dem Wagen in der Gegend herum. Der Beruhigungstee hatte überhaupt nichts gebracht, und das Herumfahren war auch nicht das Wahre. Was sie jetzt brauchte, war ein Drink. Und auch wenn sie sonst nie eine Bar betrat, zumindest nicht allein und mitten am Nachmittag, fiel ihr gerade einfach nichts Besseres ein.

Sie hielt vor O'Shelby's und betrat die alte Spelunke. Als sie in Richtung Tresen sah, musste sie lächeln, denn sie hatte ein bekanntes Gesicht entdeckt. Sie setzte sich auf den Barhocker neben ihn.

»Hi, Jack«, sagte sie.

Verwundert blickte er auf. »Hi, Lydia. Wie geht es dir? Was war denn vorhin los?«

»Da möchte ich lieber nicht drüber reden.« Sie sah Jack von der Seite an. »Und warum bist *du* hier mitten am Tag und trinkst… was ist das, Scotch?«

»Bourbon. Ich möchte auch nicht wirklich drüber reden.«

Sie nickte. Natürlich konnte sie sich gut vorstellen, weshalb Jack einen Drink brauchte. Seit er und Sophie sich vor vier Wochen gestritten hatten, war er ein Wrack. Sie hatte von beiden Seiten gehört, worum es bei dem Streit gegangen war, und sie fand, dass Jack wie auch Sophie sich total dumm verhielten. Es könnte so einfach sein, wenn sie nur wollten. Sie könnten längst wieder ein Paar und glücklich miteinander sein.

Sie winkte dem Barkeeper zu. »Gin Tonic, bitte.«

»Ich hätte dich nicht für einen Gin-Tonic-Typen gehalten«, meinte Jack.

»Ich mich auch nicht.« Sie zuckte die Schultern. »Danke noch mal fürs Babysitten.«

»Ach, das war doch gar nichts. Ich habe Max und Randy nur in eine Sitzecke platziert und ihnen Burger und Pommes gebracht. Und Cola. Und Bananensplit.«

Sie lachte. »Na, vielen Dank. Wenn die beiden dann nachher auch noch kotzen müssen, bist du schuld.«

»Wieso auch noch? Wer hat denn gekotzt?«

»Ich. Es war einfach zu viel für mich.« Sie schüttelte den Kopf und beschloss, sich Jack doch anzuvertrauen. Sie wusste, er würde es für sich behalten. »Gracie hat bei Blizzard's geklaut.«

Jack kräuselte die Stirn. »Wieso tut sie denn sowas?«

»Was fragst du mich? Weil sie rebellieren will? Weil sie uns zeigen will, dass sie kein kleines Kind mehr ist? Weil sie uns hasst?«

»Bist du sicher, dass es dabei um dich und Rex ging? Vielleicht steckt sie gerade in einer Selbstfindungsphase oder so.«

»Na, super. Und was will sie herausfinden? Ob sie zum Dieb geeignet ist? Mal nebenbei bemerkt, hat sie sich nicht sehr gut dabei angestellt. Der Security-Typ hat sie erwischt, und wir konnten gerade noch verhindern, dass sie die Cops rufen.« Sie trank ihr Glas auf ex aus und bestellte ein zweites.

»Das tut mir ehrlich leid, Lydia.«

»Danke.«

Gemeinsam saßen sie eine Weile da, tranken ihre Drinks und suhlten sich in ihrem Elend.

»Hast du immer noch nichts von Sophie gehört?«, fragte sie irgendwann.

»Nein. Schon vergessen? Sie redet nicht mehr mit mir. Wahrscheinlich wird sie nie wieder mit mir reden.«

»Oh, Mann!«, sagte sie lauter als beabsichtigt, und einige abgewrackte Typen sahen kurz auf, nur um sich danach wieder auf ihre Drinks oder das Baseballspiel zu konzentrieren, das in dem Fernseher über der Bar gezeigt wurde. Lydia trank noch ein paar Schlucke und sagte: »Was ist nur mit euch los? Warum könnt ihr denn nicht endlich über euren Schatten springen und vergessen, was war? Euch wieder näherkommen und euch endlich in die Arme schließen?« Sie lallte die Worte, da sie für ihre Verhältnisse bereits viel zu viel getrunken hatte, und dann stieß sie einen tiefen Seufzer aus.

»Sprechen wir hier noch von Sophie und mir, oder geht es um zwei ganz andere Menschen?«, fragte Jack.

»Du bist ein schlauer, schlauer Mann«, sagte sie und stupste ihm mit dem Finger auf die Nase.

»Und du bist, glaube ich, ziemlich betrunken. Wie wär's, wenn wir dir jetzt ein Taxi rufen würden?«

»Ich will nicht nach Hause. Ich will nach San Francisco.«

»Was willst du denn da?«

»Ich will zu Kate und ihr sagen, dass sie ein fieses Miststück ist.«

»Und sagst du mir auch, wer diese Kate ist?«

»Die neue Stiefmutter, die viel jünger und schöner und cooler ist als ich. Perfekt ist sie, und schwanger ist sie auch.«

»Oje. Das ist ja übler, als ich dachte. Ich glaube, ich bringe dich persönlich nach Hause.«

»Aber du hast doch auch getrunken.«

»Dann gehen wir halt zu Fuß. Die perfekte Gelegenheit, um sich mal so richtig auszusprechen, oder?«

Sie sah ihn an und nickte dann. Nachdem Jack die Rechnung für sie beide beglichen hatte, verließen sie die Kneipe. Die Sonne stand bereits tief am Himmel. Lydia hakte sich bei Jack ein, und gemeinsam schwankten sie los.

»Machst du mir auch mal ein Bananensplit?«, fragte sie.

»Jederzeit. Komm einfach im Diner vorbei.«

»Okay. Danke, Jack. Du bist wirklich ein guter Freund. Der beste auf der Welt.«

Jack lächelte. »Ich hoffe, das hast du nicht vergessen, wenn du morgen wieder nüchtern bist.«

»Niemals! Und nun erzähl mal ... Warum gehst du nicht einfach zu Sophie und gestehst ihr deine Liebe?«

»Weil sie erstens Sex mit Emilio hatte und weil sie mich zweitens hasst. Sind das Gründe genug?«

Lydia schüttelte den Kopf. »Nein, nein, da irrst du dich. Sie hatte überhaupt keinen Sex mit Emilio.«

Jack sah sie überrascht an. »Hatte sie nicht?«

Lydia schüttelte erneut den Kopf, viel, viel zu doll. Dann sagte sie: »Oh, Scheiße, mir wird schon wieder schlecht.« Sie konnte gerade noch zum nächsten Gebüsch laufen, bevor der Gin Tonic in hohem Bogen wieder herauskam.

Kapitel 33

Sophie

Sie saß auf der Veranda und las Steinbecks *Das Tal des Himmels*, das sie in Hatties Bücherregal gefunden hatte. Sie hatte sich in Boston so selten die Zeit genommen, einfach zu entspannen und ein gutes Buch zu lesen, dass sie es hier in Kalifornien jetzt so richtig genoss. Die Temperaturen wurden zwar kälter und die Tage kürzer, doch die Herbstsonne schien auf ihr Haar, und sie lächelte in sich hinein. Ja, so konnte man es doch wirklich aushalten. Und wenn auch sonst nicht alles so war, wie sie es sich gewünscht hätte, war wenigstens das Farmleben ganz wunderbar.

Ob sie jedoch bleiben würde, wusste sie noch immer nicht. Die Entscheidung war ja auch nicht leicht. Wie sollte sie wissen, ob die Mandelfarm der Ort war, an dem sie alt werden wollte? Und ja, es tat gut, einfach mal auszuspannen, hier und da nach dem Rechten zu sehen und sich um ein paar Bestellungen und allgemeine finanzielle Dinge zu kümmern. Doch würde ihr das nicht auf Dauer zu langweilig werden? Sie musste zugeben, dass sie ihr altes Leben manchmal ganz schön vermisste. Und dabei ging es nicht einmal um das ständige in-Bewegung-Sein, denn sie hatte gelernt, die Ruhe und das Nichtstun zu genießen, aber ab und an fehlten ihr einfach die vielen Stadtmenschen um sie herum, hippe Läden und Restaurants, berühmte Persönlichkeiten, die ins Three Seasons kamen, nette Kerle, mit denen man sich vergnügen konnte und die man danach nie wiedersah.

Hier sah die Sache leider anders aus. Hier waren die Männer nicht aus den Augen, aus dem Sinn. Emilio sah sie tagtäglich, auch wenn er nach einer anfänglichen Gekränktheit akzeptiert zu haben schien, dass aus ihnen nicht mehr werden konnte. Und Jack war ein ganz wunder Punkt. Seit ihrem Streit hatten sie nicht mehr miteinander geredet. Sie wusste selbst, dass es albern und kindisch war, doch sie konnte es einfach nicht über sich bringen, auf ihn zuzugehen. Es wäre doch so einfach gewesen, einen Schlussstrich zu ziehen, die Vergangenheit ein für alle Mal ruhen zu lassen und Freunde zu bleiben. Natürlich war das im wahren Leben nicht so leicht wie in ihrer Vorstellung, denn sie empfand viel zu viel für Jack, um ihn zu sehen, bei ihm im Diner essen zu gehen und ihn wie einen Freund zu behandeln.

Er hatte sie verletzt. Und erst in dem Moment hatte sie erkannt, wie sehr sie ihn wirklich noch liebte und wie sehr sie sich eine gemeinsame Zukunft gewünscht hätte. Sie wusste, er hatte ebenfalls noch Gefühle für sie, sonst wäre er wegen Emilio nicht so ausgerastet, doch sie wusste auch, dass sie einfach nicht füreinander bestimmt waren. Das waren sie damals nicht, und das waren sie heute noch viel weniger. Damit musste sie sich abfinden. Und wenn sie nicht an Jack dachte, ging es sogar. Dann führte sie ein erfülltes Leben. Allerdings gab es nur wenige Stunden des Tages, in denen sie Jack aus ihren Gedanken verbannen konnte.

Ganz anders sah es mit Andy aus. Sie waren zu richtig guten Freunden geworden, und Sophie war froh, neben

Lydia noch jemanden zu haben, dem sie sich anvertrauen konnte. Zumal Lydia gerade genug eigene Sorgen hatte, da wollte sie sie nicht auch noch ständig mit ihrem Kummer behelligen. Andy aber hatte immer ein offenes Ohr. Mit ihm konnte sie sich stundenlang unterhalten. Oft gingen sie zusammen essen oder ins Kino oder spazierten einfach nur über die Farm. Dann zeigte sie ihm die Orte ihrer Kindheit und erzählte ihm Geschichten über Hattie. Das tat so richtig gut, das machte, dass Hattie nicht aus ihrer Erinnerung verschwand.

Seit Wochen hatte Sophie keine Nachricht mehr von Hattie gefunden und war sich schon sicher, dass es das gewesen sein sollte. An diesem späten Nachmittag allerdings, als sie ganz allein auf der Veranda saß, sollte sie eine weitere Botschaft finden, und diesmal war es kein kleiner weiser Ratschlag, sondern eine Warnung.

Sie fand das Blatt Papier, als sie das Buch umblätterte. Es lag still zwischen den Seiten, und zuerst dachte sie, es sei ein alter Brief, vielleicht einer, den ihre Grandma einst ihrem Grandpa geschrieben hatte. Doch als sie die Worte »*Meine liebe Sophie*« las, wurde sie wachsam, und ihr Herz pochte schneller.

Sie nahm den Brief aus dem Buch und begann zu lesen.

Meine liebe Sophie,
falls du diesen Brief lesen solltest, bedeutet das, dass ich nicht mehr am Leben bin und dass ich eine sehr wichtige Aufgabe nicht erfüllen konnte.
Vor einigen Tagen ist eine meiner jungen Farmarbeiterinnen zu mir gekommen und hat mir etwas anvertraut, dem ich unbedingt nachgehen muss. Doch leider habe ich so ein Gefühl … Ich weiß, du hast mir nie wirklich geglaubt,

dass ich eine übersinnliche Gabe besitze, doch ist sie ein Teil von mir wie meine Hände und Füße, meine Kinder, meine Farm und meine Liebe zu Elvis' Musik. Ich habe sie schon in jungen Jahren angenommen und versucht, Gutes damit zu bewirken. Nun jedoch überfällt mich immer wieder das Gefühl, dass mir etwas Schlimmes zustoßen wird, und zwar bevor ich das erledigen kann, worum ich gebeten wurde. Und deshalb möchte ich nun dich bitten, der Ungerechtigkeit ein Ende zu machen.
Geh zu Alba, sie wird dir erzählen, was sie auch mir erzählt hat. Bitte hilf ihr, hilf ihnen allen. Und hüte dich vor Emilio. Er ist ein sehr böser Mensch. Ich muss gestehen, ich fürchte mich vor ihm, seit ich weiß, was er den Mädchen antut. Er sieht mich an, als wäre ihm mein Wissen bekannt und als wäre er bereit, mich aufzuhalten, was es auch koste.
Ich weiß nicht, was geschehen wird, jedoch weiß ich, dass jemand Emilio stoppen muss. Ich flehe dich an, meine liebe Sophie, sei stärker als ich und kämpfe gegen das Unrecht an. Sei du diejenige, die Alba gegenüber mein Versprechen einlöst. Hol sie da raus, was auch immer dazu nötig ist.
Ich baue auf dich!
In Liebe
Deine Hattie

Sophie blieb das Herz stehen. Sie hatte Schwierigkeiten zu atmen. Dieser Brief, Hatties Nachricht an sie, hatte so viele neue Informationen mit sich gebracht, die sie erst einmal alle verarbeiten musste.

Nicht nur war Emilio Hatties Ansicht nach böse und hatte den jungen Farmarbeiterinnen irgendetwas Schlimmes angetan, auch hatte ihre Grandma selbst Angst vor ihm gehabt.

Aber warum war sie dann nicht zur Polizei gegangen? Warum hatte sie sich niemandem anvertraut? Warum hatte sie nicht gehandelt?

Und Emilio? Konnte er wirklich etwas mit Hatties Tod zu tun haben, oder waren das nur die Hirngespinste einer alten Frau, die sich einbildete, übersinnlich zu sein?

Obwohl, all diese kleinen Nachrichten, die Sophie immer in den Momenten fand, in denen sie verzweifelt nach einer Antwort suchte … Woher hatte Hattie gewusst, dass sie die Zettelchen genau dann finden würde? Woher hatte sie gewusst, wo sie sie zu verstecken hatte? Und dann dieser Brief jetzt! Wie hatte sie ahnen können, dass Sophie ausgerechnet dieses Buch lesen würde von all den vielen Büchern im Regal?

Und dann fielen ihr die vielen Male ein, wo sie noch ein kleines Mädchen war und weggeschickt wurde, wenn wieder einmal eine Frau aus der Umgebung zu Hattie gekommen war, um nach Rat zu fragen.

Hattie hatte immer Rat gewusst. Sie hatte all diesen Frauen geholfen. Fast immer waren sie mit einem Lächeln im Gesicht gegangen, und nicht selten waren sie zurückgekommen und hatten Hattie dafür gedankt, ihren Job, ihre Beziehung oder sogar ihr Leben gerettet zu haben.

Sophie hatte immer geglaubt, dass Hattie halt besonders feinfühlig war und den Leuten einfach immer das sagte, was sie gerade hören mussten. So langsam begann sie aber wirklich an ihre Gabe zu glauben. Wenn irgendjemand übersinnlich gewesen war, dann Hattie!

Nur brachte diese Erkenntnis sie bei ihrem Problem nicht weiter.

Was sollte sie also tun?

Natürlich musste sie selbst mit Alba sprechen und herausfinden, was genau vor sich ging. Und das am besten sofort!

Sie fasste sich an den Hals, richtig übel wurde ihr bei dem Gedanken, dass der Mann, den sie geküsst hatte und mit dem fast sogar mehr gelaufen wäre, diesen Frauen etwas angetan haben könnte. Ihnen gegenüber gewalttätig geworden war. Darum ging es hier doch, oder? Zu dumm nur, dass Hattie nicht ins Detail gegangen war. Nun, dann musste sie der Sache eben selbst auf den Grund gehen. Und vielleicht klärte sich ja alles als riesengroßes Missverständnis auf. Vielleicht war die junge Arbeiterin, Alba, ja auch nur in Emilio verliebt gewesen und hatte sich eine Abfuhr geholt. Wollte es ihm deshalb heimzahlen und hatte Hattie Märchen erzählt, damit diese ihn feuerte. Das lag doch alles im Bereich des Möglichen, oder?

Sofort legte sie das Buch zur Seite und stand auf. Sah hinüber zur Sortierhalle, in der sich um diese Uhrzeit alle befanden, da es bereits dämmerte und bald zu dunkel zum Arbeiten in den Hainen sein würde. Sie hatte ihre Arbeiter oft beobachtet und kannte deren ungefähren Tagesablauf. Sie wusste, dass Olivia nach ihrem letzten Lohn ohne ein Wort fortgegangen war, kümmerte sich aber nicht weiter darum, da die Saison eh bald zu Ende war. Sie hatte mitbekommen, dass Juanita wie eine Mutter für alle war; sie brachte Essen mit, und man kam zu ihr, wenn man ein Problem hatte. Sie hatte auch die Blicke zwischen Alba und dem Neuen, Javier, gesehen und wie sie sich in den Pausen heimlich hinter die Scheune schlichen. Und sie wusste, dass Emilio darüber nicht glücklich war. Jedoch hatte sie angenommen, dass er es nicht guthieß, wenn seine Helfer etwas miteinander anfingen, da die Arbeit darunter litt. Emilio war ein strenger Vorarbeiter, das war ihr ebenfalls bewusst. Zu streng manchmal, und sie hatte bereits mit ihm darüber gesprochen. Sie wollte hier keine Hierarchie, sie wollte, dass sich alle wohlfühlten und gerne zur Arbeit kamen. Damit sie auch im nächsten Jahr wiederkamen. Auch wenn sie sich noch immer nicht sehr wohl bei dem Gedanken fühlte, dass so viele von ihnen Illegale waren. Zu gegebener Zeit würde sie mit Andy darüber reden. Jetzt gab es aber erst mal Wichtigeres.

Sie spielte nervös mit ihrem Perlenarmband, atmete ein paarmal tief durch und ging dann zur Halle rüber. Die Mandelbäume bildeten im Dämmerlicht merkwürdige Silhouetten. Als Kind hatte sie sich vorgestellt, sie wären hungrige, abgemagerte Geister, die auf der Suche nach bösen Kindern waren, um sie aufzufressen. Sie war oftmals aus Albträumen erwacht und hatte stets versucht, besonders artig zu sein. Glücklicherweise hatte sie die Bäume als kleines Mädchen meist nur im Sommer gesehen, wenn sie vollbehangen mit Blättern und Mandeln waren. Und dann noch im März zu Hatties Geburtstag, wenn sie in voller Blüte standen. Doch ab und zu, zum Beispiel an Weihnachten, hatte sie sie erblickt, wie sie jetzt aussahen, leer und fast kahl und überhaupt nicht mehr hübsch. Sie starrte sie eine ganze Weile an, bevor sie den Mut aufbrachte, die letzten Schritte zur Halle zu gehen und sie zu betreten.

Kapitel 34

Alba

Sie sah von der Bürotür zur Hallentür und wieder zurück. Ihr Blick wanderte wie irr hin und her, hin und her, und innerlich staute sich so viel Angst auf, dass sie glaubte, es zerreiße sie.

Es war kurz nach halb sechs, und Alba stand mit den anderen Frauen am Fließband in der Sortierhalle. Emilio hatte sie vor etwa einer Stunde zusammengetrommelt und gesagt, sie sollen heute nur noch sortieren und verpacken, da morgen früh eine Lieferung rausging. Außerdem würde es bald dunkel werden. Dann hatte Emilio Orlando und Javier geschickt, die Bäume zu bewässern, und hatte Blanca zu sich ins Büro gerufen.

Alba und die anderen hatten sich besorgte Blicke zugeworfen, und mit jeder Minute, die das Mädchen im Büro verbrachte, war die Unruhe gestiegen. Jetzt waren es, wenn Alba richtig gezählt hatte, bereits vierundzwanzig Minuten, und Javier war draußen und konnte seine Schwester nicht beschützen. Konnte Emilio nicht davon abhalten, das mit ihr zu tun, was er mit so vielen anderen getan hatte.

Sie überlegte gerade, ob sie eine Ausrede suchen sollte,

um aus der Halle rauszukommen. Sie könnte einen Toilettengang vortäuschen. Doch Emilio hatte sie gewarnt, nicht mehr außerhalb der Pausen aufs Klo zu gehen, und wenn er jetzt aus dem Büro kam und sie nicht sah, würde er sich denken, wo sie hingegangen war, und es würde ein Donnerwetter geben.

Viel weiter zum Überlegen kam Alba dann auch gar nicht, denn jemand betrat die Halle, und alle verstummten.

»Hallo, alle miteinander«, sagte ihre neue Chefin und blickte sich suchend um. Auch sie sah merkwürdigerweise ein wenig unruhig, ja, sogar ängstlich aus.

Sie grüßten sie zurück. *»Hola, Ms. Kendrick.«*

»Buenas noches, jefa!«

»Ich muss echt Spanisch lernen«, hörte Alba die Chefin murmeln, und dann ebenfalls *»Buenas noches«* sagen.

»Können wir Ihnen weiterhelfen, Ms. Kendrick?«, fragte Juanita. »Brauchen Sie mich im Haus?«

»Ja, ich bräuchte dich tatsächlich im Haus, und Alba auch. Ich möchte Emilio nur kurz Bescheid sagen, dass ich euch mit reinnehme. Ist er in der Nähe?«

Alle, sogar der starke und gewichtige Pablo, der gerade die mit Mandeln befüllten Holzkisten stapelte, wirkten nervös und sahen zu Boden beziehungsweise konzentrierten sich auf ihre Arbeit und ignorierten die Chefin komplett. Alba nagte nervös an ihrer Unterlippe.

»Juanita, wo ist Emilio?«, fragte Sophie nachdrücklicher.

Juanita deutete mit dem Kopf in Richtung des Büros, und Alba hätte ihr am liebsten auf den Fuß getreten. Warum tat sie das denn nur? Wenn Sophie Emilio jetzt mit Blanca erwischte!

Ja, was würde dann passieren?

Das sollten sie dann aber doch nicht erfahren, denn noch

während Sophie auf die Bürotür zuging, öffnete sie sich, und Blanca kam tränenüberströmt heraus. Sie ging schnellen Schrittes aus der Halle und nahm Sophie überhaupt nicht wahr. Emilio folgte kurz darauf und war ein wenig erschrocken, als plötzlich die Chefin vor ihm stand.

»Oh. Sophie«, sagte er. »Was kann ich …«

Sophie ließ ihn nicht ausreden. »Was hast du mit ihr gemacht?«, fragte sie in lautem, wütendem Tonfall.

»Ich? Gar nichts.« Emilio sah zu den Arbeitern rüber, und sie alle wussten, was er im Stillen von ihnen verlangte. Sie hatten ihren Mund zu halten, oder es würden schlimme Strafen folgen. Arbeit ohne Pausen, Arbeit ohne Wasser, Arbeit ohne Bezahlung, oder Übleres.

»Sie ist weinend aus deinem Büro gekommen. Was hast du ihr angetan?«, fragte Sophie erneut.

»Ach, die Kleine, meinst du? Sie ist neu und kennt die Spielregeln noch nicht. Sie hat ein paar Fehler gemacht, und ich habe sie zurechtgewiesen. Musste ein bisschen mit ihr schimpfen. Nichts Schlimmes, sie ist einfach nur sehr sensibel.«

»Und das war alles?« Sophie klang nicht sehr überzeugt, und in diesem Moment wünschte Alba sich sehnlichst, dass Emilio aufflog. Dass die Chefin alles herausfand und ihn von der Farm verjagte. Und dass er nie mehr zurückehrte.

»Ja. Ich schwöre bei Maria, Mutter Gottes.«

Niemals hatte Alba solch einen Hass für jemanden empfunden. Was Emilio tat, war grausam genug, doch den Namen der armen Mutter Gottes zu missbrauchen, war in ihren Augen die größte Sünde, die ein Mensch begehen konnte.

»Na gut. Okay«, sagte Sophie. Alba sah ihre Chancen schon schwinden, doch dann blickte die Chefin, die in diesem Moment Hattie so furchtbar ähnlich sah, zu ihnen herüber. »Juanita und Alba, ich bräuchte euch jetzt im Haus. Kommt ihr bitte mit?« Und da ahnte sie, dass Sophie bereits etwas wusste.

Alba sah zu Emilio, der nicht sehr glücklich wirkte, jedoch nickte. Und sie folgte Sophie und Juanita.

»Was ist mit deinen Händen?«, wollte Sophie wissen, als sie aus der Halle traten.

»Ich habe mich verbrannt. Es geht aber schon wieder, ich kann gut arbeiten«, versicherte sie ihr, und es war keine Lüge. Ja, die Finger schmerzten noch, doch sie brauchte nur noch Pflaster zu tragen und konnte bereits wieder vollen Einsatz zeigen.

Die vierundneunzig Schritte bis zum Haupthaus fragte sie sich immer wieder, was Sophie von Juanita und ihr wollen könnte. Sollten sie ihr die Wäsche waschen? Das Abendessen zubereiten? Den Fußboden bohnern?

Oder wollte sie etwa mit ihnen reden?

Als sie die Verandatreppen hochstiegen, pochte ihr Herz so schnell und laut, dass sie glaubte, Emilio könne es in der Halle hören. Und das tat es, weil sie sich plötzlich ganz sicher war, dass es nicht um das Bohnern der Fußböden ging.

Sophie hatte den ganzen Weg über kein weiteres Wort gesagt. Jetzt brachte sie sie den Hausflur entlang und blieb vor einer Tür stehen. Sie öffnete sie und deutete auf den Boden. Kurz dachte Alba, sie sollten doch nur bohnern, und sie atmete fast schon erleichtert auf, als Sophie sagte: »Hier haben sie meine Grandma gefunden. Genau dort!«

Alba sah, wie Juanita sich eine Hand ans Herz hielt. Sie musste an die alte Dame denken, die sie so gerngehabt hatte. Die ihr versprochen hatte, ihr zu helfen und es dann doch nicht mehr hatte tun können.

»Ich habe heute einen Brief gefunden. Einen Brief von Hattie an mich, in dem sie mich vor Emilio warnt und mir erzählt, er sei ein böser Mensch.« Sophie sah von Juanita zu ihr, doch sie beide sahen schnell zu Boden. »Sie hat auch geschrieben, dass Alba ihr etwas anvertraut hätte.« Sophie griff jetzt nach ihrer Hand, nahm sie in ihre und fragte sie: »Was hat er dir angetan, Alba?«

Sie hörte Juanita schwer einatmen und die Luft anhalten.

Alba hatte Angst. Sie hatte es schon einmal offen ausgesprochen, und was war passiert? Hattie war tot aufgefunden worden!

Was, wenn sie es erneut offenbarte?

Doch Juanita kam ihr zu Hilfe. »Sag es ihr, Alba«, ermutigte sie sie. Und Alba begann zu reden.

Sie erzählte Sophie alles. Wie es damals angefangen hatte, als sie auf die Farm gekommen war. Wie es all die Jahre weitergegangen war. Wie Emilio sich an jeder hübschen, jungen, unschuldigen Arbeiterin vergriff, die in seine Nähe kam. Und wie er alle, ob jung, ob alt, ob Mann, ob Frau einschüchterte und terrorisierte, bis sie nur noch kleine Häufchen Elend waren, die taten, was er von ihnen verlangte.

»Das ist ja grausam«, sagte Sophie schockiert. »Jetzt verstehe ich auch, warum Hattie solche Angst vor ihm hatte. Sie wollte nicht gleich zur Polizei gehen, weil sie zuvor noch mehr herausfinden, mit mehreren von euch reden wollte. Doch dann war es zu spät. Oh, mein Gott, glaubt ihr etwa, Emilio hat Hattie irgendetwas angetan? Könnte er für ihren Tod verantwortlich sein? Ich meine, sie hatte Herzprobleme, ja, aber sie hat doch ihre Tabletten genommen und war für ihr Alter wirklich fit.«

»Ich weiß es nicht, *señora*«, meinte Juanita.

Sophie schüttelte den Kopf. »Das tut mir alles so schrecklich leid für euch. Warum seid ihr aber nicht früher zu mir gekommen? Ich hätte ihn stoppen können.«

»Weil wir gesehen haben, dass Sie selbst ein Auge auf ihn geworfen haben, *señora*. Bitte nehmen Sie mir meine Worte nicht übel. Wir haben einfach nicht gedacht, dass Sie uns glauben würden. Und wir hatten Angst. Haben es noch.«

Sie hörten laute Schreie und liefen alle zum Fenster. Obwohl die Halle gut siebzig Meter entfernt war, konnten sie den Tumult davor deutlich ausmachen. Sophie lief sofort aus dem Haus und hinüber zu der Prügelei, die gerade stattfand. Alba und Juanita folgten ihr.

Alba konnte von Weitem noch nicht sehen, wer in die Schlägerei verwickelt war, vor allem, weil es bereits dunkel geworden war, doch ihr schwante Schlimmes. Und als sie dann ankamen und es sich bei den Prügelnden tatsächlich um Emilio und Javier handelte, begann sie bitterlich zu weinen.

Emilio war Javier weit überlegen. Javier hatte keine Chance und war bereits grün und blau im Gesicht, wie sie nun im Licht, das aus der Halle herüberleuchtete, erkennen konnte. Aus seiner Nase rann Blut, und er hatte eine Platzwunde am Kopf.

»Haltet sie auseinander!«, rief Sophie den Männern zu. »Sofort!«

Doch keiner rührte sich. Jeder wusste, würde er sich einmischen, wäre er der Nächste.

Alba sah, wie Sophie selbst ein paar Schritte auf die beiden Stiere zumachte, dann jedoch zurückwich, als Javier ausholte und Emilio einen gewaltigen Kinnhaken verpasste. Sie nahm ihr Telefon aus der Hosentasche, wählte eine Nummer und sprach hinein. Keine fünf Minuten später kamen zwei heulende Polizeiwagen angefahren, vier Polizisten stiegen aus und legten Javier, der jetzt auf dem Boden lag, und Emilio, der wutentbrannt über ihm stand, Handschellen an. Sie setzten sie einzeln auf die Rückbänke der Wagen und verhörten sie. Dann befragten sie die Herumstehenden, was sie gesehen hatten. Leider waren nicht mehr viele übrig. Als sie vernommen hatten, dass Sophie die Polizei gerufen hatte, waren die meisten von ihnen davongelaufen. Alle hatten Angst vor *la policía*, vor der Einwanderungsbehörde und davor, zurück nach Mexiko geschickt zu werden. Nur Alba, Juanita, Josefina, Santiago mit seiner Familie und Sophie waren noch da, und sie sagten den Polizeibeamten, was sie wussten. Dass Emilio sich an Javiers kleiner Schwester vergangen hatte und die beiden sich daraufhin geprügelt hätten. Ob Emilio und Blanca eine sexuelle Beziehung hätten, fragte einer der Cops. Nein, sagte Juanita ihnen. Blanca sei erst siebzehn Jahre alt und sei weinend aus dem Büro gekommen. Sie wäre auch nicht die Erste, an der er sich verging. Wo Blanca jetzt sei, wollten die Uniformierten wissen. Doch das konnte leider niemand beantworten.

Wenn es kein Opfer gebe, das eine Aussage machte, könnten sie Emilio höchstens wegen Körperverletzung an Javier anklagen, sagten sie. Und das konnte Alba nicht zulassen. Mutig trat sie einen Schritt vor und sagte ihnen, dass er sich auch an ihr vergangen hatte und an einigen ihrer Freundinnen ebenfalls. Sie sagte ihnen, dass Emilio ein unheimlich böser Mensch sei, der weggesperrt gehörte.

Noch während sie das sagte, trat Blanca hinter der Lagerhalle vor und kam langsamen Schrittes auf die Polizisten zu. Auf Spanisch flehte sie sie an, ihren Bruder nicht einzusperren. Einer der Cops mit südamerikanischen Wurzeln antwortete ihr, dass sie mit aufs Revier kommen und eine Aussage machen müsse. Und in diesem Moment wusste Alba es mit Gewissheit: Javier und Blanca würden von der Polizei mitgenommen werden, und sie würde sie nie wiedersehen.

Als die Wagen eine Viertelstunde später davonfuhren, sah sie, wie Javier sich auf der Rückbank umdrehte und sie mit Verzweiflung in den Augen ansah. Er legte eine Hand an die Fensterscheibe, und sie sah ihm nach, während ihr Herz brach. Sogar das Baby in ihrem Bauch konnte sie weinen hören um den Vater, den es nun niemals haben würde.

Kapitel 35

Lydia

Sie saß im Büro und schrieb wieder einmal Zahlungserinnerungen, als ihr Handy klingelte. Sie las Sophies Namen auf dem Display und lächelte. In den letzten Wochen waren sie einander wieder nähergekommen und hatten ihre Freundschaft wiederaufleben lassen, was Lydia ungemein freute. Es bedeutete ihr viel, dass Sophie und sie sich so gut verstanden und sie sich gegenseitig alles anvertrauen konnten – fast so wie früher.

»Hallo, Sophie«, ging sie ans Telefon.

»Lydia, hast du Zeit für ein Mittagessen?«, hörte sie ihre Freundin fragen.

»Aber natürlich, für dich jederzeit«, antwortete sie, obwohl sie eigentlich noch einkaufen fahren wollte, bevor sie die Jungs von der Schule abholte. Doch das konnte sie zur Not auch später mit ihnen zusammen machen. »Wollen wir im Diner essen?«, wagte sie es zu fragen, obwohl sie wusste, dass Sophie seit dem Streit mit Jack den Diner nicht mehr betreten hatte. Was für eine Schande, dort gab es die besten Pancakes der Stadt und auch die besten Sandwiches.

»Nein, lieber nicht. Am besten treffen wir uns unter vier

Augen. Magst du zur Farm kommen? Ich könnte uns was kochen.«

Oh. Wenn Lydia sich nicht täuschte, ging es ihrer Freundin nicht allzu gut. Sie hörte sich an, als würde sie von Sorgen geplagt.

»Alles okay? Du klingst, als hättest du Kummer.«

»Den habe ich auch. Ich erzähle dir später Näheres, ja?«

»Ja, gut.« Sie sah auf die Uhr. Es war Viertel nach zwölf. Eigentlich machte sie frühestens um halb eins Feierabend, aber die nervigen Rechnungen konnten wirklich warten. Sophie brauchte sie jetzt dringender. »Ich fahre gleich los.«

»Danke, Lydia«, hörte sie Sophie noch sagen, und schon hatte sie aufgelegt.

Oje, dachte sie. Ob es wohl wieder um Jack ging? Oder um die Farm? Sophie schien ein dringendes Anliegen zu haben, wenn sie sie bat, so schnell zu kommen. Sie hoffte nur, sie konnte helfen.

Als sie zwanzig Minuten später vor dem Farmhaus parkte, erwartete Sophie sie schon auf der Veranda.

»Danke, dass du gleich gekommen bist. Ich brauche wirklich jemanden zum Reden, eine weibliche Person. Ich habe zwar auch Freundinnen in Boston, aber die würden meine Probleme nicht nachvollziehen können.«

»Ich bin da. Und ich habe zwei offene Ohren mitgebracht«, sagte sie ihr und lächelte ihr zuversichtlich zu.

»Ich habe eine Quiche im Ofen. Dazu können wir einen Salat essen, wenn du magst.«

»Hört sich lecker an.« Sie betraten das Haus und gingen in die Küche. Dort duftete es bereits köstlich nach der Quiche mit Feta, Tomaten und Schnittlauch, wie Lydia jetzt erkannte, als sie einen Blick durch die gläserne Ofentür warf.

»Das ist ein ganz einfaches Rezept. Meine Küchenchefin Lola hat es mir beigebracht.«

Sophie hatte diese Lola »ihre Küchenchefin« genannt, was wohl bedeutete, dass sie ihren Job als Restaurantleiterin im Three Seasons noch immer als ihre Berufung ansah. Und dabei hatte Lydia angefangen zu glauben, dass Sophie hier auf der Mandelfarm wirklich glücklich werden könnte.

»Wie wär's, wenn wir zusammen das Gemüse schneiden und du mir dabei erzählst, was dir auf dem Herzen liegt?«, sagte sie ihr.

Sophie nickte und reichte ihr ein Messer und ein paar Paprikaschoten. Lydia wusch sich die Hände und begann, die roten und gelben Früchte zu halbieren und von ihren Kernen zu befreien.

»Okay. Also, alles begann damit, dass ich einen Brief gefunden habe …«

Sophie erzählte ihr von Hatties Nachricht an sie, von Emilio und ihren Ängsten und von den Vorfällen am gestrigen Tag. Und die ganze Zeit über konnte Lydia nur denken: Hätte ich doch bloß etwas unternommen!

»Ich fühle mich schrecklich«, sagte Sophie am Ende ihrer Geschichte, sie saßen bereits am Tisch und aßen. »Weil ich gar nicht weiß, wie es jetzt weitergehen soll. Ich meine, ich stehe jetzt ohne Vorarbeiter da. Und ich habe die Hälfte meiner Erntehelfer vergrault. Acht von ihnen sind heute nicht zur Arbeit erschienen.«

»Was ist mit Alba?«, wagte sie zu fragen.

»Sie ist wie gewohnt gekommen.«

»Ich meinte, wie geht es ihr?«

»Ziemlich mies, würde ich annehmen. Emilio hat sich immerhin an ihr vergangen, und das jahrelang. Und jetzt ist auch noch Javier von der Polizei mitgenommen worden.

Der Angst in ihren Augen nach zu urteilen, ist er illegal hier und wird sicher abgeschoben werden.«

»Aber ist Alba denn nicht verheiratet? Mit einem älteren Amerikaner? Ich habe die beiden mehrmals zusammen gesehen.«

Sophie nickte. »Das ist sie, sie hat es mir selbst erzählt. Oder sie war es, keine Ahnung. Ich weiß nur, dass sie und Javier bis über beide Ohren verliebt ineinander sind, das sieht sogar ein Blinder. Und jetzt ... Wieso hab ich nur die Cops gerufen? Ich habe ihr ganzes Leben zerstört – von beiden. Und das von Blanca mit dazu.«

»Blanca ist die Schwester?« Lydia war ein bisschen durcheinandergekommen bei all den Namen. Schließlich kannte sie die Gesichter dazu nicht, zumindest nicht alle.

Sophie nickte und seufzte. Sie nahm einen letzten Bissen von ihrer Quiche und schob den noch halb vollen Teller von sich. »Arme Alba. Wenn ich nur irgendetwas geahnt hätte. Dann hätte ich Emilio schon vorher stoppen können, und es wäre nicht so weit gekommen.«

Lydia spielte mit einem Nietnagel an ihrem Daumen. »Ich glaube, ich sollte dir etwas gestehen. Hattie hat mir kurz vor ihrem Tod gesagt, dass sie in großer Sorge sei, weil auf der Farm irgendetwas vor sich gehe.«

Sophie sah sie mit großen Augen an. »Du wusstest davon?«

Sie riss den Nietnagel ab, ein Tropfen Blut drang durch die Haut.

»Dass so etwas vor sich ging, habe ich nicht gewusst, nein. Natürlich nicht! Da hätte ich längst gehandelt. Aber ...«

»Aber du wusstest, dass es etwas mit Emilio zu tun hatte. Deshalb hast du mich ganz zu Beginn vor ihm gewarnt.«

Lydia nickte bestätigend. »Hattie hat mir nur anvertraut,

dass er wohl nicht der war, der er zu sein schien und dass sie dem nachgehen wollte. Ich hatte aber angenommen, er würde Geld unterschlagen oder wäre grob mit den Arbeitern gewesen oder etwas in der Art. Woher sollte ich wissen, dass er ein Vergewaltiger ist? Und ich frage mich, wenn Hattie das wirklich wusste, warum sie nicht gleich die Polizei eingeschaltet hat.«

»Weil Alba sie um Verschwiegenheit gebeten hat? Weil sie erst noch herausfinden wollte, was wirklich an der Sache dran war? Wie viele Frauen betroffen waren? Ich kann ihre Denkweise nachvollziehen, sie war ein sehr bedachter Mensch. Sie wollte nicht zur Polizei gehen, ohne genügend Beweise zusammengesammelt zu haben.«

»Und während sie Beweise sammelte, hat sie zugelassen, dass Emilio einfach weitermachte?« Sie konnte das alles überhaupt nicht nachvollziehen.

Sophie seufzte erneut. »Sie war eine alte Frau. Vielleicht hat sie nicht mehr so klar denken können wie wir. Und sie hat auch Angst gehabt, vergiss das nicht. Nicht nur vor Emilio, sondern auch davor, dass ihre illegalen Erntehelfer Probleme bekommen könnten.«

Lydia musste trotz allem lächeln. Sie fand es schön, dass Sophie sich so für ihre Grandma einsetzte.

»Na, wenigstens ist er jetzt weggesperrt und kann niemandem mehr wehtun. Das ist er doch, oder?«

»Ja. Heute Morgen hat Sergeant Batista von der Polizei angerufen und mich gebeten, später noch einmal auf dem Revier vorbeizuschauen und meine Aussage zu Protokoll zu geben. Alba, Juanita und Josefina müssen auch hin, und die Mädchen, die Emilio …« Sie machte eine Pause. »Erst vor Kurzem hat uns eine junge Pflückerin verlassen, ohne ein Wort. Jetzt kann ich mir denken, warum.«

»Das ist alles so tragisch«, sagte Lydia, denn sie empfand großes Mitleid. »Diese armen Leute kommen her, weil sie auf ein besseres Leben hoffen, und dann werden sie schlimmer behandelt als in ihrer Heimat.«

Sophie legte sich die Hände ans Gesicht und faltete sie über der Nase. »Was soll ich tun? Ich meine, wenn das nicht nach einem schlechten Omen aussieht. Wie kann ich jetzt noch bleiben?«

Sie sah ihre Freundin eindringlich an, legte ihr eine Hand auf den Oberarm und sagte: »Bleib. Du kannst es wiedergutmachen. Die Saison ist doch so gut wie zu Ende, oder? Du suchst dir einfach einen neuen, zuverlässigen Vorarbeiter und fängst noch einmal ganz neu an. Mit deinen Erntehelfern. Versprich ihnen, dass so etwas nie wieder vorkommt, und sie werden dir treu bleiben. Allein schon wegen Hattie.«

»Wie kann ich es ihnen versprechen? Woher soll ich wissen, dass der nächste Vorarbeiter besser zu ihnen ist?«

»Du hast doch eine ganz gute Menschenkenntnis, oder?«

»Tsss!«, machte Sophie und sah ganz beschämt aus. »Ich habe Emilio geküsst! Zweimal! Das zeugt wohl nicht gerade von guter Menschenkenntnis.«

»Mach dich deswegen nicht fertig. Und bedenke, nicht einmal Hattie hat Emilio durchschaut, trotz ihrer Übersinnlichkeit. Wie hättest du da ahnen können, dass dieser charmante, gutaussehende, heißblütige Kerl im Grunde so ein abgrundtief schlechter Mensch ist?«

»Ja, du hast wohl recht. Das hätte ich nicht wissen können.«

»Genau. Und um auf dein Vorarbeiter-Problem zurückzukommen … wenn du denkst, allein keine gute Entscheidung treffen zu können, dann helfe ich dir eben beim Auswählen. Ich kann auch noch Rex dazuholen, er hatte noch nie

Schwierigkeiten mit seinen Angestellten. Wir veranstalten ein richtiges Einstellungsgespräch mit mehreren Bewerbern, wenn du willst. Zu dritt werden wir schon jemanden finden, der deine Farm im Griff haben und seine Crew fair behandeln wird.«

»Das würdet ihr tun?«

»Na klar. Ich spreche jetzt einfach mal für Rex, aber der ist ganz bestimmt mit dabei.«

»Danke, das wäre wirklich eine große Hilfe. Ich hab doch noch überhaupt keine Ahnung, welche Fähigkeiten ein Vorarbeiter mitbringen muss. Und ich werde schon im Winter einen brauchen, da auch da Aufgaben anfallen, das weiß ich von Emilio.« Sie biss sich auf die Zunge.

»Vergiss den Scheißkerl einfach, ja? Er wird seine gerechte Strafe bekommen.«

»Ja, aber zu welchem Preis?«

Sie schwiegen eine Weile. Dann verzog sich Lydias Mund zu einem Lächeln. »Heißt das also, du bleibst?«

»Ich weiß es noch immer nicht genau. Ich hatte ja gehofft, neben der Farm noch einen Grund zu haben, in Davis zu bleiben, aber …«

»Jack?«, fragte sie, und Sophie nickte.

Gerne wäre Lydia weiter auf das Thema eingegangen, doch ihr Blick fiel auf die Uhr, und mit Schrecken erkannte sie, dass sie schon in zehn Minuten die Jungs abholen musste.

»Es tut mir so leid, Sophie, aber ich muss schleunigst los. Die Jungs haben gleich Schulschluss, ich hab die Zeit total vergessen.«

»Kein Problem, fahr nur los.«

»Ich muss gleich noch in den Supermarkt, aber gegen fünf sollte ich zu Hause sein. Falls du noch Redebedarf hast, ruf einfach durch oder komm vorbei, ja?«

»Okay.« Sophie stand auf und umarmte sie. »Danke, Lydia. Für alles. Ich weiß gar nicht, was ich ohne dich tun sollte.«

»Ich bin für dich da«, versicherte sie ihrer Freundin noch und lief eilig davon. Sie würde zu spät kommen, das war sicher. Die Jungs würden vor der Schule auf sie warten müssen. Das war nicht ideal, aber es war auch nichts, was man mit einem Eis nicht wiedergutmachen konnte. Manche Probleme waren ja zum Glück ganz leicht aus der Welt zu schaffen.

Um Viertel vor fünf kamen sie beladen nach Hause. Die Jungs waren entgegen ihrer Erwartung begeistert gewesen, noch mit zum Einkaufen fahren zu dürfen. Sie hatten sich allerlei Ungesundes wie Kekse, Eis und Tiefkühlpizza ausgesucht, die sie zum Dinner essen wollten, und heute war Lydia ohne Widerworte einverstanden gewesen. Manche Tage waren einfach so. An manchen Tagen sollte man einfach nur glücklich sein, dass es einem gut ging.

Sie wunderte sich, dass die Haustür nicht abgeschlossen war, und noch mehr, als Gracie ihr entgegenkam, ihr eine schwere Papiertüte abnahm und sie in die Küche trug, um sie dort auszupacken.

Stirnrunzelnd sah sie ihre Tochter an.

»Oh, cool! Habt ihr mir auch eine Pizza mitgebracht?«

»Ja, klar. Eine mit gegrilltem Gemüse.«

Gracie fand die Pizza, betrachtete sie und sagte: »Danke.«

»Ist dein Baseballtraining heute ausgefallen?«, fragte sie neugierig.

Gracie wand sich, packte weiter aus und sagte gar nichts.

»Gracie, was ist los?« Sie hatte so ein Gefühl, als wenn das heute noch nicht alles gewesen wäre.

»Ich bin für den Rest der Saison gesperrt«, erzählte ihre Tochter. »Ist aber egal, ich hatte eh keine Lust mehr auf Baseball.«

»Gesperrt?« Lydia musste sich zwingen, ruhig zu bleiben. »Was meinst du damit? Wer hat dich gesperrt?«

»Schuldirektor Parker.« Sie stellte die Schokomilch in den Kühlschrank und räusperte sich. »Er hat mir auch einen Brief für euch mitgegeben.«

»Einen Brief? Gib ihn mir.«

»Kann das nicht bis nach dem Essen warten?«, bat Gracie.

»Nein, ich möchte gerne sofort wissen, worum es geht.«

Gracie atmete tief ein, machte auf dem Absatz kehrt und verließ die Küche. Kurz darauf kam sie mit einem Brief in der Hand zurück. Sie reichte ihn ihr und wollte wieder gehen, doch Lydia hielt sie auf. »Bleib bitte und setz dich an den Tisch, bis ich gelesen habe.«

Sie ließ die restlichen Einkäufe stehen und öffnete den Umschlag. Und dann fiel ihr die Kinnlade herunter.

»Du hast was?«, schrie sie.

»Tut mir leid, ich wollte nicht …«, begann Gracie sich zu rechtfertigen, doch Lydia hörte sie gar nicht.

»Du hast allein in diesem Monat an acht Tagen unentschuldigt gefehlt?« Sie überlegte kurz, ob Gracie irgendwann im Oktober krank gewesen war, konnte sich aber an kein einziges Mal erinnern. »Soll das etwa heißen, du hast acht ganze Schultage geschwänzt?«

»Tut mir leid.«

»Ich will keine Entschuldigung hören, ich will hören, warum du das getan hast. Und wie das überhaupt möglich war. Rufen die denn heutzutage nicht mehr an, wenn ein Kind nicht zum Unterricht erscheint?«

»Man bekommt eine Nachricht mit, die man unterschreiben lassen muss.«

»Ich habe aber nie eine ... Du hast sie unterschrieben, richtig?«

»Nur ein paar ...«

Voller Entsetzen sah sie ihre Tochter an. »Ich versteh dich einfach nicht! Was ist nur dein Problem? Weißt du denn nicht, wie gut du es hast? Welches Glück du hast, eine heile Familie zu haben und in einem Land zu leben, in dem dir alle Möglichkeiten offenstehen? Und du bist dabei, dir das alles zu ruinieren!«

Jetzt sah Gracie sie abschätzig an. »Eine heile Familie? Dass ich nicht lache!«

»Dann sag mir bitte mal, was so schlimm in deinem Leben ist, dass du alles so schrecklich findest. Dass du die Schule schwänzt, dass du zu deinem Vater ziehen willst und dass du mich so abgrundtief hasst.«

»Ich hasse dich nicht«, sagte Gracie, und in ihrer Stimme schwang tatsächlich etwas wie Mitgefühl mit. »Ich halte es hier nur einfach nicht mehr aus.«

»Dann erklär mir bitte, warum.«

»Weil ihr mich einfach nicht versteht! Weil ihr euch einen Scheiß für mich und meinen Lebenswandel interessiert.«

»Deinen Lebenswandel? Meinst du damit etwa deine schwarzen Klamotten? Oder deinen Vegetarismus?«

»Zum Beispiel.«

»Bin ich nicht mit dir shoppen gegangen? Haben wir nicht alle einen Monat lang vegetarisch gegessen für dich? Habe ich dir nicht immer extra Gemüse gekocht, wenn wir etwas anderes zu essen hatten?«

»Doch, schon, aber du interessierst dich überhaupt nicht dafür, warum ich jetzt so leben will.«

»Na, das weiß ich doch schon. Du machst das wegen Kate.«

»Nein, überhaupt nicht. Ich mach das, weil mir die Tiere leidtun, die schlimm gequält und dann zu Millionen getötet werden, um auf unseren Tellern zu landen. Ich wollte dir Videos zeigen, aber dafür hast du dich auch einen Scheiß interessiert.«

»Könntest du mal wieder ein bisschen zivilisierter reden, bitte?«

»Von mir aus. Mom! Ihr versteht mich einfach nicht.«

»Und Brandon und Kate tun das?«

Gracie zuckte die Achseln. »Mehr als ihr. Ihr seid so festgefahren, und ihr seid so eine Einheit, ihr vier. Ich komme mir immer wie eine Außenseiterin vor, als würde ich gar nicht dazugehören.« Gracie begann zu weinen, was Lydia völlig aus der Bahn warf. Sonst war Gracie nämlich immer nur zickig und taff und kühl ihr gegenüber, sie hatte das Gefühl, sie seit Jahren nicht weinen gesehen zu haben.

Ihr Mutterherz setzte aus. Sie legte Gracie eine Hand auf die ihre. »Wie kommst du denn auf solche Gedanken? Dass du nicht dazugehören würdest?«

»Na, ich bin halt komplett anders als ihr. Allein schon vom Aussehen her! Guck mich doch an!«

Lydia betrachtete ihre Tochter, die als Einzige von ihnen keine roten Haare und Sommersprossen hatte. Und dann war sie gänzlich zurück, die Mutterliebe, die ihr fast schon abhandengekommen war. Sie sah ihrer Tochter in die Augen. »Gracie … weißt du denn nicht, dass wir beide die Einheit sind? Du und ich? Die anderen – Rex, Max und Randy – sind dazugekommen, aber wir beide sind die Familie, die schon immer da war. Und niemand kann jemals etwas daran ändern.«

Jetzt schluchzte Gracie nur noch mehr.

»Ich wünschte mir so, es könnte zwischen uns so sein wie früher«, fuhr Lydia fort, und auch ihr rannen jetzt Tränen übers Gesicht. »Als wir beide uns noch so gut verstanden und einander alles anvertraut haben.«

»Ich bin aber nicht mehr wie früher, Mom.«

»Das weiß ich. Du wirst erwachsen, und du darfst dich auch verändern. Du darfst es aber nicht auf Kosten anderer tun. Dir darf nicht alles egal sein.«

Gracie schniefte und suchte nach einem Taschentuch. Lydia stand auf und reichte ihr ein Stück Küchenrolle. Gracie putzte sich die Nase und guckte sie an und sah dabei wieder aus wie ein kleines Mädchen.

»Willst du wirklich zu deinem Vater ziehen?«, fragte sie, und fast war sie schon so weit, es ihr zu erlauben. Vielleicht war es der einzige Ausweg.

Doch Gracie schüttelte den Kopf, und innerlich dankte Lydia dem lieben Gott.

»Nein. Eigentlich will ich ja gar nicht weg von hier. Von Amber und von euch. Ich würde nur wirklich gerne dabei sein, wenn mein Geschwisterchen auf die Welt kommt.«

Lydia hatte wieder feuchte Augen. Dann nickte sie. Sie wusste zwar noch nicht, was Rex davon halten würde, und Weihnachten ohne Gracie würde nicht dasselbe sein, doch sie wusste, dass sie das für ihre Tochter tun musste. Sie durfte ihr diese wunderbare Erfahrung nicht nehmen.

»Okay. Dann fahr in den Weihnachtsferien nach San Francisco. Verbring die Feiertage bei deinem Dad und Kate und sei dabei, wie dein Brüderchen oder Schwesterchen geboren wird.«

»Wirklich?«, fragte Gracie überglücklich und umarmte sie.

»Wirklich. Aber nur unter einer Bedingung.«

»Kein Schuleschwänzen mehr«, sagte Gracie.

»Ganz genau. Kein Schwänzen, kein Stehlen, und am Freitag passt du auf deine Brüder auf, damit Rex und ich endlich mal wieder ausgehen können.«

»Deal!«, sagte Gracie und hielt Lydia ihre Hand hin, in die sie einschlug. »Und was wird Rex dazu sagen?«, fragte Gracie dann ein wenig beunruhigt.

»Ich werde es ihm so erklären, dass er es versteht.«

Gracie nickte, und plötzlich standen zwei hungrige Jungen in der Tür. »Wann gibt es Pizza?«, fragten sie. Erschrocken sah Lydia zu den Einkäufen, die teilweise noch in den Tüten lagen.

»Das Eis!«, rief sie erschrocken und sprang auf. Es musste bereits geschmolzen sein.

»Keine Sorge, Mom, das hab ich doch als Allererstes in die Truhe gepackt«, sagte Gracie, und Lydia musste sich eingestehen, dass ihre Tochter wohl wirklich erwachsen wurde.

»Gott sei Dank. Wäre eure Schwester nicht gewesen, hättet ihr das Eis trinken können. Habt ihr eure Hausaufgaben fertig?«, fragte sie, und Max und Randy nickten. »Gut. Dann schmeiße ich die Pizza jetzt in den Ofen. Nach dem Essen lese ich euch noch eine Geschichte vor, und dann ...«, sie wandte sich Gracie zu, »... magst du mir vielleicht mal eins von diesen Videos zeigen?«

»Ehrlich? Sei aber vorgewarnt, es könnte sein, dass du danach nie wieder Fleisch essen willst.«

Das glaubte Lydia nun nicht, doch sie hätte am Morgen auch noch nicht geglaubt, dass sie Gracie am Abend erlauben würde, Weihnachten bei ihrem Vater in San Francisco zu verbringen.

Sie umarmte Gracie ein letztes Mal, ging zu ihren Söhnen,

küsste jeden von ihnen auf die Stirn und holte dann die Pizza aus ihren Kartons.

»Vielleicht probiere ich ja mal ein Stück von deiner«, sagte sie zu Gracie, da die Gemüsepizza auf dem Bild auf der Verpackung köstlich aussah.

Das Lächeln in Gracies Gesicht wurde immer größer, und Lydia wusste, dass, so schlimm er auch angefangen hatte, der Tag doch einmal friedlich enden würde. Für einen Moment schloss sie die Augen und war einfach nur dankbar.

Kapitel 36

Alba

»Hast du wieder was Falsches gegessen?«, fragte Hershel, als sie an diesem Morgen Mitte November aus dem Bad kam. Die Mandelernte war vorbei, sie war in der siebten Woche schwanger, schätzte sie, ihre Brüste spannten, und ihr war übel wie noch nie.

Jeden Morgen nach dem Aufstehen musste sie sich übergeben. Und dann noch mal. Und noch mal. Sie versuchte, es vor Hershel zu verbergen, doch er hatte es nun schon mehrmals mitbekommen, und langsam wusste sie nicht mehr, was sie ihm sagen sollte.

»Ich glaube, ich habe eine Allergie gegen Milchprodukte oder sowas entwickelt«, sagte sie ihm also an diesem Tag.

»Laktoseintoleranz nennt man das. Und da hat man eher Magenkrämpfe oder Blähungen. Chuck hat eine Laktoseintoleranz und musste sich deswegen noch nie übergeben.«

»Dann muss es wohl ein Magen-Darm-Virus sein«, sagte sie und wagte dabei nicht, ihrem Mann ins Gesicht zu sehen.

»Dann hoffe ich, dass dieses Virus bald vorübergeht«, entgegnete Hershel. »Sie suchen noch Leute auf der Rosenkohlfarm, wo du schon mal mitgeerntet hast. Das sollte doch mit deinen Händen wieder möglich sein, oder?«

Rosenkohl zu ernten war kein Kinderspiel, und es musste im Akkord gepflückt werden, da die Leute hier zu Thanksgiving und an Weihnachten diese kleinen grünen Kohlköpfe auf dem Tisch haben wollten. Thanksgiving – bald war es wieder so weit. Dieses Jahr jedoch hatte Alba noch weniger, für das sie dankbar sein konnte.

Javier war zusammen mit seiner Schwester zurück nach Mexiko gebracht worden. Sie hatten sich nicht einmal verabschieden können, sie hatte es von Sophie erfahren, die es wiederum von den Polizisten wusste. Die hatten der armen Frau die Hölle heißgemacht, weil sie illegale Einwanderer angestellt hatte, doch sie hatte sich aus der Affäre ziehen können, indem sie sagte, sie hätte die Farm gerade erst übernommen und hätte von nichts gewusst. Zudem war Emilio für die Einstellung der Arbeiter zuständig gewesen. Emilio saß noch immer im Gefängnis und wartete auf seinen Gerichtstermin. Alba würde vor dem Richter aussagen müssen, genauso wie Juanita. Nora und Ana hatten sie da nicht mit reingezogen, denn sie waren ebenfalls Illegale, und Olivia war längst über alle Berge. Die arme Sophie hatte am Ende ziemlich dumm dagestanden ohne jede Hilfe. Nicht einmal die Hälfte der Beschäftigten war noch zur Arbeit erschienen, und Sophie hatte sich Hilfe von außerhalb holen müssen. Juanita hatte ihre gesamte Familie herangebracht, und innerhalb von einer Woche hatten sie alle restlichen Mandeln eingesammelt, sortiert und verpackt. Und sie konnten planmäßig von den Lieferanten abgeholt werden. Ein Glück für Sophie, dass die Saison so gut wie vorbei war, als das Unheil geschah.

Das Unheil, so nannte Alba die Ereignisse jenes Tages im

Stillen. Des Tages, an dem ihr der Vater ihres Kindes genommen worden war. Der Tag, an dem sie alles verloren hatte. Seitdem war sie am Grübeln, was sie tun sollte. Hershel würde sehr bald mitbekommen, dass etwas in ihr heranwuchs, und er würde sicher sehr wütend werden, denn er würde wissen, dass sie ihn hintergangen hatte. Und dann würde er sie sicher aus dem Haus jagen. Und selbst wenn er sie wie durch ein Wunder bei sich behalten sollte, weil er zum Beispiel annahm, das Kind wäre Emilios, würde sie das überhaupt nicht wollen. Sie wollte ihr Kind nicht mit ihm zusammen großziehen. Nicht in dieser lieblosen Atmosphäre.

»Ha!«, sagte Hershel jetzt. »Wenn ich es nicht besser wüsste, würde ich denken, du seist schwanger.«

Innerlich wurde ihr heiß und kalt. Sie sagte jedoch kein Wort. Seit Hershel ihre Briefe verbrannt hatte, sprach sie eh kaum noch mit ihm. Am liebsten hätte sie ihn komplett ignoriert, doch sie musste ihm geben, was er wollte, damit er sie in Ruhe ließ. Ein paar freundliche Worte am Morgen, ein leckeres Lieblingsessen am Mittag und die ehelichen Pflichten bei Nacht. Sie hasste alles davon, sie hasste es, ihr Leben weiterleben zu müssen, als wäre alles wie immer, wenn ihr doch die Seele brannte und das Herz zerbrach.

Sie hatte Hershel nichts von den Besuchen auf dem Polizeirevier erzählt. Er wusste noch immer nichts von den Ereignissen jenes Tages, außer dass Emilio wegen einer Prügelei festgenommen worden war, was sich in Davis inzwischen herumgesprochen hatte, und er sollte auch nichts davon erfahren. Und als sie an diesem Tag aus dem Haus ging, angeblich weil sie ein Paar ihrer Arbeitsschuhe auf der Mandelfarm vergessen hatte, wusste sie bereits, dass sie noch etwas Weiteres vor ihrem Mann verheimlichen würde.

Sie erreichte die Farm gegen halb elf. Sie hatte Hershel

versprochen, auf dem Rückweg Tortillas, Fleisch und Käse mitzubringen und ihm Enchiladas zu machen. Doch zuvor hatte sie etwas ganz anderes im Sinn.

Sie betete, dass Sophie da sein würde. Und tatsächlich standen Hatties alter Pick-up sowie das weiße Fahrrad vor der Tür, mit dem Sophie in letzter Zeit öfter unterwegs war.

Sie klopfte an. Innerhalb einer Minute öffnete sich die Tür, und Sophie stand vor ihr. Es strömte ihr der Duft von frisch gebackenem Kuchen entgegen.

»Alba«, sagte Sophie, die ihr blondes Haar heute offen trug, und sah sie voller Mitleid an wie jedes Mal seit diesem Tag vor zwei Wochen. »Du willst sicher zu Juanita. Sie ist leider nicht da, sie hat heute frei.«

»Nein, Ms. Kendrick, ich wollte zu Ihnen.«

»Oh. Dann komm herein.« Sophie lud sie in ihr Haus ein und führte sie ins Wohnzimmer, wo sie sich aufs Sofa setzte. Sie bot ihr einen köstlichen Apfel-Mandel-Muffin an, in den Alba genüsslich hineinbiss.

»Der ist sehr lecker«, ließ sie Sophie wissen.

»Danke, freut mich, dass er dir schmeckt. Ich backe zurzeit einige von Hatties Rezepten nach. Mir ist ein bisschen langweilig auf der Farm, seit alle weg sind. Aber nun zu dir. Warum bist du hier? Was kann ich für dich tun?«

»Ich wollte mich erkundigen, ob Sie etwas gehört haben. Sie wollten doch nachfragen, wo sie Javier hingebracht haben.«

»Ich habe leider nicht viel herausfinden können. Sie haben mir nur gesagt, er sei zurück in seinem Heimatort.«

»In Maneadero also«, sagte sie. Javier hatte ihr ein paarmal von seiner Heimat erzählt und dass dort die köstlichsten, süßesten und saftigsten Mangos wuchsen, die man je gegessen hatte. In ihren Träumen war sie mit ihm dort gewesen.

Im wahren Leben würde sie ihn wahrscheinlich niemals wiedersehen.

Ihr stiegen Tränen in die Augen.

»Oh, Alba«, sagte Sophie, stand von ihrem Sessel auf und setzte sich zu ihr aufs Sofa. Sie legte eine Hand auf ihren Rücken. »Es tut mir alles so leid. Ich hätte bedachter handeln sollen, die Polizei da raushalten sollen.«

»Sie hatten keine Wahl. Es hätte weit größeres Unglück geschehen können, wenn Emilio und Javier sich weiter geschlagen hätten. Einer von ihnen hätte …« Wenn es Emilio getroffen hätte, hätte es ihr absolut nichts ausgemacht. Doch dann wäre Javier in weit schlimmeren Nöten. Vielleicht war der Anruf bei der Polizei das einzig Richtige gewesen. Dennoch brachte es sie in eine aussichtslose Lage.

»Du liebst ihn sehr, hm?«, fragte Sophie.

Alba nickte. »Es ist mehr als das. Ich bekomme ein Kind von ihm.«

Sophies Augen weiteten sich. »Ist es sicher von ihm?«

Alba wusste, was Sophie dachte. Emilio könnte ebenfalls der Vater sein, oder ihr Ehemann.

»Es ist seins!«, sagte sie vehement, weil sie es so sehr glauben wollte.

»Aber dann müsst ihr zusammen sein. Gibt es denn keinen Weg, Javier wieder herzuholen? Ihm eine Arbeitserlaubnis zu beschaffen? Eine Aufenthaltsgenehmigung?«

Sie schüttelte den Kopf. Sie kannte keinen Weg.

Sophie sagte nichts mehr, sie schien zu überlegen. Dann: »Und du bist dir wirklich ganz sicher, dass das Kind nicht von deinem Ehemann ist?«

»Mein Mann kann keine Kinder zeugen«, ließ sie Sophie wissen, und das Komische war, dass sie sich nicht einmal schlecht dabei fühlte, so offen über ihre Untreue zu sprechen.

Sie hatte einfach das Gefühl, als würde Sophie es verstehen. Sie nicht verurteilen. »Er ist schon alt«, fuhr sie fort. »Ein Kriegsveteran. Ich liebe ihn nicht.«

Sophie sah sie wortlos an.

»Mein Vater hat mich mit ihm verheiratet, damit ich aus Mexiko rauskomme. Nach Amerika.« Sie lachte ein merkwürdiges Lachen, das ihr selbst ein wenig Angst machte. »Wer hätte ahnen können, was mich in diesem Amerika erwartet, von dem zu Hause alle schwärmen?«

»Alba. Ich kann mir nicht einmal ansatzweise vorstellen, was du alles durchmachen musstest. Ich weiß aber eines: Du solltest dein Kind mit dem Mann zusammen großziehen, den du liebst. Und der dich liebt. Was wäre denn, wenn du deinen Ehemann verlässt und zurück nach Mexiko gehst? Zu Javier?«

Daran hatte sie auch schon gedacht. Aber wie sollte sie denn nach Mexiko kommen?

»Ich weiß nicht, wie«, gab sie offen und verzweifelt zu. »Ich habe kein Geld. Ich habe gar nichts.«

Sophie strich ihr sanft über den Rücken. »Ich werde dir helfen. Das bin ich dir schuldig.«

»Sie sind mir überhaupt nichts schuldig, Ms. Kendrick.«

»Ich möchte es aber gerne. Wir beide denken uns einen Plan aus, und ich bringe dich zu Javier nach Mexiko, ja?«

Sie nickte, dankbar wie noch nie. Ob das wirklich möglich war? Ob sie und Javier doch noch eine gemeinsame Zukunft hatten?

»Danke«, sagte sie mit Tränen in den Augen.

»Kann ich sonst noch irgendetwas für dich tun?«, fragte Sophie.

Ihr fiel der Brief in ihrer Handtasche ein. Der einzige, der nicht im Feuer verbrannt war. Sie holte ihn heraus und spürte plötzlich solch eine Sehnsucht nach zu Hause, nach ihrer Familie, dass es ihr egal war, wenn diese endlich die ganze Wahrheit erfuhr. Sie wollte nichts mehr, als endlich mit ihrer *mamá* zu sprechen.

»Darf ich vielleicht meine Familie anrufen, Ms. Kendrick?«

»Oh, bitte nenn mich doch endlich Sophie. Du möchtest deine Familie anrufen? In Mexiko?«

Sie nickte. »Ich habe seit fünf Jahren nicht mit ihnen gesprochen und habe jetzt endlich eine Telefonnummer, die ich anrufen kann.« Und endlich fühlte sie sich auch bereit dazu.

Sophie sah sie stirnrunzelnd an. »Aber wieso kannst du denn nicht von zu Hause aus …« Sie beendete ihren Satz nicht. »Natürlich darfst du«, sagte sie, reichte ihr das Telefon und verließ den Raum.

»Ich danke Ihnen.« Sie begann zu schluchzen, bevor sie ihre Schwester am anderen Ende der Leitung hatte. »Isabel!«, rief sie, überglücklich, ihre Stimme zu hören. »Ich bin es, Alba.«

»Alba? Alba! Wie wundervoll, dich zu hören.«

»Wie geht es euch? Wie geht es dir und deinem Baby?«

»Es geht uns gut, danke. Und wie geht es dir? Wie ist es in Amerika?«

»Anders, als du dir vorstellst, Isa. Aber davon erzähle ich dir ein andermal. Jetzt würde ich gern wissen: Wie geht es denn unserer lieben Mutter?«

»Sie macht sich unendliche Sorgen um dich. Weil sie doch so lange nichts von dir gehört hatte. Warum hast du denn nie …«

Schnell unterbrach Alba ihre kleine Schwester und fragte hoffnungsvoll: »Ist *mamá* in der Nähe? Kann ich mit ihr sprechen?«

»Sie ist arbeiten gegangen. Wenn du später noch mal anrufen kannst?«

»Ich weiß nicht, ob das möglich ist.« Sie konnte schließlich nicht den ganzen Tag bei Sophie bleiben, sie musste wieder nach Hause. Das Zuhause, das kein Zuhause war. Dann fasste sie einen Entschluss. Sie hatte nichts mehr zu verlieren. »Aber bitte richte *mamá* meine allerherzlichsten Grüße aus und sag ihr, dass ich sie ganz bald besuchen komme.«

»Du kommst nach Hause?« Isabel klang mehr als überrascht.

Doch Alba nickte nur, und zwar mit einem breiten Lächeln im Gesicht. »Ja. Ich komme nach Hause.«

Kapitel 37

Sophie

Zwei Tage später packte Sophie früh am Morgen eine Reisetasche auf ihre Ladefläche, ging noch einmal zurück ins Haus, um sich zu vergewissern, dass alles ausgeschaltet war und dass sie alles Nötige dabeihatte, und stieg dann in ihren Pick-up. Im Dunkeln fuhr sie die lange Landstraße entlang und hielt an der Ecke zum Supermarkt, wo Alba auf sie wartete. Sie hatte nur einen Einkaufsbeutel dabei und eine dünne Jacke am Leib. Doch sie strahlte so glücklich, dass Sophie wusste, sie hatte die richtige Entscheidung getroffen.

Alba stieg ein und war ganz hibbelig, was ja auch kein Wunder war. Immerhin wollte sie ihren Mann verlassen, Kalifornien hinter sich lassen und sich auf die Suche nach ihrer großen Liebe machen. Sophie hoffte nur, dass sie Javier auch finden würden.

»Hast du alles dabei, was du brauchst?«, fragte sie Alba, als sie losfuhren. Ihr war klar, dass sie dabei war, etwas Illegales zu tun, indem sie Alba aus dem Land brachte. Denn eigentlich sollte die noch vor Gericht in Sachen Emilio aussagen. Allerdings fand Sophie, dass man ihr diese Demütigung nicht auch noch antun musste, Alba sollte endlich ihren Frieden finden.

»Ja.« Die hübsche Mexikanerin lächelte sie an.

»Deinen Ausweis?«

»Ja. Und den Brief meiner Mutter. Mehr brauche ich nicht.«

Sophie betrachtete diese junge Frau, deren Nötigstes in einen Einkaufsbeutel passte. Sie musste an all die Kisten denken, die sie Hyazinth hatte schicken lassen, nur weil sie drei Monate weg von zu Hause verbrachte.

»Das riecht aber lecker, was ist denn da noch in deinem Beutel?«

»Ich habe uns ein paar Burritos gemacht, für die Fahrt. Wir bekommen sicher Hunger.«

Sophie musste lächeln. Sie hatte eigentlich vorgehabt, an irgendeinem Drive-in zu halten, doch so war es viel besser. Auf diese Weise konnten sie sich auf Mexiko einstimmen.

Sie war zuvor noch nie in Mexiko gewesen und hatte erst einmal googeln müssen, was sie für die Einreise brauchte. Doch dazu wurde lediglich ein Pass benötigt, und an der Grenze würde sie ein Formular ausfüllen und den Grund für ihren Besuch angeben müssen. Sie würden einfach »Familienbesuch« oder Ähnliches angeben, das hatte sie mit Alba besprochen, als sie sich gestern heimlich getroffen hatten.

»Wie ist es mit Hershel gelaufen?«, fragte sie nun. »Hast du ihm alles gestanden?«

Alba starrte auf die Straße vor ihnen. »Ich konnte nicht. Er denkt, ich arbeite heute auf der Rosenkohlfarm, so konnte ich aus dem Haus. Ich habe ihm einen Brief geschrieben, den wird er später finden, wenn er sich sein Essen aufwärmt. Wahrscheinlich wird er ihn zu den anderen ins Feuer werfen.«

»Zu welchen anderen?«, fragte sie, und Alba begann zu erzählen.

Sie hatten eine lange Fahrt vor sich. Bis zur mexikanischen Grenze waren es gut 500 Meilen, ihr Navi zeigte ihr knapp neun Stunden Fahrt an. In dieser Zeit erfuhr sie so einiges über Alba, und mit jeder neuen Geschichte, die sie ihr erzählte, empfand sie mehr Mitleid mit der jungen, aber doch so tapferen Frau.

Sie musste zugeben, sie war mehr als zufrieden mit sich und ihrer Entscheidung. Nachdem Jack ihr vorgeworfen hatte, nur an sich selbst zu denken, und nachdem sie ja auch die ganze Zeit schon das schlechte Gewissen geplagt hatte, wollte sie endlich einmal das Richtige tun. Etwas für einen anderen Menschen tun.

Wer verdiente es mehr als Alba?

Als Sophie vor ein paar Wochen zur Bank gegangen war, um im Schließfach nach dem Rezept für Mandelplätzchen zu suchen, hatte sie zwar nicht das Rezept, jedoch eine riesige Menge Bargeld gefunden, das Hattie dort gebunkert hatte – höchstwahrscheinlich für schlechte Zeiten. Als Alba ihr dann von ihren Sorgen und von ihrer Schwangerschaft erzählt hatte, hatte sie sofort gewusst, was sie zu tun hatte. Hattie hätte es so gewollt, da war sie sich sicher.

Zu guter Letzt hatte sie eine erneute Nachricht von Hattie gefunden. Und zwar in der Tasche von Hatties Wolljacke, in die sie sich am Abend zuvor gekuschelt hatte. Von da an war sie völlig entschlossen gewesen, und jegliche Zweifel waren verschwunden. Die Nachricht lautete:

Verleugne dein Schicksal nicht länger. Nimm an, dass du zu Größerem geschaffen bist.

Diese Worte hatten sich ihr eingeprägt. Ja, sie fühlte sich richtig stark und mutig, und da sie wusste, dass nur sie Alba retten konnte, wollte sie ihr Schicksal annehmen und wenigstens für diesen einen Menschen eine Heldin sein.

Und während Alba erzählte und erzählte, wuchs in ihr die Gewissheit, dass sie das Richtige tat.

»Ich kann es gar nicht glauben. Dein Vater hat dich für eine Ziege weggegeben?«

Alba schüttelte den Kopf. »Nicht für die Ziege. Für zweitausend Dollar. Davon hat er meiner *mamá* aber eine Ziege gekauft. Sie ist inzwischen aber krank und gibt keine Milch mehr.«

»Die Arme«, sagte Sophie und meinte damit die *mamá*, die Ziege und Alba selbst.

Und dann begann auch sie, Alba etwas von sich zu erzählen. Sie erzählte nichts von Boston, da es nicht von Bedeutung war. Vielmehr teilte sie Momente aus ihrer Kindheit mit ihr. Berichtete von wunderbaren Abenteuern und von der Zeit, die sie mit Hattie verbracht hatte.

»Hattie hat mir einmal von dir erzählt«, sagte Alba.

»Ehrlich? Was hat sie dir erzählt?«

»Dass du weit weg in Boston lebst und dass sie dich ganz schrecklich vermisst.«

Sie wurde traurig. Doch sie hatte eine Mission, und die half ihr über ihre Traurigkeit und über die Gewissensbisse hinweg. Hattie hatte sie in dem Brief gebeten, Alba zu helfen, was es auch kostete, und genau das würde sie jetzt tun. Auf ihre eigene Weise. Sie war sich sicher, Hattie hätte nichts dagegen.

Auf halber Strecke hielten sie an, vertraten sich die Beine und aßen die Burritos. Alba sah sie an wie ein Kind, das sich nicht traute, nach dem Nachtisch zu fragen.

»Hast du etwas auf dem Herzen?«, fragte sie sie.

Alba nickte. »Ich wollte dich um etwas bitten. Auf dem Weg nach Maneadero kommen wir an Tijuana vorbei.«

Sie lächelte sie an. »Ich weiß.«

»Könnten wir vielleicht einen kurzen Halt machen, damit ich meine Familie sehen kann?«

»Das hatte ich sowieso vor, Alba. Denkst du, ich fahre durch Tijuana durch, ohne dich deine Familie besuchen zu lassen, die du seit mehr als fünf Jahren nicht gesehen hast?«

»Oh, danke, Sophie«, sagte Alba und war völlig aus dem Häuschen. Sie umarmte sie glücklich. Dann grinste sie sie an. »Du wolltest mich überraschen?«

»Allerdings.« Sie grinste zurück, und sie mussten beide lachen.

Je näher sie Mexiko kamen, umso heißer wurde es. Zweimal gelangten sie in einen Stau, die Straßen um Los Angeles herum waren mit Autos überfüllt, doch gegen Abend kamen sie endlich an der Grenze an.

Es war einfacher als erwartet. Sophie zeigte ihren Ausweis, und als der Grenzbeamte Albas Pass sah, sagte er etwas auf Spanisch zu ihr, und sie antwortet ihm. Dann winkte er sie, ohne dass sie ein Formular ausfüllen mussten, durch.

»Was hat er zu dir gesagt?«, erkundigte sie sich bei Alba.

»Er hat mich willkommen geheißen, und ich habe ihm erzählt, dass ich zusammen mit meiner Freundin meine Familie in Tijuana besuchen möchte. Er hat uns einen schönen Aufenthalt gewünscht.«

Sie schüttelte den Kopf. Wie problemlos sie das Land besuchen konnte. Und wie schwierig es andersherum war. Welche Hürden die armen Mexikaner auf sich nehmen mussten, um nach Amerika zu gelangen.

»Sag mal, Alba, hast du eigentlich auch einen US-amerikanischen Pass?«, fragte sie.

»Nein. Ich habe nur eine Green Card und eine Arbeitserlaubnis. Ich würde meine mexikanische Staatsbürgerschaft niemals aufgeben.«

»Das kann ich gut verstehen. Willst du jemals wieder zurück nach Amerika kommen?«

»Es gibt nichts für mich in Amerika. Wenn ich Javier finde, will ich auf jeden Fall bei ihm bleiben. Und wenn nicht ... dann werde ich wohl zurück nach Tijuana gehen.«

»So etwas wollen wir gar nicht denken. Du wirst ihn finden, das versichere ich dir.«

»Woher willst du das denn wissen, Sophie?«

»Ich habe es einfach im Gefühl.« Das hatte sie wirklich, und zum ersten Mal konnte sie annähernd verstehen, wie es Hattie mit ihrer Übersinnlichkeit ergangen war.

Sie fuhren die wenigen Kilometer nach Tijuana und erreichten Albas Heimatort kurz vor Sonnenuntergang.

Sophie war schockiert darüber, wie hübsch und bunt einerseits der Tourismusbereich gestaltet war und wie elend und trocken und düster es in anderen Gegenden war. Alba wies ihr den Weg und zappelte unruhig auf ihrem Sitz herum, bis sie die Straße erreichten, in der ihre Eltern wohnten.

»Hier ist es«, sagte sie und zeigte auf ein völlig verkommenes, schiefes kleines Haus, vor dem zwei abgemagerte Hunde neben einigen Plastikabfällen lagen.

»Das da?«, fragte Sophie erstaunt.

Alba starrte auf das Haus und auf eine Frau mit grauen Haaren, die daraus heraustrat, dann öffnete sie die Tür, sprang aus dem Pick-up und lief auf sie zu.

»*Mamá!*«, rief sie unter Tränen. »*Mamá!*«

Die Frau sah in Albas Richtung und wurde bleich. Sie sah

aus, als würde sie einen Geist sehen, und vielleicht hielt sie Alba ja auch für einen solchen. Sie ließ sich von ihrer lang vermissten Tochter stürmisch umarmen und küssen, und dann flossen auch ihr die Tränen, und sie sagte immer wieder etwas auf Spanisch, das Sophie nicht verstand. Doch das musste sie auch gar nicht. Sie konnte sich denken, was diese Mutter zu ihrer Tochter sagte, sie konnte sich denken, wie froh sie war, sie wiederzusehen.

Es war herzzerreißend. Und auch Sophie, die noch immer in ihrem Wagen saß, kamen die Tränen. Genau so hätte ein Wiedersehen zwischen ihr und Hattie aussehen sollen, und es brach ihr fast das Herz, dass es keines gegeben hatte.

Plötzlich kamen die beiden Frauen auf den Wagen zu. Alba zog ihre Mutter mit sich und deutete auf Sophie. Die Fahrertür wurde geöffnet, und im nächsten Moment wurde auch sie umarmt.

Völlig überwältigt stieg sie aus und ließ sich mitzerren, ließ sich in der Gegend herumzeigen, sich den Nachbarn vorstellen. Ihr wurden die Hände geschüttelt und geküsst. Einige ältere Frauen falteten ihre Hände zum Gebet.

»*Querido Dios, querido Dios! Alba ha regresado!*«, hörte sie die Leute rufen.

Sophie fühlte sich wie in einem dieser Filme, in denen Soldaten unversehrt aus dem Krieg zurückkehrten und die ganze Nachbarschaft in Aufruhr war. Wenn man es recht bedachte, war es ja auch beinahe so. Alba war aus dem Krieg heimgekehrt. Und wenn es auch eine andere Art von Krieg gewesen war, war ihrer doch genauso schlimm gewesen.

Doch sie hatte überlebt.

Es kamen immer mehr Leute herbei, und dann kam ein älterer Mann zu ihnen, der aussah wie fünfundsiebzig, jedoch auch weit jünger sein konnte. Wie die meisten dieser

Menschen hatte er kaum noch Zähne im Mund und viele Falten im Gesicht. Als die Nachbarn ihn sahen, verstummten sie und traten zur Seite, machten ihm Platz, um auf Alba zuzugehen.

Alba starrte ihn an.

Der Mann starrte zurück. Dann ging er auf die Knie und schickte ein Gebet zum Himmel. Voller Liebe sah er Alba an und sagte: »*Por favor, perdóname.*«

Sophie musste kein Spanisch können, um zu verstehen, dass dieser Mann seine Tochter um Verzeihung bat. Es war ein sehr rührender Moment. Auch Alba kniete jetzt nieder und schlang ihre Arme um ihren *papá*. Und dann war alles vergeben und vergessen, und es wurde gefeiert bis spät in die Nacht hinein.

Kapitel 38

Sophie

Als Sophie zwei Tage später zurück nach Kalifornien fuhr, dachte sie gern an all die wunderbaren Momente zurück. Sie hatte ein großes Lächeln auf den Lippen, als sie daran dachte, wie Albas Mutter nicht erlaubt hatte, dass sie an jenem Abend noch weiterfuhren. Sie hatte darauf bestanden, dass sie über Nacht blieben, hatte sie bekocht und verwöhnt und ihnen am nächsten Morgen eine große Tüte voll leckerer Köstlichkeiten für die Weiterfahrt mitgegeben. Alba hatte versprochen, ganz bald wieder zu Besuch zu kommen, und sie hatten sich auf den Weg nach Maneadero gemacht, wo sie zur Mittagszeit ankamen.

Sie brauchten den ganzen restlichen Tag, um Javier zu finden. Glücklicherweise war Maneadero eine Stadt mit nur fünfzehntausend Einwohnern, trotzdem standen sie erst gegen acht Uhr abends vor Javiers Tür. Blanca öffnete sie und ließ einen Freudenschrei aus. Sie rief sofort nach ihrem Bruder, der, eine Küchenschürze umgebunden, herbeikam und vor Schreck die Schüssel fallen ließ, die er in der Hand hielt.

Er hob Alba in die Luft und küsste sie wieder und wieder, völlig sprachlos, dass sie plötzlich bei ihm war.

Auch hier wurden sie freundlich aufgenommen. Javiers und Blancas Eltern boten ihnen ein Quartier für die Nacht, und am nächsten Tag ging Sophie mit Alba und Javier zusammen auf Haussuche.

»Wir können uns kein eigenes Heim leisten«, sagte Alba ihr immer wieder, doch Sophie versicherte ihr, dass sie sich darüber keine Sorgen zu machen brauche. Sie fanden ein hübsches kleines Häuschen in gutem Zustand. Es befand sich in einer der besseren Gegenden und hatte sogar einen Vorgarten. Sophie verhandelte mit dem Eigentümer und überreichte ihm sechzigtausend Dollar in bar. Das Geld hatte sie aus dem Bankschließfach geholt und, aufgeteilt in drei Keksschachteln, in ihrer Reisetasche versteckt gehabt.

»Das können wir nicht annehmen«, sagte Alba erschrocken, als Sophie ihr den Kaufvertrag überreichte.

»Doch, das könnt ihr. Es ist Hatties Geld, und sie hat mich gebeten, dir zu helfen.«

»Aber doch nicht auf diese Weise. Sie hat sicher gemeint …«

»Nehmt es an. Ich bitte euch. Ihr würdet mich damit sehr glücklich machen.« Sie lächelte die beiden Verliebten an, die dringend ein schönes und sicheres Heim brauchten, wo sie ihr Baby großziehen konnten.

Alba sah Javier an, und er sah sie an, und dann nickten sie beide. Sie umarmten sie überschwänglich und bedankten sich eine Million Mal. Und dann fiel Sophie endlich auch die restliche Last von den Schultern, die sie so lange mit sich getragen hatte. Sie fühlte sich, als hätte sie ihr Schicksal doch noch erfüllt. Oder zumindest einen Teil davon. Denn es war ihr bei dieser Fahrt, bei der es ums Nachhausekommen gegangen war, noch etwas klargeworden. Wenn sie selbst daran dachte, nach Hause zu kommen, hatte sie dabei nicht mehr Boston im Kopf. Denn die Mandelfarm war jetzt ihr Zuhause und würde es bleiben. Sie würde nicht nach Boston zurückkehren, würde ihre Wohnung und ihren Job endgültig aufgeben und sich in Kalifornien niederlassen. Weil es, wie Hattie es immer gesagt hatte, ihr Schicksal war. Ihre Bestimmung. Und weil es gar keine andere Option für sie gab.

Sie hatte noch immer einiges gutzumachen. Sie würde Dinge besser machen. Und im nächsten Jahr würde sie, nachdem sie einen Spanischkurs belegt hatte, ganz anders mit ihren Arbeitern umgehen. Sie wollte eine gute Chefin sein. Man sollte wissen, dass man zu ihr kommen konnte, wenn man Probleme hatte. Und sie würde da sein. So etwas wie mit Emilio würde ganz bestimmt nie wieder passieren.

Emilio. Er saß im Gefängnis, wo er hingehörte. Denn nicht nur hatte er den Farmarbeiterinnen Schreckliches angetan, auch hatte er inzwischen ein Geständnis abgeliefert. Nachdem Sophie der Polizei Hatties Brief gezeigt hatte, hatten sie ihn auch in Bezug auf Hattie und ihren Tod vernommen. Und Emilio hatte zugegeben, dass er dabei war, als Hattie starb. Er habe ihr jedoch nichts angetan, schwor er, sie hätten lediglich gestritten, und dann wäre sie auf einmal tot umgefallen.

Sie wusste nicht, ob sie Emilio glauben konnte oder ob alles doch ganz anders abgelaufen war. Doch eines wusste sie mit Sicherheit: Sie hatte für Gerechtigkeit gesorgt, und am Ende hatte jeder das bekommen, was er verdiente.

Was den Trip nach Mexiko anging, bereute Sophie gar nichts. Alba hatte ihr Glück gefunden. Sie hatte ihre Familie nach vielen Jahren wiedergesehen, und sie war mit dem Mann zusammen, der sie über alles liebte. Mexiko selbst würde Sophie in wunderschöner Erinnerung behalten. Denn trotz der Armut und der vielen gruseligen Ecken war es doch ein Land, das man einmal besucht haben sollte. Allein die Strecke an der Küste entlang war von einzigartiger Schönheit. Und besonders hatte ihr auch der Markt gefallen, zu dem Javier Alba und sie gebracht hatte. Dort hatte sie sich nicht nur mit Lebensmitteln wie frischen, reifen Avocados eingedeckt, sie hatte auch ein paar lustige handbemalte Keramikgeckos und eine wunderschöne handgeschnitzte Schachtel erstanden, in die sie Hatties Nachrichten legen wollte – ihr wertvollster Schatz, den sie für immer bewahren würde.

Als sie kurz nach der Grenze anhielt, um an einem Straßenstand eine Flasche frisch gepressten Orangensaft zu kaufen, musste sie in ihrem Portemonnaie erst einmal nach Bargeld suchen. Sie bezahlte normalerweise mit Kreditkarte und hatte alles Bare für den Hauskauf hergegeben. Auch hatte sie ein paar mexikanische Pesos dabeigehabt, die sie aber auf dem Markt ausgegeben hatte. Sie war also froh, als sie auf einen Zehndollarschein stieß, der sich hinter ein paar Fotos versteckt hatte.

Die Fotos!

Nachdem sie bezahlt und sich wieder in den Pick-up gesetzt hatte, starrte sie eines davon noch immer an. Dann klemmte sie es an den Rückspiegel und lächelte zufrieden, da sie plötzlich genau wusste, was sie zu tun hatte.

Voller Zuversicht ging es weiter. Sie fuhr die Küste zuerst auf der Interstate 5 und dann auf der California State Route 1 entlang. Ihren ersten Halt machte sie in San Clemente, wo sie sich einen geeisten Kaffee und ein Sandwich kaufte, sich an ihr Auto lehnte und die Aussicht genoss. Sie durchfuhr Venice Beach, Santa Monica und Malibu mit all den prachtvollen Häusern der Stars und fuhr weiter bis nach Santa Barbara, wo es ihr so gut gefiel, dass sie spontan beschloss, die Nacht dort zu verbringen. Sie nahm sich ein Hotelzimmer, ging am wunderschönen Strand spazieren, kaufte sich ein Backfischbrötchen und kletterte die Treppen der alten Mission bis zum Aussichtspunkt hinauf, von wo man einen grandiosen Ausblick hatte. Sie schoss ein paar Fotos, verschickte sie an ihre Mutter, Lydia, Lola, Hyazinth und Andy und war drauf und dran, auch Jack eins zu schicken. Doch sie ließ es. Denn auch wenn sie die ganze Zeit an ihn denken musste, noch viel mehr, seit Alba und Javier wieder zueinandergefunden hatten, wusste sie doch, dass sie erst einmal persönlich mit ihm sprechen musste. Sie wollte es wenigstens versuchen, wollte ihnen beiden die Gelegenheit geben zu sagen, was sie zu sagen hatten. Wollte sich nicht weiter wie ein Kindergartenkind aufführen. An Alba hatte sie gesehen, dass man sein Glück selbst in die Hand nehmen musste. Dass man sich nicht mit dem zufriedenzugeben brauchte, was das Leben einem schenkte. Denn manchmal gab es da noch so viel mehr.

Manchmal war man, wie Hattie es so schön ausgedrückt hatte, zu Größerem bestimmt.

Nachdem sie eine Nacht in Santa Monica verbracht hatte, fuhr sie am nächsten Morgen ausgeschlafen weiter. Sie machte kleine Zwischenstopps in Carmel-by-the-Sea und Monterey, kaufte sich auf einer Erdbeerfarm selbstgemachte Marmelade und in einem Antiquitätenladen einen wunderschönen Bilderrahmen, in den sie ein Bild von Hattie tun wollte.

Zum ersten Mal nahm sie sich die Zeit, die Welt um sich herum zu betrachten, sie richtig wahrzunehmen. Sie genoss jeden Moment und fühlte richtig, wie sich ihr Körper entspannte. Wie sie zur Ruhe kam. Und während sie ganz mit sich allein war und viel über ihre Vergangenheit und auch über ihre Zukunft nachdachte, war sie endlich in der Lage, sich selbst zu verzeihen. Eine Wärme durchfuhr sie, und sie lächelte gen Himmel, weil sie wusste, dass Hattie nichts anderes von ihr erwartet hatte.

Voller Glück fuhr sie weiter und war im Einklang mit sich selbst. Sie nahm die Route durch San Francisco, wo sie sich die Seehunde am Pier 39 ansah und in der Boudin Bakery Sauerteigbrot kaufte. Und dann fuhr sie durch Sonoma und durchs Napa Valley zurück nach Davis. Unterwegs kaufte sie sich noch eine Flasche Weißwein auf einem der vielen Weingüter und freute sich schon richtig darauf, ihn zu Hause mit dem Brot zum Dinner zu genießen. Ihr Kofferraum wurde immer voller. All die Leckereien, die sie unterwegs kaufte, gesellten sich zu den Avocados, den getrockneten roten Chilis und den Vanilleschoten, die sie sich auf dem mexikanischen Markt gekauft hatte, und zu den frischen Mangos, die Javier ihr mitgegeben hatte. Sie freute sich richtig, dass sie zu so vielen Köstlichkeiten und auch zu so hübschen Souvenirs gekommen war und etwas vorzuweisen hatte von dieser Reise. Sie hatte sogar Lydia und ihren Eltern ein paar Kleinigkeiten mitgebracht und plante, ihre Mutter und ihren Vater gleich am nächsten Wochenende wieder mal besuchen zu fahren. Nie wieder wollte sie die Familie so vernachlässigen.

Sobald sie zu Hause angekommen war, hatte sie aber erst einmal etwas anderes zu tun.

Vielleicht hatte sie sich so viel Zeit für den Rückweg gelassen, weil sie zu sich selbst finden musste. Vielleicht aber auch, weil sie Zeit zum Nachdenken brauchte. Weil sie sich auf das vorbereiten wollte, was vor ihr lag.

Es war Abend, als sie auf die Mandelfarm fuhr, die sie von nun an ihr Zuhause nennen wollte. Sie lud alle Sachen aus, ging in die Küche und verstaute alle Lebensmittel. Sie aß das leckere Sauerteigbrot mit frischer Guacamole, trank ein Glas Wein und schaute sich zur Entspannung eine Quizsendung im Fernsehen an. Irgendwann legte sie sich müde, aber glücklich ins Bett und überlegte sich, wie sie am nächsten Tag vorgehen sollte. Es war ein Sonntag, das war perfekt. Der Diner würde leer sein.

Am nächsten Morgen stand sie mit einem Lächeln auf, aber auch mit einem wild pochenden Herzen. Sie duschte, zog sich eine Jeans und ihren weinroten Lieblingspulli an und band sich einen Pferdeschwanz. Die Zeiten der seriösen Kostüme und des strengen Dutts waren längst vorbei. Bevor sie zu ihrem Wagen ging, machte sie ein paar Schritte in Richtung der Mandelbäume, die jetzt im November komplett kahl waren. Doch irgendwann würden sie neu erblühen, genau wie sie dabei war, neu zu erwachen. Und sie wusste jetzt, dass sie dann noch hier sein wollte. Um die Mandelblüte mitzuerleben mit ihrem wunderbaren Duft und den Millionen von zauberhaften rosa Blüten. Um ganz nah bei Hattie zu sein.

Sie stieg in ihren Pick-up. Sie fuhr ins Stadtzentrum, hielt vor dem Diner und ging hinein.

Jack, der hinter dem Tresen stand, sah sie überrascht an. Dann jedoch schenkte er ihr ein kleines Lächeln.

»Hi, Sophie«, sagte er. »Was darf ich dir bringen?«

»Steht Billy heute in der Küche?«

»Na klar.«

»Dann Pfannkuchen, bitte.«

Muffin hatte inzwischen auch entdeckt, dass sie da war. Er kam zu ihr, ließ sich von ihr kraulen und machte es sich dann zu ihren Füßen gemütlich.

»Wie geht es dir?«, wollte Jack wissen. »Hast du dich schon entschieden? Wirst du bleiben?«

»Ich werde bleiben.«

»Ehrlich?« Das schien er wirklich nicht erwartet zu haben.

»Ehrlich«, antwortete sie.

»Das ist gut. Das hätte Hattie gefreut«, meinte er, und irgendwie hörte es sich an, als wollte er sagen, dass es ihn auch freute.

Sie aß ihre Pfannkuchen, trank ihren Kaffee und machte ein wenig Smalltalk mit Jack. Sie sprachen über nichts Wichtiges, und irgendwie lag noch immer eine gewisse Spannung in der Luft. Irgendwann atmete Jack tief ein und wieder aus und sagte dann: »Es tut mir leid, Sophie. Es tut mir ehrlich leid, wie ich mich neulich verhalten habe.«

Sie sah ihn an und schenkte ihm ein Lächeln. »Ich verzeihe dir«, sagte sie, weil sie gelernt hatte, wie wichtig es war zu verzeihen. »Es gibt da noch etwas, das du wissen solltest. Ich habe nie mit Emilio … So weit habe ich es nicht kommen lassen.«

»Ja, ich weiß«, entgegnete er.

»Ach ja? Woher denn?«, fragte sie überrascht.

»Jemand hat sich verplappert, als er ein wenig zu viel getrunken hatte.«

Sie musste nicht lange überlegen, dabei konnte es sich nur um Lydia handeln. Sie war ihr jedoch nicht böse, ganz im Gegenteil. Irgendwie war es sogar gut, dass Jack es bereits wusste.

Sie nickte jetzt, holte ihr Portemonnaie hervor, um zu bezahlen. Und dann sagte sie wie nebenbei: »Ach übrigens, das hier wollte ich dir noch zeigen.« Sie nahm das Foto heraus, das sie beide mit siebzehn zeigte, und legte es vor ihn auf den Tresen.

Jack starrte das Bild an, ohne jedoch ein Wort zu sagen. Dann sah er sie an, Rührung in den Augen.

»Das trage ich seit damals bei mir, Tag für Tag«, ließ sie ihn wissen. »Weil mir solche Dinge nämlich auch etwas bedeuten.«

Sie stand auf und ging in Richtung Tür, und sie hoffte so, dass Jack das tun würde, was sie sich auf dem langen Weg von Mexiko ausgemalt hatte.

Er tat es.

»Sophie, warte!«, rief er, und ganz langsam drehte sie sich um. »Du hast das wirklich die ganze Zeit bei dir gehabt?«

Sie nickte.

Jack kam um den Tresen herum, auf sie zu – und küsste sie. Küsste sie so, wie sie es sich erträumt hatte und noch viel leidenschaftlicher. Er raubte ihr den Atem.

»Warum hattest du es all die Jahre in deinem Portemonnaie?«, fragte er sie sanft, als er sich endlich von ihr löste.

»Weil ich nie aufgehört habe, dich zu lieben, Jack«, sagte sie ihm die Wahrheit, die sie selbst erst vor Kurzem erkannt hatte.

»Oh, Sophie.« Er legte seine Hände an ihre Wangen. »Weißt du, wie sehr ich mir gewünscht habe, diese Worte von dir zu hören? Ich liebe dich auch, ich habe dich immer geliebt.«

Sie küssten sich erneut, und dann fragte sie: »Falls du heute nicht allzu viel vorhast, könntest du mit auf die Farm kommen. Ich habe ein paar Leckereien von meiner Reise nach Mexiko mitgebracht, die würde ich vielleicht mit dir teilen.«

»Du warst in Mexiko?«, fragte er verwundert.

»Lange Geschichte. Wenn du willst, erzähle ich sie dir. Ich habe Zeit und gehe so bald nicht wieder weg.«

Jack strahlte sie an. Dann rief er Billy zu, dass er heute ohne ihn auskommen müsse, nahm sie bei der Hand und ging mit ihr zur Tür.

»Du hast Muffin vergessen«, sagte sie lachend und rief nach dem Hund, der gleich angelaufen kam. Sie traten auf die Straße. »Ich hoffe, ihm gefällt es auf der Mandelfarm, da kann er sich so richtig schön austoben.«

»Wie gefällt es denn dir auf der Mandelfarm?«, fragte Jack. »Hast du dich schon eingelebt?«

»Habe ich«, sagte sie mit einem großen Lächeln. »Und ich liebe es dort. Ich möchte nie mehr woanders leben.«

»Das ist wunderbar«, sagte er. »Ich kann Hattie quasi im Himmel jubeln hören. Hörst du sie auch?« Er hielt sich eine Hand hinters Ohr und lauschte.

Sie tat es ihm gleich, schloss dabei die Augen und legte den Kopf in den Nacken. Und sie glaubte, Hattie tatsächlich zu hören.

Epilog

Davis, Kalifornien, März 2020

Lydia stand zusammen mit Sophies Freundinnen Hyazinth und Lola neben der Braut und lächelte zufrieden. Sie trug ein roséfarbenes Sommerkleid und war einfach nur froh, dass Sophie sie und die anderen Brautjungfern nicht irgendwelche knallpinken, bauschigen Kleider tragen ließ, in denen man aussah, als wäre man von einem riesigen Marshmallow verschluckt worden.

Sie betrachtete ihre wunderschöne Freundin, die neben Jack unter dem Vermählungsbogen stand, der mit unendlich vielen Mandelblüten geschmückt war. Die weißen und hellrosa Blüten fanden sich auch in dem Kranz auf Sophies Kopf und in dem Ansteckstäußchen an Jacks Sakko wieder. Die beiden sahen so glücklich aus, dass man gar nicht anders konnte, als mit ihnen glücklich zu sein.

Wie wunderbar, dass doch noch alles ein gutes Ende gefunden hat, dachte Lydia, und ihre Gedanken wanderten zu dem Tag zurück, als sie Sophie nach ihrer Mexikoreise besuchen wollte, um zu erfahren, wie es mit Alba ausgegangen war. Als Jack ihr die Tür geöffnet hatte, mit nichts als einer Jeans bekleidet und mit einem verlegenen Lächeln im Gesicht, war sie mehr als nur ein bisschen erstaunt gewesen.

Die beiden hatten endlich zusammengefunden, und das ganz ohne Hilfe, zumindest wenn man Hattie nicht mitzählte, die vom Himmel aus ihren Beitrag geleistet hatte.

Die Hochzeit auf der Mandelfarm stattfinden zu lassen war eine schöne Art, Hattie mit einzubeziehen, und dass heute auch noch Hatties Geburtstag war, setzte dem Ganzen natürlich die Krone auf. Lydia war sich sicher, dass Hattie überglücklich über diese Wendung gewesen wäre, und jetzt endlich konnte sie ihr allerletztes Versprechen einlösen.

Sophie und Jack gaben sich das Jawort, küssten sich und strahlten in die Kameras. Dann erklang ein Song von Elvis Presley – *Can't Help Falling in Love* –, Jack nahm die Hand seiner Angetrauten in seine, und zusammen schritten sie den Gang durch die Stuhlreihen entlang.

Sie hatten wirklich Bestarbeit geleistet, alle, die geholfen hatten, diesen Tag vorzubereiten und zum schönsten in Sophies Leben zu machen. Luanne hatte sich um die Blumen gekümmert, Lydia hatte mithilfe von Miranda und Billy für das Catering gesorgt, und Sophies Dad hatte den Bogen gebastelt und mit all den schönen Mandelblüten geschmückt, die einen betörenden Duft versprühten.

Jetzt begaben sich das Brautpaar und alle Gäste zu den Tischen, wo Miranda und Billy ein köstliches Buffet aufgebaut hatten, zu dem auch viele vegetarische und vegane Speisen gehörten, da ja nicht nur Hyazinth geladen war, sondern weil Gracie inzwischen ihre gesamte Familie davon überzeugt hatte, sich vegetarisch zu ernähren. Lydia, Rex, Randy, Max und Gracie setzten sich nun an einen der weißen runden Tische, die ebenfalls mit Mandelblüten und dazu mit hellrosa Rosen und weißen Lilien dekoriert waren. Es wurde gegessen und gefeiert, und alle waren guter Stimmung.

Als Lydia eine stille Minute fand, stand sie auf und stieß

mit dem Löffel gegen ihr Sektglas, um auf sich aufmerksam zu machen und um Ruhe zu bitten.

»Wenn ich darf, würde ich gerne ein paar Worte sagen. Sophie …« Sie sah ihre älteste und liebste Freundin an und lächelte aus dem Herzen heraus. »Ich bin so glücklich, dass du wieder bei uns bist. In Davis, wo wir beide unsere Sommer verlebt haben. Wer hätte damals, als wir Frösche in den Schuhen deines Grandpas versteckt und Unmengen von Hatties Mandelplatzchen gegessen haben, gedacht, dass du eines Tages die Mandelfarm übernehmen würdest? Nun, Hattie hat daran geglaubt, sie hat so oft gesagt, dass diese Farm dein Schicksal ist und dass du hier alt werden wirst. Ich bin froh, dass sie recht hatte, und ich bin sicher, sie ist glückselig, wo immer sie jetzt auch ist. Irgendwo da oben bei Walter und bei Elvis.« Ein paar Leute lachten, andere lächelten und nickten zustimmend, und Lydia musste eine kurze Pause machen und tief durchatmen, damit sie nicht anfing zu weinen. Sie fuhr fort: »Ein paar Wochen bevor Hattie von uns gegangen ist, hat sie mich um etwas gebeten. Sie hat mir gesagt, dass ich mich um dich kümmern soll, wenn du zurückkehrst, und dass ich dir etwas von ihr geben soll. Jedoch erst am Tag deiner Hochzeit mit Jack.«

Jack sah sie mit großen Augen an, und Sophie rannen Tränen über das zart geschminkte Gesicht.

»Hier, das ist Hatties Hochzeitsgeschenk an dich.« Sie überreichte ihr ein eingerolltes Blatt Papier, das mit einer hellrosa Schleife verziert war. Als hätte Hattie sogar die Farbe der Hochzeitsdekoration vorhergesehen.

»Was ist das?«, fragte Sophie und nahm ihr Geschenk entgegen. Sie öffnete die Schleife, rollte das Blatt Papier auf und hielt es sich ans Herz, als sie erkannte, was es war. »Das Mandelplätzchen-Rezept?«

Jack legte einen Arm um seine Braut und zog sie an sich, weil er wie alle anderen Anwesenden wusste, wie heilig Hattie dieses Rezept gewesen war.

Lydia lächelte. Sie hatte ihre Mission erfüllt, und alles war noch viel besser gekommen, als sie es gehofft hatte. Sie warf einen kurzen Blick auf Luanne, die ebenso überrascht über Hatties Hochzeitsgeschenk war wie ihre Tochter. Lydia freute sich so sehr für Luanne, dass Sophie jetzt ganz in ihrer Nähe wohnte. Und sie empfand überhaupt keinen Groll, dass Sophie ihrer Mutter das Amt der Trauzeugin zugesprochen hatte. Luanne hatte es nach diesen harten letzten Monaten verdient, wieder fröhlich zu sein. Lydia selbst war einfach nur froh, als ein Teil diesen besonderen Tag miterleben zu dürfen.

Sophie umarmte sie jetzt herzlich und dankte ihr. Und sie sagte ihrer nun verheirateten Freundin, dass sie immer für sie da sein würde.

Sie setzten ihre wunderbare Feier fort, es wurden noch ein paar weitere Ansprachen gehalten, und dann wurde getanzt.

Zuerst durfte natürlich der Vater der Braut mit dieser tanzen, dann wurde an den Bräutigam weitergereicht, und irgendwann war auch Lydia an der Reihe.

Sie hielt Sophie an den Händen, und zusammen tanzten sie zu Musik aus ihrer Jugend. Gerade lief *Bye Bye Bye* von *NSYNC, nicht unbedingt der passende Song für eine Hochzeit, aber dennoch irgendwie schön, da er Lydia an gemeinsame Zeiten erinnerte.

»Eine traumhafte Hochzeit«, sagte Lydia. »Das Wetter spielt perfekt mit, alle sind gut drauf, und du siehst aus wie eine Prinzessin.«

»Danke schön«, erwiderte Sophie. »Und auch danke für

deine Hilfe, und natürlich für das Geschenk. Das schönste, das du mir machen konntest.«

»Eigentlich ist es ja von Hattie.«

»Na, trotzdem. Du hast es mir überreicht. Unfassbar, dass du es die ganze Zeit hattest, und ich hab danach gesucht wie eine Verrückte.«

»Tut mir ehrlich leid. Aber ich hatte die Anweisung, es dir erst am Tag deiner Hochzeit mit Jack zu geben.«

»Und was, wenn ich nun niemals geheiratet hätte? Oder wenn ich jemand anderem das Jawort gegeben hätte?«

»Das hätte gar nicht passieren können. Denn Hattie hat es vorhergesehen, und seien wir mal ehrlich, im Grunde wussten wir doch alle, dass ihr beide füreinander bestimmt seid. Ihr musstet nur irgendwie wieder zueinanderfinden.«

»Und das haben wir«, sagte Sophie, wobei sich ihr Lächeln übers ganze Gesicht zog.

Ein neues Lied erklang. *Who Let the Dogs Out* von Baha Men. Lydia und Sophie fingen beide an, laut zu lachen.

»Wer ist hier nur für die Musik zuständig?«, fragte Lydia.

»Mein Onkel Lincoln hat sie zusammengestellt. Er wollte auch seinen Teil beitragen, und ich habe ihn gebeten, ein paar passende Songs aus unserer Jugend auszusuchen. Das hat er wohl irgendwie missverstanden.«

»Egal. Die Musik macht gute Laune, das ist alles, was zählt.«

Sie tanzten noch ein bisschen weiter, und Sophie erzählte ihr, dass Alba geschrieben und ein paar Fotos geschickt hatte. Ihr Bauch wurde immer runder und das kleine Häuschen, in das sie und Javier gezogen waren, immer heimeliger. Es stand außer Frage, dass Sophie richtig gehandelt hatte, als sie die junge Mexikanerin zurück in ihre Heimat und zu ihrer großen Liebe gebracht hatte.

Ja, alle waren glücklich verliebt, und als Sophie jetzt von Onkel Lincoln abgelöst wurde, stand schon Rex bereit, um Lydia in Empfang zu nehmen.

Sie tanzten zu Nellys *Hot In Herre*, und Rex sagte schmunzelnd: »Wer immer für diese Musik zuständig ist, ist mein Held.«

Lydia lachte und zeigte auf Onkel Lincoln, der an Sophies Seite tanzte wie John Travolta in *Saturday Night Fever*, oder es zumindest versuchte.

Rex war außer sich vor Belustigung. Es war ein richtig schöner, ausgelassener Tag. Perfekt könnte man ihn nennen. Sogar Randy und Max tanzten wild umher, Gracie zeigte allen Interessierten Fotos von ihrem neuen Schwesterlein, Luanne knipste eine Million Bilder, bis Monty ihr die Kamera aus der Hand nahm und sie auf die Tanzfläche zog. Miranda tanzte engumschlungen mit Müller Eddie, egal, welches Lied auch lief, Hyazinth und Lola, die sich beide als sehr nett entpuppt hatten, bestaunten die endlosen Weiten blühender Mandelbäume, und die Farmarbeiter aus dem letzten Jahr, die auch in diesem Jahr wiederkehren würden, saßen auf den Baumstämmen und darum herum und beobachteten mit Tellern voller Essen in der Hand das Treiben.

Lydia fand es eine wunderbare Geste von Sophie, dass sie sie eingeladen hatte. Es gab auch einen neuen Vorarbeiter, einen älteren Kolumbianer Anfang sechzig, der anständig und loyal war und den Sophie, Rex und sie selbst sehr gut unter die Lupe genommen hatten, ehe Sophie ihn eingestellt hatte. Er bewohnte jetzt Emilios altes Haus, während Emilio nur noch eine böse Erinnerung war, an die sie keinen Gedanken mehr verschwenden wollte.

»Weißt du eigentlich, dass du hier die zweitschönste Frau

bist, gleich nach der Braut?«, fragte Rex, während er sie hin und her schwang.

»Was? Ich bin nicht die Schönste hier?«, fragte sie gespielt beleidigt. Sie musste an die neue Geschirrspülmaschine denken, die er ihr einige Wochen zuvor zum Valentinstag geschenkt hatte. Mit einer riesigen roten Schleife umwickelt. Das beste Geschenk, das er ihr hätte machen können.

»Tut mir leid, aber da kann wohl keiner mithalten«, sagte er und deutete zu Sophie, die ja selbst im Haar rosa Mandelblüten hatte und einfach nur bezaubernd aussah. Dann jedoch nahm Rex ein paar der Blüten vom Tisch und steckte sie ihr hinters Ohr. »Ich habe es mir anders überlegt. Niemand ist so schön wie du.«

Sie lächelte ihren Mann an, der immer machte, dass sie sich besonders fühlte, und lehnte ihren Kopf an seine Schulter.

»Ich würde dich auf der Stelle wieder heiraten«, sagte sie ihm.

»Geht mir ganz genauso«, erwiderte Rex und küsste sie.

Hatties wunderbare Mandelrezepte

Hatties Mandelplätzchen

Zutaten für 60 Plätzchen

150 g weiche Sonnenblumenmargarine
150 g Zucker
2 Päckchen Vanillezucker
2 gestrichene TL geriebene Orangenschale
50 g Mehl
50 g gemahlene Mandeln
50 g gehackte Mandeln
100 g feine Haferflocken
1 gehäufter TL Backpulver
2 TL Mandelmilch

Den Backofen vorheizen. Die Sonnenblumenmargarine, den Zucker, den Vanillezucker und die geriebene Orangenschale in eine Schüssel geben und mit einem Handmixer schaumig rühren. Die übrigen Zutaten hinzufügen und alles zu einem Teig verarbeiten. Drei Backbleche mit Backpapier auslegen und mit zwei Teelöffeln jeweils zwanzig Häufchen darauf geben. Abstand halten, da die Plätzchen im Ofen aufgehen. Bei 170 °C Umluft ca. 15 Minuten (je nach gewünschter Knusprigkeit) backen.

Apfel-Mandel-Muffins

Zutaten für 12 Muffins

100 g weiche Sonnenblumenmargarine
100 g Zucker
2 mittelgroße Bio-Eier
150 g Mehl
50 g gehackte Mandeln
1 gehäufter TL Backpulver
1 gestrichener TL Natron
1/2 TL Zimt
100 ml Mandelmilch
2 mittelgroße Äpfel
Puderzucker

Die Sonnenblumenmargarine, den Zucker und die Eier in eine Schüssel geben und mit einem Handrührgerät schaumig rühren. Das Mehl, die Mandeln, das Backpulver, das Natron, den Zimt und die Mandelmilch hinzugeben und alles zwei Minuten lang rühren, bis ein cremiger Teig entsteht. Die Äpfel schälen und in kleine Würfel schneiden. Mit einem Kochlöffel unter den Teig heben. Eine 12er-Muffinform großzügig mit Margarine einfetten und den Teig in die Mulden füllen. Das Blech auf einen Rost in die Mitte des Ofens stellen und ca. 20 Minuten bei 175 °C Ober- und

Unterhitze backen. Abkühlen lassen und die Muffins mithilfe eines Esslöffels aus der Form nehmen. Mit Puderzucker bestreuen.

Für eine vegane Variante die zwei Bio-Eier gegen drei gehäufte Esslöffel Apfelmus austauschen.

Tomaten-Mandel-Pesto

Zutaten für zwei 200-g-Gläser

150 g getrocknete Tomaten
1/2 l Gemüsebrühe
50 g ganze Mandeln
1–2 Knoblauchzehen (nach Belieben)
150 ml Olivenöl
1 TL Balsamico
1 TL Tomatenmark
1 gestrichener TL Zucker
Salz
Pfeffer
getrockneter Chili
Olivenöl

Die getrockneten Tomaten in die Brühe geben und das Ganze kurz aufkochen. Vom Herd nehmen und 15 bis 20 Minuten ziehen lassen, bis die Tomaten weich sind. Derweil die ganzen Mandeln in eine beschichtete Pfanne geben und ohne Zusatz von Öl unter ständigem Rühren rösten, bis sie leicht braun sind und duften. Den Knoblauch schälen und zusammen mit den Mandeln und dem Olivenöl in einen Zerkleinerer geben und pürieren (alternativ können ein hohes Gefäß und ein Pürierstab benutzt werden). Die Tomaten abgießen und ausdrücken, in Stücke schneiden und zu den bereits zermahlenen Zutaten in den Zerkleinerer geben. Balsamico, Tomatenmark und Zucker hinzufügen und mixen. Mit Salz, Pfeffer und Chili nach Belieben abschmecken. Die Masse in die Gläser füllen und zur längeren Haltbarkeit mit ein wenig Olivenöl bedecken.

Das Pesto hält sich im Kühlschrank gut eine Woche. Es schmeckt wunderbar unter Spaghetti gemischt oder auf frisch geröstetem Brot.

Danksagung

Obwohl ich mich ja in meinen Geschichten schon öfter mal an schwierige Themen herangetraut habe, ist dieses Buch doch anders. Niemals habe ich mich an solch ein heikles und dunkles Thema gewagt, niemals habe ich menschliche Grausamkeiten auf diese Weise beschrieben, und niemals habe ich mit einer meiner Figuren so mitgefühlt wie mit Alba.

Alba und ihre traurige Geschichte sind keine Fiktion, es ist das, was ganz häufig in dieser Welt geschieht. Der Gedanke an all die unerkannten Albas da draußen macht mir Angst, und er macht mich demütig und dankbar, weil es mir so gut geht, auch wenn ich es, wie so viele andere, leider doch hin und wieder vergesse.

Ich weiß, mit diesem Roman kann ich diesen Albas nicht helfen, aber ich kann auf sie aufmerksam machen. Damit sie nicht allein sind. Damit sie nicht vergessen werden.

Ich habe beim Schreiben dieses Buches wie immer viel Musik gehört, doch dieses Mal hat mich, während ich an den Alba-Szenen saß, hauptsächlich ein Lied inspiriert und ergriffen. Das war *Hallelujah* von Jeff Buckley (danke ihm für seine wundervolle Version dieses Klassikers), in dem es heißt: *Love is not a victory march, it's a cold and it's a broken Hallelujah.* Diese Worte beschreiben so perfekt Albas

Situation. Denn so gottesgläubig, so stark und tapfer sie auch ist, ist die Liebe, die sie für ihre Familie empfindet, die sie so lange nicht gesehen hat, und die Liebe für Javier, die keine Zukunft zu haben scheint, doch nur ein gebrochenes Hallelujah. Dennoch gibt sie den Glauben nicht auf, und am Ende wird wenigstens für meine Alba alles gut.

Allen anderen Albas dieser Welt wünsche ich, dass sie ebenfalls Frieden und Liebe finden. Dass sie nicht aufgeben, dass sie gesehen werden, dass ihnen geholfen wird.

So sehr ich die anderen beiden Protagonistinnen dieses Buches auch mag, hat doch ganz klar Alba einen besonderen Platz in meinem Herzen, und ich möchte mich eine Million Mal bei meinem wunderbaren Verlag Blanvalet bedanken, dass ich ihre Geschichte erzählen durfte.

Danke meinen fabelhaften Lektorinnen Julia Fronhöfer und Daniela Bühl – ihr habt dieses Buch so viel besser gemacht!!!

Ein großes Dankeschön auch an Anne Sanders, Britta Dubber, Jana Voosen, Meike Werkmeister, Anoukh Foerg, Maria Dürig und Angela Kuepper dafür, dass ihr mir so oft mit fachmännischem und freundschaftlichem Rat zur Seite steht. Und danke Sibah, Leila, Hakim, Mom, Dad, Heino, Maike und Roberta, einfach dafür, dass es euch gibt und dass ich dank euch niemals allein bin.

Last but not least möchte ich natürlich Ihnen, meinen lieben Lesern, danken, dass Sie sich hier mit mir zusammen auf neues Terrain begeben haben. Ich hoffe, ich konnte Sie erreichen. Ich hoffe, ich konnte Sie berühren. Dann habe ich meine Aufgabe erfüllt.

Leseprobe

MANUELA INUSA

Orangenträume

Endlich ist für Lucinda die schönste Zeit des Jahres gekommen: Wie jeden Juli besuchen ihre drei besten Freundinnen sie auf ihrer geliebten Orangenfarm im sonnigen Kalifornien. Der Plan: Orangen pflücken, die Sonne genießen, in Erinnerungen schwelgen und über das Leben und die Liebe sprechen – da gibt es zum Beispiel Jonah, den attraktiven Lebensmittelhändler aus dem Nachbarort, mit dem Lucinda sich mehr als nur eine Liebelei vorstellen könnte. Doch Rosemary, Jennifer und Michelle wissen nicht, dass die Farm kaum noch Gewinn macht und Lucinda kurz vor der Pleite steht. Als sie den Freundinnen offenbart, dass dies wohl der letzte Orangensommer sein wird, sind alle entsetzt. Doch sie fassen einen Plan, die Farm zu retten …

Prolog

August 2000

»Wirf ihn rein!«, forderte Lucinda ihre Freundin auf.

Jennifer war gut ein Jahr älter als sie, da ihr alleinerziehender Vater es damals versäumt hatte, sie rechtzeitig einzuschulen. Sie war an diesem Morgen wieder einmal tränenüberströmt bei ihr auf der Farm aufgetaucht, weil ihr Dad sie angeschrien und mit einem Gürtel durchs Haus gejagt hatte. Auch jetzt noch hatte sie gerötete Augen, und doch verzog sich ihr Mund zu einem Lächeln. Sie nahm den Kamm ihres Vaters, den sie stibitzt hatte, und warf ihn in die metallene Tonne, in der ein glühendes Feuer loderte.

»Was wünschst du dir für die Zukunft?«, fragte Michelle, mit der Lucinda bereits seit der ersten Klasse befreundet war. Zusammengefunden hatten sie alle aber erst mit elf beziehungsweise zwölf Jahren, als sie auf die Middle School gekommen waren.

Lucinda hatte die Idee gehabt, sich ganz früh am Sonntagmorgen auf der Orangenfarm zu verabreden, die ihre Eltern bewirtschafteten und die ihnen schon seit Jahren der liebste Spielplatz und Treffpunkt war. Sie hatte vorgeschlagen, ein Feuer zu machen, in das sie und ihre Freundinnen einen Gegenstand werfen konnten, der für etwas Bedeutsames stand, und sich damit von der Vergangenheit zu verabschieden. Sich etwas für die Zukunft zu wünschen, für eine bessere Zukunft, in der es keine gewalttätigen Väter und keine Jungen geben sollte, die einen verletzten, in der alles rosig war und voller Hoffnung. In der Träume wahr werden konnten.

Jennifer nahm sich für ihre Antwort viel Zeit.

»Ich wünsche mir einfach nur, dass er mich in Ruhe lässt. Mich für immer in Ruhe lässt«, sagte sie dann schlicht. Lucinda hätte ihm an ihrer Stelle gewünscht, dass er in der Hölle schmorte, aber jeder sollte seine Gefühle so ausdrücken können, wie er mochte.

Sie stellte sich näher an ihre Freundin und legte ihr einen Arm um die Schulter.

»Darf ich als Nächste?«, fragte Rosemary und trat an die brennende Tonne.

»Klar«, antwortete sie.

Rosemary holte eine Handvoll Kartoffeln hervor und hielt sie der Tonne entgegen.

»Mein Wunsch ist, all das hier hinter mir zu lassen. Die Farm, die Menschen … euch natürlich nicht mitgezählt. Aber ich will endlich raus aus diesem Kaff, nach Hollywood gehen und ein großer, berühmter Filmstar werden.« Sie strahlte bei der Vorstellung, und dann warf sie die Kartoffeln, die für Lamont und die Farm ihrer Eltern standen, eine nach der anderen ins Feuer.

Lucinda hatte keinen Zweifel, dass Rosemary alles schaffen konnte, was sie nur wollte. So klein und zierlich sie auch war, hatte sie doch das größte Selbstbewusstsein, das sie je bei einem Menschen erlebt hatte.

»Ich wünsche mir eine eigene kleine Familie«, sagte nun Michelle, die Ruhige unter ihnen. Obwohl sie erst fünfzehn war, sprach sie von nichts anderem als von ihrer Traumhochzeit, von süßen kleinen Babys und von dem wunderschönen weiß gestrichenen Einfamilienhaus mit Vorgarten, in dem sie einmal wohnen wollte. Sie warf einen zusammengefalteten Zettel ins Feuer, auf dem sicher ein Gedicht oder der Text von einem der vielen Schnulzenlieder geschrieben stand, die Michelle sich den ganzen Tag lang anhörte.

»Das kam jetzt nicht wirklich unerwartet«, flüsterte Lucinda Jennifer zu, und diese grinste.

»Was erhoffst *du* dir von der Zukunft?«, fragte Rosemary sie nun.

Da brauchte Lucinda überhaupt nicht zu überlegen. Sie holte eine verfaulte Orange hervor und schmiss sie im hohen Bogen in die Tonne. »Ich wünsche mir nichts als gute Ernten und dass ich den Rest meines Lebens auf der Farm verbringen darf.« Denn seit sie denken konnte, verband sie etwas Besonderes mit diesem Ort, mit diesen Früchten, die solch wunderbare Duftnoten versprühten und einen Geschmack hatten, der mit nichts zu vergleichen war. Sie wollte niemals woanders wohnen, konnte sich gar nicht vorstellen, es ihren Eltern nicht gleichzutun, wollte nie etwas anderes machen als Orangen ernten, essen und verarbeiten.

Auch jetzt holte sie ein paar der reifen, wohlduftenden Zitrusfrüchte hervor und verteilte sie an ihre Freundinnen.

»Was machen wir nun mit dem Feuer?«, fragte Michelle ein wenig ängstlich. »Was, wenn deine Eltern aufwachen und es noch immer brennt?«

»Ach, das geht bestimmt gleich aus«, beschwichtigte sie ihre Freundin. »Iss deine Orange!« Sie nahm ihr die runde Frucht ab und stach mit dem Daumennagel in die Schale, um sie ein wenig zu lösen, weil Michelle immer so schwer einen Anfang hinbekam.

Und so standen sie da an diesem frühen Sommermorgen um nicht einmal sechs Uhr und aßen köstliche Valencia-Orangen. Jennifer lief der Saft das Kinn herunter, und sie wischte ihn mit dem Ärmel weg, was Rosemary die Nase runzeln ließ.

Lucinda schloss die Augen und atmete die Augustluft ein. Sie war unvergleichlich. Genauso wie dieser Sommer, ihr sechzehnter Sommer, den sie sicher niemals vergessen würde. Sie hatte nicht nur kürzlich ihren ersten Kuss bekommen, sondern auch das Gefühl, dass die vergangenen Wochen sie und ihre Freundinnen noch ein wenig mehr zusammengeschweißt hatten.

Der Moment war perfekt … bis sie alle einen lauten Schrei hörten und sich ängstlich umdrehten. Denn dieser Schrei war anders als alles, was sie je gehört hatten, und er ließ ihnen das Blut in den Adern gefrieren.

Kapitel 1

Lucinda füllte die letzten getrockneten Zitrusfruchtstückchen in kleine Zellophantüten, verschloss sie mit weißen Bändchen und klebte Sticker mit den Aufschriften »Orangentee«, »Zitrustee« und »Kumquattee« darauf. Dann legte sie alles in eine große Kiste und stellte diese zu den anderen, die bereits gefüllt waren mit Marmeladen- und Chutneygläsern, Sirupflaschen, Tütchen mit getrockneten Zitrusscheiben, kandierten Früchten und Orangenbonbons, die sie erst seit Kurzem im Sortiment hatte. Sie war extra früh aufgestanden, um all die Marktvorbereitungen am Morgen zu erledigen. Später würde sie dafür keine Zeit haben, denn heute war es endlich wieder so weit: Die Orangentage begannen.

Es war inzwischen zu einer wundervollen Tradition geworden: Jedes Jahr im Juli fanden sich ihre drei alten Jugendfreundinnen auf Lucindas Orangenfarm ein, um ein Wochenende mit ihr zu verbringen. In diesen Tagen – stets von Freitag bis Sonntag – ließen sie vergangene Zeiten wiederaufleben. Sie erinnerten sich an ihre Kindheit, erzählten sich Geschichten aus der Gegenwart und träumten von der Zukunft. Sie aßen Unmengen von Orangen, blieben die halbe Nacht auf und genossen die gemeinsamen Momente, bis sie sich am Sonntagabend trennten und jede von ihnen wieder in ihren Alltag zurückkehrte.

Lucinda wusste, dass nicht nur sie sich so auf diese Orangentage, wie sie sie seit jeher nannten, freute. Den anderen ging es genauso, vielleicht sogar noch mehr, denn sie durften nicht das ganze Jahr auf einer Orangenfarm in Kalifornien verbringen, sich im Frühjahr am Duft von Orangenblüten, im Sommer an dem von reifen Früchten und im Winter an dem von Orangen-Zimt-Zubereitungen erfreuen.

Lucinda lebte schon ihr ganzes Leben inmitten der Orangen, war auf der Farm aufgewachsen, hatte hier alle prägenden Erfahrungen gesammelt, hatte Menschen verloren, andere dazugewonnen, Wunderbares und Trauriges erlebt. Die Farm war ihr Leben, ihr Zuhause, sie atmete für sie; im Grunde war sie sich nicht einmal sicher, ob sie überhaupt anderswo überleben könnte, ohne den Orangenduft in der Luft. Und da sich in ihrem Leben einfach alles um Orangen drehte, war da bisher auch kein Platz für einen Mann gewesen, zumindest für keinen, der ihre Leidenschaft für die Plantage verstanden hätte. Nun, sie brauchte auch keinen, sagte sie sich immer wieder. Manchmal jedoch, an einsamen Abenden auf diesem großen Grundstück, fehlte ihr jemand zum Reden, und wenn sie neue Rezepte ausprobierte, wäre es schön, wenn da jemand anderes als sie selbst wäre, der sie kostete und ihr seine Meinung dazu sagte.

Nun, eigentlich war da sogar jemand. Alejandro, ein inzwischen in die Jahre gekommener Mexikaner, den ihre Familie seit gut zwanzig Jahren beschäftigte. Auch heute noch, nach dem Tod ihres Vaters und dem Weggang ihrer Mutter, gewährte Lucinda dem illegalen Einwanderer Unterschlupf in dem kleinen, alten Schuppen am äußersten Rande der Farm, denn auch wenn sie eine starke und selbstbewusste Frau war, fand sie es zugegebenermaßen beruhigend, nicht ganz allein hier zu leben.

Ab und zu klopfte sie bei Alejandro an, brachte ihm etwas zu essen vorbei oder unterhielt sich ein paar Minuten mit ihm, ansonsten sah sie nicht viel von ihm. Er verrichtete seine Arbeit – es standen immer kistenweise reife Orangen bereit, wenn sie sie brauchte –, aber wenn sie es nicht besser gewusst hätte, hätte sie denken können, Alejandro verlasse sein Häuschen überhaupt niemals. Er war sehr in sich gekehrt, was ja auch kein Wunder war nach allem, was damals, vor neunzehn Jahren, vorgefallen war.

Sie wischte sich mit dem Handrücken den Schweiß von der Stirn und band ihre langen blonden Haare zu einem hohen Pferdeschwanz. Es war erst zehn Uhr, aber es waren schon jetzt gut fünfundzwanzig Grad. Im Laufe des Tages würde das Thermometer garantiert auf weit über dreißig Grad steigen. Lucinda wusste, dass ihre Freundinnen sich besonders darauf freuten, denn dann konnten sie den halben Tag in der Sonne liegen und es sich gut gehen lassen mit einem Cocktail und den neuesten Geschichten, die sie einander zu erzählen hatten.

Dies waren die einzigen freien Tage, die die vier sich das ganze Jahr über gönnten, mal ganz ohne Job und Familie. Besonders Rosemary und Jennifer waren beruflich sehr eingespannt, Michelle dagegen war bestimmt froh, einmal dem trübseligen Hausfrauenalltag zu entfliehen, und Lucinda selbst freute sich riesig darauf, endlich ein wenig Gesellschaft zu haben. Seit Wochen schon zählte sie die Tage und konnte es kaum erwarten, dass die erste ihrer Freundinnen hier eintraf. Sie tippte auf Jennifer, da diese nicht nur gewissenhaft und zuverlässig, sondern auch überpünktlich war – das brachte deren Tätigkeit als Anwältin mit sich.

Sie schloss nun die großen Scheunentüren und streckte sich, atmete die warme Luft ein, die ganz wunderbar nach all den Zitrusfrüchten duftete, die hier gediehen. Ihre Eltern hatten seit jeher immer nur Orangen angebaut. Doch nach dem Tod ihres Vaters und nachdem ihre Mutter beschlossen hatte, ihr die Leitung zu überlassen, bevor sie vor fünf Jahren fortgezogen war, hatte Lucinda nach und nach weitere Früchte angebaut wie Zitronen, Grapefruits, Mandarinen und Kumquats. Letzteren war sie selbst total verfallen, zurzeit waren es ihre absoluten Lieblingsfrüchte, und als die Bäumchen im Winter vollgehangen hatten, hatte sie fast täglich neue Rezepte mit ihnen ausprobiert.

Der Mix aus all diesen Früchten bewirkte, dass die Luft nicht nur angenehm roch, sondern irgendwie auch aufregend, sinnlich, voller Abenteuergeist. All das war es, was Lucinda als Mensch ausmachte, ihr Charakter spiegelte sich ganz in ihrer Arbeit wider, und sie war mehr als zufrieden mit sich selbst, diesen Schritt gewagt zu haben.

Die Sonne schien ihr in die Augen, sie blinzelte und legte sich eine Hand an die Stirn, um besser Ausschau halten zu können. Links von ihr erstreckten sich Orangenfelder, so weit das Auge reichte, rechts befanden sich der Garten und das dunkelgelb gestrichene Haus, das in der Sonne beinahe orange wirkte. Es war umrahmt von einer Veranda, auf der vier Rattanstühle, ein weißer runder Tisch und eine Hollywoodschaukel standen. Außerdem war sie übersät von Blumen. An jeder freien Stelle hatte Lucinda Töpfe und Kübel aufgestellt und -gehängt; Geranien, Fuchsien und Begonien verliehen dem Haus ein ganz besonderes Gefühl von Geborgenheit. Vorne im Garten blühten Hortensien und alle Arten von Rosen auf gepflegten Beeten, die sich bis zur Einfahrt entlangzogen, die mit weißen Kieselsteinchen ausgelegt war.

Noch immer war niemand zu sehen. Es war aber auch

erst zehn Uhr dreiundzwanzig am Morgen. Lucinda erwartete eigentlich keine der Frauen vor der Mittagszeit. Also ging sie noch einmal ins Haus, goss sich ein frisches Zitruswasser aus dem Krug ein und wusch sich das schweißnasse Gesicht. Sie wusste nicht, ob etwas dran war an der Behauptung, dass die Sommer in Bakersfield heißer waren als anderswo in Kalifornien. Dass sie extrem heiß waren, war aber keine Frage.

Ihr Blick durchs Fenster fiel auf die hinteren Orangenfelder, die ersten, die ihr Vater vor gut vierzig Jahren bewirtschaftete, nachdem er die Farm erworben hatte. Damals war er gerade zwanzig Jahre alt und hatte nichts außer den fünftausend Dollar, die sein verstorbener Großvater ihm hinterlassen hatte. Davon kaufte er vier Hektar Land und pflanzte einige Orangenbäume, obwohl man ihm sagte, dass er sich lieber in Orange County niederlassen sollte, dort würden Orangen viel besser gedeihen. Doch er ließ sich nicht beirren. Er hatte es im Gefühl, dass er in Lamont, dem kleinen Vorort von Bakersfield, sein Glück finden würde. Später erzählte er Lucinda im Vertrauen, dass es ein Werbeplakat für Orangensaft gewesen sei, das in einem Ladenfenster gehangen und den Ausschlag für seine Wahl gegeben hatte. Bei seinem Roadtrip durch den amerikanischen Westen der USA, den er nach seinem Highschool-Abschluss gemacht hatte, war er im Stadtzentrum von Bakersfield darauf gestoßen. Es hatte eine hübsche junge Frau gezeigt, die einen Korb voller Orangen trug, und es hatte die Aufschrift »Lust auf Orangen? Hier sind Sie richtig!« getragen. Hank hatte das wortwörtlich genommen und war geblieben. Als er sechs Monate später seine Liliana kennenlernte, wusste er, er hatte alles richtig gemacht.

Ein Hupen ertönte, und Lucinda blickte auf. Elf Uhr vierzehn. Die Zeit war mal wieder verflogen, während sie in Tagträumen verloren gewesen war. Sie sah jetzt einen Wagen die Einfahrt hochfahren. Freudig lief sie aus dem Haus und konnte es kaum erwarten, der ersten Freundin um den Hals zu fallen.

Rosemary sah Lucinda aus dem Haus laufen und musste lächeln. Sofort war ihre schlechte Laune verflogen. Sie sagte sich, dass sie nun ihre Sorgen vergessen und sich einfach auf die Tage hier mit ihren Freundinnen freuen wollte. Ihre Orangentage.

Sie stieg aus ihrem weißen Mercedes Roadster Cabrio, das sie sich zum Geburtstag gegönnt hatte, und schob die Sonnenbrille hoch. Da fiel Lucinda ihr auch schon in die Arme.

»Rosemary! Ich freu mich so, dass du da bist!«

»Und ich mich erst. Ein paar Tage ohne Paparazzi sind der wahre Himmel für mich, das kann ich dir sagen.«

»Oje. Ich vergesse manchmal, wie berühmt du inzwischen bist«, sagte ihre Freundin und lachte.

Ja, hier in Lamont war sie noch immer die gute alte Rosemary Stutter, das kleine Mädchen, das von einer Hollywoodkarriere träumte. Für die Welt da draußen aber war sie Rose Steen, die Frau, die sich genau diesen Traum erfüllt hatte.

Lucinda betrachtete ihre erfolgreiche Freundin. »Du siehst umwerfend aus«, sagte sie und meinte es ernst. Rosemary war mit ihrer zierlichen Figur, den weichen Gesichtszügen und den braunen Locken schon immer die Schönste von ihnen gewesen, aber in den letzten Jahren hatte sie sich wirklich in eine zweite Natalie Portman verwandelt. Sie war bezaubernd, in jeder Hinsicht, fand Lucinda und mit ihr anscheinend der Rest der Welt.

»Ach, heute habe ich mich doch extra gar nicht herausgeputzt. Diese alten Klamotten«, erwiderte Rosemary und winkte ab.

Lucinda schüttelte lachend den Kopf, denn sie wusste, dass »diese alten Klamotten« wahrscheinlich mehr kosteten als der gesamte Inhalt ihres Kleiderschranks.

»Ich kann das Kompliment aber nur zurückgeben. Du siehst auch toll aus, Lucinda. Und kein Jahr älter als zwanzig, noch immer nicht. Wie machst du das nur? Und das ist eine ernst gemeinte Frage. In Hollywood geben sie alle Tausende Dollar für überteuerte Schönheitsprodukte und -behandlungen aus, du aber bist und bleibst einfach schön. Da bist du wirklich von Mutter Natur gesegnet.«

Lucinda sah an sich hinunter. Heute trug sie kurze Jeansshorts und ein weißes Tanktop, dazu weiße Chucks, und sie musste feststellen, dass sie schon wieder ein wenig an Gewicht verloren hatte.

»Das macht die viele frische Luft«, erwiderte sie. »Ich bin doch den ganzen Tag draußen. Außerdem ernähre ich mich sehr gesund.« Wenn Rosemary wüsste ... In den letzten Monaten hatte sie kaum etwas anderes als ihre Früchte gegessen.

»Du musst mir deine Geheimnisse unbedingt verraten, ja?«

»Klar. Wir haben ja ein ganzes Wochenende Zeit.«

Ihre Freundin nahm nun ihre Hände in die ihren und sah sie einen Augenblick lang intensiv an. Lucinda glaubte fast, Tränen in Rosemarys Augen zu entdecken, dann lächelte sie aber auch schon wieder und fragte, ob sie reingehen und sich frisch machen könne.

»Natürlich. Du weißt ja, wo alles ist. Ich bleibe hier und halte Ausschau nach den anderen, ja?«

Rosemary nickte und verschwand im Haus.

Rosemary konnte mit Worten gar nicht beschreiben, wie glücklich sie war, hier zu sein. So sehr sie ihren Mann Edward und ihr Töchterchen Jeannie auch liebte, so waren die letzten Monate doch die Hölle gewesen. Das würde sie ihren Freundinnen natürlich nicht erzählen. Das tat sie nie. Wenn sie hier war, ließ sie das Hollywoodleben, ihre schicke Villa am Strand von Malibu, ihre Filmrollen, die Paparazzi, die Gerüchte und die Probleme hinter sich. Für ein Wochenende konnte sie ganz sie selbst sein, dann war sie einfach nur wieder Rosemary Stutter, und das Leben war sorglos und schön.

Sie wischte sich die einzelne Träne weg, die ihre Wange hinuntergelaufen war, und tupfte sich das Gesicht mit einem Wattepad ab, das sie in der Schublade neben dem Waschbecken gefunden hatte. Dann ging sie hinunter in die Küche und füllte sich ein Glas von dem Wasser ein, das auf dem Tisch stand. Frische Zitronen- und Orangenscheiben verliehen ihm einen spritzigen Geschmack. Allein diesen auf der Zunge zu spüren brachte alte Erinnerungen zurück.

Fröhlich ging sie wieder nach draußen, stieg die drei Stufen hinunter und atmete durch. Der Duft von Orangen lag in der Luft, er machte sich in ihr breit und verschaffte ihr ein wohliges Gefühl. Sie musste lächeln, dieser Ort war ihr der liebste auf der Welt.

Lucinda sah Rosemary in ihren schwarzen Shorts, der roten ärmellosen Bluse und den High Heels aus dem Haus treten und breit lächeln. Sie war richtig erleichtert, denn einen

Moment lang hatte sie sich schon Sorgen um sie gemacht. Rosemary hatte so müde und so unausgeglichen gewirkt. Dabei glaubte man doch, dass diese Hollywoodstars allesamt zufrieden und rundum glücklich wären, dass sie keine Sorgen hätten, und wenn doch, dass sie diese mit ihrem vielen Geld sofort aus der Welt schaffen könnten. Rosemary erzählte, wenn sie hier war, auch immer nur, wie schön das Leben in L.A. sei, so, als wäre es ein wahr gewordener Traum. Warum sollten sie ihre Worte anzweifeln? Sie freuten sich doch für ihre Freundin, dass ihr Leben als Schauspielerin, Ehefrau und Mutter so perfekt war. Neid empfanden sie keinen, da konnte Lucinda wohl für alle sprechen, denn Neid und Eifersucht waren Gefühle, denen sie alle schon sehr früh abgeschworen hatten. Nachdem damals, infolge der tragischen Vorfälle ihres sechzehnten Sommers, die Wahrheit ans Licht gekommen war.

Rosemary trat nun auf sie zu und fragte: »Was glaubst du, wer als Nächstes kommt?«

»Jennifer, auf jeden Fall. Ich hatte sogar geschätzt, dass sie die Erste sein würde. Aber dann kamst du in deinem schicken Cabrio um die Ecke geflitzt.« Sie lächelte ihr zu.

»Ein Geburtstagsgeschenk. Hab ich mir selbst gemacht. Edward hat das gleiche in Schwarz bekommen.«

»Er kann sich wirklich glücklich schätzen, dein Göttergatte. Wie geht es ihm eigentlich? Und deinem bezaubernden Töchterchen?« Die kleine Norma Jeane war entzückend. Rosemary und Edward hatten sie nach Norma Jeane Baker benannt, wie Marilyn Monroe vor ihrer Hollywoodkarriere geheißen hatte. Doch sie riefen sie Jeannie.

Rosemarys Augen nahmen diesen ganz besonderen Glanz an. »Es geht ihnen sehr gut, danke. Jeannie kommt jetzt schon in die erste Klasse.«

»Machst du Witze? Die Kleine kommt in die Schule?« Lucinda staunte. »Wie schnell vergeht denn nur die Zeit?«

»Das frage ich mich auch immer wieder. Noch vor Kurzem musste ich ihr die Windeln wechseln, und jetzt sagt sie mir schon, wenn ich fett aussehe in einem Kleid.«

Lucinda musste lachen, und zwar aus zweierlei Gründen. Denn erstens war sie sich ziemlich sicher, dass Rosemary Jeannie niemals die Windeln gewechselt hatte, dazu hatten sie schließlich eine Nanny, und zweitens, weil Rosemary bestimmt niemals fett in irgendeinem Kleid aussah.

»Das tut sie? Nun, sie hat Mut, das muss ich ihr lassen. Sich mit dir anzulegen könnte mächtig in die Hose gehen. Du könntest ihr lebenslanges Fernsehverbot verpassen.«

»Das würde ich manchmal gerne tun. Was die Medien teilweise über mich bringen … Das kann man keinem Kind zumuten. Sie versteht ja noch nicht, dass das nicht alles der Wahrheit entspricht. Neulich zum Beispiel wurde berichtet, dass ich eine Affäre mit Zac Efron hätte.«

Lucinda legte sich eine Hand auf den Mund und kicherte. »Ach herrje. Und das hat Jeannie mitbekommen?«

»Ja. Bridget, die Nanny, hat irgendeine Realityshow angehabt, *Teen Mom*, glaube ich, und dann kamen die Klatschnachrichten.«

»Oh nein! Und wie hat die Kleine darauf reagiert?«

Ihre Freundin lachte. »Du wirst es nicht glauben, aber sie hat sich gefreut! Sie steht total auf diese alten *High school Musical*-Filme und hat sich schon vorgestellt, dass Zac bald mit ihr durchs Haus tanzen würde.«

Nun konnte Lucinda sich selbst nicht mehr einkriegen vor Lachen. Jeannie war einfach bezaubernd, fand sie. Bezaubernde kleine Jeannie. Sie sah sie viel zu selten, das letzte Mal musste bald zwei Jahre her sein, da hatte sie Rosemary